ちくま学芸文庫

# 高校生のための文章読本

梅田卓夫　清水良典
服部左右一　松川由博 編

筑摩書房

# 高校生のための文章読本【目次】

## 6 幻想への旅



## 7 疑いから思索へ

## 8 機知とユーモア



## 9 女と男

中扉カット――イワサキ・ミツル
本文レイアウト――安孫子正浩

## この本を使うみなさんへ

人はなぜ語るのでしょう。それは、自分の心をひとに伝えたいという欲求が人間にはあるからです。自分の心を言葉という形にあらわしえた時、人は生きる喜びを感じます。この本は、「自分の心を自分の言葉で語る」ということを願って、高校生諸君のために編集された文章読本です。個々の文例は、模範というより、人間の多様な表現の世界を示すものです。「手帖」や「表現への扉」とあわせて、自分の表現力を養うための手がかりとしてください。

*

**〈文例〉について**

本書に採択した七十編の文例については、次のことを考慮して選び、編集した。

(1) 現代の日本語の散文としてすぐれたものであること。
(2) 翻訳を含めて、やむにやまれぬ表現意欲にもとづいて書かれたことがうかがえる、個性的な文章であること。
(3) 原則として現行の教科書に採られていない、新鮮な作品（箇所）であること。
(4) 抄出した部分だけで完結性があること。

(5) 各章は、文章を書く人の動機や意識の働き方によって分けられている。同傾向のものばかりにならないよう、〝とり合わせの妙〟を考えた。

(6) これらは、人間の精神の多様なあり方を示しており、日本語の散文のアンソロジーとして、また高校生諸君の読書案内としても十分に活用してもらえるようにしてある。

(7) なお、個々の文例については、途中カットをしなかった。標題は原著(訳)者のものを使用した。全文の場合は、出典のところにそのことを明記した。

## 〈手帖〉について

(1) 各章末に設けた「手帖」は、いわゆる「文章読本」の本文に相当するものである。

(2) それぞれに完結したものではあるが、通読すると、文章を書く基本的な方法や、本書の文章に対する考え方がひととおりたどれるようになっている。

(3) 付録〈作文の手順〉、〈さまざまな技法〉とあわせて読むと効果があがるようにしてある。

## 〈表現への扉〉について

(1) 本文の各文例には必ず設問が一つあり、その解説がおさめられている。

(2) 設問は文章表現の立場から考えて本質的なものを心がけた。いわゆる読解のための設問を解く以上に文章に対する深い理解力が得られるだろう。

(3) したがって「表現への扉」も単なる解答集ではなく、解答を試みる中で、解説文がそのまま文例に即した文章読本になるよう配慮した。文章表現に関する普遍的なことがらを扱っており、本書の最も実践的な部分である。

# 高校生のための文章読本

1

# 混沌（こんとん）からことばへ

1

# 『ピエールとジャン』序文
## ――「小説」について

モーパッサン
稲田三吉（いなださんきち）訳

ことばと「もの」との結びつきは不動であり、どんなものごとも明快にことばにできると信じることのできた時代があった。それは近代科学に支えられて物質文明が幕を開けた、思えば幸福な時代の思想であった。現代のわたしたちは、たえず崩壊したり生まれたりする価値観のただ中にいる。ことばの価値もゆれ動いている。それでも、ことばを用いて表現しようとする限り、モーパッサンが次のように述べた立場はわたしたちと無縁ではありえない。まずは、ここから出発しよう。

七年のあいだ、私は詩をつくり、短編小説をつくり、中編小説を書き、ひどく下手くそな一編の戯曲すら書いた。それらは今では何ひとつ残っていない。師匠はそれを全部読んで、次の日曜日に昼食をとりながら、批評をのべ、そのようにして私の内部に少しずつ二、

**師匠**　フローベールのこと。フローベールはモー

三の原理を植えつけてくれた。それは彼の長い期間にわたる、辛抱づよい教訓の、要約ともいえるものである。「もし何らかの独創性をもっているならば、なによりもまずそれを引きだすべきである。もしも独創性をもたないならば、なんとかしてそれを一つ手にいれなければならない。」と、彼は言うのだった。

――才能とは、ながい期間にわたっての忍耐にほかならない。

――大事なことは、表現したいと思うものは何でも、じっくりと、十分な注意をはらって見つめ、まだだれからも見られず、言われもしなかった一面を、そこから見つけだすことである。どんなものにも、未開拓の部分は必ずあるものだ。なぜならわれわれは、周囲のものを眺める場合に、自分たち以前にだれかが考えたことを思いだしながらでなければ、自分たちの目を使わないように習慣づけられているからである。どんなに些細なもののなかにも、未知の部分が少しはあるものだ。それを見つけ出そうではないか。燃えている炎や、野原のなかの一本の木を描くにしても、その炎や木が、われわれの目には、もはや他のいかなる炎、いかなる木とも似ても似つかないものに見えてくるまで、じっとその前に立っていようではない

パッサンの母の兄の親友であった。

か。

こんなふうにして人は、独創性を身につけるのである。

さらにフローベールは、全世界をつうじて、完全におなじ形の二粒の砂、二匹の蝿（はえ）、二つの手、二つの鼻はあるはずがないという真理をかかげて、ひとりの人間なり一つの事物なりを、はっきりとその特徴をつかんで、同じ種属の他のいかなる人物とも、また同じ種類の他のいかなる事物とも区別できるように、簡潔な文章で表現することを私に強いた。

「店さきにすわっている食料品屋のおやじの前とか、パイプをふかしている門番の前とか、辻馬車（つじばしゃ）のたまりの前とかを通ったら、その食料品屋のおやじとか門番とかを、私に描きだしてみせてごらん。」と、彼はよく私に言ったものである。「その時の彼らの身のこなしとか、肖像画を描くさいの技巧そのままに彼らの精神状態までもすっかり含めて、彼らの外観をすみずみまで描きだしてごらん。聞いていて私が、ほかのどんな食料品屋のおやじとも、またほかのどんな門番とも彼らを混同することがないようにだよ。また辻馬車の一頭の馬が、その前後をゆくほかの五十頭の馬と、どういう点がちが

**フローベール** Gustave Flaubert（一八二一—八〇） フランスの小説家。写実主義の首領と見なされているが、ロマン主義的な想像力を合わせ持っている。文体の完成に心血を注いだ作家でもある。作品には『ボヴァリー夫人』『感情教育』『サランボー』などがある。

**辻馬車** 路傍で客待ちをする乗り合い馬車。

っているか、それをたったひとことで私にわからせてごらん。」

文体についてのフローベールの考え方については、別な場所で述べたことがある。それも、私が今まで述べてきた観察の理論とふかい関係があるのである。

どのような物を語るにしても、それを表現するには一つの名詞しかない。それを動かすには一つの動詞しかない。その性質をあらわすには一つの形容詞しかないのだ。だから、その名詞なり、動詞なり、形容詞なりを見つけ出すまでは、なんとしてでも探さねばならない。けっして、いいかげんなところで妥協してはならない。また困難を避けるために言語の悪ふざけに走ったり、たとえ気のきいたものであっても、ごまかしの助けをかりたりしては絶対にいけない。

ボワローの次の詩句をあてはめれば、どんなに微妙な事物でも表現し、さし示すことができる。

「そのあるべき場所に置かれた言葉の力強さを教えた。」

**ボワロー** Nicolas Boileau Despréaux（一六三六－一七一一） フランスの詩人、批評家。『詩学』などによって古典主義文学の理論を確立した。

「燃えている炎や、野原のなかの一本の木を描くにしても、その炎や木が、われわれの目には、もはや他のいかなる炎、いかなる木とも似ても似つかないものに見えてくる」（一七・14）とは、どのような状態をいうのだろうか。

**モーパッサン**　Guy de Maupassant（一八五〇—九三）　フランスの作家。フローベールに師事し、出身地のノルマンディの漁夫や農民、都会の市民を題材にした写実的な作品を発表した。晩年には社交界の女性を題材にした作品を書いたが、発狂状態のうちに死亡した。『女の一生』『ベラミ』の長編のほか、中短編小説も多数ある。

**出典**　『ピエールとジャン』（旺文社(おうぶんしゃ)文庫）

# 2 〝夜と霧〟の爪跡(つめあと)を行く

開高(かいこう)　健(たけし)

文章が上手だったら、とこれまで何度もあこがれた。日記に手紙、読書感想文に小論文。見たこと考えたことをどんどんことばにできたら、どんなに楽しいだろう。……だが、世界には、ことばにできない苦しみから表現を生み出さなければならない状況があるのだ。

建物の外へでると銃殺のときにたたせた煉瓦(れんが)壁や絞首台などを見せられた。親衛隊員の部屋は机と椅子と書類タンスのほかはなにもなかった。むきだしの壁にハッタとにらんでほえているヒトラーの小さな写真がかかり、スローガンが一枚、

「国家は一つ、民族は一つ、総統は一人。」

と書いてあった。

銃殺の煉瓦壁のすぐむこうには高圧電流の鉄柵ごしに公会堂風の

5

**〝夜と霧〟**　一九四一年十二月、ヒトラーは特別命令を出した。「夜と霧」命令という。これは、ユダヤ人や政治容疑者、その家族を一夜にして強制収容するもので、今ではアウシュヴィッツとともにユダヤ人大量虐殺を象徴することばとして使われている。

**ヒトラー**　Adolf Hitler（一八八九―一九四五）ドイツの政治家。国民社会主義ドイツ労働者党（ナチス）を率い、一九三三年首相に、三四年総統に就任、第二次世界大戦を引き起こした。ドイツ降伏直前に自殺。

建物が見えた。それはこの収容所に勤務していた親衛隊員や国防軍の士官、下士、兵士たちの娯楽室で、週末などにワーグナーやベートーヴェンやモーツァルトなどを演奏し、またオペラまがいのものを上演したりして、地獄の釜のふちで芸術に感動していたのである。

アウシュヴィッツを見終わってから自動車で五分ほどのビルケナウへいった。この収容所に例のガス室と火葬室があったのだが、ナチスが一九四四年に撤退するとき爆破してしまったので、いまは爆破当時の火薬の走った方向を示すままにコンクリートの巨大な破片が草むらに散乱しているだけである。ここは六カ国語で「浴槽へ。」と書かれ、貨車に満載した囚人たちを引込線で収容所の構内につれてくるとそこに設けられたコンクリート台のプラットフォームにおろし、いんぎんに消毒と入浴を口実にして素っ裸にさせ、鉄条網のなかを行進させてチクロンで虐殺したわけである。これはまさに殺人工場である。ガス室のすぐとなりに焼却炉の部屋があり、ここで死体を焼いた。焼却能力は一日に約二千人であったから、余った死体、およびアウシュヴィッツとビルケナウ両収容所で毎日おびただしく発生する過労死体、病死体、拷問による死体、ときたま起こる

**親衛隊**　ここでは、ナチス・ドイツの特殊部隊を指す。略称エス・エス。一九二三年、ヒトラーを護衛する目的で組織されたが、二九年以降、ヒムラーの指揮下に独立し、占領地行政や強制収容所運営を行った。

**士官**　軍隊で兵を指揮する武官。将校・将校相当官の総称。

**アウシュヴィッツ**　人口二万八千人のポーランド南部の町。一九四〇—四五年の間にはここの収容所で三百万以上の人が殺された。収容所の正門には「労働は自由への道」と大きく書かれてあった。(写真参照)

自殺死体などをあわせてどこかで別に処理する必要に迫られた。そこで森のなかに空地をつくって巨大な溝や穴を掘り、ガソリンをかけて昼となく夜となく燃やしたのである。そのあとへもいってみた。松や白樺（しらかば）や樅（もみ）などの雑木林のなかに草ぼうぼうの空地があり、池があった。池はもとの死体焼却の穴である。大きすぎるから埋めるよりは水をためてかくそうということになって池になったわけである。

「……おいでなさい。」

案内のスラヴ顔のおばさんが池の岸辺におりてゆくのでついてゆくと、彼女は水のなかをだまって指さした。水はにごって黄いろく、底は見透かすすべもないが、日光の射している部分は水底がいちめんに貝ガラをち

アウシュヴィッツ強制収容所正門
「労働は自由への道」とある

**ビルケナウ**　アウシュヴィッツ近くのポーランドの町。第二次世界大戦中ドイツの強制収容所があった。

**チクロン**　Zyklon（ドイツ語）シアン化水素をしみこませた顆粒（かりゅう）状の毒薬で、空気にふれると有毒ガスを発生する。

りばめたように真っ白になり、それが冬陽(ふゆび)のなかでキラキラ輝いていた。いうまでもなかった。その白いものはすべて人間の骨の破片であった。ほかの焼却穴はすべて埋められ、あたりは草むらとなって、何食わぬ顔で日光をうけていたが、その草むらの土を靴さきでほじると、たちまち骨の破片がぞくぞくあらわれてきた。目をちかづけて見ると、ほとんど、骨のなかに土がまじっているというぐらいに骨片が散乱していた。そしてそれは地下何メートルにも及んで空地全体がすべてそのようなのだと想像された。これは戦後十五年たってもどうにも手のつけようがなくて雨風に朽ちるままに放棄してあるのだった。

「夏になると水が少し減るのでもっとよく見えます。この収容所に収容されていて無事に生きのこることのできたヨーロッパ各国の人がこのごろになってよく見にもどってきます。」

おばさんがひくい声で話しているのを耳にしながら、私は骨の原にたたずんだまま、言葉を失ってしまった。一度微塵(みじん)に砕かれてみたいと思っていた予感は冬空のしたで完全にみたされた。すべての言葉は枯れ葉一枚の意味も持たないかのようであった。

**戦後十五年**　この文章は、一九六一年に発表された。

「一度微塵に砕かれてみたいと思っていた予感」（二四・15）とはどんなものであったと想像できるだろうか。

**開高　健**（一九三〇―八九）　小説家。戦後の混乱時さまざまなアルバイトをし、洋酒会社のPR誌編集を経て一九五七年『裸の王様』で芥川賞。取材を中心にした作品が多く、戦乱のヴェトナムや世界各地に足を運んだ。作品に『パニック』『日本三文オペラ』『青い月曜日』『輝ける闇』などがある。

**出典**　『言葉の落葉』Ⅱ（冨山房）

## 3 鎮魂歌

原（はら）民喜（たみき）

モーパッサンの古典的な言語観とは対照的に、ここでは、ことばというものの限界をはっきりと自覚しつつも、なお、苛酷な現実に向かおうとした文学者の文章を読んでみよう。

地球の割れ目か、夢の裂け目なのだろうか。夢の裂け目？……そうだ。僕はたしかにおもい出せる。僕のなかに浮かんで来て僕を引き裂きそうな、あの不思議な割れ目を。僕は惨劇の後、何度かあの夢をみている。崩れた庭に残っている青い水をたたえた池の底なしの顔つきを。それは僕のなかにあるような気がする。僕がそのなかにあるような気もする。それから突然ギョッとしてしまう、骨身にしみるばかりの冷やりとしたものに……。僕は帰るところを失ってしまった人間なのだろうか。……自分のために生きるな、死んだ

**惨劇** 一九四五年八月広島で原爆を受けたことを指す。

人たちの嘆きのために生きよ。僕は僕のなかに嘆きを生きるのか。

　隣人よ、隣人よ、死んでしまった隣人たちよ。僕はあの時満潮の水に押し流されてゆく人の叫び声をきいた。僕は水に飛び込んで一人は救いあげることができた。青ざめた唇の脅(おび)えきった少女はかすかに僕に礼を言って立ち去った。押し流されている人々の叫びはまだまだ僕の耳にきこえた。僕はしかしもうあのとき水に飛び込んで行くことができなかった。……隣人よ、隣人よ。そうだ、君もまた僕にとって数時間の隣人だった。片手片足を光線でひしがれ、もがきもがき土の上に横たわっていた男よ。僕が僕の指で君の唇に胡瓜(きゅうり)の一片を差しあたえたとき、君の唇のわななきは、あんな悲しいわななきがこの世にあるのか。……ある。たしかにある。……隣人よ、隣人よ、黒くふくれ上がり、赤くひき裂かれた隣人たちよ、そのわななきよ。死もだえていった無数の隣人たちよ。おんみたちの無数の知られざる死は、おんみたちの無限の嘆きは、天にとどいていったのだろうか。わからない、わからない、僕にはそれがまだはっきりとわからないのだ。僕にわかるのは僕がおんみたちの無数の死を目の前に見る前に、既に、その一年前に、一つの死をはっきり見て

**一つの死**　一九四四年九月の妻の死を指す。

いたことだ。

その一つの死は天にとどいて行ったのだろうか。わからない、わからない、それも僕にはわからないのだ。僕にはっきりわかるのは、僕がその一つの嘆きにつらぬかれていたことだけだ。そして僕は生き残った。お前は僕の声をきくか。

僕をつらぬくものは僕をつらぬけ。僕をつらぬくものは僕をつらぬけ。一つの嘆きよ、僕をつらぬけ。無数の嘆きよ、僕をつらぬけ。僕はここにいる。僕はこちら側にいる。僕はここにいない。僕は向こう側にいる。僕は僕の嘆きを生きる。僕は突き離された人間だ。僕は歩いている。僕は帰るところを失った人間だ。僕のまわりを歩いている人間……あれは僕　で　は　な　い。

「それは僕のなかにあるような気がする。僕がそのなかにあるような気もする。」（二六・5）のような表現をなぜしたのだろうか。また、同様の表現がほかにないか捜してみよう。

**原　民喜**（一九〇五―五一）　詩人、小説家。一九四五年広島で原爆被災。その悲惨の中から人間の連帯を絶望的に求めた作品に『原民喜詩集』『夏の花』『壊滅の序曲』などがある。また子どもたちへの夢を託した自由な翻訳に『原民喜のガリバー旅行記』（スウィフト原作）がある。一九五一年、東京で鉄道に身を横たえて自殺。

▼「もし妻と死に別れたら、一年だけ生き残ろう、悲しい美しい一冊の詩集を書き残すために……。」かつて原民喜は「遥(はる)かな旅」という作品の中でそう書いた。妻の死は事実となった。だがその一周忌を目前にして彼は原爆に遭った。こうして〝予定〟は四年余り先へ延ばされることになったのである。

**出典**　『定本原民喜全集』第二巻（青土社(せいどしゃ)）

## 4

# 戦中往復書簡（抄）

島尾(しまお)敏雄(としお)・ミホ

南海の離島に派遣されてきた特攻隊の青年隊長と、島の美しい娘との、ほとんど神話の世界のような恋がここに記録されている。出撃の瞬間が迫る。運命の断崖に立たされた二人の生命とことばが燃える。

**七月一日**

ミホチャンミホサンミホチャンミホミホミホミホミホミホミホミホミホミホミホミホミホミホミホミホミホミホミホ

（トシヲ）

**七月二日**

心をこめて御贈り申し上げます。今はもう何(な)んにも申し上げるこ

5

とはございませぬように存ぜられます。
このしろきぬの征き征くところ、海原の果て、天雲の果て、ただ黙ってミホも永遠のお供申し上げ逝いります。
どうぞお供をおゆるしあそばされてくださいませ

ミホ

隊長さま

さねさし相模の小野に燃ゆる火の
　焔中にたちてとひし君はも
吾背子は物な念ほし事しあらば
　火にも水にも吾無けなくに

**七月十日**　夜七時

今夜どうしても逢いたくてたまりません　はまべに回って来なさい　ハブがいる心配のために懐中電灯をかします　大切な品だから絶対にぶつけたり海の中に落としたりしないように
高潮は八時だから十時ごろからそちらを出て来なさい
十一時ごろ以後いつものところに行っています

**しろきぬ**　絹の白生地に千人針を施して、ミホが敏雄に贈った。

**さねさし相模の……**　原典は『古事記』中の倭建命伝説にまつわる歌。大意〔相模の野で賊に火攻めにされた時、わたしの身を気づかってくれたあなた倭建命よ。〕ここでは倭建命を島尾隊長になぞらえている。

**吾背子は……**　原典は『万葉集』安倍女郎の歌。「物な念ほし」の部分は「物な念ひそ」でも伝わっている。大意〔わたしの大事な方よ、心配なさいますな。火でも水でも何事が起きてもわたしがおります。〕

十二時が最低潮　帰りの心配はこちらで考えてやるヨ

トシヲ

ミ　ホ

**七月二十八日**

夕べはミホとても悲しゅうございました。

悲しくて、悲しくて……。

搭乗服のあなた！

御任務がまのあたり現実となって……。

あなたのみ胸にすがりついて、やっと、涙を抑えておりました、
唇をかみしめて。

「後をふり向かないでかえるからね。」っておっしゃって荒磯（あらいそ）をズンズンお歩きになっていらっしゃる後ろ姿。ふるえながらじっと、じっとこらえていました。しかしミホ堪（たま）らなくなって、ワット泣き出しそうになりました、倒れそうになりましたの、あのままひとりになったら、本当にそのまま倒れてしまいそうになりましたの、それで、あなたの、あなたの、ああ、あなたのみあとを追いすがった

のでございます。

あなた！　あなた！　ミホ、ああ、いまでも涙をポロポロこぼしながらかいています。

ゆうべ帰りみちで夜目に遠く、初めて「震洋艇（しんようてい）」を拝見させていただきました。胸が波立ち思わずひざまずいて手を合わせました。声をあげて泣きました。ミホをおくってくださっていた、藤井（ふじい）少尉さんもお泣きになりました。

あなたが懐かしい、いても、たってもいられません。

あなた、ミホ、どうなりますの、胸が張りさけそうです。

あなた、敏雄さま、ミホ気が変になってしまいました。

ただあなただけ、あなただけ。

この天が下、この地の上、この宇宙に、あなただけ。ミホ泣けて、泣けて、しかたがありません。

あなた、どうしていいかわかりません、涙がとまりません。

あなたに、アナタにいますぐお目にかかれたら、お逢いしたい、あなたにお目にかかったらこのおもいが安らぎますのに、いても立ってもいられない狂おしいおもいでございます。

**震洋艇**　第二次大戦末期に日本海軍が用いた特殊兵器。モーターボートに信管付きの爆薬を詰め、敵艦に体当たりする。アメリカ海軍は「自殺艇」（スーサイド・ボート）と呼んだ。

おもい乱れつつ　朝九時二十分

**八月三日**
九時ごろ浜辺に来てください。
「福」の近く白百合（ゆり）を持って来ていたところ

トシヲ

**八月十三日**　夜中　（特攻戦発動、出撃準備ノ夜）
北門ノ側（ソバ）マデ来テイマス
ツイテハ征ケナイデショウカ
オ目ニカカラセテクダサイ
オ目ニカカラセテクダサイ
ナントカシテオ目ニカカラセテクダサイ
決シテ取リ乱シタリイタシマセン

ミホ

敏雄様

**八月十四日**　早朝　（出撃発進ノカカラヌママ夜ガ明ケタ）

ミホ
ドウデス、ボクノ言ウ通リデショウ
ゼッタイシンパイシテハイケマセン
ボクノサイアイノミホ
ユウベハホントウニイジラシクテカワイソウダッタガ
ナニシロシゴトノツゴウデスカラカンニンシテクダサイ
コンヤモオイデ　ユウベノトコロマデ　コチラカラハ
チョット出テ行ケナイカラネ
シオハ最低ガアサノ五時スギ　夕べヨリ一時間近クオソイノデス
ボクハ三時半前後アノヘンニ出テミマス
チョットシカアエナイケレドモ　チョットダケオマエノ顔ヲミレ
　バ
ヨイノデス
ケッシテ　トリミダスヨウナコトヲシテハイケナイ
カワイイ　カワイイ　ミホニ

**八月十五日**　夜　（降伏ノ日）

元気デス　　トシヲ

ミホヘ

男性側の手紙が、一見平静でことば少なくなりがちなのは、なぜだろうか。

**島尾敏雄**（一九一七―八六）　作家。一九四四年特殊兵器震洋（しんよう）の特攻隊指揮官として奄美（あまみ）諸島加計呂麻（かけろま）島に赴き、終戦を迎える。作品は戦時体験に基づく『出発は遂に訪れず』『出孤島記』などのほか、妻の不幸な病を描いた『死の棘（とげ）』、夢の世界を特異な方法で描いた『夢の中での日常』などがある。

**島尾ミホ**（一九一九―二〇〇七）　旧姓大平。加計呂麻島の部落の長（おさ）の娘として生まれる。一九四六年島尾敏雄と結婚。著作に、南島の生活や戦争体験を綴（つづ）ったエッセイ集『海辺の生と死』などがある。

▼「やがて私はいつ震洋艇が出撃してもいいように砂浜に正座して入江の入口のあたりを見据えていました。（中略）その見送りをすっかりすませてから、私は自分のことをしようと決心していました。その時は海へ突き出ている岩の一番端に立って足首をしっかり結び、短剣で喉を突いて海中へ身を投げる覚悟を決めていたのです。」（島尾ミホ『海辺の生と死』より）

**出典**　『幼年記』（弓立社（ゆだちしゃ））

# 5 吃音宣言
## ——どもりのマニフェスト

武満 徹

自分の話していることに奇妙なもどかしさ、そらぞらしさを感じたことはないだろうか。ことばと心とが離ればなれになっていて、しかも、話している自分がそれを鋭く意識している状態である。そういう時は、しゃべればしゃべるほど症状は重くなる。立ち止まって、ことばと心の距離を冷静に測り直してみよう。

**どもりはあともどりではない**。前進だ。どもりは、医学的には一種の機能障害に属そうが、ぼくの形而上学では、それは革命の歌だ。どもりは行動によって充足する。その表現は、たえず全身的になされる。少しも観念に堕するところがない。

人間の発音行為が全身によってなされずに、観念のくちばしによってひょいとなされるようになってからは、音楽も詩も、みなつま

**マニフェスト** manifesto 宣言、宣言書。

**形而上学** 経験的現象を対象とするのではなく、それを超えた、いわば超自然的な存在の根本原理を理性・思惟により探究する学問。ここでは、ぼくの考えでは、ほどの意味であろう。

らぬものになっちゃった。音楽も詩も、そんなに仰山ありがたいものではない。くしゃみとあくび、しゃっくりや嗤うことといったいどこがちがうのだろう？　もし異なるとしたら、それはいくらかでも精神に関係するということだけだろう。

自然科学の発達につれて、われわれの語彙は際限なく膨らんでいるけれども、言葉は真の生命のサインとしてではなく、単に他を区別するだけの機能になりさがった。もはやそれ自身には、恐怖も歓喜の響きもない。言葉は木偶のように枯れて、こわばった観念の記号と化している。文を書くということは、やわな論理と貧しい想像によって言葉を連絡することだけのようである。

ぼくも日本人だから、国語の文法はひとまず守ろう。しかし、漢字制限、新仮名づかい等に関する論議を聞いていると、文字はすべて音標化してしまった方がよいとさえ考えている。たしかに、その国の言葉は、その国語の文法によって支配されるものだろうが、些細な音便変化などにそれほどこだわらねばならないものだろうか……。それよりも、言葉というものが失ってしまった、根本の言語機能の問題をこそ、われわれは考えるべきだろう。

**木偶**　あやつり人形。

音の世界でもそうだ。楽音は、曖昧な数理組織の枠のなかで、機能的な意味においてのみ認識される。音楽は脆弱な論理の結果でしかない。それではいけない。

音楽は、足なえの身を歌に託す吟遊詩人のような、ひよわい発想でしてはならない。夢やあこがれの領域だけに足を止めてはならない。楽曲は、おおむねちゃちな弁証法と、他愛ない図式の上に平面的に構造されている。論理的に流暢なものほど尊ばれるのはなぜだろう。不可解である。

音と言葉を一人の人間が自分のものにする最初の時のことを想像してみたらいい。芸術が生命と密接につながるものであるならば、ふと口をついて出る言葉にならないような言葉、ため息、さけびなどを詩とよび、音楽とよんでもさしつかえないだろう。そうした行為は、生の挙動そのものなのだから……。それは論理の糸にあや織られるまがいものではなく、深く〈世界〉につらなるものであり、未分化のふるさとの豊かな歌なのだ。

音や言葉に、そうした初源的な力を回復しなければいけない。音楽も詩もそこからしか出発しないように思う。発音するという行為

**吟遊詩人** 一般に中世ヨーロッパ各地にあらわれた抒情詩人、あるいは旅芸人のことを総称していう。

**弁証法** すべてのものを相対化し、その対立・矛盾を克服・統一することによって、より高次の段階に到達することを目指す発展的な考え方。ここでは音楽におけるソナタ形式のことと思われる。

の本来の意味を確かめることからはじまる。

どもりは、しゃっくりやくしゃみ、噯いや哭き声と近親関係にある。どもりの、論理性を断ちきるような非連続の仕方は力強い。現代音楽の美学では反復というものは拒否される。そして、ますます人間というものから遠ざかり、方式の形骸となってしまう。

どもりの偉大さは、反復にある。

それは、地球の回転、四季のくりかえし、人間の一生。宇宙のかたちづくる大きな生命のあらわれなのである。

もういちどベートーヴェンを!!

ダ・ダ・ダ・ダーン。

ダ・ダ・ダ・ダ・ダ・ダーン。

**もういちどベートーヴェンを!!**　前章で作者は「ベートーヴェンの第五が感動的なのは、運命が扉をたたくあの主題が素晴らしく吃っているからなのだ。」と書いている。

「未分化のふるさとの豊かな歌」（三九・15）とは何か。その具体例（作品化されたものを含む）を思い浮かべて考えてみよう。

**武満 徹**（一九三〇—一九九六）作曲家。独学で作曲を続け、二十七歳の作品「絃楽のためのレクイエム」が今世紀の代表的作曲家、ストラヴィンスキーに認められ、一躍世界の注目を集めた。以後「ピアノ・ディスタンス」「水の曲」「ノヴェンバー・ステップス」等を発表し、常に世界の話題となった。文筆家としても定評があり、『樹の鏡、草原の鏡』などのエッセイ集がある。

**出典**『音、沈黙と測りあえるほどに』（新潮社）

▼この作品は、扉に「親しい友人であるすばらしい二人の吃音家、羽仁進・大江健三郎に心からの敬意をもって」という献辞が控え目に記されている。その十章からなる第二章の全文。

## 〔手帖1〕 表現への扉をひらく

### 1 人間と表現

まず最初に、四八ページに載せられているピカソの絵を見てほしい。題をみなくても一見しただけで、女の人が泣いている！ ということがわかるだろう。そうして私たちは、ある強い印象を受ける。単なる一枚の絵にすぎないのに、なぜそのようなことが起こるのだろうか。

この絵は泣く女の顔を外から写したものではない。ピカソという一人の画家の目と心がとらえた「泣く女」である。言いかえれば、一度ピカソという人間の心の中を通ってきた「泣く女」なのだ。現実にはこのような顔をして泣く女など、この世のどこにも存在しない。しかし、人間の泣く姿を見たことがある人なら、いや、自分で泣いたことがある人なら、この絵を見た瞬間、直観的に〝泣く〟ということの記憶とそれに伴う激しい感情を呼び起こされる。ピカソという個性によってとらえられ、提示された一つの〝世界〟が、私たちの心に働きかけて、眠っていた記憶と感情をゆり起こすのである。

それにしても、ピカソの絵はなぜこんなに強い印象を与えるのだろうか。それは、ピカソが人間の喜びや悲しみに対して激しく共感する心を持っており、その心を形あるものに表現せずにはおられない衝動を持っていたからだ。「泣く女」だけでも彼は数十枚を描いた。ピカソがやむにやまれぬ表現の衝動に駆られる時、既成の絵画の形式は次々と破られていく。そうして、テーマだけでなく、表現形式の上からも私たちが過去の絵画において見たことのないような、強い印象を受ける作品が生み出されたのである。

ほぼ同様のことがムンクの「叫び」（四九ページ）や武満徹の楽譜（四七ページ）についても言えるだろう。ムンクの絵も単純な写生の作品ではない。いわば、人間の〝心〟を描いて見せてくれた作品だ。ムンク以前にこんな強い印象を与える作品がほかにあっただろうか。また、武満の楽譜についても、「へえ、これが楽譜？」と言われることが多い。考えてみれば、ピカソの絵だってひところは「これが絵か？」と言われたものだ。武満にしてもピカソにしても、人を驚かせるために、このようなことをしたのではない。自己の内面のイメージを忠実に表現しようと手さぐりするうちに、やむにやまれず、このような表現形式へ到達してしまったのである。

表現とは、一度人間の心の中を通ってきた〝世界〟に〝かたち〟を与えることである。その〝かたち〟が堅苦しいことばでは形式と呼ばれるものなのだ。自己に忠実であろうとする時、既成の形式は多かれ少なかれ打ち破られていく。これが創造ということだ。真の創造がなされる時、表現と形式との関係は、いつもこのようなものである。

## 2　作文は苦手？

原稿用紙を前に置いても書くことは浮かんでこない。途方にくれているうちに時間だけが過ぎていく。「やっぱり私は作文が苦手なのだ」と、心ひそかに自分に言いきかせる……。こういう経験を持っている人は多いのではないだろうか。なぜそういうことになるのか。

第一に、自分が今書こうとする内容そのものに、本人自身があまり価値を認めていないということがある。書きたいとも思っていないのに〝作文させられる〟のだ。時には、日ごろ思ってもみなかったことを作文にしなければならないというとまどいもあろう。

第二には、文章の形式や規範への抵抗感がある。世の中には自分のよく知らないところに、文章の形式や手本というものがあって、それに合わせて書くことを求められる。だが、自分にはそんなことはできそうもない。書く前からそれが重苦しい気分となってのしかかってくる。

ほかにもいくつかの理由が考えられるだろう。しかし、「書けない」という気分の裏にはおおむね右の二つの理由が潜んでいるように思われる。これを解決する道を模索するのが、この文章読本の第一の目標である。

### 3　自分にしか書けないことを

文章を書く時に最も大切なことは何だろうか。それは、他の人には書けないこと、自分にしか書けないことを書こうとすることである。これがなければ、けっして文章を書くよろこびは生まれない。他人では気づかない、自分だけの内面が言葉となって表出されるということは、言いかえれば、真に創造的な文章が書かれるということだ。作家になるわけではない。詩人になるわけでもない。しかし、言葉をもった人間はよろこびを実感するのはこの時なのだ。人間はみんな個性を持っている。その個性を言葉の世界で実現すること、これが文章表現の本質である。

ではどうしたら〝自分にしか書けないこと〟を見つけることができるのだろうか。一言で言えば、そのためにはそれなりの訓練と準備が要る。後に述べるように（手帖6「メモと描写」及び付録1「作文の手順」）、書く時には前もってメモをとることが必要だが、この文章読本では、メモから下書きへ至る作業のことを表現の〝現場〟と呼ぶ。その目的は何よりも〝自分にしか書けないこと〟を見つけることにある。それは最も孤独な、深い思索の時間である。

さらに、テーマや題材として、自分だけの発見や経験を生かせるようなものを選ぶということも重要だ（手帖2「一番古い記憶」参照）。逆に、与えられた題であっても、〝自分にしか書けないこと〟を見つけさえすれば、それがてこになって書く意欲がわいてくる。

文章を書くということは、いわば、ピカソや武満徹が行ったと同じことを言葉の世界で実行することである。〝自分にしか書けないこと〟を見つけ、いとおしむことによって、それをやむにやまれぬ表現意欲にまで高める。これが文章を書く〝準備〟の中身である。高校生であろうと、大作家であろうと、およそ文章を書こうとする人間は、表現の〝現場〟にある限り同一の手続きを経なければならない。その意味では対等なのである。

### 4 だれが読んでもわかるように

真に創造的な文章が書かれる時、既成の形式は打ち破られる。だから、過去の文章の形式や技法を手本のように考えて、それに合わせて書くという方法では、創造的な文章は生まれない。ただ重圧感が立ちはだかるだけである。

創造的な文章は、既成の文章の観念や形式にとらわれない自由な発想からのみ生まれる。良い文章とは、

①自分にしか書けないことを

②だれが読んでもわかるように書く

という二つの条件を満たしたもののことだ。

〝だれが読んでもわかるように〟ということは、言葉の意味がわかるということも含んでいるが、それだけではない。〝自分にしか書けないこと〟、自分だけの発見や経験をできるだけ正確に言葉に表現するということを指している。これはとても困難な作業だが、先に述べた文章を書くよろこびは、この作業を成し遂げることによってのみ味わうことができる。他人が読んでわかるように書いた時、はじめて自分の発見や経験が本人にも正確に見えてくるし、書く前よりもさらに深められたり、鋭くなったりするのである。言うまでもなくこれらの作業は、メモから下書きへ至る表現の〝現場〟で行われる。こうして叙述がすすむにつれて、その文章は、その文章だけにふさわしい形式を獲得するのである。あ

くまで、形式というものは一回限りのものである。適切な語句、適切な叙述、それらは一回だけの命である。

ただし、感覚にしろ、事実や意見にしろ、それらを〝だれが読んでもわかるように〟表現するには、一定の秩序が要る。ことばが人間に受け入れられ、理解され、共感されるためには、一定の秩序があるから、叙述もそれに沿って行わなければならない。過去のすぐれた文章はそれを教えてくれる。その意味で、本書に収録した七十の文例は〝自分にしか書けないこと〟を一回限りの形式で表現し得た七十の実例である。これらは、人間の意識の多様さと、それを表現したり享受したりすることのよろこびを伝えている。諸君が自分でも文章を書いてみて、そのよろこびへ参加してくれることを、この文章読本は期待している。

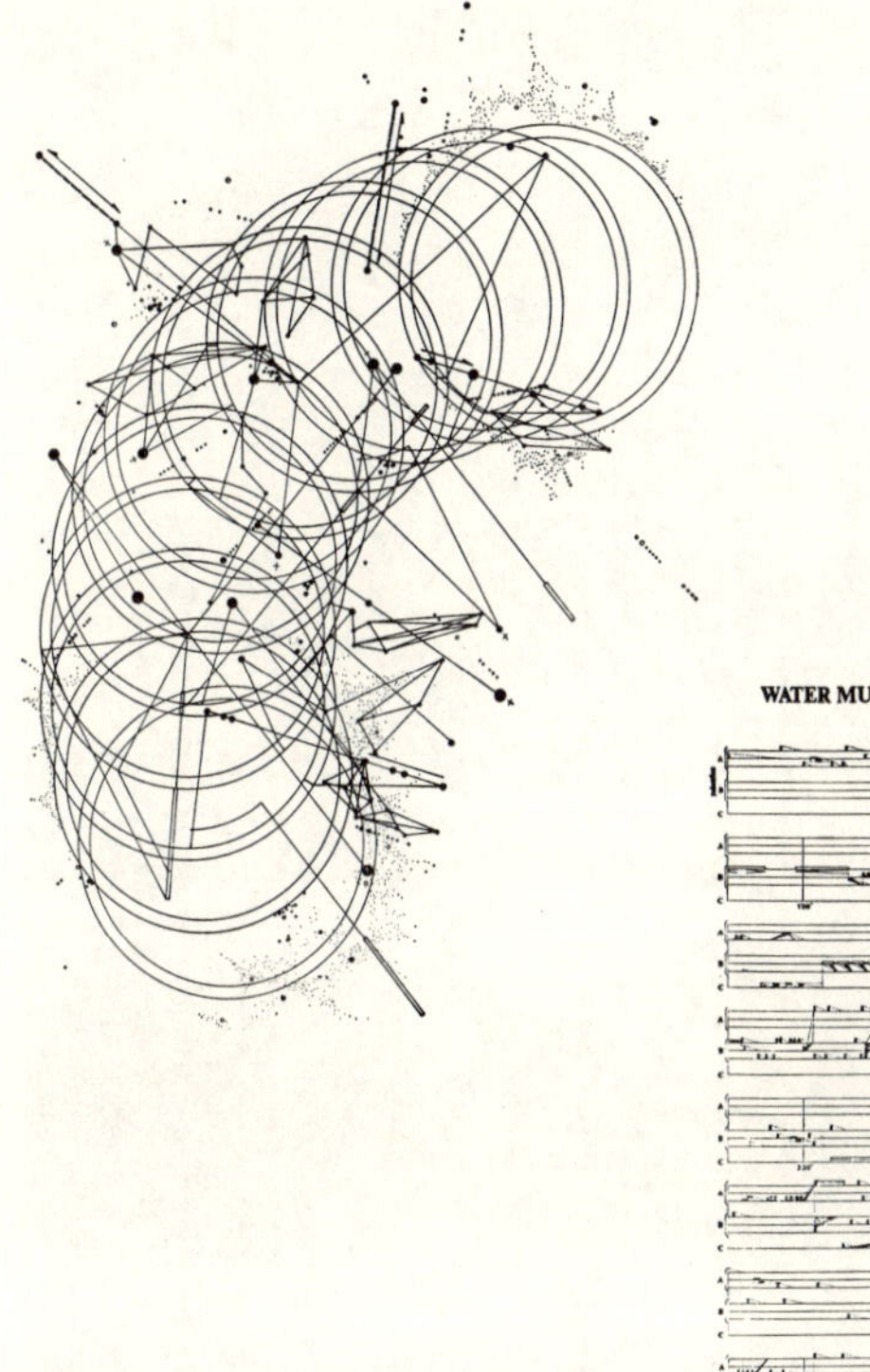

WATER MUSIC for magnetic tape

TORU TAKEMITSU

武満徹 “CROSSING for pianist” 楽譜▲



同 “WATER MUSIC for magnetic tape” 楽譜▶



（本書43ページ参照）

パブロ・ピカソ「泣く女」1937年
Pablo Picasso : “LA FEMME QUI PLEURE”

（42ページ参照）

エドワルド・ムンク「叫び」1893年
Edvard Munch : “THE SCREAM”
(42ページ参照)

2

# 感性の輝き

## 6 蠅（はえ）

吉行淳之介（よしゆきじゅんのすけ）

感覚的な叙述とは、思いつくままにことばを使うことではない。論理的なつながりを無視して、勝手な主観を相手に押しつけることでもない。人々が経験しながらことばに表せなかった印象を、全く新しいイメージとして、ことばの世界につくり出すことである。

---

少女は、慎重に育てられてきた。高校生になってからでも、学校から帰ってくると、はっきりした行き先と所要時間が分からなければ、外出を許されなかった。一人娘で、とくに父親が厳格であった。家庭では自分だけの部屋を、少女は与えられていた。寝床に入ってから、ときおり少女の軀（からだ）の中で漂いはじめるものがあった。やがて、不意に熱いものが軀の芯に入りこんでしまう。5
そういうとき、少女は起き上がって、鏡の前でパジャマを脱ぐ。

まったくの裸になる。この年頃の少女は、健康な感じだがやや鈍感さの混じった肥(ふと)り具合になってきて、その時期を過ぎると、しなやかに余分な肉が消えてゆく場合が多い。しかし、この少女の裸には、年齢に似合わぬ潤いとまるみがあった。

少女は机のヒキダシを開け、奥に隠してある口紅を取り出して、唇にそっと塗ってみる。しだいにその赤い色を濃くしてみる。ついには、毒々しいくらいの赤さになった。

そのときには、少女の乳暈(にゅううん)は小さな丘のように膨れている。片方の乳首に、口紅をすこしだけ塗り、指先でぼかしてみた。しばらくそのまま鏡に映し、急いで拭い去ってしまう。

その日、授業時間が終わって、家へ帰る途中、学生服の男が待っていた。少女の高校は男女共学ではない。中学のころ、一年上級だった少年である。

少女は、その少年に好感を持っていた。

以前は、少年の手紙が家に届いたことがあった。とりたてて言うほどの内容ではないのだが、少女の父がそのことを知り、厳しく文

**乳暈**　乳首のまわりのやや色素の多い部分。

通が禁じられた。

　それ以来、一週に一度くらいの割で、少年が待っているようになった。小さな人工の川の傍らに生えている大きな木の幹のうしろに、隠れるようにして待っている。その場所までくると、もう少女の学校の生徒たちの姿はない。

　その樹木が見えてくると、少女の胸がふくらむ。

　しかし、二人はその川の傍らの道を二十分ほど散歩するだけである。とりとめのない会話をかわす。

　蒸し暑い夏の午後だった。

　少女は、均斉の取れた軀で、細くて長い脚をしている。そのくせ、しばしば躓(つまず)いてよろけたりする。平坦(へいたん)な道を歩いていても、不意にバランスを崩した。

　会話の内容は相変わらずとりとめのないものだったが、緊迫した空気が流れる時間がある。まわりの空気が、不意に煮詰まったように濃くなって、液体のようになった。

　その瞬間、少女はよろけて、半歩遅れた。立ち直ったとき、目の前に男の制服の背中があった。

その広がりに、少女は異様なものを見た。胴体の下半分が青みどり色に光っている蝿が、背中一面にびっしり貼りついていた。

その色は、夜光塗料を塗りつけたようだ。外皮はつるつるしているが、そのくせ中身に詰まっている粘った液体がその一匹一匹に滲(し)み出ているようにみえた。

少女の軀から、血の気が引いた。もう一度、少女は小石に躓いたような足取りになった。

「どうしたの。」

少年が振り返って、訊(たず)ねた。

「また、躓いたの。」

「仕方ないなあ。」

少年は、笑って呟(つぶや)いた。

その日から、少女は少年を避けるようになった。

作者は、作中の「少年」を指すのに二度だけ「男」という語を使っている。全部「少年」に統一してはいけない理由があるとしたら、それは何だろうか。

**吉行淳之介**（一九二四—一九九四）小説家。戦後の風俗の中で陰湿とならざるを得ない人間関係を研ぎ澄まされた感性で描いた。特にセックスを扱いながら文学の精神領域を広げた詩的な作品は高く評価されている。主な作品に『砂の上の植物群』『夕暮（ゆうぐれ）まで』などがある。

**出典**『鞄（かばん）の中身』（講談社（こうだんしゃ）文庫）

▼ここに掲げたのは「蠅」の全文である。

# 7 イグアナ

I・ディネーセン
横山貞子（よこやまさだこ）訳

**イグアナ**　爬虫（はちゅう）綱トカゲ亜目イグアナ科。背にとげ状の突起が列生し、体長一・八メートルに達する。

未知の世界への驚きは、人の目を無垢（むく）にする。そのとき人は、新しい世界だけでなく、未知の自分自身をも発見できる。感受性の宝庫の扉が開かれる。そして時には、汚れてしまった自分を悲しむことがある。

禁猟区で、ときどきイグアナを見かけることがある。大きなトカゲの一種で、河床の平たい石の上で日光浴をしている。かたちはあまり気持ちよくはないが、色の美しさにかけては比類がない。宝石のかたまりのように輝き、古い教会のステンド・グラスを切りとってきたように見える。近寄るとサッと姿を消すが、そのあと石の上に、しばらく淡青と緑と紫のひらめきが残り、その色は流星が曳（ひ）く光芒（こうぼう）のようだ。

一度だけイグアナを撃ったことがある。なにかきれいなものを、皮を使って作れるかと思ったのだ。そのとき、後々までも忘れられない、ふしぎなことがおこった。私はイグアナの死体が横たわる石に向かって歩いていった。ほんの何歩と行かないうちに、イグアナは色あせて蒼ざめ、あのきらめくようなさまざまの色彩は、最後の長いため息とともに体から抜け去ってしまったかと見えた。イグアナを手にすると、それはもうコンクリートのかたまりのように鈍い灰色でしかなかった。すべての輝きと彩りとを放射していたのは、この動物の内に脈うつ生きいきした激しい血潮だった。生命の炎が消され、魂が飛び去ったいま、イグアナはただの砂袋にひとしい。

その後も私はときどき、イグアナを撃つのとおなじようなあやまちを犯し、そのたびに、禁猟区でのあの体験を思いおこした。メルに行ったとき、土地の娘がしている腕輪が目にとまった。二インチ幅の皮製で、小粒のトルコ石色のビーズで一面に刺繡がほどこしてある。ビーズは均質でなく、すこしずつ色がちがい、緑から淡藍、水色にいたるまでの、さまざまな変化を見せている。それはありふれたものでなく、生命が宿り、娘の腕に巻かれて息づいているかと

**メル**　ケニア山ふもとの町。

さえ思われた。私はほしくてたまらなくなり、ファラに言って腕輪を娘から買いとらせた。それが私の腕に移った瞬間、腕輪は霊力を失った。安っぽくて小さな、金で買ったけばけばしいただの装身具になり果てた。腕輪の生命力を創りだしていたのは、あの「黒さ」――変幻きわまりない、甘やかな褐色をおびた黒、泥炭や黒釉（こくゆう）に似た土地の人の肌の色――と、トルコ石の青とのあいだに綾（あや）なす二重奏、色彩の対照にほかならなかったのだ。

以前ピェテルマリツブルグの動物展示館で、深海魚の剝製がショーケースに納められているのを見たことがある。おなじ黒と青の配色が、この魚の場合は死んだ後も残っていた。こんなにも生きいきとさわやかなものを送ってくるとは、海底での生命のいとなみはなんとふしぎなものか、と思ったものだ。私はメルの街頭に立ち、蒼ざめた自分の腕と、その上で生命を失った腕輪を見やった。高貴な存在に対して不正がおこなわれ、真実が沈黙を強いられたにひとしい。腕輪はあまりにもみじめに見え、私は子供のころに読んだ物語で、ある英雄が語った言葉を思いだしていた。「私はすべてを征服した。しかし、私は墓場のただなかに立っている。」

**ファラ**　ブリクセン農園のソマリ族の雇い人。

**ピェテルマリツブルグ**　現・南アフリカ共和国クワズールー・ナタール州の都市。

作者が味わったのと同

異国にいて、見慣れない種類の生物に対する場合、その生物が死んでも価値を失わずにいるかどうかを、じっくりと見さだめなければならない。東アフリカに移民する人びとに私は忠告する。「自分の目と心にいやな思いをさせたくなかったら、イグアナを撃つのはやめておきなさい。」と。

じような体験を思い出してみよう。その際、作者のいう「不正」とは、なにが不正なのか考えてみよう。

**I・ディネーセン** Isak Dinesen（一八八五―一九六二） デンマーク生まれの作家。本名カレン・ブリクセン。一九一四年より十八年間アフリカのケニアでコーヒー農園を経営。帰国後アイザックという男名前で小説を執筆。アメリカで出版されるや、幻の作家としてセンセーションをまき起こした。『アフリカの日々』のほか『七つのゴシック物語』『冬物語』などの作品がある。

▼生家のディネーセン家はデンマーク有数の旧家。娘を貴族に嫁がせることを夢みていた父は、性病に患（かか）ったことを苦にして自殺している。カレンが十歳のときであった。カレンはやがてスウェーデン人のブロル・ブリクセン男爵と結婚。父の望みどおり「男爵夫人」となったが、乱れた生活の夫から性病を移されてしまった。夫との離婚後も、彼女は自らを虐（しいた）げるごとく終生「ブリクセン男爵夫人」を名乗り続けた。

**出典**『アフリカの日々』（「ディネーセン・コレクション」I・晶文社（しょうぶんしゃ））

▼ここに掲げたのは「イグアナ」の全文である。

## 8

# 地獄篇第二十八歌

野間　宏

描写はどこまで精密でありうるだろうか。日本の文学では一般に淡泊な口数少ない描写がよしとされてきた。次の文章は、その伝統を突き破る実験的試みといえよう。

書斎の中央の大きなテーブルに胸の弾みをおしつけるようにして江島春枝が腰掛けている。松の枝を差した花瓶を前にして、目を閉じ、彼女は先ほどからじっと動かない。冷たく輝く円筒形の花瓶の傍には、白い運動服の袖を折り上げ、小さい形のいい肘を出した裸の左腕が投げ出され、純白の大型画用紙をおさえている。テーブルの上に立てられた同じように裸の右腕は軽くその手首をたれ、手の甲の上にのせられた彼女の白い顎を支えている。そして顎の下の彼女の小さい指は、緑のパステルを握っている。

**地獄篇第二十八歌**　イタリアの詩人ダンテ（一二六五―一三二一）の大作『神曲』による。「正しい道をふみはずし」「暗闇の森」にいた「私」が、古代ローマの詩人ウェルギリウスに導かれて地獄を巡り、煉獄から天国に至るまでの見聞を著した書。第二十八歌は、その地獄篇のうち、「不和の種をまいた者たち」がいるところを記述している。

木原始はこの書斎の中の動かぬ春枝の姿を彼女の真向かいの庭園の芝生に面した南窓の高い窓辺に首を突き出し、見守っていた。両手をズボンのポケットにつっ込み、つっ立っている長身の彼の体には、自分で自分の体を扱いかねているような不自由で苦しげなところが露わに表れている。「もう来ないでちょうだい。」と言う彼女の声が、彼の耳の中に、今も焼き付いていて、それが二人の間を引き裂いているのを彼は感じるのである。

植え込みに面した西の窓から春の午後の穏やかな光が斜めに差し込み花瓶の松の葉と春枝の肉のしまった小形の顔とを宙に透かせるように輝かせている。彼女はまだ木原始の存在に気付かない。閉ざした二つの瞼は彼女の心の内の炎を外に漏らし出すかのように紅に染まっている。瞼と瞼の隙間から柔らかい細い影のような小さい睫毛が黒く噴き出ている。それは彼女の肉体の優しい余剰をそこにこぼし出しているように見える。毛並の漠とした眉。眉と眉の間の無邪気な広さ。その下の少し肉の厚い小形の鼻。唇の両端が口の中にくわえ込まれているような唇は厚味を持ち、少し肉の付きすぎている口の辺りには、ただよう誘いの輝きがある。この静かな春枝の顔は、木原始には既に自分のもとから遠く離れ去ってしまった存在のように思われた。そしてその顔のつけている子供のように翳(かげ)りのない魅力は、もはや、彼の心の近づき難いほど、二人の以前の恋の苦しみの跡を全く消し去ってしまっているように思われる。

と、閉ざしていた目を春枝は開いた。そして右手の甲の上に載せていた顔を起こした。するとその開かれた二つの目が異常に輝き上唇の端が何か肉欲を表すもののようにかすかにゆがんだ。そして彼女は両手を伸ばすと前の花瓶の中の松の枝に掛け、自分の顔を次第に松の葉の方に近づけて行った。と急に固く目を閉ざし、彼女は光をともすように輝いている松の葉に自分の顔の面を持って行った。……木原始はそれを見ていた。松の葉の先をそろえた柔らかい針が、春枝の柔らかい瞼と鼻と上頬(うわほお)とを突き刺している。彼はその針が彼女の歯を嚙(か)みしめた顔一面に当たるのを見た。彼の目は閉ざそうとして大きく開いた。彼の心は何か言い知れぬ痛みと憎悪に貫かれた。そして彼はその植物の数知れぬ針が彼女の顔を突き抜け彼女の孤独な魂を突き刺し、同時に彼の孤独な魂のところまでとどくのを感じた。

「もう来ないでちょうだい。」(六二・5)と江島春枝が言った理由を、本文の表現から想像される範囲で考えてみよう。

**野間　宏**（一九一五―九一）作家。戦後文学・芸術運動の中核的な担い手の一人。また、アジア・アフリカ作家会議での交流や、狭山（さやま）事件の弁護支援など幅広い活動を行った。作品に『暗い絵』『真空地帯』『青年の環（わ）』などがある。
**出典**『暗い絵・崩解感覚』（新潮文庫）

# 9 猛獣が飼いたい

子どもの絵は実にいい。画面一杯に母さんの顔を描いて、手と足は付け足し。子どもたちは大得意でそれを見せに来る。一番印象の強いものを率直に描くからいいのだ。

森茉莉（もりまり）

私はフランスのジイプという女の小説家の描いた、世界一かわいらしい少女（ルゥルゥ）に同感している。彼女は動物を人間より好きだといい、黄色の大猫ジュシィを愛していて、ジュシィが大きな犬に片方の耳を食いとられた時、姉さんのボオイフレンドが「もう片っぽも切っちゃったらどうです？　そろっていいでしょう。」と、バカげたことを言った時、国のために憤る憂国の志士のように激怒し、「あら、そいじゃもしあんたが片っぽめくらになった時、だれかがもう片っぽもめくらにした方がそろっていいって言ったらどう

**ジイプ** Gyp　十九世紀中葉から後半に活躍したフランスの作家。本名はSibylle Garielle Marie Antoinette de Riquetti de Mirabeau, de Martel de Janvilleという。フランス革命で有名なミラボオは大叔父にあたる。筆者によって訳された『マドゥモアゼル・ルウルウ』（薔薇（ばら）十字社）によって日本に紹介されたといっていいが、フランスでは全集も刊行されている。

するの？」とやり返した。私は犬と猫しか飼ったことがないが（犬はポンコ、メフィ、黒チビ、茶ちび、ポア、キャピ、クマ。猫は部屋を借りていた家の女主人に捨てさせられた黒猫イチと、霊のように賢い、これも真黒のジュリエット）理想をいうとライオンや豹が飼いたい。それは切実な願いだ。私が若かったとして、だれかがおむこさんを紹介してくれるよりも、一匹のライオンの仔か、黒豹の仔（両方ならなお満足）をくれた方がうれしい。動物はたいていのがかわいいが、大きい方が一層魅力である。私は愛するルゥルゥと全く同じ考えだ。飛び切り上等の男の子ならともかくであるが、ライオンや豹と比較してみて、それ以上の魅力を持っている男なんて本当の話、ほとんどないといっていいのである。

その私はある時、英国のレスリイ・クルウズ家の居間の写真を見ておどろき、うらやましさにどうかなりそうであった。赤ん坊から育てた雌のライオン、豹、豹の仔、犬、猫、黒山羊たちが長いすやひじ掛けいすの上に思い思いに乗っかり、お嬢さんの頭の毛をかんでいる豹もある。巨大なライオンも、豹も、猫のようにのそのそ歩き回り、ひじ掛けいすの腕木に横つらをこすりつけたりしている。

**レスリイ・クルウズ家**
不詳。

退屈の極致の状態になって薄目を開いている動物園の動物たちの姿は彼らのどこにもない。動物園の動物たちは園長や飼育係の人たちに愛されてはいるが、動物園というものが人間の娯楽のためにできている以上、園長も、飼育係もあれ以上には彼らを幸福にしてやることが不可能なのだ。

犬を抱えながら新聞を読んだり、黒山羊にミルクを飲ませたり、豹に髪の毛をかまれて首をすくめている十六歳のシャアリイさんの幸福さに私は羨望のよだれを流した。豹が頭の毛をくわえているこっち側ではライオンのやつが豹に負けまいとして、シャアリイさんのいすの腕木に首をすりつけている。ライオンの方は豹を見て、あとから来てやったとみえて、ひどく苦しそうな、無理な格好をしているのだ。いすといすとの腕木に両手をかけてつかまり立ちをして、彼らの共有の大皿のミルクをなめている犬を見ている仔豹。もっとも愛されているために栄養がよすぎるらしくて、どれもいくらか肥満児になってい、動作が鈍くなっているようすで、ライオンなぞは彼の特徴の、下腹が弓なりに削(そ)げたように細まっている肢体美がなくなっている。だが全く垂涎(すいえん)の光景である。

「おむこさん」(六六・5)、「飛び切り上等の男の子」(同・9)、動物以上の魅力などもっていない「男」(同・10)、と使い分ける作者の感性を探ってみよう。

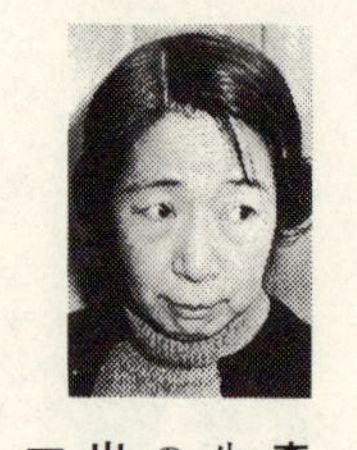

**森　茉莉**（一九〇三―八七）小説家、随筆家。明治の文豪、森鷗外（おうがい）の長女に生まれる。父、鷗外の思い出を綴（つづ）った『父の帽子』のほか、エッセイ集『記憶の絵』、小説『甘い蜜の部屋』などがある。

**出典**『贅沢（ぜいたく）貧乏』（新潮社）

▼ここに掲げたのは「猛獣が飼いたい」の全文である。

ここには、文章を書くこと、というより、言葉を用いて他人に自分の意思を伝達するということの重大な基本がひそんでいる。

記憶の中に風景がある。たとえばそれを「広々とした原っぱ」といってみても、なにか全然違うようだ。名付けにくいものが風景に染みついている。あのとき見ていた自分の心を占めていたものは何だったろうか。たぶんそれは他人と共有できない自分だけの風景なのだろう。いってみれば、その風景とは「私自身」なのだ。

鉛筆をもって白い紙に向かってみる。画家だったらどんなにいいだろう。あるいは詩人だったら。……でも私は私なりに、自分の持っている限りの言葉であの風景を描いてみよう。

「晴れた空……」いや、こんなじゃない。晴れて青かったけれど、あの青さは何か寒いように透きとおっていた。

「きれいな花が……」だめだ、だめだ。どうし

## 〔手帖2〕 一番古い記憶

〝自分にしか書けないこと〟にはどんなものがあるだろうか。間違いなくだれにでもそれがあると断言できるものがある。それは記憶だ。いつの記憶でもよいのだが、限定するとすれば「一番古い記憶」としてみるとわかりやすい。

記憶は、その当事者にしか思い当たらない。そしてことばでわかるように伝えない限り、決して他人には理解できない。その意味で〝自分にしか書けないこと〟を〝だれが読んでもわかるように書く〟材料として最適なのである。

だれでも一番古い記憶を探ってみると、ぼんやりとした断片的な映像が浮かんでくる。脈絡や因果関係は不明のまま何か言葉にしにくい独特の雰囲気や感じだけが残っている。そのぼんやりした、ある感じを、言葉で再現していくことになる。

てこんなありふれた表現しか出てこないのだろう！

ありふれた言葉はどこにでも転がっていて、手垢にまみれている。それは他人の言葉だ。私の心をいい当てるためにつくられたような言葉を見つけだそう。それはそんなにむつかしいことじゃないはずだ。たとえば友達どうしでいるとき、だれかがふと漏らした言葉に「そう、そう！」と思わず手を打って同意したくなる、あんな言葉だ。あるいは本を読んでいて、その一行、その一語に立ち止まって胸が熱くなる、あんな言葉だ。そう。私が私に一番正直で忠実な言葉を捜そう。それは私が私自身を発見することなのだ（実例として「表現への扉」四三六ページ掲載の生徒作品を参照のこと。また同傾向の実践として文例22の設問も試してみよう）。

# 3 ことばで遊ぶ



r 17th, 1975 .

"MEDAMAYAKI" IS AN OBJECT .
"U F O" WHICH CAN'T FLY .
AN'T EAT " U F O " .
FLY ! CAN'T EAT !
OBJECT AND THIS LETTER ARE MY WORKS .
CARRY BACK THEM TO ME .
UNFLYING " U F O " WILL FLY BETWEEN ....
WITH TOUCH

10

# バブリング創世記

筒井康隆（つついやすたか）

ことばが「意味」をさらりと脱ぎ捨て、身軽な「音」の世界で喜々として戯れる……。

ドンドンはドンドコの父なり。ドンドンの子ドンドコ、ドンドコドンを生み、ドンドコドン、ドコドンドンとドンタカタを生む。ドンタカタ、ドカタンタンを生めり。ドンタカタ、ドカタンタンを生みしのち四百六年生きながらえて多くの子を生めり。ドカタンタン、ドカドカとドカシャバを生み、ドカシャバ、シャバドスを生み、シャバドス、シャバドビとシャバドビアを生む。シャバドビア、シャバダを生み、シャバダ、シャバラとシュビラを生む。シュビラ、シュビダを生み、シュビダ、シュビドゥバを生み、シュビドゥバ、シュビドゥンドゥンドゥンを生めり。シュビドゥバの子シュビドゥン

**バブリング**　ジャズヴォーカリストが歌詞のかわりに、意味のない、例えばDadee-daとか、sha-ba-doo-waとかいった音で曲を表現することをスキャットというが、バブリングもその唱法の一種。

**創世記**　『旧約聖書』の第一書。世界創造の物語からヨセフの死までをしるす。例えば、「エノクにイラデ生(うま)れたり　イラデ、メホヤエルを生みメホヤエル、メトサエルを生みメトサエル、レメクを生(うめ)り……」（第四章）などという記述が至るところにある。

ドゥンドゥン、ズビドゥンドゥンを生みしのち二百五十二年生きながらえて多くの子を生めり。ズビドゥンドゥン、ズビダを生み、ズビダ、ズビズバとズビズバズーを生む。ズビズバ、ズバダを生み、ズバダ、ズバラとズバダンダンを生む。ズバダンダン、ズバダバダを生み、ズバダバダ、ダバダバとダバダバダを生む。ダバダバダ、ウバダとウバダバダを生み、ウバダバダ、ウンダバダを生み、ウンダバダ、ウンタパタを生み、ウンタパタ、ウンパパとウンパパパを生めり。タンパパパはウンパパパの子なり。タンパパパ、タントパトとタイヤパタを生めり。タンパパパの子タイヤパタ、タイヤとタイヤパタパを生み、タイヤ、クギをふめり。タンパパパの子タントパト、タンパトパを生み、タンパトパ、タパトントを生み、タパトント、タパタを生み、タパタ、タパトトンとグガンを生む。タパタの子タパトトン、トンタパを生み、トンタパ、トンパパを生み、トンパパ、トンガガを生み、トンガガ、トンガとトンガトンガを生めり。トンガガの子トンガトンガ、ガンガガンガを生み、ガンガガンガ、ガラガッチャとバンガバンガを生めり。ガンガガンガの子バンガバンガ、バンバンを生み、バンバン、バンババを生み、バンバ、バ

**ドンタカタ、ドカタンタンを生みしのち四百六年生きながらえて……**　ドンタカタに関しては第二章で展開されるが、その章のブンチャッチャにちなんで第四章が展開される。

**シュビドゥンドゥンドゥン、ズビドゥンドゥンを生みしのち……**　シュビドゥンドゥンドゥンに関しては第三章で展開されるが、その章のジョンジヨロリンにちなんだ創世が第五章で展開される。

ンババを生み、バンババ、バズンとバズンバズンを生み、バズンバズン、バラバとバラバラを生めり。バズンバズンの子バラバラ、バラバラバラバラとバタバタを生み、バタバタ、バタンバタンを生み、バタンバタン、パダンパダンとバタンキュを生めり。パダンパダン、パラパラとパンパンとパンパカパンを生み、パラパラ、ペラペラを生み、ペラペラ、ペケペケとペロペロを生み、ペケペケ、ペンペケペンを生み、ペンペケペン、ペケペンペンを生み、ペケペンペン、ペンペンとポコポンポンを生めり。ペケペンペンの子ポコポンポン、ポンポコを生み、ポンポコ、ボンボコとブンブクとブクブクとブブブンブンを生めり。ポンポコの子ブブブンブン、ブブブンを生み、ブブブン、ブンブンを生み、ブンブン、ブブンを生み、ブブン、ブンとフンを生めり。ブブンの子ブン、プンを生み、プン、プリンとペルリンプリンを生み、ペルリンプリン、プルンとプルプルを生めり。ペルリンプリンの子プルプル、ピラピラを生み、ピラピラ、ビラビラを生み、ビラビラ、ビリビリを生み、ビリビリ、ピリピリを生み、ピリピリ、ピョロピョロを生み、ピョロピョロ、ピーヒャラとピーヒョロヒョロを生む。ピョロピョロの子ピーヒョロヒョロ、

単調な繰り返しと見え

トンビを生み、トンビ、タカを生み、タカ、ハゲタカとクマタカとヨシタカを生めり。ヨシタカ、ヤスタカを生み、ヤスタカ、シンスケを生めり。

る中に、思わぬ楽しい仕掛けがある。気が付いただろうか。

**筒井康隆**（一九三四—）作家。小説、戯曲、エッセイ、パロディ、SFなど幅広いジャンルをこなす。作品に『時をかける少女』『乱調文学大辞典』『脱走と追跡のサンバ』などがある。

▼ジャズ好きが高じて、ついにクラリネットを吹き始め、フリージャズ界の第一人者山下洋輔らとジャムセッションを愉しむこともあるという。その模様をLPレコードにしたという話もある。筒井氏はまた、日本語のみならず、ハチャメチャ語にも通じ、ハナモゲラ語も自在に使いこなせる現代文学のスターである。

**出典**『バブリング創世記』（徳間文庫）

▼ここに掲げたのは全五章のうち、第一章の全文である。なお第二、三章については「表現への扉」参照のこと。

## 11　さようなら、ギャングたち

高橋源一郎（たかはしげんいちろう）

「天国へのパスポート」を知っているだろうか。今の世の中にそれを売り出すとすれば、どんな広告文（コピー）が考えられるだろうか。いい学校、いい会社、いい結婚……。いえいえ、そんなものではありません。それは「耳栓」なのです。

そしてわたしは偉大な鉄工所でも働いた。

偉大な鉄工所においては「耳栓」こそが生命と繁栄のシンボルだった。

どかんどかんどかんどかおーいんどかんどかんどかんどなーにー?かんCRASHCRASHCRAグラインSHCRAダーの刃SHきちきちきちだだだだだきちだだとって!きちきちだだだだなーにー?きちだだグラインダー!WEEEEEEEなーにー?EEEEEグ・ラ・イ・ンEEEN!ダー!!ばごーんぼ

ごーんばごーんぼなーにー？ごーんばごーんHOWL刃！　くそ！
刃！LLLLLLLLINはくそ？　なーにー？GHOWLLLグ！
ラ！イ！LLLLーン！NNNダ！ア！だGZIPZIPZAPZAPずだずだずだ
ずずだなーにー？だだずずだだず死んじまえ！せんずりやろう！SHAAR
RあとでかえすよーRRAAAMMNNN

偉大な鉄工所の中で「耳栓」をはずした者は必ず至福に充(み)ちたパラダイスの幻影(ビジョン)を見ると言われている。

一年に平均五・四人が、偉大な鉄工所との雇用契約書の特記事項「就業中『耳栓』ヲ外シタル被雇用者ニ於(オイ)テハ労働災害保障ノ適用ヲ除ク。」に訣別(けつべつ)し、雄々しく「耳栓」をとる。

そうして偉大な鉄工所の作業員は歓喜の表情をうかべながら「至福千年」の中へゆっくりと入ってゆくのだった。

**「至福千年」** ラテン語のmillenium（千年）に由来するキリスト教の信仰。キリストが再臨し、千年にわたる黄金時代を地上にもたらすというもの。

正反対の意味に受け取ったほうが事実に近いと思われる語がたくさんある。実際に本文中のそれらの語を反対語に書き換えてみて、本文と比較してみよう。

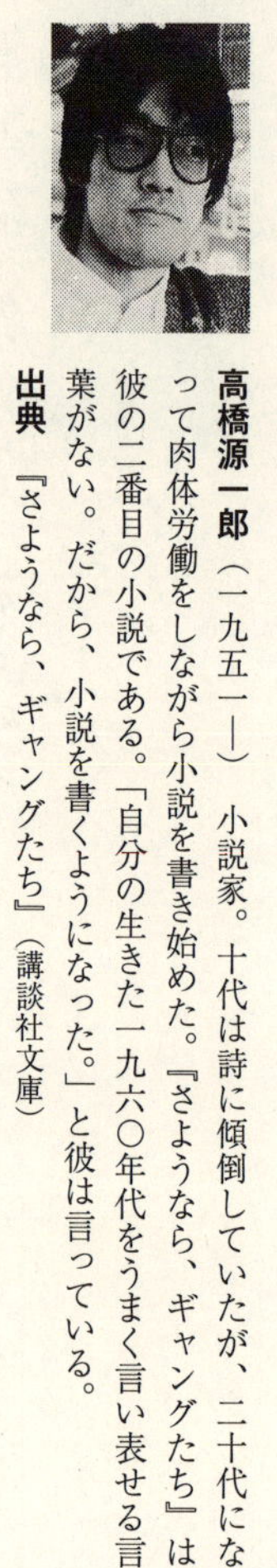

**高橋源一郎**（一九五一―）　小説家。十代は詩に傾倒していたが、二十代になって肉体労働をしながら小説を書き始めた。『さようなら、ギャングたち』は彼の二番目の小説である。「自分の生きた一九六〇年代をうまく言い表せる言葉がない。だから、小説を書くようになった。」と彼は言っている。

**出典**『さようなら、ギャングたち』（講談社文庫）

12

# 姉への手紙

モーツァルト
高橋英郎（たかはしひでお）訳

魅力的な音楽を聴くとつい口ずさんでしまうように、こんな手紙を見るとつい真似（まね）てみたくなる。この手紙は、彼の音楽と同じくらい自由で、お茶目で、愛らしい。

　これは、一七七二年十二月十八日、ミラノから姉、ナンネルにあてて発せられたもの。なお、下図はモーツァルトの直筆である。

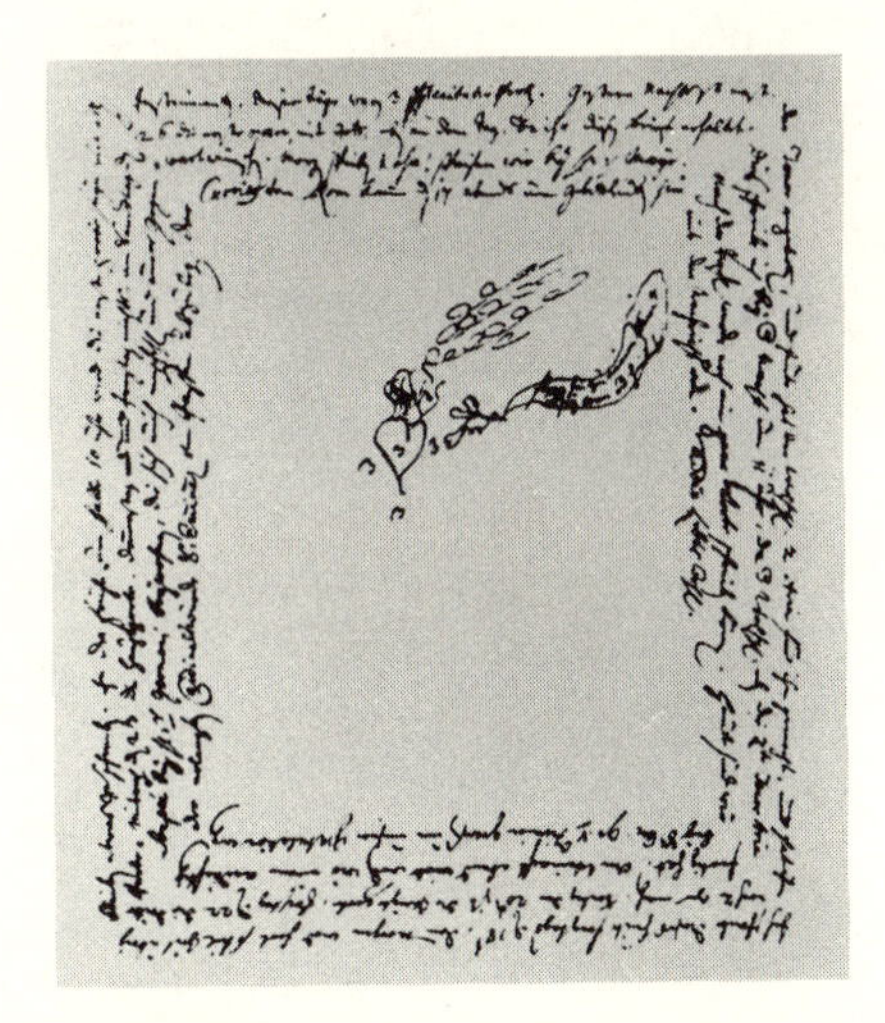

愛するお姉さん、お元気のことと思います。この手紙を受けとるころ、お姉さん、ちょうどその晩、お姉さん、ぼくのオペラが上演されます。ぼくのことを想ってね、そしてできるだけお姉さん、あなたも、オペラを観たり聴いたりしていると想像してよ、お姉さん。そりゃもちろん辛いことだね、もう11時だもの。さもなければ、昼間は復活祭のときよりも明るいにきまってるものね、お姉さん。あしたぼくはフォン・マイヤー氏のところで食事をします。なぜだと思う？ 当ててごらん。招かれたからです。あす舞台稽古があります。でも、劇場支配人のカスティリオーネ氏から頼まれています、それを人に言いふらさないようにと。さもないとみんなきて困ったことになります。だからいい子ちゃん、お願いだから、だれにもこのこと言わないでね、いいね？ さもないと、大勢の人たちがかけつけるからね。わかるね？ ところでここで起こったこともう知ってる？ 話してあげるね、ぼくらはフィルミアン伯爵邸から家に帰ろうとしました。家の通りまできて、玄関の戸を開けたとき何が起こったと思う？ ぼくらは中に入りました。ごきげんよう。ぼくの肺臓ちゃん。キスをおくるよ、ぼくの肝臓ちゃん。ぼくの胃袋ちゃん、いつも変わりないあなたのろくでなしの弟、ヴォルフガング。お願い、お願い、お姉さん、かゆいよ、かいてよ。

**姉** Maria Anna Mozart（一七五一—一八二九）愛称ナンネル Nannerl。

**フォン・マイヤー氏** Albert Michael von Mayr ミラノ大公の王室経理官。

**カスティリオーネ氏** Federico Castiglione ミラノ大公宮廷劇場の支配人。オペラ上演の契約をモーツァルトとかわしている。

**フィルミアン伯爵** Ernst Firmian（一七〇八—八三） パッサウ領主の司教。

友人モーツァルト君に、手紙を書いてみよう。

**モーツァルト**　Wolfgang Amadeus Mozart（一七五六—九一）　オーストリアの音楽家。三十五年の生涯に七百曲近くの作曲をした史上稀(まれ)な天才の一人。幼少から神童として全ヨーロッパに知られたが、ふさわしい職場を得られないまま貧困のうちに若くして病死した。代表的な作品に、交響曲第四十一番「ジュピター」、セレナード「アイネ・クライネ・ナハトムジーク」、ピアノ協奏曲第二十番、オペラ「フィガロの結婚」、死者のためのミサ曲「レクイエム」などがある。

▼モーツァルトの手紙は現在四百通近く保存され、作品同様に研究され、公刊されている。その中でとりわけユニークなのは、糞尿(ふんにょう)ばなし（スカトロジー）をちりばめた手紙の一群である。「さあ、お休み、ベッドで大きな音を立ててウンコなさい。ぐっすりお休み。お尻を口につけて。さよなら。ああ、ぼくのおケツが火のように燃えてきたぞ！　こりゃなんだ！……きっとウンコのお出ましだ！　そうだ、そうだ。ウンコだ。わかってるぞ、見てるし、嗅(か)いでるし、それに、こりゃなんだ？——ほんとかな？　ああ、ぼくの耳よ、ウソじゃないだろうね、——いや、そうだ、なんと長くて、ユーウツな音なんだ！……」（一七七七年、マンハイムより従姉妹(いとこ)あて）

**出典**『モーツァルトとともに一年を』（木耳社(もくじしゃ)）

## 13　とぜんそう

別役実

説明文というものがある。百科事典や図鑑の文章のように実用を目的としたものが多い。娯楽として読むには退屈な場合が多いのだが……。

雅名を《つれづれぐさ》と言う。吉田兼好の『徒然草』は、これに拠ったものである。吉野から紀州へかけての山中に自生する多年草で、夏の終わりにセイタカアワダチ草に似た黄色い花をつけ、開花後刈り取って乾燥させると強い芳香を発し、これには幻覚作用があった。

つまり、この乾燥した束を室内に吊し、芳香の中で幻覚に襲われ、夢とも現ともつかぬ間をさまよう状態を「つれづれなるさま」と言ったのである。従って当時の文人墨客の書斎にはなくてはならぬも

**吉野**　奈良県吉野郡の町。吉野山、吉野朝廷、桜などによって知られる。

**紀州**　紀伊の国（和歌山県と三重県の一部）のこと。

**セイタカアワダチ草**　キク科アキノキリンソウ属

のとされ、前述した吉田兼好の『徒然草』をはじめ、平安から、鎌倉、室町へかけての文学は、この影響を抜きにしては語れない。
もちろん、「つれづれなるままに、日ぐらしすずりにむかひて、心にうつりゆくよしなしごとを、そこはかとなく書きつくれば、あやしうこそものぐるほしけれ。」と、『徒然草』の序文にあるように、《とぜんそう》の幻覚に襲われつつある心的状況を、吉田兼好ほどありのままに描いてみせたものは他にないのであって、この草の影響を調べる場合には、この作品が唯一にして直接的な資料となるのである。
幻覚剤の専門医に言わせると、この幻覚作用は、半覚醒状態をゆるやかに持続させつつある点に特徴があり、その意味では、大麻のそれに極めてよく似ている、ということである。ちなみに、この専門医の現代語訳によると、この序文は、次のようなものになる。
「《とぜんそう》の乾燥した束を室内に吊し、その芳香の中で夢とも現ともつかぬまま、一日中すずりに向かって、幻想の中に現れたとりとめもないことを、何となくあれこれと書きつづっていると、そのうちに禁断症状がはじまって、ひどく苦しくなってくるなあ。」

…の多年草。北米原産の帰化植物で、戦後急に目立つようになった。空地などに密集して生え、高さ二メートルほどになる。晩秋に多数の黄色の頭花をつける。

**文人墨客**　詩文を作る人と書画をかく人。

**大麻**　インドタイマの花や葉を原料として採る麻薬。ハシッシュやマリファナ。

一般に『徒然草』は、極めて常識的なことを常識的に書いただけの、つまらない作品と評価されているが、この専門医に言わせると、この作品の真の良さは、吉田兼好が《とぜんそう》の幻覚下で書いたように、我々もまた大麻を吸ってその幻覚下で読まないと、理解できないそうである。小林秀雄(こばやしひでお)が問題にした例の有名な一節、「因幡国(いなばのくに)に何の入道とかやいふ者のむすめ、かたちよしと聞きて、人あまたいひわたりけれども、このむすめ、ただ栗(くり)をのみ食ひて、さらによねのたぐひをくはざりければ、かかることやうのもの、人に見ゆべきにあらず、とて、親許さざりけり。」というくだりも、幻覚下で読むと、ほとんど感涙にむせぶほどドラマチックな人生模様が、そこに見えてくるらしい。

ともかく、現在《とぜんそう》の栽培は禁止され、我が国では和歌山県の農業試験場が実験的に作っているものがあるだけであり、国文学者たちが「古典文学研究のために」という名目で長年にわたってその使用許可を求め続けているのだが、文部省はともかく厚生省がまだ「ウン」と言わない。我が国の国文学者が『徒然草』の真の良さを理解できないのは、そのためなのである。

**小林秀雄**　一二二ページ参照。『無常という事』という著書の中に「徒然草」という短文がある。

**「因幡国に……親許さざりけり。」**『徒然草』第四十段の全文。小林秀雄は、その「徒然草」という文章の末尾でこの段を名作としながら、理由を暗示するにとどめている。なお、「ことやう」は異様な、「人に見ゆ」は人に嫁ぐ、の意。

学術書を装うために、筆者はどのような工夫をしているか。また、楽しませる「うそ」としてどんな工夫をしているか。

**別役　実**（一九三七—）　劇作家。日常のことばのあいまいさや欺瞞（ぎまん）性をつく鋭い作品によって知られる。戯曲に『マッチ売りの少女／象』、その他『数字で書かれた物語』『虫づくし』などがある。

**出典**　『道具づくし』（大和（だいわ）書房）

▼ちなみに、本書に出てくる五十余の「道具」には民俗学の学術書を装った説明が付いているが、すべて架空のものばかりである。

## 〔手帖3〕 ことばで遊ぶ

ことばをつかむ、遊びながらつかむ。名作をひとつ。宮沢賢治の「やまなし」の冒頭、その一節。

《二疋の蟹の子供らが青じろい水の底で話していました。

「クラムボンはわらったよ。」

「クラムボンはかぷかぷわらったよ。」

「クラムボンは跳てわらったよ。」

「クラムボンはかぷかぷわらったよ。」》

「クラムボン」という語感が何ともつかみどころがなく、お菓子みたいで、楽器みたいで、笑うという生の喜びの表現にぴったりだ。あどけない会話も繰り返しの中に「跳て」「かぷかぷ」と変奏され絶妙だ。

いつの時代でも子どもたちはことば遊びの名人だ。「数えうた」や「尻取り」に熱中し、また、歌いながら縄跳びに時を忘れ、あるいは、前日帰り道で悪友と知恵を絞った「替え歌」を、斉唱の際にこっそり歌う。叱られれば叱られたで、それも愉快だ。「ヤーイ、ヤーイ、アッカンベー」の世界だ。

子どもたちのそんな生き生きした姿を見ていると、世の中には、その根底に真面目があって遊びがあるのか、それともその逆なのだろうかと、いつも不思議に哲学的な気分に誘われる。そうして、逆だなと考えてみた方がうんと人間を身近に感じられて、いい気分になる。

こんなのはどうだろう。五歳の子どもが教えてくれたことば遊びだ。

《さんかくしかく四角はとうふ豆腐はしろい白いはうさぎ兎ははねる跳るはかえる蛙はみどり緑はきゅうり胡瓜はながい長いはエントツ煙突はくろい黒いはかいぶつ怪物はきえる消えるはでんき電気はひかる光るは親父のはげあたま》

「さんかくしかく」で始まって「親父のはげあたま」とオチをつける巧みなことばの連結は、その単純なリズムとも相まって一種のナンセンスの味わいをもっている。これは、いままで存外軽視されてきた、日本人の笑いの伝統におけるたくましい継承である。子どもたちはこんな風に、笑いながら遊びながらことばをつかむ。

大人はどうも真面目に価値を置き過ぎるようだ。子どもを真似(まね)たらいい。

もう一度「やまなし」へ。

《「クラムボンはわらっていたよ。」

「クラムボンはかぷかぷわらったよ。」

「それなら、なぜクラムボンはわらったの。」

「知らない。」》

4

# もう一人の自分

## 14 もしかして

三善晃

平凡な日常の中に、思いもよらぬ非日常が共存していることに気付いて、ドキリとした経験はないだろうか。しかし、それがむしろ私たちのあたりまえの姿だとしたら……。

私の大好きな五月
その五月が来ないうちに
もしかして死んでしまったら
ほんの気まぐれの心から
河へでも身を投げたら
もう死んでしまったらどうしよう
私の好きな五月の来ないうちに

朔太郎の詩。「もしか」する未来の時点では、その「もしか」は

**私の大好きな五月……** 萩原朔太郎「五月」の全文。

**朔太郎** 萩原朔太郎（一八八六―一九四二）、詩

少なくとも私の自発的な意志による。そこが、この不安の、不気味で恐ろしいところだろう。

　ポーのだったか、隠しおおせた犯罪が時効になる日、ふと見上げたアドバルーンから、この「もしか」が襲ってくるという短編があった。もしかすると、私は、あれを、いましゃべり出すのではないか。

　ついでだが、『黒猫』の主人公が壁をたたくときに、この「もしかして」の伏線があったら、フィクションはもっと立体的になったのではないか、という気がする。

「もしか」の不安が私を追いつめる、「もしか」を果たすことだけが、その、のっぴきならない苦しみから私を解放するだろう、という具合に。

　それが、自己暗示の反射的な作用になることもある。国民学校と呼ばれた戦時中の小学校で、毎日の昼休み後、奉安殿の掃除をする。当番の一同直立不動で整列、「みな力を合わせ、一生懸命働きます。」と大声で斉唱、最敬礼してから作業にかかる。ある日、「みな

人。詩集に『月に吠える』『青猫』などがある。

**ポー**　Edgar Allan Poe（一八〇九―四九）アメリカの詩人、小説家。小説『モルグ街の殺人』『黒猫』などがある。

**『黒猫』の主人公が壁をたたく**　妻を殺害して地下室の壁に死体を塗り込めた主人公は、完全犯罪の成立のまぎわ、警官たちの前でその壁を手にした杖でたたく。壁の中から黒猫のおそろしい叫び声が……。

**奉安殿**　太平洋戦争終結前、学校で天皇の写真や教育勅語を不敬のないよう保管するため校舎から離して設けた特別の建物。

力を……」と唱えはじめた瞬間、不意に「もしか」が襲ってきた。もしかすると自分は「働きません」というのではないか。馬鹿な、そんな恐ろしい、でも、もしかすると……。「働きます！」と斉唱の終わったところで「せん！」という大声が残った。もちろん、私の、だ。一瞬、四周（まわり）の空気は凍った。

といえば大げさにきこえるかもしれないが、なにしろ戦時中のこと、陛下の玉影を安置奉っている御殿なのだ。先生を含めて、みんな、長いこと凍（い）てついていた。

敗戦二年目、中学二年だった。初夏のある午後、梅に、暑苦しい葉が茂っていた。

家にだれもいない。寝たきりの祖母だけが、梅の見える六畳間にひっそりと仰臥（ぎょうが）している。縁の陽炎（かげろう）を透かして薄い床が見えた。縁に、径一尺ほどの木桶（きおけ）が二つ干してあった。もともと、それは素糖の容器だった。黒い、どろどろした内容（なかみ）がなくなって、そのころはモロコシの粒を入れたりしていたのを、母が洗ったものだったろう。そういえば、砕いたモロコシの入った粥（かゆ）を、私はよく、祖母の部屋

**玉影**　太平洋戦争時、天皇の写真をこう呼んだ。

**素糖**　精製前のアメ状の砂糖のこと。

へ運んで行った。

日差しの激しい午後の縁に、突如「もしかして」が襲ってきた。私は、ぼんやりと、二つの桶を眺めていた。それだけだった。

私が、祖母を憎んでいただろうか。憎い、と思った覚えはない。だが、急に、見えない穴のようなものが陽炎のなかにあいて、「もしか」がその底から私を吸い取ろうとしはじめていた。もしかすると、自分はあの人を殺すのではないか、あの桶をかぶせて……。

このときの「もしか」は反射的でなかった。「もしか」の息のつまりそうな苦しさは、とても長く続いたように思う。だが私は、いつ、どうして桶を手にしたか、覚えていない。ただ、祖母の顔にかぶせた桶の上に、上半身の重みをかけてゆこうとする両腕の、妙に外開きな張り方は、今、私の両肘にそのまま蘇(よみがえ)ってくる。

そして、私の耳は、あのとき、桶の下からきこえた、祖母の、かすかな念仏を思い出す。じつは、私の意識が「もしか」をふるい落としたのは、この念仏を聞いたためだった。祖母の体をまたいだ、そのままの位置で、私は桶から身を起こす。念仏の途切れに、桶の下から「押しておくれ、押して……。」とつぶやく声がきこえた。梅の葉に、陽炎の残りがからんでいる。

「押しておくれ、あきらさん……。」あの細い声と、汗の冷たい感触は、毎年の初夏に、私に戻ってくる。 5

「私が、祖母を憎んでいただろうか。」（九三・4）とあるが、筆者はなぜ「私は」とせずに、「私が」としたのだろう。

**三善 晃**（一九三三―二〇一三） 作曲家。大学仏文科在学中の作曲コンクールに入賞して以来、四度の尾高（おだか）賞など、戦後の作曲界に活況をもたらした一人。代表作品として、音楽詩劇「オンディーヌ」「チェロ協奏曲」などがある。

**出典**『遠方より無へ』（白水社（はくすいしゃ））

▼ここに掲げたのは「もしかして」の全文である。

# 15 日本人の悲劇

金子光晴（かねこみつはる）

自分ほど身近なものはない。だが、自分についての見方ほど偏見に満ちたものはない、というのも事実のようだ。自分のことを客観的に、過不足なく見ることのできる目——本当の意味で教養とはそういう能力を言うのかもしれない。ここに、苦しみながら自惚（うぬぼ）れと劣等感という偏見から自由になっていった一人の人間がいる。

僕が、第一次世界大戦の休戦の翌年、二十四、五歳ではじめてヨーロッパの土を踏み、リバプールからロンドンに着いて、そこに四、五カ月滞在していたときのことです。

街灯は、若草緑から、疲れた青まゆずみいろにかわって暈（かさ）をつくっていたガスの火が、ぽっと消えます。未練いっぱいなはかない消えかたです。まだうすぐらい空に教会の鐘がからんころんと高く鳴

**第一次世界大戦**　一九一四年七月にはじまり一九一八年十一月に休戦。

**リバプール**　Liverpool　イギリス、イングランド北西部の港湾都市。

りひびきます。ああ、今日は日曜日だったのかと、人の列の多いのにおもいあたるのでした。ふとその時、僕が目を下に落としますと、目のしたを、異様なかっこうの人間があるいています。歩いているよりも、はっているようにみえました。佝僂(せむし)のように前かがみになって、蜘蛛猿(スパイダル・マンキー)のように両手をゆすぶって、がに股であるいている一人の男と、そのつれでした。窓際のほうをあるいているその男は、全くグロテスクで、胴がながく、足が短く、しかもその足の膝(しつ)関節(かんせつ)がくの字なりにまがったままで、いそがしそうに小刻みにちょこちょこと前に出る。山高帽子とフロックコートのかっこうは、やっぱり、猿の茶番のようです。五十がらみの老人であることは、うえをふりむいた顔でそれとわかったのですが、同時になんとそれが日本人だということもわかりました。つれの方は若く、さすがにしゃんと腰は伸びているのですが、裃(かみしも)でもつけたように反りかえって、しゃっちょこばっているのです。からだを傾(かし)げて、老人のいう言葉をききとろうとしているらしく、また、何度も耳を寄せていっては、うなずいています。窓のしたをすこしゆきすぎたところで、ふたりは立ち止まり、通りのほうへむき直りました。通りを横切って、む

**蜘蛛猿** 中南米の森林にすむ猿。全身に黒色の粗毛があり、四肢と尾が非常に長く、樹上生活をする。

**山高帽子** フェルト製で頂が丸く高くなっている、黒い礼装用の帽子。

**フロックコート** frock coat 男子用の礼服の一種。

**裃** 江戸時代、武士の礼装の一つ。左右に張った肩衣(かたぎぬ)と袴(はかま)からなる。

こう側へゆこうとしているのです。若い方の男の、胆汁のにじみ出たような、胃弱らしい、陰気な、目の細く釣りあがった横顔が、そのときはっきりとみえました。老教授と、若いほうは、ロンドンに留学している優秀な学徒といった組み合わせです。このふたりを見ている僕の顔は、火になった鉄板とむかいあったように火照り、胸の動悸がはげしくうちはじめ、そむけようとしてもその顔をそむけることができませんでした。

僕のながい生涯で、この瞬間ほどはっきりと日本人をみたことはなかったのです。人間に対するいやらしさが、日本人のいやらしさの限りとして、同時に浮かびあがり、しられたくないあさましい記憶が、どうかばいようもなくむき出しに、そこに立ちはだかっているのです。西洋人のなかでしばらくくらしているうちに、じぶんが日本人だということを棚にあげた醜いものへの憐憫の情と、みている日本人の顔がそのまま、じぶんの顔なのだという自己嫌悪とが一つになって、僕を切りさいなみます。成り上がり娘が、往来で、じぶんの育ったみじめな階級のぼろをさげた仲間をみて感じる狼狽と、不当な憤りと冷酷な表情とよく似たものがありました。

この一こまの情景は、僕の自己反省と後悔に似たものを伴いながら、年月を経てもあせない、鮮明な印画となって僕のまぶたのうらにやきついてしまいました。果たして、こうした劣等感は、正当なものでしょうか。先進国にいて僕らが味わわせられるこんな自己卑下は、少なくとも、国内にいるかぎりは味わわないですんだものです。

国にいれば、よそからみて奇妙なことでも、至極当然なこととして通せますし、国のうち同士でなければわからないものごとの味わいというものもあります。それをおしすすめてゆけば、その妙味を味わう能力のない他国の人間よりもじぶんたちのほうが、それだけ高い感度をもった人間で、むしろすぐれているのだと、価値を転換して考えることだって勝手なのです。また、そうした自己陶酔が、国の外側へ持ち出しても通用するものと、不当な優越感をもつようになることも、ごく自然なことです。

「僕のながい生涯で、この瞬間ほどはっきりと日本人をみたことはなかったのです。」(九七・8)とあるが、この「日本人」という語は、単純な、辞書に載っている「日本人」とは少し違った内容を含んでいる。それを説明してみよう。

**金子光晴**（一八九五―一九七五）前後三回、計八年余にわたるヨーロッパ、東南アジア、中国での放浪体験により、戦争中、国内にありながらも非協力・反戦の態度を守った詩人として知られる。強烈な自我意識と剃刀（かみそり）の神経、独特の道化によって詩史に特異な位置を占める。詩集に『こがね虫』『鬼の児（こ）の唄（うた）』『人間の悲劇』などがある。

**出典**　『金子光晴全集』第十二巻（中央公論社（ちゅうおうこうろんしゃ））

# 16 傷逝

魯迅(ルーシュン)
竹内好(たけうちよしみ)訳

傷逝　人の死を悲しむこと。死者をいたむこと。この作品は「彼女」の生前を回想する形式で書かれている。

恋の告白——古今東西の詩人や作家が、あらゆる角度から、繰り返し描いてきた文学のテーマ。これほど陳腐なものもないといえば、その通りだ。しかし、人間はひとりひとり別個の条件のもとに生きている。そこに目を注げば、まだだれにも描かれていない恋、私の、彼女の、恋があるにちがいない。

あのとき私が、どんなやり方で、私の純粋にして熱烈な愛情を彼女に伝えたものか、今はもう覚えていない。今どころか、あのとき の直後にはもうボンヤリしてしまって、夜になって思い出そうとしても、いくらかの断片しか残っていなかったのだ。同棲(どうせい)して、一、二カ月後には、その断片すら、跡形もなく夢のように消えてしまった。ただ、その前の十数日間、表現の態度をつぶさに研究し、言葉の用法を順序立て、万一拒絶されたときの措置についても考えたことだけは覚えている。しかし、その場に臨んでは、どれも役に立たなかったらしい。あがってしまって、思わず映画で見た通りをやってしまった。後で思い出すたびに顔がほてる。意地のわるいことに、この一つだけが永遠に記憶に残っていて、今でも、暗室を照らす豆ランプのようにその光景を照らし出すのだ。私が涙をうかべて彼女の手をにぎり、片足をひざまずいて……。

自分のことだけでなく、子君（ツーチユン）の言ったことや、したことについても、そのとき私は、何もはっきり見定めていなかった。彼女がもう私に承諾を与えた、ということがわかっただけだ。そういえば、かすかに覚えているのは、彼女の顔が真っ青になり、それからだんだんに赤く——かつて見たことのない、その後もついに見なかったほどの真っ赤な色に変わったことだ。あどけない目から、悲しみと喜びとの、しかし疑惑を伴った光がほとばしっていた。そのくせ、つとめて私の視線を避け、そわそわして、いまにも窓を破って飛び出さんばかりだった。だが私は、彼女がもう私に承諾を与えたことがわかった。彼女が何をしゃべったか、あるいはしゃべらなかったか、それはわからなかったが。

**子君**　恋人の名前。文中の「彼女」のこと。

しかし彼女の方では、何もかもよく覚えていた。私のしゃべったことを、まるで愛読した本のように、すらすら暗唱してみせた。私のやったことを、まるで私に見えないフィルムが目の前にあるかのように、如実に、事こまかに述べてみせた。むろん、私が二度と思い出したくない、あの浅薄な映画の一シーンをふくめてだ。夜がふけてあたりが静かになると、二人さし向かいの復習の時間がくる。私はいつも質問され、試験され、おまけにあの時しゃべったことの復唱を命ぜられるが、まるで劣等生のように、しょっちゅう彼女から補足され、訂正される始末だった。

この復習も、後にはだんだん回数がへった。だが私は、彼女が両の目で宙を見つめて、うっとりと思いに沈んでいるとき、そのときはきまって顔色がますます和らぎ、エクボが深くなるが、それを見ると、ああまた彼女が例の学課を自修しているのだな、とわかる。

「思わず映画で見た通りをやってしまった。」（一〇一・2）と言いながら、それについては、あまり詳しく述べていない。なぜだろうか。

**魯迅**（一八八一―一九三六）中国の小説家、思想家。日本人は一般に「ろじん」と呼んできた。本名周樹人（チョウシューレン）。革命に先立つ時代、文学・思想の分野で中国民衆を導いた偉大な先駆者であった。『狂人日記』『阿（あ）Q正伝』など、逆説と風刺に富む作品が多い。「傷逝」は、恋愛を扱った数少ない小説の一つである。

**出典**『魯迅文集』第二巻（筑摩書房（ちくましょぼう））

17

# 人形嫌い――女のフェティシズムについて

吉原幸子（よしはらさちこ）

あのとき他のことをしていたら、今の自分はどうなっていただろうか、ふっとそう思うことがある。もし、あのとき「私」が人形遊びの大好きな女の子であったとしたら……。

幼いころから、私は人形遊びをしたことがない。動物ならまだしも、あの女の子の姿をした人形を女の子がもったいらしい老けた表情で抱いている光景は、何かグロテスクで近寄り難かった。今でも私は、ミルクのみ人形とか髪をセットできるなどという写実的人形のずらりと並んだ売場を歩くのがこわい。

女性のありのままの姿にはだいたい肯定的な私なのだが、女の子が人形を、母親が赤ちゃんを抱いて恍惚（こうこつ）としている瞬間にだけは目をそむけてしまう。見てはならぬ卑猥（ひわい）な感じさえする。今考えると、

**フェティシズム** fetishism 特定の「もの」に対して執拗（しつよう）な愛着を示すこと。精神医学では特に異性の体の一部や衣類・装身具などに性愛の対象を置くことをいう。

**赤まんま** イヌタデの別称。花、つぼみの形が赤飯に似ている。

**ローセキ** 蠟石（ろうせき）。

**『何がジェーンに起こったか』** "What Ever Happened to Baby Jane?" 一九六二年、アメリカの怪奇映画。監督はロバート・アルドリッチ。主役の姉妹にジョ

逆にあこがれの一変形でもあるような頑(かたく)なな「人形への拒否」から私の子供時代ははじまったといっていい。

似たような遊びでも、おままごとはそんなにいやではなかった。赤まんまの粒や花の汁をとりわけたりするその小さな器や包丁などは比較的気に入りの道具だったし、まあ一度や二度は「オトウサンイッテラッシャイ。」もやったのかもしれない。だがその「家庭」に人形の赤ちゃんが出て来そうになると私は急に興ざめして、ビー玉やメンコで遊んでいる男の子たちの仲間入りをしにかけ出すのだった。

ビー玉やベーゴマ、ローセキ、竹とんぼ、石けり用のガラス石、そういうものをひき出しいっぱいにためて喜ぶのが男の子の単純なフェティシズムだとしたら（この他に私の宝物としてはプリズムと織物用の虫眼鏡があったが）、人形に対する女の子のフェティシズムはずっと陰湿であろう。古い映画だが『何がジェーンに起こったか』でベティ・デヴィスが愛するジェーン人形の、何ともいえない薄気味わるさ。あの例をもち出すまでもなく、人形への関心の中にはよく言われる母性本能などよりもずっと多量に、女のナルシシズ

ーン・クロフォード、ベティ・デヴィスが出演した。

**ベティ・デヴィス** Bette Davis（一九〇八―八九）アメリカの映画女優。『黒蘭(くろらん)の女』（一九三八年）、『イヴの総(すべ)て』（一九五〇年）などで主演した。

**ナルシシズム** narcissism 自己陶酔症。性的対象が自己にとどまっている性的発達段階。ギリシア神話のナルシスに由来する。

**サディズム** sadism 相手の体を痛めつけて性的に満足すること。フランスの小説家サドの作品

人形を抱いたジェーン（『何がジェーンに起こったか』より）

ムとサディズムが投影しているように思われる。『ミスターエロチスト』によれば、性的な意味でのフェティシズムはマゾヒズムと切っても切れない関係にあるという。しかし「スカート切り」も一種のフェティシズムであるという見方からすれば、特定のものに対するこだわりや愛着が、それを破壊する方向に働く、サディスティックな面をもち得ることは容易にうなずけるのだ。

人形を可愛がるほとんどの女の子がある時だれもみていないところでその人形をつねったり、歯ぎしりしながら荒々しく髪をとかしたりしているに違いない。私は自分が人形をもっていたら必ずそうしたという惧れのために、人形から目をそむけたのかもしれない。

に起源をもつ。

**『ミスターエロチスト』** 梶山季之（一九三〇—七五）の小説の題名。一九七七年に刊行された。

**マゾヒズム** masochism 相手に虐待されて性的快感を覚えること。オーストリアの小説家マゾッホに起源を持つ。

「男の子」の遊び道具（ビー玉、ベーゴマ、ローセキなど）と、「女の子」が遊ぶ人形との大きな相違はどこにあるのだろうか。

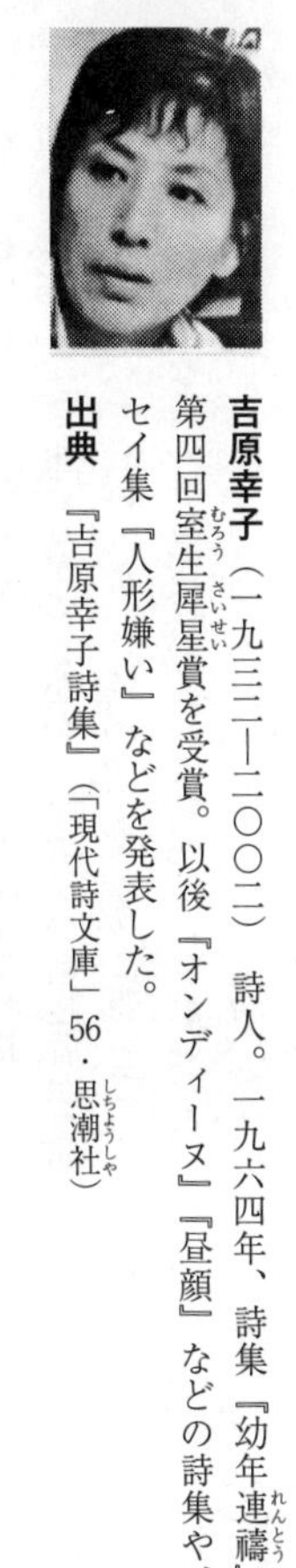

**吉原幸子**（一九三二―二〇〇二）詩人。一九六四年、詩集『幼年連禱』にて第四回室生犀星賞を受賞。以後『オンディーヌ』『昼顔』などの詩集や、エッセイ集『人形嫌い』などを発表した。

**出典**『吉原幸子詩集』（「現代詩文庫」56・思潮社）

# 18 手

大岡昇平

飢えに追いつめられた兵士が人肉を食べようとする。そのとき彼の心に現れたものは。

私はその将校の死体をうつ伏せにし、顎に水筒の紐を掛けて、草の上を引きずった。頂上から少し下って、二間四方ぐらいの窪地が陥ちているところまで運んだ。その草と灌木に蔽われた陰で、私はだれにも見られていないと思うことができた。

しかし私は昨日この瀕死の狂人を見いだした時、すぐ抱いた計画を、なかなか実行に移すことができなかった。私の犠牲者が息絶える前に呟いた「食べてもいいよ。」という言葉が私に憑いていた。飢えた胃に恩寵的なこの許可が、かえって禁圧として働いたのは奇妙である。

二間　一間は約一・八メートル。

私は死体の襦袢をめくり、彼が自ら指定した上膊部を眺めた。その緑色の皮膚の下には、痩せながらも、軍人らしくよく発達した、筋肉が隠されているらしかった。私は海岸の村で見た十字架上のイエスの、懸垂によって緊張した腕を思い出した。

私がその腕から手を放すと、蠅が盛り上がった。皮膚の映像の消失は、私を安堵させた。そして私はその死体の傍らを離れることはできなかった。

雨が来ると、山蛭が水に乗って来て、蠅と場所を争った。虫はみるみる肥って、死体の閉じた目の上辺から、捷毛のように、垂れ下がった。

私は私の獲物を、その環形動物が貪り尽くすのを、無為に見守ってはいなかった。もぎ離し、ふくらんだ体腔を押し潰して、中に充ちた血をすすった。私は自分で手を下すのを怖れながら、他の生物の体を経由すれば、人間の血を摂るのに、罪も感じない自分を変に思った。

この際蛭は純然たる道具にすぎない。他の道具、つまり剣を用いて、この肉を裂き、血をすするのと、原則として何の区別もないわけである。

私は既に一人の無辜の人を殺し、そのため人間の世界に帰る望みを自分に禁じていた。私が自分の手で、一つの生命の歴史を断った以上、他者が生きるのを見ることは、堪えられないと思ったからである。

今私の前にある死体の死は、明らかに私のせいではない。狂人の心臓が熱のため、自然にその機能を止めたにすぎない。そして彼の意識がすぎ去ってしまえば、これは既に人間ではない。それは我々が普段何ら良心の苛責なく、採り殺している植物や動物と、変わりもないはずである。

この物体は「食べてもいいよ。」といった魂とは、別のものである。

私はまず死体を蔽った蛭を除けることから始めた。上膊部の緑色の皮膚（この時、私が彼に「許された」部分から始めたところに、私の感傷の名残を認める）が、二、三寸露出した。私は右手で剣を抜いた。

私はだれも見てはいないことを、もう一度確かめた。

**無辜**　何の罪もないこと。

**二、三寸**　一寸は約三センチメートル。

「上膊部」（一〇九・1）「環形動物」（同・11）など学術的用語の使用をはじめとする作

その時変なことが起こった。剣を持った私の右の手首を、左の手が握ったのである。

者の表現の特徴と、その目的を考えてみよう。

**大岡昇平**（一九〇九―八八）作家。フランス文学の研究家・翻訳家として知られたのち第二次世界大戦に参加。一九四五年、フィリピン、ミンドロ島でアメリカ軍の捕虜となる。帰国後『俘虜記（ふりょき）』を執筆し作家生活に入る。作品に『レイテ戦記』『武蔵野（むさしの）夫人』『幼年時代』『中原中也（なかはらちゅうや）伝』などがある。

**出典**『野火（のび）』（新潮文庫ほか）

## 〔手帖4〕 もう一人の自分

三善晃の「もしかして」は、「もう一人の自分」の存在を恐ろしくも鮮やかに描き出した文章といえるだろう。桶の下から「押しておくれ、押して……」とつぶやき、殺してくれと哀願する祖母、それに応えるかのように両腕に力を入れる「私」。祖母を殺したかもしれない「もう一人の自分」の存在が、書くことによって、ペン先から浮かび上がってくる。殺意を持った「もう一人の自分」を発見するのだ。それは、自分という人間の正体がふと怪しくなる瞬間であるが、自分が何者であるのか、それまで思ってもみなかった内面の複雑さ、多面性を知るという意味で、自己発見といえるだろう。

しかし、「もう一人の自分」を見つめようとする時、わたしたちはある種のいらだちを覚える。それは自分の姿や声をじかに見たり聞いたりすることができない時のいらだちに似ている。

たとえば、テープレコーダーに録音した自分の声が、猛烈に早口で少しも聞き取れないことに愕然としたとしよう。自分はこんなに早口でしゃべってはいないと思う。しかし、実際他の人はその声を聞いているのだ。また、鏡に写った自分の姿を見て、同じような気持ちになることもある。他人には見えるのに、自分には見えないのだ。自分を見つめることのむずかしさといえるだろう。

「もしかして」の筆者が、殺意を持った中学二年の「私」を発見するのも長い年月を経過してからであり、「人形嫌い」の筆者が、人形と遊ばない「自分」について考えることができるようになったのも少女期をはるかに過ぎてからなのだ。時間という猶予期間が自分を客観視するためにどうしても必要だったのだ。自分を見つめること、距離をおいて見ることのむずかしさを示す例といえる。

では、わたしたちが、青年期の揺れ動く自分、悩みをかかえた自分、そんな「もう一人の自分」について書きやすくなる条件とは何だろうか。ここでは、自分のことを「僕」や「私」の一人称ではなく、「あなた」「君」「おまえ」「彼」「彼女」「あのひと」といった二人称・三人称の代名詞で書くことをすすめたい。自分を他人として書いてみるのだ。いつも他人の前ではイイ子ぶろうとする自分、逆にワルぶろうとする自分、現在から必死で逃れようとする自分、過去を忘れようとする自分……。わたしたちの中に住んでいるさまざまな「もう一人の自分」、つまり、「彼」や「彼女」と対面することができるだろう。そして、そのことは文章を書くことによってはじめて達せられるのである。自分を発見すること、ひいては人間という謎について多面的に知り、さらに深く考えることの入口に、わたしたちは立つことになるのである。

5

# 見ること・見えること



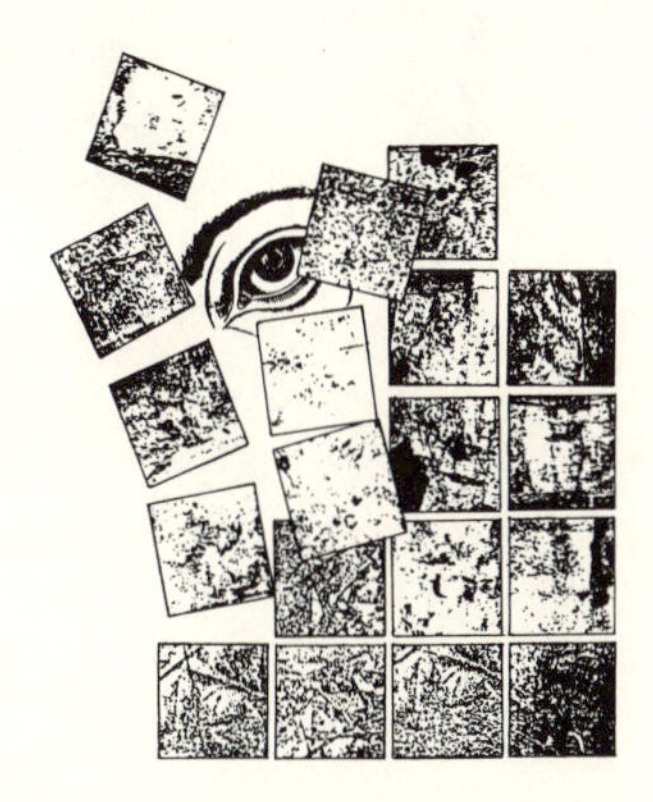

# 19 花嫁

石垣りん

出会いの劇的な効果とか大袈裟な表現とかに、ひとはとかく耳目を奪われがちだ。だが実質の伴わない、そういう空騒ぎはすぐ私たちの心を通り過ぎる。騒いだ分だけ後味も悪い。青い鳥はむしろ近いところに住むものだ。見える人には見えるらしい、なにも劇的なことばかりが大きな意味をもつわけではないことが。

私がいつもゆく公衆浴場は、湯の出るカランが十六しかない。そのうちのひとつぐらいはよくこわれているような、小ぶりで貧弱なお風呂だ。

その晩もおそく、流し場の下手で中腰になってからだを洗っていると、見かけたことのない女性がそっと身を寄せてきて「すみませんけど。」という。手をとめてそちらを向くと「これで私の衿を剃

**カラン** kraan（オランダ語）蛇口のこと。

ってください。」と、持っていた軽便カミソリを祈るように差し出した。剃ってあげたいが、カミソリという物を使ったことがないと断ると「いいんです、ただスッとやってくれれば。」「大丈夫かしら。」「ええ、簡単でいいんです。」と言う。

ためらっている私にカミソリを握らせたのは次のひとことだった。「明日、私はオヨメに行くんです。」私は二度びっくりしてしまった。知らない人に衿を剃ってくれ、と頼むのが唐突なら、そんな大事を人に言うことにも驚かされた。でも少しも図々(ずうずう)しさを感じさせないしおらしさが細身のからだに精一杯あふれていた。私は笑って彼女の背にまわると、左手で髪の毛をよけ、慣れない手つきでその衿足にカミソリの刃を当てた。明日嫁入るという日、美容院へも行かずに済ます、ゆたかでない人間の喜びのゆたかさが湯気の中で、むこう向きにうなじをたれている、と思った。

剃られながら、私より年若い彼女は、自分が病気をしたこと、三十歳をすぎて、親類の娘たちより婚期がおくれてしまったこと、今度縁あって神奈川県の農家へ行く、というようなことを話してくれた。私は想像した、彼女は東京で一人住まいなんだナ、つい昨日く

「ゆたかでない人間の

らいまで働いていたのかも知れない。そしてお嫁にゆく、そのうれしさと不安のようなものを今夜分けあう相手がいないのだ、それで――。私はお礼を言いたいような気持ちでお祝いをのべ、名も聞かずハダカで別れた。
あれから幾月たったろう。初々しい花嫁さんの衿足を、私の指がときどき思い出す、彼女いま、しあわせかしらん？

喜びのゆたかさが湯気の中で、むこう向きにうなじをたれている」（一一七・12）と筆者はいう。見ず知らずの女性の後ろ姿に筆者は何を見たのだろうか。

**石垣りん**（一九二〇―二〇〇四） 詩人。高等小学校卒業後、銀行に就職。昇進を「拒否」したまま、五十五歳で定年退職した。詩集に『私の前にある鍋とお釜と燃える火と』『表札など』などがある。
▼石垣は自らの詩を「働く者の立場」の詩だといい、物を考えているのは頭でなく、手や足が感じたり考えたりしているのだという。取り扱う詩の素材は身近だが、日本の社会の深部は常に見据えられている。

**出典**『ユーモアの鎖国』（ちくま文庫）
▼ここに掲げたのは「花嫁」全文である。

# 20 人形

小林秀雄（こばやしひでお）

人生という舞台の上では、沈黙が発言よりもはるかに重い意味を持つことがある。だが、文章という舞台の上では、その沈黙を表現するにもことばによらなければならない。

ある時、大阪行きの急行の食堂車で、遅い晩飯を食べていた。四人掛けのテーブルに、私は一人で座っていたが、やがて、前の空席に、六十格好の、上品な老人夫婦が腰をおろした。

細君の方は、小脇に何かを抱えて入って来て私の向かいの席に着いたのだが、袖の陰から現れたのは、横抱きにされた、おやと思うほど大きな人形であった。人形は、背広を着、ネクタイをしめ、外套（がいとう）を羽織って、外套と同じ縞柄（しまがら）の鳥打ち帽子をかぶっていた。着付けの方はまだ新しかったが、顔の方は、もうすっかり垢染（あか）みてテラ

5

**細君**　①自分の妻の謙称。②他人の妻。ここでは②。

**鳥打ち帽子**　上部が平らでだぶついたひさしつきの帽子。狩猟などに用いたことからいう。

テラしていた。目元もどんよりと濁り、唇の色も褪せていた。何かの拍子に、人形は帽子を落とし、これも薄汚くなった丸坊主を出した。

細君が目くばせすると、夫は、床から帽子を拾い上げ、私の目が合うと、ちょっと会釈して、車窓の釘に掛けたが、それは、子供連れで失礼とでも言いたげなこなしであった。

もはや、明らかなことである。人形は息子に違いない。それも、人形の顔から判断すれば、よほど以前のことである。一人息子は戦争で死んだのであろうか。夫は妻の乱心を鎮めるために、彼女に人形をあてがったが、以来、二度と正気には返らぬのを、こうして連れて歩いている。多分そんなことか、と私は思った。

夫は旅なれた様子で、ボーイに何かと注文していたが、今は、おだやかな顔でビールを飲んでいる。妻は、はこばれたスープを一匙すくっては、まず人形の口元に持って行き、自分の口に入れる。それを繰り返している。私は、手元に引き寄せていたバター皿から、バターを取って、彼女のパン皿の上に載せた。彼女は息子にかまけていて、気が付かない。「これは恐縮。」と夫が代わりに礼を言った。

そこへ、大学生かと思われる娘さんが、私の隣に来て座った。表情や挙動から、若い女性の持つ鋭敏を、私はすぐ感じたように思った。彼女は、一目で事を悟り、この不思議な会食に、素直に順応したようであった。私は、彼女が、私の心持ちまで見てしまったとさえ思った。これは、私には、彼女と同じ年頃の一人娘があるためであろうか。

細君の食事は、二人分であるから、遅々として進まない。やっとスープが終わったところである。もしかしたら、彼女は、全く正気なのかもしれない。身についてしまった習慣的行為かもしれない。とすれば、これまでになるのには、周囲の浅はかな好奇心とずいぶん戦わねばならなかったろう。それほど彼女の悲しみは深いのか。

異様な会食は、ごく当たり前に、静かに、あえて言えば、和やかに終わったのだが、もし、だれかが、人形について余計な発言でもしたら、どうなったであろうか。私はそんなことを思った。

「大学生かと思われる娘さん」（一二一・1）が、もしも登場しなかったら、この文章はどうなるだろうか。

**小林秀雄**（一九〇二―八三）　文芸評論家。作品や作家の批評を通して自己を語るという姿勢を貫き、評論を文学の有力なジャンルとして確立した。作品に『様々なる意匠』『無常という事』『モオツァルト』などがある。

**出典**『小林秀雄全集』第九巻（新潮社）

▼ここに掲げたのは「人形」の全文である。

# 21 短刀の三刺し

H・ファーブル
山田吉彦訳

ワン・ツー・スリー。たったの三刺しでこおろぎは殺される。
あなばちは殺しのプロだ。

あなばちが一番すぐれた腕前を見せてくれるのは、こおろぎを血祭りにあげるときに違いない。だからいけにえはどんなふうに殺されるか見学しておいた方がよい。つちすがりの戦いぶりを観察しようといろんな方法を試した経験があるので、この蜂相手に成功した方法、猟師から獲物を取り上げて、代わりに別の生きた奴をやる方法を、私は直ちにあなばち相手にやってみた。あなばちは獲物をいったん置き放しにして、ひとりで巣穴の底に入って行くのがわかっているので、獲物のすり換えはそれだけ容易なわけだ。その上こいつは大胆でなれなれしく、こおろぎを取りあげて別の奴を出してや

**あなばち** 膜翅目ジガバチ科の昆虫。体長約三センチの黒い大型の蜂。地中に穴をあけて巣を造り、コオロギなどを狩って生きたまま貯蔵し、幼虫の餌とする。狩人蜂の一種。

**つちすがり** ファーブルは前章でつちすがりがぞうむしの中枢神経に毒針を打ち込み、一刺しで麻痺させるのを観察した。つちすがりは膜翅目ジガバチ科に属する狩人蜂の一種。

ると、指の先や掌(てのひら)の上にでも取りに来る。で、この活劇のありさまを自由に観察できて、実験をうまくやるのに、この上もなく適している。

　生きたこおろぎを見つけることも、これまたわけのない話だ。出会い頭のどんな石でも起こせば、陽(ひ)を避けて石の下に平たくなっている奴が見つかる。こんなこおろぎは今年の若虫で、翅(はね)もまだ出そろっていない。そして成虫の芸もないので、あなばちの捜索からかくれた深いかくれがを掘ることも知らない。ちょっとの間にたちまち私は生きたこおろぎを欲しいだけ手に入れた。これで準備はすっかりできた。私は私の観察場に登った。崖の上のあなばち部落のまん中に腰をすえて、そして待った。

　猟師が一匹やって来る。こおろぎを邸の入口まで運んでくる。そしてひとりで巣穴の中にもぐってゆく。そのこおろぎを急いで取りあげ、代わりに私のこおろぎを穴から少しはなして置く。猟師は戻って来て、見回し、離れすぎている獲物を捕えようと走ってくる。私は体中を目にして見守った。これから立ち会おうとしている劇的光景の見物席は、だれが何と言おうと譲ることでない。こおろぎは

**やっとこ**　針金、板金、熱鉄などをはさむのに用いる鋼鉄製の工具。

**二前体節の継ぎ目**　昆虫類の胸部は、前胸・中胸・後胸の三部分からなっているが、その前胸と中胸の間をいう。

**次いでなお胴にと**　あなばちが三刺しする理由を、ファーブルは次のように述べている。「つちすがりはぞうむしを一刺しで麻痺させる。それは、ぞうむしの神経中枢が一カ

恐れて跳びながら逃げ出す。あなばちはそれを追いつめ、追いつき、飛びかかる。そのとき、砂けむりを立てて乱闘がはじまる。組み打ちの間に、勝ったり負けたり、選手は代わる代わる上になり下になる。勝負はしばしいずれともわからなかったが、遂に攻め手の努力に勝利の冠が授けられる。どんなに猛烈に脛でけっとばしても、どんなに大顎のやっとこで咬みついても、こおろぎは打倒されて仰向けに転がされてしまう。

するとたちまち殺しの準備が行われる。互いに腹合わせになって、蜂はこおろぎの胴の先に出ている糸を一本大顎でつかみ、前肢で相手の太い後肢をじたばたしないように抑える。同時に中肢で敗者の太息をついている横腹をしめつけ、後肢を二本の梃子のように顔に当てて突っぱり、頸の継ぎ目を広く開く。あなばちはそのとき胴を曲げてまっすぐに上向きに立てる。こおろぎの大顎の前にはその反りだけしか見えないので咬めない。いよいよ毒ぬりの短剣はまずいけにえの頸にずぶりと刺される。これは感動せずには見ていられない。二回目には胸部の二前体節の継ぎ目に、次いでなお胴にと。殺害はこの話をしているよりずっと短い時間にすっかり済んでしまう

所に集中していて、一刺しすれば、すべての体節が麻痺を起こすからだ。ところが、こおろぎは、互いに隔たった三つの神経中枢を持っている。このことは解剖学者たちよりずっと昔から、あなばちがよく知っていることだ。そこから三度くり返す短剣の刺傷という高い論理が出てくる。」なお、こおろぎは死んでいるのではなく、麻痺させられ、生きたまま幼虫の餌になるのである。

「これは感動せずには見ていられない。」（一二五・15）というこの感動は、何によって、

のだ。そしてあなばちは崩れた化粧に一刷毛（はけ）あててから、断末魔の苦悶（くもん）にまだ肢（あし）をふるわせているいけにえをわが家へ運びにかかる。

わたしたちに伝わるのだろうか。

**H・ファーブル**　Jean Henri Fabre（一八二三―一九一五）　フランスの昆虫学者。南フランスで高等学校の教師をしながら貧窮の中で研究を続け、『昆虫記』を著した。そこには「昆虫の本能と習性に関する研究」と副題がつけられている。

**出典**　『昆虫記』第一分冊（岩波（いわなみ）文庫）

22

# 走る仏像

土門拳

熟練した芸術家には、ほとんど超能力のような鋭い直感が宿る。その目には、われわれの見ているのとは別の風景が見えているのかもしれない。

仏像は静止している。伽藍は静止している。もちろん境内の風景は静止している。と、だれしも思うだろう。仏像や建築や山や木というものは、写真の対象のうちでは、スタティックな被写体に属するはずである。わたしも長い間そう思っていた。ところがある日、宇治の平等院へ撮影に行った帰り、鳳凰堂に別れを告げようとして振り返ってみたら、茜雲を背にたそがれている鳳凰堂は、静止しているどころか、目くるめく早さで走っているのに気がついた。しばし呆然としたわたしは、思わず「カメラ！」とどなった。すっかり

**スタティック** static 静的な。じっとした。

**鳳凰堂** 京都府宇治市にある平等院阿弥陀堂の別称。十円玉のレリーフとして知られる。

土門拳「平等院鳳凰堂夕焼け」

帰るつもりでいた助手たちは、げっそりした顔でカメラの組み立てにかかった。その間にも鳳凰堂は逃げるように、どんどん、どんどん走っている。「早く、早く。」とわたしはじだんだ踏んだ。そして棟飾りの鳳凰にピントを合わせるのももどかしく、無我夢中で一枚シャッターを切った。たった一枚。そしてもう一枚と思って、レリーズを握ったわたしは、シャッターを切るのをやめた。さっきまで金色にかがやいていた茜雲は、どす黒い紫色になり、鳳凰堂そのものも闇の中にすがたを消していたからである。それは全くどこかへ逃げ去ったとでもいうほかない早さで、すがたを消していた。

**レリーズ** 写真機のシャッターを遠隔操作する付属器具。

**カルティエ＝ブレッソン** Cartier-Bresson（一九〇八―二〇〇四）「ビロードの手と鷹（たか）の目を持つ」と評されるフランスの高名な写真家。主な写真集に『決定的瞬間』（一九五二年）『もう一つの中国』『ヨーロッパ人』などがある。「写真を撮るということは、うつろい易（やす）い現実の表面にすべての力が凝集した瞬間の呼吸をとらえることである。」（『決定的瞬間』

フランスの写真家カルティエ＝ブレッソンは、シャッター・チャンスについて決定的瞬間ということを主張するが、決定的もへちまもありゃしない。シャッターを切れる瞬間は、たった一度しかないのであった。それにしても、茜雲の平等院以後、わたしには、仏像も建築も風景も、疾風のような早さで走るものになってしまったのには閉口である。

（序文）

二度と取り返せない美しい瞬間というものがある。自分に心当たりのあるそんな瞬間を考え、文章化してみよう。

**土門　拳**（一九〇九―九〇）　写真家。伝統芸能・古美術の記録を始めとして社会問題までレパートリーは広く、写真界の指導者として尊敬された。『古寺巡礼』のほか、『風貌』『ヒロシマ』『筑豊（ちくほう）のこどもたち』など多数の作品集がある。写真家としてはめずらしく全集（小学館）が刊行されている。

**出典**　『土門拳写真展〝古寺巡礼〟図録』（土門拳写真展事務局発行）

▼ここに掲げたのは「走る仏像」の全文である。

# 23 本能の大議会

K・ローレンツ
日高敏隆（ひだかとしたか）・久保和彦（くぼかずひこ）訳

数学は得意だが文章を書くことは苦手だ、という人がある。その逆の人も多いようだ。だが、広い意味では、数式もまた文章表現の一種なのだ。数学的思考と文章を書くときの思考とでは、意識の働きにあまり大きな隔たりはない。次の文章は、自然現象を説明するのに、数学の「座標」の概念をとり入れた鮮やかな実例である。

ここでかんたんな例になると思われるのは攻撃の衝動と逃走の衝動との間のかっとうにおちいっているイヌに見られる顔面筋の動きだ。ふつう威嚇と呼ばれるこの表情は、攻撃したいという傾向が恐怖によって、少なくとも、ごくわずかでも恐怖によって抑止されるという場合にだけ現れる。恐怖がまったくなければ、イヌはおどしなど全くせずに、次ページの図の左上のすみにあげたと同じ、穏やかな表情のままかみつくわけだ。この顔は、たとえば飼い主が今もってくる餌の容器を目にしたときのように、幾分の緊張を表しているだけである。イヌのことをよく知っている人なら、この先を読む前に、図にあげた表情の型を自分で説明してみるといい。ためしに、自分のイヌが図と同じ表情をする状況をつくり出してみるといい。それから第二に、イヌがその表情のつぎに、どんなことをするかを当ててみるといい。

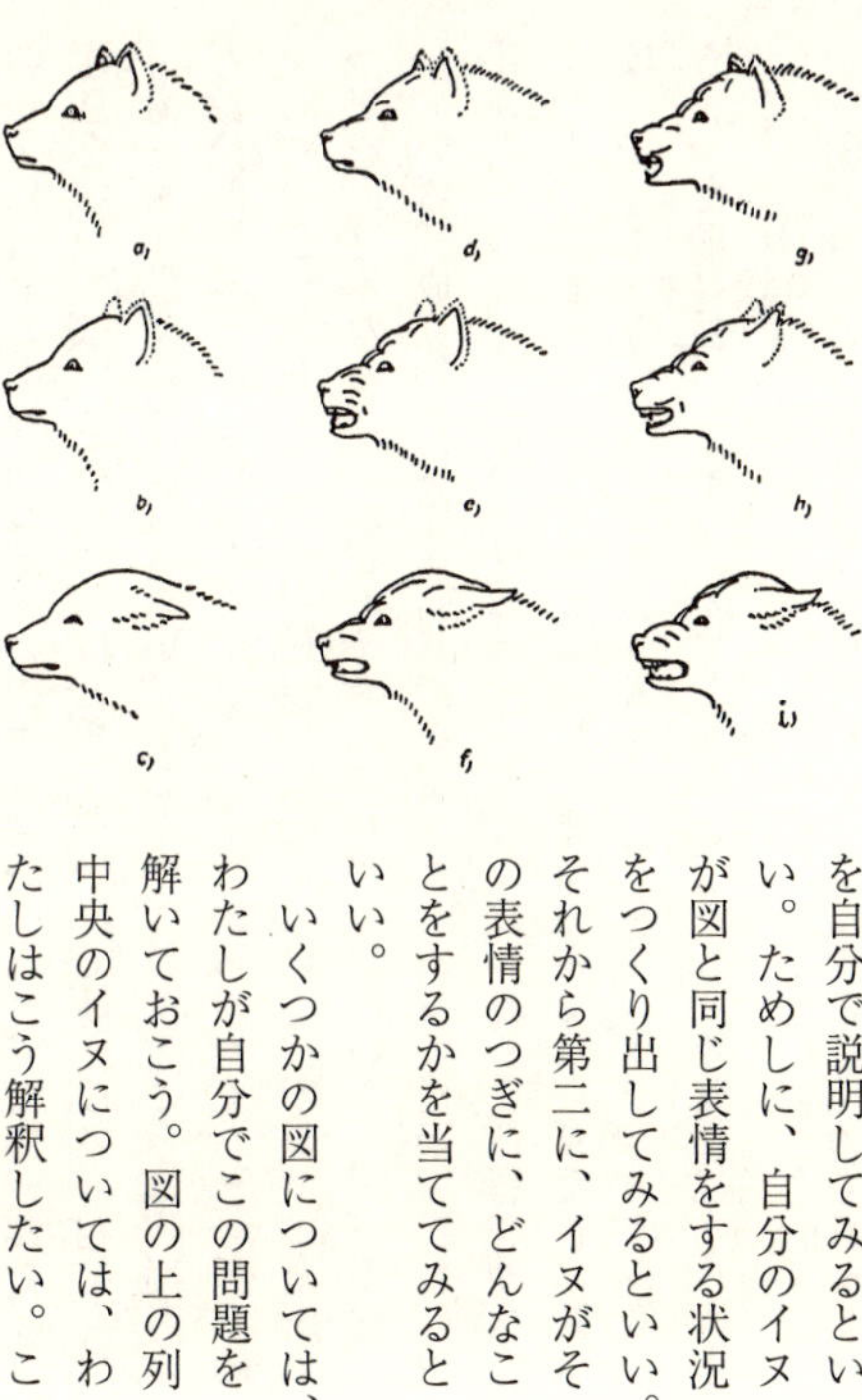


　いくつかの図については、わたしが自分でこの問題を解いておこう。図の上の列中央のイヌについては、わたしはこう解釈したい。こ

のイヌは自分とほぼ同じ強さの相手と向かい合っており、まじめに注意を払ってはいるが、それほど相手を恐れてはいない。相手も自分も危害を加えるつもりはない。そしてつぎにすることは、両者とも数分間じっと同じ姿勢をくずさず、それからゆっくりと「同じ顔をしたまま」お互いに離れ、最後に同時に、いくらか隔たった所で後足をあげるだろう。上右のイヌもこわがってはいない。だがおこっている。成り行きは前と同じであることもある。だが、ことに相手がちょっと不安でも見せると、とつぜんびっくりする騒ぎがもちあがって、本物の闘争が始まる。ここまで読んでこられた賢い読者は（皆さんそうにちがいないと思うが）、もうとうにイヌの肖像がきまった順に並べてあることにお気づきだろう。攻撃性は右へ向かって、恐れは下へ向かって増大している。

行動の解釈と予想は極端な場合がいちばんやさしいのであって、もとより右下のすみにある表情がいちばんはっきりわかる。これほど怒りが大きく、同時にこれほど恐怖が大きいのは、ただひとつの場合、つまりイヌが憎んでいるが出会えば恐慌をきたす敵に目と鼻の先ででくわし、どんな理由があるにせよのがれることができない

## 臨界反応　恐怖が最大限

という場合だけである。わたしの思いつく限りでは、こういうことが起こるのはふたつの場合しかない。イヌが、たとえばどこかへ追い込まれたり、わなにかかったりなどして、機械的にある場所に釘(くぎ)付け(づ)になってしまっているか、さもなければ雌イヌが自分の子を、近づく敵から守るという場合である。いや、ことによると特別に忠実なイヌが、重病か重傷で倒れている主人を守るという夢のように美しい場合もあるだろう。このあとに続く経過もはっきりしている。敵がどれほど自分より優勢であろうとも、もう一歩でも近づこうものなら、例のあの絶望の攻撃である臨界反応（ヘーディガー）が起こるのだ。

に大きくなっているのに逃げることができない場合の動物の闘争行動をH・ヘーディガーはそう呼んだ。

図をよく見て、「恐れ」をあらわす表情の特徴と「攻撃性」をあらわす表情の特徴を、それぞれ言葉で説明してみよう。

**K・ローレンツ** Konrad Lorenz（一九〇三―八九）オーストリアの動物学者。元マックス・プランク行動生理学研究所長。比較行動学の創始者として世界的に知られた。『ソロモンの指環(ゆびわ)』『人イヌにあう』などの著書がある。

**出典**『攻撃――悪の自然誌』（みすず書房）

# 24

# 箸

R・バルト
宗左近訳

未知のものを見つめるように〈もの〉の意味と価値を問いなおしてみる。すると、それは本当に未知の姿を現しはじめる。われわれはごく狭い、既成の意味と価値の囚人だったのかもしれない。

箸は、食べものを皿から口へと運ぶ以外に、おびただしい機能をもっていて（単に口へと運ぶだけなら、箸はいちばん不適合である。そのためなら、指とフォークが機能的である）、そのおびただしさこそが、箸本来の機能なのである。箸は、まずはじめに——その形そのものが明らかに語っているところなのだが——指示するという機能をもっている。箸は、食べものを指し、その断片を示し、人差し指と同じ選択の動作をおこなう。しかし、そうすることによって、同じ一つの皿のなかの食べものだけを、機械的に何度も反覆してのみ下して喉を通すことをさけて、箸はおのれの選択したものを示しながら（つまり、瞬間のうちにこれを選択し、あれを選択しないという動作を見せながら）、食事という日常性のなかに、秩序ではなく、いわば気まぐれと怠惰とをもちこむのである。こうしたすぐれた知恵の働きのため、食事はもうきまりきったものではなくなる。二本の箸のもう一つの機能、それは食べものの断片をつまむことである。（もはや西洋のフォークのおこなうような、しっかりとつかまえる動作ではない。）《つまむ》という言葉は、しかし、強すぎて挑発的でありすぎる。（《つまむ》とは、性悪な娘が男をひっかける、外科医が患部をつまむ、ドレスメーカーのつまみ縫い、いかがわしい人間のつまみ食い、などをあらわす言葉である。）それというのも、食べものを持ちあげたり、運んだりするのにちょうど必要以上の圧迫が、箸によって与えられることはないからである。箸をあやつる動作のなかには、木や漆という箸の材質の柔らかさも手伝って、人が赤ん坊の身体を動かすときのような、配慮のゆきわたった抑制、母性的ななにものか、圧迫ではなくて、力（動作を起こすものという意味での力)、これが存在する。そこにこそ、まったく食べものにふさわしい行動がある。食べるためではなく、食べものを調理するために使われる料理人の長い箸に、そのことは、よく見てとれる。この長い箸は、決して突き刺さない、分断しない、二つに割らない、傷つけない。ただ、取りあげ、裏をかえし、運ぶだけである。思うに箸というものは(三番目の機能として)、分離するにあたって、西洋の食卓でのように切断して取りおさえるかわりに、二つに分け、ひきはなし、取りあげるものなのである。箸は、決して食べものを暴行しない。箸は(野菜の場合)、食べものを少しずつほぐす、または(魚、うなぎの場合)、食べものをくずす。(この点で、箸はナイフよりも、はるかに自然のままの指に近い。)最後に、四番目の機能として、そしておそらくこれが箸のもついちばん美しい機能であろうが、二本の箸は、食べものを《運ぶ》。あるときは、二本の手のように組みあわされて、ピンセットとしてではなく、支えとして、御飯の断片の底にすべりこみ、断片を支えて、食べる人の唇のところまで持ちあげる。またあるときは、(全東洋一千年来の動作によって)茶碗のなかの食べものの雪を、シャベルのようにはこんで、唇のなかに消えさせる。こういう箸の使いかたのあらゆる点で、箸は西洋のナイフに（そして、猟師の武器そのものであるフォークに）対立する。箸は、切断し、ぐいとつかまえて手足をバラバラにして突きさすという動作を拒否する食器具である。（その動作は日本では、台所での調理の準備段階でだけ行われるきわめて局限された動作となるにとどまる。生きたうなぎをお客の目の前で割く料理人は、あらかじめ食べものの犯罪者としてのおのれを浄める儀式をしてからでないと、事にあたらない。）箸という存在があるために、食べものは人々が暴行を加える餌食（たとえば、人々のむさぼりつく肉）ではなくなって、みごとな調和をもって変換された物質となる。箸は食べものを、あらかじめ食べやすく按配された小鳥の餌とし、御飯を牛乳の波とする。箸は母性そのもののように倦むことなく、小鳥の嘴の動作へと人をみちびく。わたしたち西洋人の食事の慣習には相もかかわらず、槍と刀で武装した狩猟の動作しかないのだが……。

作者が箸について考察したように、日常使いなれたものを新鮮な見方でとらえなおし、文章化してみよう。

**R・バルト**　Roland Barthes（一九一五―八〇）フランスの文芸批評家、思想家。言語学の方法を文芸批評に応用し、現代の文学表現の可能性を模索した。著書には『零度のエクリチュール』『神話作用』『S／Z』などがある。

**出典**『表徴の帝国』（ちくま学芸文庫）

▼ここに掲げたのは「箸」の全文である。

## 〔手帖5〕 本当の発見とは

ミケランジェロは、自分のところへ届けられた大理石の塊をじっと見つめることによってしか彫像を着想することができなかったという。このエピソードは、芸術作品の発想と材料との実際的な関係を語っていて、興味深い。私たちは、作品の具体的な構想がまずできあがってそれから大理石を仕入れに出かけるもの、と思いがちだ。が、ミケランジェロにとっては、モデル（発想）は目の前の大理石（材料）から生まれたのだ。

文章表現の場合にもこれと同じことが言える。私たちは時々錯覚する、頭の中に書こうとする内容がまとまったものとして先にあり、それを言葉に置き換えていくのが作文だと。だから、文章が書けないのはたくさんの言葉を知らないからだ、とか、修辞法のいろいろを知らないからだ、とか……。

だが、実際は違うのだ。手にペンを持って言葉を紙に書きつけるまで、書こうとする内容などは何も見えてこない。少なくとも、口の中でひとりごとのように言葉を言ってみるまでは、自分が何を書こうとしているか分かりはしないのだ。

文章を書こうとすると、私たちの心の闇に一つの言葉が光る。その言葉がおぼろげな内容を象徴していて、そこから次の言葉が生まれる気配が感じられる。紙の上にその言葉を書きとめてみる。その言葉によってはじめて自分が何を書こうとしているかが、わかりはじめるのだ。

〝混沌（こんとん）からことばへ〟とはこの場面を指しているのである。人間の言葉が本当に生きているのはここである。

私たちは、ペンが書いてゆくにつれて考える。〝考える〟とは、音声にならない言葉をひとりごとのように口の中で言うことだ。その言葉をペンが書きとめる。書きとめた言葉がさらに次の思考を呼ぶ。これが文章表現の〝現場〟だ。
　文章を書いた経験をふりかえれば、だれでも思いあたることだが、書き上げた文章は必ず、自分がはじめに漠然と予感していた内容とは違ったものになっている。心の闇に一つ二つで危うく連なって光っていた言葉が漠然と象徴していた内容と、複雑な思考を経て言葉の秩序によって組織され他人にも理解されるようになった文章との違いが、そう感じさせるのだ。

　私たちは自分の考えたことを文章に表現しようとすることによって、実際には、考えていた以上のことをその表現された文章の内に発見する。これが文章表現における発見である。書かれた内容（世界）についての発見と、それが自分の中から出てきたという驚き。文章を書くということは、言葉によって、世界を知り自分を知るという二つの驚きを同時に経験することでもある。

## 6 幻想への旅



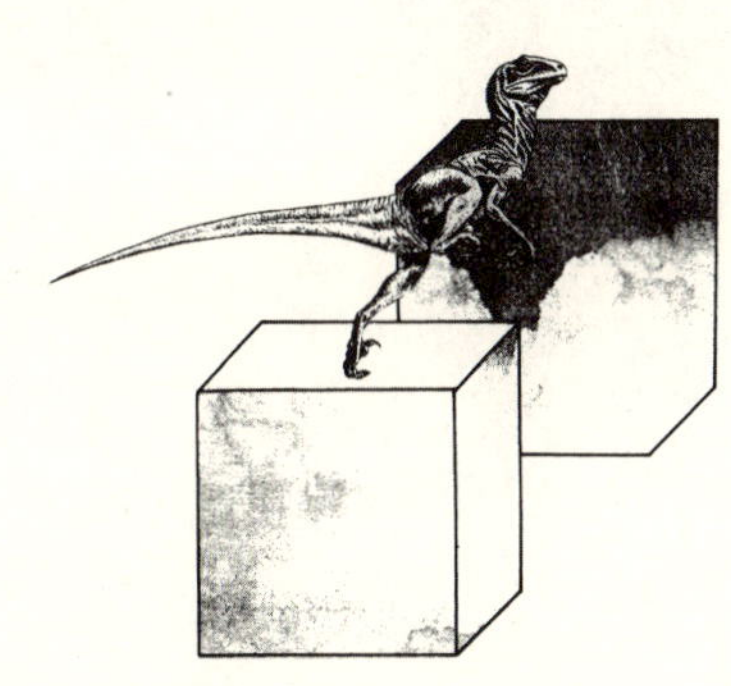

## 25 現実の存在

M・プルースト
岩崎(いわさき)力(つとむ)訳

ここでいう「現実の存在」とは、プルースト独自の用語で、現に目の前にいるわけではない親しい人が想像ないし感覚のなかに存在することである。私たちは日常、ふとそういう人のけはいのようなものを意識の隅に感じたりすることがある。喜びや悲しみがよみがえってくる時である。そのままでは消えていってしまうが、文章にすれば定着される。

その村の周囲では、いまだかつて見たこともない緑をたたえた三つの湖が、樅(もみ)の森を浸しており、氷河と鋭く切り立った山の頂が地平線を閉ざしていた。夕方、土地の高低の多様さが、灯をいっそう甘美にみせていた。午後も終わろうとする六時ごろのシルス＝マリアの湖畔のあのそぞろ歩きを、ぼくたちはいつか忘れてしまうのだろうか？　眩(まばゆ)いばかりの雪と隣あっている時には、あれほど黒々と 5

**シルス＝マリア**　Sils-Maria　スイスのエンガディン（Engadin）渓谷

静まり返っている唐松の森が、淡青の、ほとんど薄紫の湖水に、快い艶を帯びた緑の枝を差し伸べていた。ある宵のこと、その時刻はぼくたちにとってとりわけ恵み多かった。ほんの数瞬間で、夕陽(ゆうひ)が湖水をあらゆるニュアンスの色に染め変え、ぼくたちの魂はありとあらゆる官能の喜びを味わった。突然、はっとして頭を動かした。小さな桃色の蝶(ちょう)が一匹、やがて二匹、ほどなく五匹と、こちらの岸の花を離れ、湖面を飛び交うのが見えたのだった。やがて蝶たちは、風に吹き上げられた桃色の細かい埃(ほこり)のような群れとなり、向こう岸の花々へと飛んで行き、こちらの岸に戻り、またしても音もなく危険に満ちた横断をはじめるのだったが、その時まさに目も綾(あや)な彩りに染まった湖がしおれかけた大輪の花ででもあるかのように心惹(ひ)かれ、湖水にしばらくとどまることも時おりあった。あまりの美しさに、ぼくたちの目から涙が溢(あふ)れた。湖を横切るあの小さな蝶たちは、ぼくたちの魂のうえを何度となく行ったり来たりした。――これほどの美しさをまえにしてすっかり張りつめ、いまにも震え出さんばかりだったぼくたちの魂のうえを。――そしてそれは官能の弦をかき鳴らす弓の動きのようだった。飛び交う蝶たちの軽やかな動きは

にある湖。風光明媚(めいび)のところとして知られる。

水面（みなも）をかすめているのではなく、ぼくたちの目と心を愛撫（あいぶ）しているのだった。小さな桃色の羽が動くたびに、ぼくたちは気も失わんばかりだった。向こう岸から戻ってきた蝶たちに気づいた時——彼らはこうして、湖水の上で戯れ、水面を自由に散歩できることを示していたが——ぼくたちのために、えも言えぬ調べが響き渡った。とはいえ蝶たちは気まぐれな無数の迂回路（うかいろ）を辿（たど）って音もなく帰って来るのだったが、まさにその迂回路がもとの調べをさまざまに変奏し、幻想的な魅力に満ちたメロディーを描き出していた。響き高い共鳴（きょうめい）函（ばこ）となったぼくたちの魂は、音ひとつ立てない蝶たちの飛行のなかの、魅力と自由の音楽に耳を傾けており、湖と森と空とぼくたち自身の生命との奏でる激しい調べが、魔術的な甘美さをもって彼らの飛行の伴奏となり、ぼくたちにとめどなく涙させた。

あの年、ぼくは貴女（あなた）に一度も話す機会をもたなかったし、貴女はぼくの目から遠く離れてさえいた。

文中から音楽に関する用語を抜き出してみよう。また、それらはこの文章にどのようなニュアンスを添えているか考えよう。

**M・プルースト** Marcel Proust（一八七一―一九二二） フランスの作家。パリの富裕なブルジョワ家庭に生まれ、愛情深い人々の手に育つ。繊細な感受性と分析的傾向の強い性格によって、「意識の流れ」文学の先駆となった名作『失われた時を求めて』（全七巻）を残した。ほかに『楽しみと日々』『ジャン・サントゥイユ』などがある。

▼プルーストは九歳の時から生涯神経性の喘息(ぜんそく)に悩まされつづけた。そのために、パリの自分の部屋をコルク張りにして『失われた時を求めて』の一部を書いたというエピソードはよく知られている。

**出典** 『楽しみと日々』（『プルースト全集』第十一巻・筑摩書房）

26

# 私は海をだきしめていたい

坂口安吾（さかぐちあんご）

遠い昔のことがはっきりしているのに、昨日のことが思い出せないことがある。遠くのものが大きく見えるのに、近くのものがかすんでいることがある。「私」にはそのようにしか思い出せず、そのようにしか見えないのである。

私は始めから不幸や苦しみを探すのだ。もう、幸福などは願わない。幸福などというものは、人の心を真実なぐさめてくれるものではないからである。かりそめにも幸福になろうなどとは思ってはいけないので、人の魂は永遠に孤独なのだから。そして私は極めて威勢よく、そういう念仏のようなことを考えはじめた。

ところが私は、不幸とか苦しみとかが、どんなものだか、その実、知っていないのだ。おまけに、幸福がどんなものだか、それも知らない。どうにでもなれ。私はただ、私の魂が何物によっても満ち足ることがないことを確信したというのだろう。私はつまり、私の魂が満ち足ることを欲しない建て前となっただけだ。

　そんなことを考えながら、私はしかし、犬ころのように女の肉体を慕うのだった。私の心はただ貪欲な鬼であった。いつも、ただ、こう呟いていた。どうして、なにもかも、こう、退屈なんだ。なんて、やりきれない虚しさだろう。

　私はあるとき女と温泉へ行った。

　海岸へ散歩にでると、その日はものすごい荒れ海だった。女は跣足になり、波のひくまをくぐって貝殻をひろっている。女は大胆で、敏活だった。波の呼吸をのみこんで、海を征服しているような奔放な動きであった。私はその新鮮さに目を打たれ、どこかで、時々、思いがけなく現れてくる見知らぬ姿態のあざやかさを貪り眺めていたが、私はふと、大きな、身の丈の何倍もある波が起こって、やにわに女の姿が呑みこまれ、消えてしまったのを見た。私はその瞬間、やにわに起こった波が海をかくし、空の半分をかくしたような、暗い、大きなうねりを見た。私は思わず、心に叫びをあげた。

それは私の一瞬の幻覚だった。空はもう、はれていた。女はまだ波のひくまをくぐって、駆け回っている。私はしかしその一瞬の幻覚のあまりの美しさに、さめやらぬ思いであった。私は女の姿の消えてなくなることを欲しているのではない。私は私の肉欲に溺れ、女の肉体を愛していたから、女の消えてなくなることを願ったためしはなかった。

私は谷底のような大きな暗緑色のくぼみを深めてわき起こり、一瞬にしぶきの奥に女を隠した水のたわむれの大きさに目を打たれた。女の無感動な、ただ柔軟な肉体よりも、もっと無慈悲な、もっと無感動な、もっと柔軟な肉体を見た。海という肉体だった。ひろびろと、なんと壮大なたわむれだろうと私は思った。

私の肉欲も、あの海の暗いうねりにまかれたい。あの波にうたれて、くぐりたいと思った。私は海をだきしめて、私の肉欲がみたされてくれればよいと思った。私は肉欲の小ささが悲しかった。

「なんて、やりきれない虚しさだろう。」（一四七・6）と「なんと壮大なたわむれだろう」（一四八・11）を、対照してみて、その表現の差異を考えよう。

**坂口安吾**（一九〇六―五五）小説家。虚無的、逆説的な発想で在来の形式的な道徳に反抗したが、その底には強い合理主義の精神があった。小説に『白痴（はくち）』、評論に『堕落論』などがある。

**出典**　『外套（がいとう）と青空』（角川（かどかわ）文庫）

27

# 部屋

清水邦夫（しみずくにお）

間合い、間をとるなど、この国には「間」という、その文化の質にまで言及できる絶妙なことばがある。例えば余韻、余情、わびなどは、この「間」から生まれた。だが、近年急速に私たちをおおうコンピューター文明に、この「間」が組み込まれているだろうか。

---

昔の家には、ふだん「使わない部屋」があった。黴（かび）臭いその部屋は本来は客間で、目上の客とか得体の知れない客などを泊める。そのほか、長患いの病人、伝染病にかかった病人などを態（てい）よくおしこめる。いうなれば、家にとって危険なものをとじこめる闇といおうか。この部屋の存在は、いつも明るい笑いを途中から奪い、なにかしくじりをやると抹殺されるのではないかの恐怖をぼくらにあたえた。

現今の家は、ふだん「使う部屋」ばかりである。笑いを途中で奪われることもなければ抹殺の恐怖もない。子どもが暗い想像にさいなまれる闇は、便所や階段からも消えた。
そのぶん、家族はふしぎな鍛練の場を失った。そして今、ふしぎな余裕のなさに悩まされている。

君の心の中に「ふだん『使わない部屋』」はあるだろうか。

**清水邦夫**（一九三六―）劇作家。『逆光線ゲーム』（一九六七年）以後、劇作に「ゲーム」という、現実をより強固に虚構化させる手法を採り入れ、六九年『狂人なおもて往生をとぐ』を発表。他に『真情あふるる軽薄さ』『ぼくらが非情の大河をくだる時』がある。
**出典**『街頭の断想』（共同通信社）
▼ここに掲げたのは「部屋」の全文である。

## 28

# 神の白い顔

埴谷雄高（はにや ゆたか）

のっぺらぼうな現実が、ある日世界の真相を裂けめのように覗（のぞ）かせるときがある。あのときの風景の見え方、光の射し方に、なにか重大な意味が隠れていたような気がする。……あれは何だったのだろうか。

ある港町で少年時代を過ごしていたとき、港のこちら側からすぐ向こうに見渡せる対岸までかよっている小さな連絡船の艫（とも）の手すりに腰かけていた私は、無謀ないたずら好きのため大人たちのあいだで手のつけられぬ不良少年として扱われていた年長の友人に正面から胸元をつかれて、仰向（あおむ）けにのけぞったまま海へ落ちたことがあった。大きくのけぞったままの姿勢で背中から落ち、両足があとから弾力をもったぜんまい人形のように跳ねあがった私の軀（からだ）は、ちょう

5

艫　船の後部。船尾。

ど青黒い海面へつくころ、目に見えぬ何かに足先をつかんで棒状に立てられでもしたふうに、真っさかさまになったのであったが、船の手すりから舷側のすぐ傍らをかすめて落ちたにもかかわらず、私の顔は絶えず仰向けになっていたので、白ペンキに塗られた船のかたちについては、その錆びかけた艤装も、船室の印象的な円窓も、高い操舵室も、何も目にしなかったのであった。仰向けになったままおちた私の垂直の視界にうつったのは、ある天頂から他の天頂へ向かう軸に沿ってゆっくりと旋回している青い穹窿の名状しがたい深さで、その青い、透明な、無限な空間をさながら宙づりになったまま果てもなく落下しているふうな不思議な浮揚の気分を覚えた瞬間、私の後頭部は激しく水面をうち、そしてまた、その宙の途中で息を吐いたためかもしれないけれど、仰向けになった真っさかさまの棒状の姿勢のままでさらに重い錘りのように水中へ沈んでいったのであった。

　そのとき、鏡の内部へはいりこんだような浮遊物も見当たらぬ透明な水中で平らな水面へ向かって垂直に仰向けになった私の視界いっぱいに映ったのは、思いがけぬことに、それまでまったく覚え知

**舷**　船のへり。ふなべり。

**艤装**　船舶に、運航に必要な器具等を取り付けること。また、その装備。

**穹窿**　大空、青空。

らなかった種類の光の均質なのであった。いわば一種のフィルターの役目を備えている水面の層によって天空の青さと深さが取り除かれたそこには、驚くべきほど平穏な、単一な、均質なほの明るさが果てもなく広がっていて、いってみれば、すべての場所に光が遍在している〈充実した不思議な空虚〉の世界がつくりあげられているのであった。そして、その平安な、穏やかな、ほの明るさは、水中の私に名状しがたい恍惚感（こうこつかん）をもたらした。あえていってみれば、それは、万に一つしかない種類の静謐（せいひつ）な恍惚感ともいえるのであった。けれども、重い水の圧力が鼻や口の凹所に加わってくる苦痛のなかで降下しつつあった私の恍惚感は、わずかな時間しかつづかなかった。巨大な鏡の内部のようなほの明るさのなかに一枚の昆虫の羽に似た薄暗い無気味な偏平なかたちが現れてきたと思うまもなく、その細長い淡黒色ののっぺらぼうの影は高い海面の軸に沿ってたちまち私の真上へ移動してきたのであった。水中からもがきあがろうと軀をたて直しかけた私は、そこだけにしか存在のかたちがない無気味な一点であるその薄暗い昆虫の羽をちらと見上げただけで、それが、その細長い船型からして、私が艫からつきおとされた当の連絡船が示している薄暗い底部だと分かった。そして、不思議なほど濃淡の度合いも色彩の推移もなく全体が薄暗い単色の影となって、ほの明るい微光のなかにたった一つ浮いているその船型の底部、錆びかけた艤装や印象的な円窓や高い操舵室といった個々のかたちを示すこともなく、ただ薄暗いのっぺらぼうな単色となって広がっているその底部の裏側からの眺めは、さて、遍在する光の〈充実した不思議な空虚〉とまったく逆の、何らか堅い表面が触れられるような、無気味な、手ごたえのある、いつかは自分もまた直面しなければならぬ薄気味悪い何かといった印象を私にもたらしたのである。それは、微光する永劫（えいごう）から永劫へ向かって渡る死の存在の船といった無気味な印象でもあった。

文中から、現実的体験の叙述だけを抜き出して、作者に起こった出来事を客観的にとらえなおしてみよう。

**埴谷雄高**（一九一〇—九七）作家。特異な文体と深遠な思索で知られ、若者世代にも教祖的な影響を与えた。一九四六年以来書き継がれてきた長編『死霊（しれい）』は、作家の死により未完となった。『虚空』などの短編集のほか、エッセイ『影絵の時代』、評論『ドストエフスキー』、紀行『姿なき司祭』などがある。

**出典**『闇のなかの黒い馬』（河出（かわで）書房（しょぼう）新社）

29

# 砂の本

J・L・ボルヘス
篠田一士（しのだはじめ）訳

鏡の中には、この世とは別の、もう一つの世界がある。子供のころ、そんな気がしたことはなかったか。仮面を見ていて、それが笑いかけてくるようで、怖くなったことはないか。幻想とは、その子供の心を入口にして、大人が、向こう側の世界へ入っていくことである。

わたしは何気なくその本を開いた。知らない文字だった。粗末な印字の、古びたページは、聖書によく見られるように二列に印刷されていた。テクストはぎっしりつまっており、一節ごとに区切られているページの上の隅には、アラビヤ数字がうってあった。偶数ページに（たとえば）四〇五一四という数字があるとすると、次のページは九九九になっているのが、わたしの注意を引いた。ページをめくってみる。裏面には、八桁の数字がならぶ番号がうたれていた。

よく辞書に使われるような小さな挿し絵があった。子供がかいたような、まずいペンがきの錨（いかり）だった。

見知らぬ男がこう言ったのはその時だ。

「それをよくごらんなさい。もう二度と見られませんよ。」

声にはでないが、その断言の仕方には一種の脅迫があった。その場所をよく心にとめて、わたしは本を閉じた。すぐさま、また本を開いた。一枚一枚、あの錨の絵を探したが、だめだった。狼狽（ろうばい）をかくすためにわたしは言った。

「これはインド語訳の聖書ですな、ちがいますか？」

「ちがいます。」と彼は答えた。

それから、秘密を打ち明けるように声をおとした。

「わたしは、平原の村で、数ルピーと一冊の聖書と引きかえに、それを手に入れたのです。持ち主は、読み方を知りませんでした。察するところ、『本の中の本』（聖書）を一種の護符だと思っていたんでしょうな。彼は最下級のカーストでした。その男の影を踏んだだけでも、汚（けが）れることまちがいなしというやつなんです。彼が言うには、この本は『砂の本』というのです。砂と同じくその本にも、は

**ルピー** rupee　インド、パキスタン、スリランカの通貨単位。

**カースト** caste　インドのヒンズー教特有の階級制度。はじめは四階層であったが、後にそれが二千以上にも分化したと言われる。これらのカーストに含まれない最下層のハリジャン（不可触民）もある。

じめもなければ終わりもない、というわけです。」

彼は、最初のページを探してごらんなさいと言った。

左手を本の表紙の上にのせ、親指を目次につけるように差し挟んで、ぱっと開いた。全く無益だった。何度やっても、表紙と指のあいだには、何枚ものページがはさまってしまう。まるで、本からページがどんどんわき出て来るようだ。

「では、最後のページを見つけてください。」

やはりだめだった。わたしは、自分のものとも思われぬ声で、こう言いよどむのがやっとだった。

「こんなことがあるはずはない。」

相変わらず低い声で、聖書の売人は言った。

「あるはずがない、しかしあるのです。この本のページは、まさしく無限です。どのページも最初ではなく、また、最後でもない。なぜこんなでたらめの数字がうたれているのか分からない。多分、無限の連続の終極は、いかなる数でもありうることを、悟らせるためなのでしょう。」

それから、あたかも心中の考えごとを口にのぼせるように、「も

「錨」の絵には何か意

し空間が無限であるなら、われわれは、空間のいかなる地点にも存在する。もし時間が無限であるなら、時間のいかなる時点にも存在する。」

彼の思考はわたしをいらだたせた。

味があるのだろうか。たとえばこれが「雲」とか「猫」だったらどうか、考えてみよう。

**J・L・ボルヘス** Jorge Luis Borges（一八九九―一九八六） アルゼンチンの作家、詩人。ブエノス・アイレスの富裕で知的な家庭に生まれ、青少年期をヨーロッパ各地に過ごす。厖大な知識と深い幻想に包まれた短編小説によって、世界文学に新しい空気を送り込んだ。作品に『伝奇集』『砂の本』、詩集に『ブエノス・アイレスの熱狂』がある。

▼ボルヘスは少年のころから鏡と仮面を異常に恐れたという。その感覚は後になって、無限に続いて終わらない迷宮とか、この世のわれわれの行動はすべて過去に一度存在したことの再現にすぎないのではないか、という考え方へ結実していく。また一方では、鏡の中の像が少しずつわれわれを模倣しなくなってきて、やがてガラスの障壁を打ち破って襲いかかってくるという作品（「鏡の動物誌」）へも結実していく。

**出典**『砂の本』（集英社）

## 〔手帖6〕 メモと描写

### 1 メモ

いきなり原稿用紙に向かってペンを走らせようとしても、文章が書けるわけではない。文章を書くにもそれなりの手順がある。このことは手帖1「表現への扉をひらく」でも指摘したことである。自分にしか書けないことを、だれが読んでもわかるように書くこと、そのための手順として、付録1「作文の手順」（三七七ページ）を示しておく。基本的で実用に即したことがらだけを簡潔にまとめ、表にした。よく読んで、大いに活用してほしい。ここでは、その表現の〝現場〟ともいうべき「作文の手順」の中心作業であるメモの重要性について考えておこう。

メモは文章の材料を集める作業である。メモを続けているうちにテーマが絞られてくる場合もあるし、テーマに沿ってメモをとる場合もある。どちらにしても、自分だけの発見や経験をメモにしてゆきたい。次の「描写」の項で述べるように、五感を十分に働かせて、どんどんメモしよう。これが後に文章の材料となるのだ。

メモは他人に見せるためのものではない。いわば表現の舞台裏だ。箇条書きでもよい。文になっていなくてもよい。少々乱雑であっても、順序など気にせずに書き込んでゆこう。描写に重点をおいて記憶を掘り起こしたり、本で調べたり、現物にあたったりもしてみよう。必要ならば、印、線、図なども使って思考の流れを視覚化すると、自分の考えが整理されてわかりやすいかもしれない。自分にあったやり方、工夫を考え出してゆくことだ。ただし、一度書いたメモは消しゴムなどで消してしまわないようにしたい。いったん線を引いて抹消したメモが、後で生きることも多いからだ。メモこそは作文の中心作業である。

このようにペンを握ってあれやこれやと考えあぐね、書いたり抹消したりすること、つまりメモをとることは文章を書くとき欠かすことのできないものなのだ。だれの助けも得られない孤独な営みである。思いもかけなかったメモとメモとが響き合ったり、片隅に無造作に書かれていたメモが急に重い意味を持ち始める。あるいは、悪戦苦闘の末、何も思い浮かばないこともあろう。が、それも産みの苦しみである。

一例として、吉行淳之介の「創作メモ」（一六四ページ参照）を掲げておこう。

このメモに関して吉行氏自身は、「小生はメモを取らないのがフツウです。これは例外として『暗室』という作品を書きすすめながら、思いついたことをメモしたものです。」とのコメントを本書へ寄せてきている。残された貴重なこのメモは、一見脈絡なく記された内容が、互いに呼応し、触発し合い、次第に確固とした作品世界を創出していく〝現場〟を、生々しくわたしたちに伝えてくれる。

## 2　描写

描写とは、たとえば目の前にある樹を見て、辞書の記述のようにどんな樹にも通用する説明（一般的）をするのではなく、樹そのもの（個別的）がどんな樹であるのかを書くことである。自分がとらえたその樹の印象を書くことである。

文章を書き始めたばかりの初心者は、とかくものを辞書的に説明しがちである。これではだれが書いても同じような文章になってしまう。文章から個性的なものが失われるのだ。そうではなく、自分だけがとらえた印象を言葉にすること、描写によって文章は個性的で生き生きとしてくるのだ。

描写は、まず目の前にある具体的なものについて始めよう。私の筆箱、本の表紙、私のスニーカーなどを描写しよう。それら目の前にあるものと自分との結びつきは、他のもの、他の人では取り換えのできないものだ。自分とものとの個別的な結びつきが描写の最も大切な条件である。一般性が厳しく求められる辞書の説明とは反対なのである。頭の中にあるでき合いの言葉を組み合わせてよしとするのではなく、実際目の前にあるものを観察して得られる印象を言葉にしてゆく。もう少しいえば、ものにまつわる先入観（既成概念）を捨て去り、自分とものとの出会いの最初の瞬間を言葉にするのである。

その先入観を打ち破るために、わたしたちは五感を総動員しなければならない。ものの形、様子、色、音、味、におい、手ざわり（視覚、聴覚、味覚、嗅覚、触覚）を書いてゆこう。先入観にとらわれない目で見、感覚をとぎすませて、よく観察しよう。自分だけにしか見えないもの、自分だけにしか聞こえないもの、それを見つけ出すのだ。それを発見し、言葉にしえたとき、わたしたちは自分の目で見、自分の耳で聞いたといえるのである。自分の感覚を正確に自分のものとした（意識化）のである。これが文章における独創ということと深く結びついていることは、文例１「『ピエールとジャン』序文」で詳しく述べられている。参考にしてほしい。

そして、描写を通してわたしたちは自分の感覚、つまりそのものをどのように見、どのように聞いたかを、他人に伝えることができるのである。他人の中に自分の感覚を伝えることが、描写の持つ大きな力なのだ。自分にしか書けないことを、だれが読んでもわかるように書く、という良い文章の二つの条件を満たす点において、描写は最も重要な技法である。

文例22「走る仏像」・文例53「富士日記」・文例68「ロヒール・ヴァン・デル・ウェイデン」の設問と、「表現への扉」の解答も合わせて参考にしてみよう。

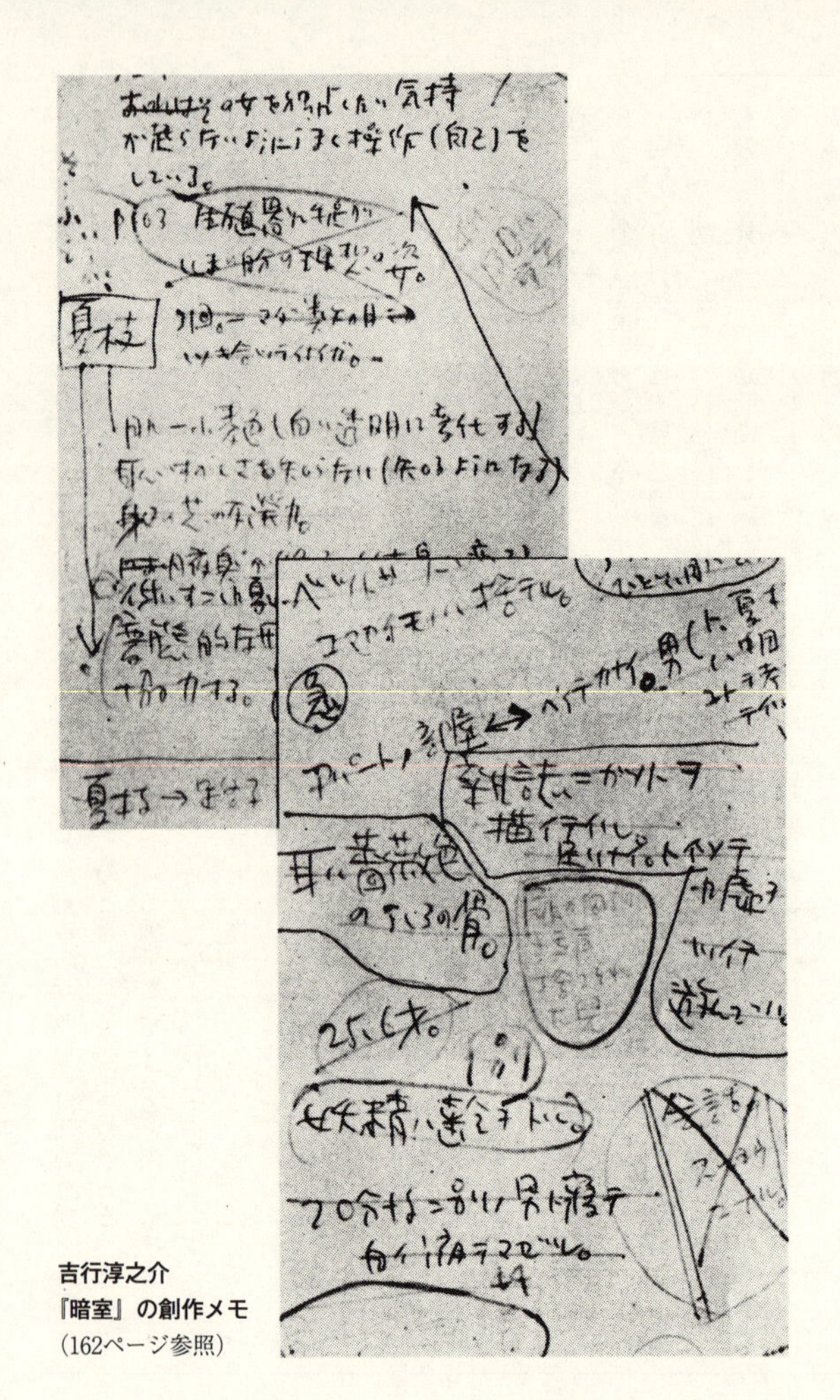

**吉行淳之介**
**『暗室』の創作メモ**
（162ページ参照）

7

# 疑いから思索へ

30 スペイン旅情——加藤周一

31 私ひとりの部屋——V・ウルフ／村松加代子訳

32 反語的精神——林達夫

33 日本人の政治意識——丸山真男

34 三つの集約——石原吉郎

35 噂としてのUFO——C・G・ユング／松代洋一訳

# 30 スペイン旅情

加藤周一（かとうしゅういち）

スペイン人が示す自国語への並外れた愛着はことばと人間の考察に私たちを促す。

『ドン・キホーテ』の一番高貴な部分は、今でもこの国のなかに生きているように思われる。街の人々の、殊に男の顔立ちは、実に水際立って美しい。これは誇り高い騎士の顔であろう。騎士は今タクシーを運転したり、宿屋の給仕をしたりしている。教育程度は高くない。学校へ三年行ったことがある、四年行ったことがあるというのを自慢にしている程度である。しかし騎士の誇りと顔立ちは、学校教育とあまり関係がないらしい。そしておそらく道徳とは関係があるのだろう。男の自尊心は、道徳の代わりをするとニーチェもいった。私はマドリッドにながく暮らしていたわけではない。しかし

**『ドン・キホーテ』** スペインの作家セルバンテスの書いた、奇想天外な騎士物語。

**ニーチェ** Friedrich Wilhelm Nietzsche（一八四四―一九〇〇）ドイツの思想家。著書に

とにかく一週間にも及ぶ滞在の間に、私は一度も勘定のごまかしに出会ったことがない。これは多くの他の国では、ほとんど考えも及ばぬことである。勘定のごまかしは、スペイン人の誇りが許さぬものとみえる。

フェデリコ・ガルシア・ロルカは、スペインは誇りと短刀の国であるといった。彼の芝居『血の結婚』には、その二つの主題が出てくる。いや、芝居は誇りの感情とそれを短刀で表現する行動とだけから成り立っているといってもよいだろう。それは十六世紀の話ではなくて、現代の話だ。

マドリッドの一流の宿屋でも、外国語の通じないところがある。（たとえばバルセロナでは、広くフランス語が通じる。二つの都会はその他多くの点で対照的であるが、そのことに今は触れない。）

そこでどれほど簡単な用を宿屋で弁じるにも、スペイン語を操らねばならない。その代わりこちらの言い分を聞いた給仕の男は、私の発音の誤り、文法の誤りを根気よくなおしてくれた。なおしてもらった後で、もう一度口上を正しく述べ、さて給仕が用を足しに出かけるという段取りである。

『ツァラトゥストラかく語りき』『悲劇の誕生』などがある。

**マドリッド**　スペインの首都。国の中央部にある高原都市。

**フェデリコ・ガルシア・ロルカ**　Federico García Lorca（一八九八—一九三六）スペインの詩人、劇作家。『血の結婚』『イェルマ』『ベルナルダ・アルバの家』は三大悲劇と呼ばれている。スペイン内戦勃発の数日後、フランコ政府側にとらえられ射殺された。

**バルセロナ**　南フランスに近いカタルーニャ地方の中心地。長い歴史をもつ古都。

「私はスペイン語が上手だが、あなたの言葉はよくない。」

と彼はいった。

私はそもそもスペイン語を知らないのだから、私の言葉はよくないにきまっている。

しかし彼はたしかにスペイン語が上手で、上手であることに誇りを——外国人はスペイン語以外の言葉を、彼自身がスペイン語を自由に話すのと同じように、自由に話すかもしれないという可能性を忘れるほどの誇りを、もっていた。

こういうことは、もちろん、旅行者には不便にちがいないが、少なくとも私には気持ちがよかった。

外国人の顔さえみれば、自分の国の言葉（それが日本語であろうと、イタリア語であろうと、ドイツ語であろうと）で話すまえに、いきなりアメリカの兵隊から覚えた言葉で話しかけてくる人間を、私は好まない。

私はだれとでも日本語で話すことを好む。ゆえにスペイン人がスペイン語で話そうとすることにも、共感を覚えるのである。


「私は好まない。」（一六八・14）というが、その理由はなにか。

**加藤周一**（一九一九―二〇〇八）評論家。在学中より、中村真一郎（なかむらしんいちろう）、福永武彦（ふくながたけひこ）らと「マチネ・ポエティク」を結成。ヨーロッパ近代詩と日本古典短歌に傾倒して押韻の定型詩を作る一方、戦争の狂気に対しては冷静で合理的・批判的態度を堅持した。その成果は『1946・文学的考察』（共著）に結実する。他に『羊の歌』『日本文学史序説』『幻想薔薇（ばら）都市』などがある。

▼A・A作家会議の準備委員会がタシケントであった時の加藤周一の活躍ぶりは、「ミスター・カトーは前の人とは英語で、右側の人とはフランス語で、左側の人とはドイツ語で議論すると、モスクワ嬢が目をまるくしていましたよ。加藤さんの人気は大変なものだ。」と伝えられ、その才の豊かさは、もはや伝説的でさえある。

**出典**『ある旅行者の思想』（『加藤周一著作集』第十巻・平凡社）

## 31 私ひとりの部屋

V・ウルフ
村松加代子(むらまつかよこ)訳

長年の疑問が、ある時、ふと、解決の糸口を見せることがある。歴史の中で作られてきた差別の根底に潜む心理を、女性の作家が鋭く見抜く。

女性は過去何世紀もの間、男性の姿を実物の二倍の大きさに映してみせるえも言われぬ魔力を備えた鏡の役目を果たしてきた。この力がなかったなら、おそらく地球は今日なお沼地と密林のままであろう。過去に行われたすべての戦争の栄光も知らずにいるだろう。私たちは今もなお羊の骨にかき傷をつくって鹿の輪郭をかたどったり、火打ち石を、羊の皮や、その他私たちの垢(あか)抜けしない好みに合う素朴な装飾品と物々交換しているだろう。超人も運命の指も決して存在しなかっただろう。ツァーやカイゼルも、その頭に王冠を戴(いただ)

**超人** ニーチェの『ツァラトゥストラかく語りき』やバーナード・ショウの『人と超人』のイメージによる。そこでは哲学的人間が「超人」の域へ到達する精神過程が描かれている。

いたり、失ったりはしなかっただろう。文明社会における用途が何であろうと、鏡はすべての暴力的、英雄的行為には欠かせないものである。ナポレオンとムッソリーニがともに女性の劣等性をあれほど力説するのはそのためである。女性が劣っていないとすると、男性の姿は大きくならないからである。女性が男性からこうもたびたび必要とされるわけも、これである程度は納得がいく。また、男性が女性の批判にあうとき、あれほど落ち着きを失うことも、あるいはまた、女性が男性にむかってこの本は良くないとか、この絵は迫力がないなどと言おうものなら、同じ批判を男性から受けるときとは段違いの耐えがたい苦痛を与え、激しい怒りをかきたてるわけも、これで納得がいく。つまり、女性が真実を語り始めたら最後、鏡に映る男性の姿は小さくなり、人生への適応力が減少してしまうのである。もし男性が朝食の時と夕食の時に、実物よりは少なくとも二倍は大きい自分の姿を見ることができないなら、どうやって今後とも判決を下したり、未開人を教化したり、法律を制定したり、書物を著したり、盛装して宴会におもむき、席上で熱弁をふるうなどということができようか？　そんなことを私は、パンを小さくちぎり、

**ツアー**　tsar（ロシア語）帝政時代のロシア皇帝の称号。ラテン語のカエサル（caesar）から出た語。

**カイゼル**　Kaiser（ドイツ語）一八七一—一九一八年のドイツ皇帝の称号。ラテン語のカエサルから出た語。

**ナポレオン**　ナポレオン・ボナパルト　Napoléon Bonaparte（一七六九—一八二一）のこと。フランスの皇帝。

**ムッソリーニ**　Benito Mussolini（一八八三—一九四五）　イタリアの政治家。ファシスト党の統帥（とうすい）として、ファシスト単独内閣を組織、一九四三年失脚した。

コーヒーをかきまわし、往来する人々を見ながら考えていた。鏡に映る幻影は活力を充たし、神経系統に刺激を与えてくれるのだから、きわめて重要である。男性からこれを取り除いてみよ、彼はコカインを奪われた麻薬常用者よろしく、生命を落としかねない。この幻影の魔力のおかげで、と私は窓の外を見やりながら考えた、人類の半数は胸を張り、大股で仕事におもむこうとしているのである。ああいう人たちは毎朝幻影の快い光線に包まれて帽子をかぶり、コートを着るのだ。スミス嬢の茶会では歓迎されると信じて疑わず、自信満々、張りきって一日のスタートを切るのだ。そして、茶会の部屋に一歩踏みこみながら、自分はここに居合わす人間の半数よりは優れているのだ、と呟くのである。こうして、男性は例の自信、例の自信過剰を漂わせた口のきき方をするようになるのだが、そのために公的生活で数々の深刻な結果が生じたし、個人の心の余白にも、以上の奇妙な覚え書きが記されることになったのである。

**コカイン** cocaine 麻酔薬の一種。コカの葉から採取する。

「鏡」の比喩が一貫して使われているが、それは叙述の上でどのような効果をあげているだろうか。

**V・ウルフ**　Virginia Woolf（一八八二―一九四一）　イギリスの作家。プルーストやジョイスによって確立された「意識の流れ」の方法を、女性特有の鋭い感性によって発展させ、時の経過の中で変わっていく人間の生の輝きとはかなさを描いた。作品に『ダロウェイ夫人』『灯台へ』『波』などがある。

▼V・ウルフは男と女を客観的に見ようと努めた。そのために両性具有の主人公を持つ実験的幻想小説『オーランドー』も書いている。

**出典**　『私ひとりの部屋――女性と小説』（松香堂書店）

# 32 反語的精神

林達夫

自分の考えを表明するにも、いくつかの方法がある。率直な意見表明、遠回しな言い方（婉曲法）、比喩による表現、反対のことを言いながら自分の考えを表明すること（反語法）など。これらの方法は修辞法（レトリック）と呼ばれる文章表現上の技法だが、それが単なる技法にとどまらず、生き方として必要とされる時がある。

反語はいうまでもなく一種の自己表明の方法であります。それはいわば自己を伝達することなしに、自己を伝達する。隠れながら現れる。現れながら隠れる。キェルケゴールの言うように、反語家は悪人のふうをした善人であるかも知れない、偽善者が、善人に見られたがる悪人であるように。それは一つの、また無限の「ふり」である。――こう書いて、今、ひょっと思い出したからちょっとあな

**キェルケゴール** Sören Kierkegaard（一八一三―五五）デンマークの哲学者。著書には『不安の概念』『死に至る病』がある。学位論文は『イロニーの概念について』

たに息抜きを与えるために、マルセル・プルーストの『囚(とら)われのおんな』の中の一節を記させていただきましょう。ある人が、ムッシュ・ド・シャルリュスに「Nはあんなふりをしているが、ほんとうにそうなのか。」と尋ねると、彼はすかさず答えました。「彼がそうだったら、あんなふりはしなかっただろう。」

自由を愛する精神にとって、反語ほど魅力のあるものがまたとありましょうか。何が自由だといって、敵対者の演技を演ずること、一つのことを欲しながら、それと正反対のことをなしうるほど自由なことはない。自由なる反語家は柔軟に屈伸し、しかも抵抗的に頑として自らを持ち耐える。真剣さのもつ融通の利かぬ硬直に陥らず、さりとて臆病な順応主義の示す軟弱にも堕さない。

反語家はその本質上誤解されることを避け得ません。しかし彼はそれを平気で甘受し、否、ひそかにこれを快としているほどに悪魔的でさえあります。反語家の真の危険は、外部からスキャンダル呼ばわりされて立場を悪くするというような点にあるのではなく、むしろ内部において一種の心理的陥穽(かんせい)におちこむことが往々にしてあるということです。反語家は時とするとジキル博士とハイド氏との

であった。

**マルセル・プルースト** 一四五ページ著者紹介参照。『囚われのおんな』は、その小説『失われた時を求めて』の第五篇(へん)の題名。

**Nはあんなふりを……** ここで話題になっている「あんなふり」とは、同性愛者ではないか、という疑いのことである。

**ジキル博士とハイド氏** Dr. Jekyll and Mr. Hyde イギリスの小説家スティーヴンスン（一八五〇—九四）の同名の小説の主人公。善を代表するジキル博士と悪を代表するハイド氏を合わせ持つ。二重人格者の別称となった。

ようなものである。彼の仮面が第二の性質となり、それがあまりに「彼の役割の皮膚」の中に穿入しすぎて、その第一と第二の性質の間を往復しているうちに、どっちがよりほんものであるかがわからなくなってしまう。もっと卑俗な譬えを持ち出せば——反語家はあの諜報者やプロヴォカトールに幾分似ているとも言えましょう。あんまり熱心に自分の役目を演じすぎると、一体自分は軍国主義に味方しているのか、それとも革命的勢力に協力しているのかわからなくなる……。

**プロヴォカトール**　provocateur（フランス語）挑発者、扇動者。間諜、まわし者。

人が反語的な表現や態度をとる場合を、日常生活や文学作品の中からさがしてみよう。

**林　達夫**（一八九六―一九八四）戦中・戦後を通じて自由な立場を貫いた在野の学者、評論家。『昆虫記』の翻訳や百科事典の編集などすぐれた仕事を残した。平明な文章には、奥深い学識と柔軟な思考がにじみ出ている。『文芸復興』『思想の運命』、訳書にはベルグソンの『笑い』などがある。

**出典**　『歴史の暮方』（筑摩書房）

## 33 日本人の政治意識

丸山真男（まるやままさお）

上位者には従順で、個人よりも集団の和を優先する行動様式と、それを支える日本人の精神的風土を、政治学の立場から鋭く分析する。

政治とは人間の人間に対する支配である。人間にたいする力の及ぼし方には色々あるが、政治の力の及ぼし方の特質は権力を用いて人を支配することであり、政治社会の統一のためには権力が必要である。しかし権力というものはそれ自身が目的ではなくあくまでも他の目的のための手段である。ところがこのことが忘れられ、権力の手段性が意識されないでそれ自身が目的になってしまい、権力を行使する方もされる方も権力それ自身に価値があるように考える傾向が生まれる。ここから権威信仰が発生するのである。権力に対する服従が絶対的になって来るというのは、権力が客観的な価値（真・善・美）を独占しているということから起こる。すなわち人間の行動の場合の価値の基準が権力から独立して存在し得なくなってしまうのである。一例を正義にとってみると、お上の命令だから無条件に従うという場合には、このお上の命令の中に正義が含まれており、すなわち正義という価値が権力者と合体している。このように客観的価値の権力者による独占ということから権威信仰は生まれる。権力者というものに命じられてはじめて道徳的拘束力をもつ。だから服従者は権力に反抗した時に与えられるであろう罰に対する恐怖の意識から従うというだけでなく、反抗すること自体を悪と考えるに至るのである。その顕著なものとして承詔必謹のイデオロギー、進駐軍の命により車外乗車を禁ずといった例がそれである。このような権威信仰がいかに我々の内部に深く潜んでいるかがわかる。さらに例をあげるならば、国家が戦争した以上戦争に協力するのが当然だという考えが、いまだに深く我々の道徳観念になっているということである。戦争をするのが正しいかどうかという価値（正・不正）の判断を国家——つまり具体的には政府にあずけているとい

**承詔必謹のイデオロギー** 天皇の文書を絶対的なものとし、慎んで行うという考え方。

**進駐軍** 第二次世界大戦後、日本を占領していたアメリカ軍をはじめとする連合国の軍隊。

**車外乗車** 満員の電車などで、ドアの外の把手につかまったり、連結器の上に足をかけた状態で乗

える。ヨーロッパ社会のようにconscientious objector（自己の良心が許さぬという理由で兵役に服さぬ人）が一般社会の通念になっていない。すなわち良心的反対者を社会がみとめていないということである。シナの儒教思想にはまだしも価値が権力から分離して存在している。すなわち君主は有徳者でなければならないといういわゆる徳治主義の考え方で、ここから、暴君は討伐してもかまわぬという易姓革命の思想が出て来る。ところが日本の場合には、君、君たらずとも臣、臣たらざるべからずというのが臣下の道であった。そこには客観的価値の独立性がなかった。人間の上下関係を規定するところの規範が、客観的な、したがって誰でも援用できる価値となっていない。親の言葉が子の道理という俗語もその例である。上位者そのものには道理という規範が適用されないのである。恩恵を垂れるということはあっても、これを下から要求することはできない。というのは仁・徳が権威者と合一しているから権威者の思(おぼ)し召し如何(いかん)ということのみによっているからである。

また、権威信仰のも一つの特徴としては、権力が決してむき出しのものとして出て来ないということである。つまりボカされ、温和

車すること。敗戦後の交通事情の悪いころ、一般的に見られた。

**シナ**　秦（シン）から転じたもの。外国人の中国に対する呼称。第二次世界大戦末までは、「支那」と表記した。

**儒教思想**　孔子（前五五一？―四七九）を祖とする学派の教え。仁義・道徳を説き、身を修め人を治めることを目的とした。

**易姓革命**　中国古代の政治思想。易姓は、ある姓の天子を廃止し、別の姓の者が天子になること。革命は、天の命令を受けてなった天子に徳がなく、天が命令を変更して他の人に下すこと。

な形で現れる。事実日本には露骨な残虐な政治的支配はあまりなかった。権威が何かありがたいものとして絶えず現れているので、そのために、それが根本的にはやはり権力の支配であるということがかえって人民の間には意識されないでいる。日本古来の家族主義といわれるものも権威信仰であり、恩恵を施すことが家長の意志のみにあって法律のように客観的規範がないから、家長から恩恵を受けている間にも家族員には一種の不安定な感じが存在する。それは客観的規範に訴えて主人に抗議することが許されないからである。たまにそんなことをする女中があると可愛(かわい)さあまって憎さが百倍ということになる。このような関係は日本の政治史を見るとよくわかる。普通には残虐な支配はないが、いったん権威信仰の雰囲気的なわくに入って来ないとみると逆に非常に残虐になる。これは家族的原理の中に入って来ないものに対する「敵」への憎しみに外ならない。徳川時代のキリシタンに対して、また現代の思想犯に対して、支配者がいかに残虐にふるまったかがこのことを物語っている。日本には権力が権力として力として意識されないという特徴がある。ヨーロッパにおけるような権力崇拝がないのである。日本の政治家たち

**法皇による院政**　天皇を退位した上皇を、とくに法皇(仏門に入った上皇を法皇という)が、院庁で主要な政務を行うことをいう。白河(しらかわ)・鳥羽(とば)・後白河(ごしらかわ)の三上皇の院政が、平安時代

を見ていると、いわゆるやり手というのが軽蔑される。すなわち雰囲気的な統一を破って自己を主張するものに対して、集団のもつ嫌悪の感情である。また責任の主体をボカして支配するということが行われる。俗に黒幕による支配といわれるもので、支配者を単数にしないで責任の帰属がわからないようにする。一人の人間が自己の意見をもって行動するということが嫌われる傾向がある。立候補という制度でいい人が出にくいのはその一例である。日本の過去において天皇と別に法皇による院政というものがあり、幕府にも執権というものがあったのもそれである。中心になる権威が赤裸々な人間の支配としてあらわれず、雰囲気的な支配としてあらわれるのが特色である。

（一九四八年）

の末期約一世紀続いた。

**執権** 鎌倉幕府の政所（まんどころ）の長官。将軍を補佐し政務を監督した最高の職。

「権威信仰」という言葉が繰り返し使われているのに、終わりの方で一回だけ「権力崇拝」（一八〇・17）という言葉が使われる。一見、似たような二つの言葉を筆者はどのように使いわけているか。

**丸山真男**（一九一四―一九六）政治学者。日本政治思想史を専攻。現代の社会・政治や、文化・文学の問題についても、多くの評論を発表した。著書に『日本の思想』『日本政治思想史研究』『現代政治の思想と行動』などがある。

**出典**『丸山眞男著作集』第三巻（岩波書店）

## 34 三つの集約

石原吉郎（いしはらよしろう）

ジェノサイドは人類の平和と安全に対する重大な犯罪である。この憎むべき残虐無道な犯罪が第二次世界大戦で続発した。とりわけ広島・長崎への原子爆弾投下と、ナチス・ドイツによるユダヤ人の虐殺は忘れられてはならない。これらはまさに史上に類例を見ない大規模殺害であり、人類史上の汚点である。だが、告発するのはだれか。されるのは……。

あるエッセイで、「広島について、どのような発言をする意志ももたない。」とのべたことにたいして、その理由をたずねられた。手みじかにいえば、私が広島の**目撃者**でないというのが、その第一の理由である。人間は情報によって告発すべきでない、その現場に、はだしで立った者にしか告発は許されないというのが、私の考え方である。

第二の理由は、広島告発、すなわちジェノサイド（大量殺戮）という事実の受けとめ方に大きな不安があるということである。私は、広島告発の背後に、「一人や二人が死んだのではない。それも一瞬のうちに。」という発想があることに、つよい反発と危惧をもつ。一人や二人ならいいのか。時間をかけて死んだ者はかまわないというのか。戦争が私たちをすこしでも真実へ近づけたのは、このような計量的発想から私たちがかろうじて脱け出したことにおいてではなかったのか。

「一人や二人」のその一人こそ広島の原点である。年のひとめぐりを待ちかねて、灯籠を水へ流す人たちは、それぞれに一人の魂の行くえを見とどけようと願う人びとではないのか。広島告発はもはや、このような人たちの、このような姿とははっきり無縁である。

「百人の死は悲劇だが、百万人の死は統計だ。」これはイスラエルで、アイヒマンが語ったといわれることばだが、ジェノサイドはただ量の恐怖としてしか告発できない人たちへの、痛烈にして正確な解答だと私は考える。

広島告発について私が考えるもうひとつの疑念は、告発する側は

**灯籠を水へ流す**　盆の終わりの日に、小さい灯籠に火を点じて川や海に流す魂送りの習俗。

**アイヒマン**　Karl Adolf Eichmann（一九〇六―六二）　ナチス・ドイツの親衛隊将校。第二次世界大戦中、ユダヤ人大量殺害を指揮した。その数は六百万人にのぼるといわれている。戦後、A級戦犯として追跡され、一九六〇年に逮捕、六二年に処刑された。

ついに死者ではないという事実である。被爆者不在といわれてすでに久しいが、被爆者以前にすでに、死者が不在となっている事実をどうするのか。死者に代わって告発するのだというかもしれない。だが、「死者に代わる」という不遜をだれがゆるしたのか。死者に生者がなり代わるという発想は、死者をとむらう道すら心得ぬ最大の頽廃（たいはい）である。

　死者がもし、あの世から告発すべきものがあるとすれば、それは私たちが、いまも生きているという事実である。死者の無念は、その一事をおいてない。死者と生者を和解させるものはなにひとつないという事実を、ことさら私たちは忘れ去っているのではないか。まして私たちは、それらの人びとの死を、ただ数としてしのぐことによって生きのびたといわなければならないのである。

　そしてもし私たちが、まぎれもない生者として、死者から告発されているというのであれば、そのばあいにも私たちは、生者とよばれる集団として告発されているのではなく、一人の生者として告発されているのだということを思い知るべきである。しかも一人の死者によって。

広島を「数において」告発する人びとが、広島に原爆を投下した人とまさに同罪であると断定することに、私はなんの躊躇(ちゅうちょ)もない。一人の死を置きざりにしたこと。いまなお、置きざりにしつづけていること。大量殺戮のなかのひとりの重さを抹殺してきたこと。これが、戦後へ生きのびた私たちの最大の罪である。量のなかの死ということへの私たちの認識は、とおくアイヒマンのそれにおよばぬことを、痛恨をこめて思い知るべきだと私は考える。統計的発想によって告発することの不毛を、まさにアイヒマン自身が告発しているからである。私たちがいましなければならないただひとつのこと、それは大量殺戮のなかのひとりの死者を掘りおこすことである。よしんばそれによって、一人の死に、一人の死をこす重みをついに加ええぬにせよ。

原点へ置きのこした一人の死者という発想を私に生んだのは、いうまでもなく広島ではない。その発想を私にしいたのは、シベリヤのラーゲリである。だがこの発想が私にあるかぎり、広島は私に結びつく。そしてそれ以外に、広島と私との接点はない。

いまこの文章を書いている私に、帰還直後「生きていてよかっ

**ラーゲリ** Lager'（ロシア語）ソヴィエト連邦の強制収容所。

**やすらかに……** 広島市の平和記念公園、慰霊碑の碑文。

た。」ということばを聞いたときの、全身の血が逆流するようなおもいが、ふいになまなましくよみがえる。「やすらかにねむってください。あやまちはくりかえしませんから。」と書きしるした人が、ついに死者ではなかったという事実を、さらに書きしるすべきである。

5

戦争も、ましてラーゲリも知らない君と、広島との「接点」は何だろう。どこにあるのだろう。

**石原吉郎**（一九一五―七七）詩人。敗戦後、ソ連軍に逮捕され重労働二十五年の判決を受け、ラーゲリを転々とする。特赦により帰国。詩は「書くまい」とする衝動、詩におけることばは「沈黙するための」ことばであると定義した。詩集に『サンチョ・パンサの帰郷』『水準原点』『礼節』、エッセイ集に『海を流れる河』などがある。

▼ラーゲリでの生活は石原吉郎の詩の根幹をなす。石原の友人、鹿野武一（かのぶいち）は、同じラーゲリで情報を強要する取り調べ官に、「もしあなたが人間であるなら、私は人間でない。もし私が人間であるなら、あなたは人間ではない。」と答えて口を噤（つぐ）んだ。この友人の存在を追憶することだけがかろうじてシベリアの記憶を救うと石原はいう。（「ペシミストの勇気」『石原吉郎全集』第二巻）

**出典**　『石原吉郎全集』第二巻（花神社（かしんしゃ））

▼ここに掲げたのは、「三つの集約」その1「アイヒマンの告発」の全文である。

## 35 噂（うわさ）としてのUFO

C・G・ユング
松代洋一（まつしろよういち）訳

UFO　Unidentified Flying Object の略。未確認飛行物体と訳される。

なんとなく信じこんでいるもの、信じたくなることが、われわれの周囲にはたくさんある。それが本当か嘘（うそ）かを問題にするのではなく、それを信じこまされてしまう心のメカニズムを不思議に感じることはないだろうか。そういうとき、われわれは心の扉の前にいるのだ。

UFOの目撃や解釈はすでに文字どおりの伝説を作り上げるに至った。何千という新聞報道や論文は別にしても、これに関する一連の本までが出版されて、肯定するものあり否定するものあり、インチキもあれば真面目なのもあるというありさまである。UFO現象そのものは、最近の実見談が示しているように、それによってなんの影響も受けたようすもない。目下のところ依然として続いている。その正体が何であるにせよ、ひとつ確かなことは、それが生きた神話になったということである。われわれはここに伝説というものがいかにして生まれるかを見ることができる。暗い困難な時代に、他の天体から「天上の」勢力が侵略を試みる、あるいは少なくとも接近するという驚異の物語が生まれるさまが見られるのである。人間の空想力が宇宙飛行や他の天体の探険や侵略の可能性さえも真面目に論議するほどになったこの時代なればこそだろう。われわれ人類は月や火星を目指し、太陽系の他の惑星やさらには恒星の住人は逆に地球を目指している。われわれの宇宙への野心はわれわれの知るところだが、他の天体に同様の思惑があるとするのは神話的推測、すなわち投影にほかならない。

センセーション、冒険心、技術の飛躍的革新、それに知的好奇心だけでも、この空想力の未来志向の動機として十分のように見える。しかし、この種の空想がうながされるとき、とくにそれが現実的な形（人工衛星のような）で現れる場合は、その底深くには隠れた原因、つまり生死にもかかわる急迫状態とそこからくる願望が潜んでいる。地球が人間にとって狭くなり、水爆の脅威のみか、さらに深刻なことには、怒濤（どとう）のような人口増加が真剣に憂うべき問題となってきた

**投影**　心理学用語。投射（projection）ともいう。同一視の一種。他の対象を自己の潜在的願望と混同すること。

いま、人類がこの牢獄から逃れたいと願っていることも想像に難くない。とりわけ人口問題は、人々が口にだしたがらないか、したとしても大量の食糧増産がいくらでも可能だという楽観的なことを言うだけだが、いったいそれが最終的な解決を一寸延ばしにする以上の何だろうか。インド政府は将来を慮(おもんぱか)って産児制限に五十万ポンドの予算を通した。ソ連は強制収容所のシステムを危険な人口過剰の鎮静と減速のために利用している。西欧の先進国は他の手段を講じることができるが、直接の危険はむしろアジアやアフリカの開発途上国の側にある。再度の世界大戦がこの人口抑制という差し迫った課題を、あらゆる犠牲を払ってどの程度まで果たしたことにもなったかは、ここでくわしく論ずべき問題ではない。ただ、自然はその成員の過剰を免れるためにさまざまな手段を用いるものである。事実、人類の生活、居住空間はますます狭くなっているし、民族によってはとっくのむかしに

「バーゼルのびら様円盤」(1566年)

最適条件を越えてしまった例も少なくない。破局の危険は増加した人口がたがいにぶつかり合うのに比例して増大していく。狭さは不安を生む。しかし地球にもはや救いを求められない以上、地球以外の領域にそれを探すほかない。

そこで「天上にしるし」が現れたり、高次の生物がわれわれの技術知識で粉飾された宇宙船に乗って現れたりする。つまり理由の十分にさだかでない、したがって意識されない不安から、その不安の根拠をあらゆるさもありそうなところに見いだそうとする、二次的で不十分な試みが投影となって現れるのである。なかには、あまりにも事情が明白で、それ以上掘り下げる必要もないと思われるような投影もある。しかし、現に集団幻視さえ伴っている集団的な噂を理解するためには、あまりにも合理的で表面に現れている動機だけで満足してしまってはならない。UFOのような異常な現象を説明するにたる原因は、われわれの存在の根源にさえ達しているはずである。UFOはすでに過去何世紀かにも珍奇なものとして観察されたことがあるが、そのころはある地方だけの普通の噂以上のものにはならなかった。

**幻視**　医学用語。視覚性の幻覚。実際には存在しないものが見える現象。

現代という文明と合理主義の時代になってはじめて、それは全世界的な集団的な噂となった。キリスト暦（西暦）最初の一千年紀の終わりに広く流布した世界の終末という大きな幻想は、純粋に形而上学的な根拠によるものだったから、合理性を装うためにUFOを必要とすることはなかった。「天の裁き」が当時の世界観に見合ったのである。しかし現代の世論は形而上学的な裁定という仮説を求めたりはしそうもない。それならいまごろは、諸方で神父たちが天上に現れた前兆について説教をしていることであろう。われわれの世界観はその種のことを期待していない。われわれはむしろ心理的な障害があるのではないかと考えるだろう。ことに先の大戦以来、われわれの精神状態はいささかあやしくなっているからでもあって、それを思えば事態はいよいよ不確実さを増してくる。過去数十年にヨーロッパを見舞った歴史の展開を評価し説明する際にも、従来の方法による歴史叙述ではもう十分とはいえない。心理学的、精神病理学的な要因が歴史記述の地平をこれまでになく拡大しはじめていることを認識すべきである。ここから必然的に心理学への関心が生まれ、思索的な一般人のあいだに広く高まってきているが、これは

**形而上学**　三七ページ脚注参照。

**アカデミシャン**　academician　学士院会員。学究の徒。ここでは保守的な学者たちの意。

アカデミシャンや無能な専門家の不興を買っているようである。しかし彼らの頑固な反感にあっても、責任を自覚した心理学者は、噂という集団現象を批判的に見据える勇気をなくしてはならない。なぜなら証人たちの主張がどうやらありえないことであるらしい以上、そこに心理的障害を想定することはごく良識にかなっているからである。

筆者の指摘する「心理的な障害」(一九一・9)とは、われわれ現代人のどのような性質を指しているのだろうか。

**C・G・ユング** Carl Gustav Jung(一八七五―一九六一) スイスの精神病理学者。フロイトと並んで今日の精神分析学の基礎を築いた。著書に『元型論』『心理学と錬金術』『人間と象徴』などがある。

**出典** 『空飛ぶ円盤』(ちくま学芸文庫)

## 〔手帖7〕　最初の読者——他者の目

　自分について他者がなにげなく評した言葉にギクッとすることがある。そんなふうに見られていたのか——と背中が凍りつく気がする。あるいは、自分の善意が他者に少しも伝わらず悲しい思いをすることもよくある。

　私たちはどのようにして他者の心がわかるようになるのか。他者と意志の疎通のできる力とは何だろうか。

　他者から自分がどう見えるか、こんなときにはどう思われるか、ということに気付いた経験を蓄積すると、私たちはかなり正確に他者から見える自己像を想像できるようになる。

　文章表現に話を移し換えてみよう。こう書くのがいいか、ああ書くのがよいか、と私たちはよく悩む。そういうとき、誤らず選択ができるということは、他者が読んだときに心をどう動かすかを正確に想像できるということだ。

　段落や構成など、文章の論理的な骨格を決定する力もまたしかりである。それらは他者を相手に説得に苦心した経験、逆に他者から見事に納得させられた経験の積み重ねを、いわばあらかじめ想像の中でなぞることによって行われるのだ。

　いずれにせよ、読むことによっても読まれることによっても、私たちはできるだけ多くの他者を経験したほうがいい。

　やがてその多くの他者の中から、この人にこそ読んでもらいたい、この人にだけは理解されたいと思える人物が現れる。たとえ現実に読まれることがありそうにない人物（自分の好きな作家など）でもよいのだ。とにかく私たちは理想の読者というものを次第に求め、ついには自分の心の中にそれをつくりだすようになる。そして彼（彼女）の性格、好み、感じ方を、自分の中に植え替えて、自分の人格の一部にしてしまうのだ。

そんな力はない、とあきらめてはいけない。たとえば恋人に手紙を書くとすれば、私たちは表現のひとつひとつに相手がどう思うだろうかと神経質にこだわらずにおれまい。そのとき私たちは心の中に他者であるはずの恋人の目をつくりだしている。

ベートーヴェンの晩年のある作品の楽譜に「こうでなければならぬか、そうでなければならない」というメモが記してある。そのときベートーヴェンもまた、自分の中の他者、すなわち批評する自己と対話しつつ書いたのだ。

他者にわかるように。伝わるように。そう心がけて文章を書くとき、私たちは自分の文章を読み返す目に、すでに読み手としての他者の目を宿している。それが自分の文章の最初の読者なのである。文章を書くのは孤独な営為であるが、実は私たちはひそかに自分の中の他者と対話しながら、いわば共同作業として文章を紡いでいるのである。

## 8

# 機知とユーモア

# 36 花つくりのコツ

K・チャペック
小松太郎（こまつたろう）訳

エデンの園に戻れるとしたら園芸家はミミズになるだろうと、チャペックは言っている。

できあがった庭を、はたからぼんやりながめていたあいだは、園芸家というものは、花の香に酔い、鳥の鳴きごえに耳をかたむける、とても詩的な、心のやさしい人間だと思っていた。ところが、すこし接近して見ると、ほんとうの園芸家は花をつくるのではなくって、土をつくっているのだということを発見した。

園芸家は土をいっしょうけんめい掘りかえして、地上のながめは、口をあけてぽかんと見とれているなまけ者のわたしたちにまかせている。彼は土の中にうずもれて暮らしている。彼は、堆肥の山の中に自分の記念碑を建てているのだ。

**堆肥** わら・ごみ・落葉・排泄物（はいせつぶつ）などを積み重ね、腐らせて作った肥料。

もし彼がエデンの園へ行ったとしたら、鼻をひくひくさせて、うっとりしながらそのへんを嗅ぎまわって、言うだろう。

「これは、これは、神さま、なんというすばらしい堆肥でしょう！」

そして、おそらく知恵の木の果実を食べることさえわすれ、なんとかしてうまく神さまの目をぬすみ、エデンの土を車に一台ちょろまかしていくわけにいくまいかと、キョロキョロあたりを見わたすにちがいない。でなければ、知恵の木の根もとのまわりに、水肥をやるための溝がなくなっているのに気がつき、頭の上に何がぶらさがっているかも知らずに、さっそく溝を掘りはじめる。

「どこにいる、アダム？」

と神さまがよぶ。

「待ってください。いま、ちょっと忙しいんです。」

園芸家は背なかごしにそう答えて、せっせと溝を掘りつづけるにちがいない。

＊

園芸家というものが、天地創造の始めから、もしも自然淘汰によって発達したとしたら、おそらく無脊椎動物に進化していたにちが

**エデンの園**　エデン Eden はヘブライ語で歓喜の意。旧約聖書によれば、人類の始祖であるアダムとイヴが住んでいた楽園。神のおしえにそむき、楽園の知恵の木の果実を食べたため、そこから追われ、働かなければ生活できないようになった。

**水肥**　液状の肥料。特に糞尿の混合物、魚鳥の洗水などで作る。

いない。いったい、何のために園芸家は背中をもっているのか？ときどきからだを起こして、「背中が痛い！」と、ためいきをつくためとしか思われない。足はというと、種々雑多な曲げ方をしている。すわったり、ひざまずいたり、なんとかしてからだの下に折り曲げている。指は、小さな穴をあけるときには棒っきれのかわりになるし、拳固（げんこ）は土のかたまりをくだいたり、やわらかにしたりするときの役に立つし、口はパイプをひっかけるのにつごうがいい。ただ、背中だけは、いくら曲げようとしても、曲がらない。ミミズにだって脊椎はない。うわべだけ見ていると、ふつう、園芸家は尻でおわっている。手と足はカニのようにひろげたままで、頭は、馬が草をたべるようなかっこうで、どこか膝のあいだに突っこんでいる。せめて、もうちょっとでいいから背が高くなりたいと思っているひとがいるが、園芸家はそういう人種ではない。それどころか、彼は、からだを半分に折ってしゃがみ、あらゆる手段を講じて背を低くしようとする。だから、ご覧のとおり、身長一メートル以上の園芸家は、めったに見かけない。

筆者はここでなぜミミズを比較に出しているのだろうか。

**K・チャペック** Karel Capek（一八九〇—一九三八） チェコを代表する世界的作家。ジャーナリストとしても活躍する。演劇や園芸や旅を愛し、ナチス・ドイツとも闘い、鋭い風刺と人間愛にみちたユーモアのある作品を数多く残した。戯曲『虫の生活』、SF小説『山椒魚戦争』、児童文学『長い長いお医者さんの話』、推理小説『ひとつのポケットから出た話』などがある。特にロボットの語源となった戯曲『R・U・R』(Rossum's Universal Robots) はよく知られている。

▼チャペックは雲の栽培法も研究していた。雲はどうやって栽培するか？「これはかなりの大仕事である。まずとても丁寧に雑草をとらないといけない。土から余計なものや、小石をとり除く。大地に膝をつけ、身をかがめ、土を掘り、水をやり、いもむしをとり除き、アブラムシを退治し、土をおこして風を入れ、大地に仕えるのである。そしてこのような仕事のため背中が痛くなったら、背のびをし、空を仰ぎみるがいい。そこにはもっとも美しい雲がある。Probatumest（実験ずみ）」（『園芸について』より）

**出典**『園芸家12カ月』（中公文庫）

# 37 パリの記念

渡辺一夫（わたなべかずお）

一つの文句は、一つの思考方法を示す。なにげない語句が、深い根拠をもつこともある。

これでもふた昔まえには、パリへ行ったことがあるのである。いまでも瞑目（めいもく）すると、あの町かど、この河畔、あの光、この匂いと、いろいろな思い出が湧きだしてくるが、だんだんと輪郭はぼけてゆくし、色彩もあせてくるのはやむをえない。最近パリから帰国した方々と話をしていると、全体としてパリは昔と変わっていないことがわかり、戦火をまぬがれ、守るべきものとして守られた都の尊さをしみじみ感ずるが、「ほれ、そのAという町かどにあるレストランではね……。」というような話になると、こっちははなはだ心もとなくなる。つまり、Aという町の名前ははっきり覚えているが、

**ふた昔まえ**　一九三一年から一九三三年、文部省留学生としてフランスへ留学したことを指す。この文章は一九五五年に書かれた。

その町かどの姿は、はなはだぼんやりしているからである。

　パリから持ち帰ったこまごました品物は、友人たちにわけてやったり、こわれたり、戦争のために行方不明になったりしてしまって、いまでは平凡な灰皿が二つと、それから、はなはだ珍妙なものが一つしか手もとにはない。灰皿のことは、あまり平凡だから、ここでべつに記すことはないが、もう一つの珍妙なものについては若干書くことがある。それは、パリの下宿の便所の壁に打ちつけてあった貼り札なのである。パリを去る日、僕は、なじみになったボーイに、五フランやって、その貼り札をものにしたのである。けっして無断で盗んできたのではない。

　その貼り札には「一八九四年七月十日発布衛生条例」として、「乞い願わくは、貴殿がここに入らるるときに、かくあれかしと期待せらるるがごとくに清潔にして、この場所を後にされむことを。」と記してある。じつに簡潔な名文であって、以上のような長たらしい下手な訳では、とうていこの名文の味はわからない。Prière de laisser cet endroit aussi propre que vous désirez le trouver en entrant. というのが原文である。

**Prière de……**　prière は「祈り・願い」の意。Prière de……は貼り紙などのきまり文句で、あとに動詞の不定法（不定詞）を伴って「……してください」の意となる。命令形ではない。したがってこの仏文は、内容からはもちろん、文型からも「非命令的な、協力を求めるような、真の個人主義的な、社会連帯的な」文面であるということになる。

この名文を名訳しようと、何度も試みたが、いままでのところどうにもならない。そのうえ、こうした表現に見られる非命令的な、協力を求めるような、真の個人主義的な、つまり社会連帯的な考え方は、日本語にすると妙にだらだらするかもしれないし、変に卑屈になったりするかもしれないと思う。そして、「この芝生に入るべからず。」のほうが、「この芝生に入らないようにしてください。皆のものであり、眺めて楽しむものですから。」よりも、日本人にとって実効があるかもしれぬと考えると、ますます、あの貼り札の文句と、こうした文句をすらすらと書き、しかも衛生条例としてかかげさせている国とに感心する。そして、われわれ日本人も「……すべからず」趣味を脱却しつくすことが肝要であるとつくづく思うのである。

　僕には、フランスのことといえば、あばたもえくぼに見える悪癖があることは知っている。しかし、この貼り札の文句には、僕ほどフランス好きでない友人も感心していたから、若干自信をもって推賞（?）できると思っている。もちろん、日本でも便所に、よごさぬようにということを俳句などにしてかかげてある風流な例もある

「衛生条例としてかかげさせている」（二〇二・9）とあるが、な

が、そういう便所にかぎって、目玉まで悪臭が飛びこみ、蛆(うじ)の群れが笑っていることが多い。

ぜ「かかげている」としなかったのだろうか。

**渡辺一夫**（一九〇一―七五）　フランス文学者。ラブレーやフランス・ルネサンス期文学の研究を通して、〝機械〟になりやすい人間、狂気に陥りやすい人間を見すえ、真の個人主義とヒューマニズムは無力ではないと語りつづけた。ライフワークとなった翻訳にラブレー『ガルガンチュワとパンタグリュエル物語』（全五巻）、著書に『フランス・ルネサンスの人々』『寛容について』などがある。

**出典**　『渡辺一夫著作集』第十一巻（筑摩書房）
▼ここに掲げたのは「パリの記念」の全文である。

## 38 やさしい、子供の悪魔

P・グリパリ
金川光夫（かながわみつお）訳

若者に悪い見本をひとつ、といっても悪魔の世界での話だが。

むかしむかし、緑色の大悪魔と黒い悪魔との間に生まれた、由緒正しい子供の悪魔がおりました。

ところがわたしたちの、あの子供の悪魔ときたら、心のやさしいひとになりたいと思ったのです。このことは両親をたいへん悲しませました。

毎晩、子供が学校から帰ると、父親はこう尋ねるのでした。

「今日は何をしたんだい？」

「学校へ行きました。」

「あきれたやつだ！　宿題はすんだかい？」

「ええ、パパ。」

5

「ばかなやつだ！　勉強は分かったかい？」

「ええ、パパ。」

「困ったやつだ！　少なくとも、いたずらくらいはやったんだろうな？」

「え、ええ……。」

「仲間のちびどもを殴ったかい？」

「いいえ、パパ。」

「紙つぶてを嚙んで投げたかい？」

「いいえ、パパ。」

「せめて、先生の椅子の上に画鋲を置いて、お尻をちくりと刺してやろうぐらいのことは考えただろうな？」

「いいえ、パパ。」

「じゃ、いったい、何をしたんだ、おまえは？」

「えーと、書き取りと、問題を二つと、歴史と、地理をちょっと……。」

これを聞くと父さん悪魔は、かわいそうに両手で自分の角をつかみ、まるでむしり取らんばかりに引っ張るのでした。

いいことをしたくてた

「いったい何の因果で、こんな子供ができたんだろう？　思えば何年も前から、お母さんとわしとは、いろいろな犠牲を払って、おまえに悪い教育を受けさせ、悪い手本を示し、おまえを立派な、意地悪い悪魔に育てようと努力したものだ。ところがどうだ！　おまえときたら、誘惑に乗るどころか、問題なんか解いておる！　さあ、いいか、よく考えてみろ。いったいおまえは、これから先どうするつもりなのだ？」
「ぼくは心のやさしいひとになりたいのです。」子供の悪魔は答えるのでした。

まらない悪魔は、地獄では誤解されてばかり。君にもないだろうか、いいことをしようとしたのに誤解されて辛い目にあったこと、逆に、いたずらをしたのにほめられて、何となくバツの悪かった思い出など。

**P・グリパリ**　Pierre Gripari（一九二五―九〇）　フランスの作家、児童文学者。はじめて作品を公刊したのは三十八歳のときで、以来十四、五冊を出した。グリパリは日本にも深い関心をもっており、能や上田秋成の『雨月物語』から題材をえた作品もある。

**出典**『木曜日はあそびの日』（岩波少年文庫）

39

# 喜劇による喜劇的自己矯正法

井上(いのうえ)ひさし

「むずかしいことをやさしく、やさしいことをふかく、ふかいことをゆかいに。」(井上ひさし) 井上ひさしは笑いを武器に、自信過剰で自己宣伝にみちみちた現代に挑戦する。彼の笑いは、既成の考えでコチコチになった石頭や、だれもが口外することをはばかるタブーを次々と打ち砕いてゆく。さて、その手練手管の一部をあかせば……。

「私の喜劇作法」はまだまだある。どんな糞真面目(くそまじめ)なお客も笑わせずにはおかぬ「ギッコンバッタン法」。このギャグをやると必ず笑い死にする客が出るので警視庁から使用を禁止されている「荻野(おぎの)式バクダンギャグ法」。

泣いて笑わせる「メートル法」。女には見せられぬ「珍法ギャグ」。[5] 京劇(けいげき)の立ち回りからヒントを得た「文革ギャグ」。コメディア・デ

**荻野式** 避妊法を考案した荻野氏の名から取ったもの。

**京劇** 北京(ペキン)を中心として

16世紀のコメディア・デラルテ◀とその道化役者▶

ラルテから想を仰いだ「リッコボニの秘法」など、その数六百三十五種のギャグパターンを開発しているのだが、そのすべてを明らかにすると、飯の食い上げになってしまう恐れがある。読んだ方はその日からテレビのコント作者としてやっていけるはずだし、そのひとつを巧みに組み合わせれば、抱腹絶倒の戯曲がすぐさま五、六本できそうである。

　いずれにせよ、われわれの時代は、人間は愚かで思い上がった危険な自信家で、政治家は権力を求め、資本家は有毒の気体や液体をたれ流して恥じず、御

受け継がれている伝統的な歌劇。「きょうげき」ともいう。

**文革**　一九六六年ころから起こった中国の文化大革命のこと。

**コメディア・デラルテ**　Commedia dell'arte　ルネサンス時代のイタリアの仮面劇。アルレッキーノやピエロの道化役を作り出し、現代のメロドラマ、ヴォードヴィル、パントマイム、サーカスなどにも影響を与えている。

**リッコボニ**　Riccoboni　イタリアの俳優の一族。コメディア・デラルテの俳優をつとめたアントニオをはじめとして多くの役者を出した。

用労組は真の闘士を除名し、科学者は殺人道具を作り出し、車は人を轢き、人は人をそねみ、小説家は仙花紙的小説を書き散らし、批評家は才能を育てず、才能ある者は鼻にかけ、子どもはスカートをまくりまくられ、銀行は金をかたられ、商人はあくどく、農民は小ずるく、そして私はわずかのギャグのストックを誇り、こういったもろもろの愚かさや思い上がりが、積もり積もりふくれふくらみ、人間を破滅に導いて行っているように私には思える。この人間の愚かさは、だれかによって注意され、改められなければならないが、それは悲しみや怒りによるよりも、笑いによって注意を下されるべきではないだろうか。モリエールがいったように「喜劇の本務は人を楽しませつつ、矯正することにある」からだ。

人間はいつかは死を迎えねばならぬわけだが、この「死」という出口から見ると、われわれのやっていることは実に滑稽至極。人は知らず、私などは自分でも呆れるほど愚かで、都市スモッグを憂いつつ車を転がし、寿命を心配しながら日に六十本の煙草を煙にし、胃炎の悪化を恐れているくせに一口饅頭の食べ競べに出場し優勝を逸したと称し自棄酒を飲み、テレビ局に日参し麻雀のメンバーを

**仙花紙**　すき返しの粗末な洋紙。コウゾを使って荒く厚くすいた和紙。

**モリエール**　Molière（一六二二—七三）　フランス古典劇の代表的作家。『タルチュフ』『ドン・ジュアン』『人間嫌い』などがある。

かき集め、仕事が遅れディレクターが鬼に見えて逃げ隠れし、流行を軽蔑しながら新刊書を山と買い、読まずに放っとく間にナントカ理論は時代遅れとなり結局は古本屋に売りつける。偏見なぞないふりをしてそのくせ偏見のかたまりで、思想がないくせにないとはっきりいわれりゃ怒りだす。この我が身の愚かさを何とか矯正しようとして、私はどうやら喜劇を書くらしい。ギャグにしてもコントにしても規模こそ違え同じ理屈で、自分が非常な俗物である時期は実にできがよいし、何かの理由で悟達している（といっても大したことを悟るわけではないが）時期はつまらない作物ばかりできる。なにやら事情は私小説家によく似ている。私小説家は身の悲惨を売りものにするが、私は自分の馬鹿さを切り売りしているわけで、喜劇を書き続けるためには、いつまでも馬鹿でいなくてはならず、できるならば日一日ごとにどんどん大馬鹿になっていくのが望ましい。どうにも救われぬ大馬鹿になりおおせたところで喜劇を書いて人並の馬鹿さまで己を矯正する。一生この連続であろう。考えてみれば馬鹿なはなしではあるが「馬鹿がいなければこの世はさぞ退屈なものに違いない。」（レールモントフ）

**レールモントフ** Mikhail Jurievich Lermontov（一八一四―四一）二十七歳で夭折（ようせつ）したロシアの詩人、小説家。『悪魔』（叙事詩）、『現代の英雄』（小説）がある。

第三段落で「子どもはスカートをまくりまくられ」（二一〇・3）という一文があることによって、この段落にどのような効果が生じただろうか。

**井上ひさし**（一九三四―二〇一〇）作家。戯曲、小説、エッセイなどで読者を笑いの渦に巻き込みながら、日本人とは何かを問う問題作を次々と発表し、『自家製文章読本』『私家版日本語文法』などで日本語の可能性を切り開いた。戯曲に『日本人のへそ』『イーハトーボの劇列車』、小説に『吉里吉里人（きりきりじん）』『不忠臣蔵』などがある。

**出典**　『パロディ志願』（中公文庫）

# 40 食物連鎖の根本!

中村(なかむら)　浩(ひろし)

下(しも)ネタは下品な笑いとされる。臭いものに蓋をする、ともいう。美人はトイレになんか行かないように見える。しかし、それらが疎んじられるのは実は最も日常的な深い付き合いの代物だからだ。本気で真剣にそれらと取り組むと、……やっぱり臭いかな?

人間衛星が打ち上げられたころ、搭乗員の排泄物(はいせつぶつ)はどう始末したらよいのかということが大問題になっていた。糞尿(ふんにょう)をビニールの袋につめて窓から投げ捨てでもしようものなら、糞尿は、そのまま人工衛星になって、永久に地球のまわりを回りつづけることになってしまう。

そこで排泄物は、宇宙船内で処理することになったが、これには二つの方式がある。その一つは太陽熱を利用して焼却し、灰にして

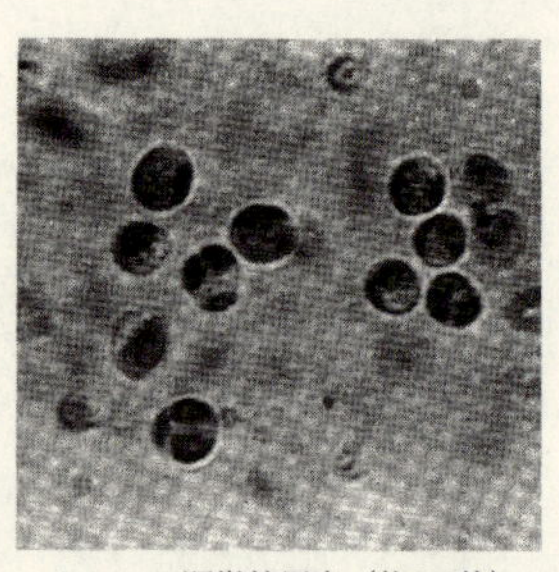
クロレラ顕微鏡写真（約800倍）

しまう方法である。これは乾式法とよばれている。もう一つの方法は、発酵を行わしめてこれをガスと簡単な低分子化合物にしてしまう方法である。これは湿式法とよばれている。

ついで宇宙旅行では、長期のばあいは宇宙船内における食糧自給方式を確立することが必要となり、食糧としてはクロレラがもっとも適しているとされ、これを培養する肥料として人体排泄物を利用する方式が考えだされるにいたった。このためウンコやシッコは、いったん湿式法で処理し、ガスと低分子化合物とし、これでクロレラを培養するようになった。つまり、ウンコやシッコは、ふたたびクロレラ食糧としてもどってくる。いわばリサイクル・システムである。

ウンコやシッコから発生する炭酸ガスと、人体からでる炭酸ガスはすべてクロレラに吸収させ、これを酸素に変えてしまう。この酸素は人間の呼吸になくてはならないものである。つまりクロレラは、

**クロレラ** chlorella 緑藻類に属する直径千分の数ミリの単細胞植物。

炭酸ガスを酸素に変えるガス交換体としても役立つわけである。

こうして、人体排泄物を利用して食糧を生産する自給方式が、確立されるにいたった。

クロレラが生えてくれれば、このクロレラを餌にして小魚や小鳥などの小動物を飼うこともできる。したがって、人間が直接クロレラを食べなくとも、クロレラのたんぱく質を魚や鳥のたんぱく質に変じてとることができる。アメリカでは、クロレラを餌として食用ネズミを飼育する研究が行われている。このネズミは無菌ネズミだが、肉はなかなかうまく、ビフテキに優る美味なものである。

このように宇宙旅行にさいしての食糧自給法は、クロレラにはじまる食物連鎖によるものだが、その根本はウンコやシッコである。これがいかに貴重なものであるかは、改めていうまでもない。要するに宇宙旅行の生活方式は、食べたり、出したり、また食べたりというリサイクル方式に依存せざるを得ない。いいかえると、人間はウンコやシッコを出している限り決して飢えることはないのである。これは、わたしが地球上で展開しようと考えている食糧自給方式の基本的な考えなのである。

わたしは蝶(ちょう)マニアの一人で、つねづね蝶の美しさにうたれている。蝶の幼虫である芋虫は、まさに〝くそぶくろ〟そのものであるが、このくそぶくろが美しい蝶に変身するさまは驚嘆に値する。

われわれ人間もまた、くそぶくろなのだそうであるから、これを母体として美しい蝶に変身し、文化の花を咲かせたいものだと思う。それが、真の人類文明というものではないだろうか。

筆者が暗示している現代文明への批判を汲み取ってみよう。

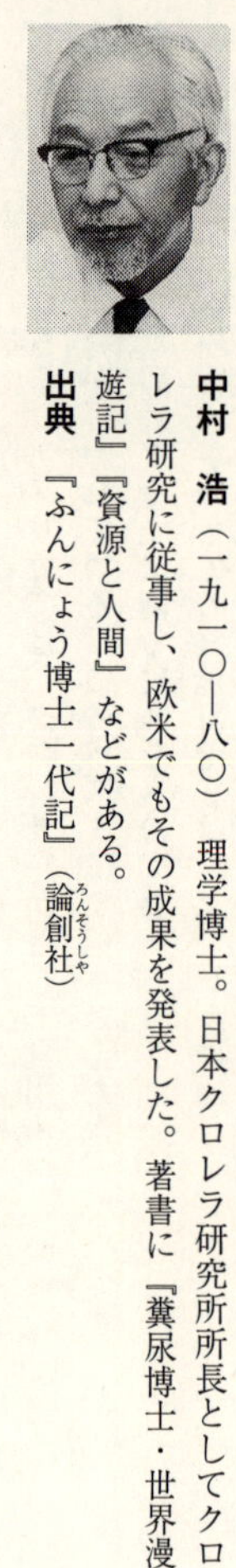

**中村　浩**（一九一〇—八〇）理学博士。日本クロレラ研究所所長としてクロレラ研究に従事し、欧米でもその成果を発表した。著書に『糞尿博士・世界漫遊記』『資源と人間』などがある。

**出典**『ふんにょう博士一代記』（論創社(ろんそうしゃ)）

## 〔手帖8〕　武器としての笑い

ひとりの人間が人間として生きてゆく上で持ち得る最上の武器は笑いであろう。笑いのない風景は人間的とはいえない。幸福について語らない哲学が偽物(にせもの)であるように、笑いを片隅に押しやる社会に人間は育たない。もちろん日本語にも笑いはいっぱいある。

えみ、ほほえみ、大笑い、爆笑、抱腹絶倒と、まさに腹を抱えて笑い転げるまで。また、ちょっと意識が先走る、せせら笑い、冷笑、苦笑い、泣き笑い、なかんずく微苦笑などという、複雑で顔面神経がケイレンしそうなものまである。あるいは、失笑、物笑い、盗み笑い、ふくみ笑い、忍び笑いなどのように後ろ向きで笑うこともするし、時には笑いのめし、いざとなれば笑いたおすことだってする。まだまだいくらもあろうが、笑いというものが多種多様な表現力を持っていることに気付くことは人生を豊かにする。そもそも、何をどう笑うかで、その人の人柄をさえ判断できるものなのだから。

フランスの哲学者アランは、「笑いのうちには、正当の理由なしに払われた尊敬に対する見事な復讐(ふくしゅう)がある」と言う。かくて笑いは武器として他者を攻撃し、自己を守る力をもつ。たとえば、圧倒的な強者や社会の権威に挑戦し、それを笑いのめそうとする風刺の領分(ここにパロディも入ろう)。あるいは、相手を肯定するふりをして、実は徹底的に否定するしんらつ極まりないアイロニー(反語・皮肉)の世界。これらは自己を侵して来るものに対して強固に自己を守りながら、相手をからかい、そそのかし、おだて、ひやかし、まぜっかえす。いわば現実に対する痛烈な批判精神のあらわれである。彼らは風刺家、皮肉屋、反語家と、社会で一家一屋を成す高い評価を与えられている。当然であろう。彼らには「正当の理由なしに払われた尊敬」に「見事な復讐」をしたという「正当の理由」がある。

だが、笑いの最も優れた力は、現実への批判精神にとどまらない。「正当の理由なしに払われた尊敬」は他者に限らないではないか。他者を笑う自分が、「正当の理由なし」に自身を「尊敬」していはしないか。つまり、他者の言動を見て吹き出した後で、その笑いが自分自身に向けられる瞬間、その時こそ最も優れた武器として、笑いが神様から贈られるのだ。それは、他者を笑う自己を対象化し、ともに同じ笑われる位置におこうとする、もうひとつの目を自分の中に持つことである。そして、そのもうひとつの目とは、人間が人間からすべり落ちないようにと、暖かに、軽やかに語りかける声なのである。

ユーモアの世界はそこに広がる。

# 9

# 女と男

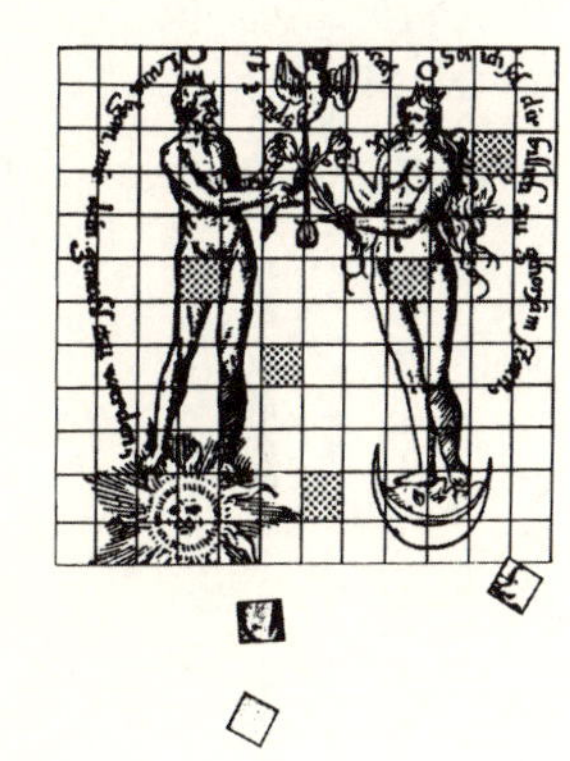

41

# 夫の生き方妻の生き方

田辺聖子（たなべせいこ）

かつて学校の家庭科といえば、女子だけが学び、男子は別の科目を学んでいた時代があった。しかし、今では家庭科は男女共修の科目となっている。「男子厨房に入らず」ということばは、もはや死語になったのである。とすると、これから先はどんな世の中に……。

男が女を選ぶのではなく、女に選ばれる時代になるのではなかろうか。男に養われる点ばかりが、今までクローズアップされてきたが、夫と妻、という形をようく考えてみると、養われ、生かされ、守られているのは、男・女のどちらであろうか。そこばくの金は問題ではないのだ。

男が女に子供を産ませ、家を守らせる、というのではなくて、女

5

**そこばく**　いくらか。いくつか。若干。

が、その男の子供を産んでやり、家をチャンとととのえてやり、男が世の中へ出て働けるようにしてやる、そのおかげで男は一人前の顔をして世渡りができるのだ。

実際、きちんとした躾(しつけ)を受けた娘、学歴を修得した娘、健康で健全な良識ある女が、一生、自分と行をともにしてくれて、自分を守り、引き立ててくれるというのは、男にとって何という大きな恩恵であり、資産であろうか。私はかなり前から、男の子の教育は、一にかかって、

「いい女に選ばれること」

にある、と、男の子を持ったお母さんは、ぜひそう躾(しつ)けてほしい、と声を大にしていっているのだ。東大へ入れて役人にするより、その方がなんぼう大切なことか。

この男のためなら、よし、一丁、生涯かけてやってみよう、と「イイ女」に思いこませる、そういう「イイ男」に育ててほしいのだ。

男の仕事は、そういう「イイ女」とめぐりあうことも「男子一生の事業」の何割かは占めるであろう。男本人がいくらあがいても、

ついてる女がつまらなければ、人生の開花は望めない。「イイ女」をひきつけるに足る魅力と迫力、可愛(かわい)げを男の子に持たせてほしい。そして女の子も、自分の値打ちをよく知って尊重してくれる「イイ男」を選ぶ、その能力を、女の子を持ったお母さんはつけてやってほしい。

男の子に可愛げを、女の子に剛毅(ごうき)果断、自立の精神を、というのが、私の年来のねがいなのであって、そうすれば、家庭における男尊女卑思想はなくなるかもしれない。男の子だから、食後、テレビを見ていてもよい、女の子だから台所を流しなさい、という躾は私は反対で、将来、イイ女にみとめられる男に育てようとすれば、阿呆(あほ)な生活無能力者にせず、どんどん、家の仕事もさせるべきである。男の子だから女の子だから、という旧来のやりかたで育てられると、彼らが自分自身の家庭を持ったときに、歪(ゆが)みが出てくるのだ。妻は旧来の家庭像に自分を殺してはめこむには堪えられなくなっている。家庭はその重みで、根太(ねだ)が支えきれず、ついに傾(かし)いでしまうのである。

**根太**　床板を支えるために、床の下に横に渡した木。

この文章が後半の「男の仕事は、そういう……」（二二一・16）の部分から始まっていたとしたら、印象はどのように違うだろうか。

**田辺聖子**（一九二八―）小説家。放送作家を経て、『感傷旅行』で一九六四年芥川賞。大阪弁を駆使しながら男女の哀歓を軽妙に綴る小説は幅広い読者の支持を得ている。『鬼たちの声』『貞女の日記』『新源氏物語』『千すじの黒髪――わが愛の与謝野晶子』など多数の作品を発表している。

**出典**『いっしょにお茶を』（角川文庫）

## 42 ドニーズ

R・ラディゲ
江口（えぐち）清（きよし）訳

神に愛された天才児の花火のような青春と死。残されたこと
ばにほとばしる熱い頰の血。

水着をつけていては、ほんとうの水浴の喜びが味わえないので、ぼくは裸で泳げる秘密の場所を捜しだした。そこは岩で囲まれていて、泳いだあとでは身体（からだ）を陽（ひ）にあてて休むことができた。ときどき頭の上に足音を聞くと、ぼくは裸体像の葡萄（ぶどう）の葉のようにして、読みかけの本を使った。ある日そのようにして頭をあげたら、ドニー 5 ズが岩の上にいるのをみつけた。最初見たときは、よくわからなかった。口と鼻がたいへん大きく見えたのは、目のかげんであろうか。何しろ寝転んだまま上向きに頭をめぐらしたので、どんなものを着ているのかはわからなかった。が、ぼくは、コンビネーションと、

コンビネーション　上下

編み目の弱った鼠色の靴下の上に、ちらりと彼女の腿を見た。やす白粉によくある薄紫の変な色でだいなしにされた赤みがかった浅黒い顔、小石に当たって塗りの剝げた《ベビー靴》、薄絹の軽装、それらはいかにもみじめな組み合わせで、パリっ子らしくなろうとする欲求と、田舎や親たちをさげすむ気持ちがみえていた。彼女にしてみれば身なりをだいなしにしてしまうわけだろうが、逆さまにしてかぶったら娘むきの帽子の代わりになるだろうと思われる一つの籠が、目立たぬながらも唯一の美しいものだった。ぼくが彼女を好ましく思ったのは、おそらくそれは下から見上げたせいか、または気ばらしがしたかったからであろう。頭をあげると、彼女は岩陰に隠れた。たぶんもうやって来ないだろうと、ぼくは残念に思っていた。ところが彼女は、ぼくの前に現れたのだ。彼女は頬笑みながらいった。

「あの、カルケイランヌへは、どう行ったらいいんですの?」

なんて厚かましいのか、呆れてしまう! 彼女は幼いころから何べんも通った道を、わざと示させようとするのだ。彼女はただ、ぼくが当惑するのを見るために下りてきたのにすぎない。

続いた婦人用の下着。

**カルケイランヌ** 南フランスの町。ラディゲはここに滞在中「ドニーズ」を書いた。

「あなたは、ぼくよりよく知っているくせに！」

ぼくはひどく不機嫌で叫んだ。――その不機嫌は自分の狼狽（ろうばい）を押し隠すためにだ。ぼくには彼女が知りながらしたというのがわかっていたが、彼女は『キリストにならいて』以外に何もつけていない若者に道を尋ねたのがすこしも不自然ではないと見せかけるために、嬉（うれ）しそうにしていた。

「何を読んでいるの？　貸してちょうだい。」

ぼくは今までに、こんなばつのわるい思いをしたことはない。彼女はむりにも、その本を奪い取ろうとするのか？　ぼくは叫んだ。

「あっさりいったらどうだろう、売女（ばいた）め！」

彼女は何にもわからないといった顔つきをして、どぎまぎしていた。それでぼくは、いくらか自分をとり戻した。しかし、それは既に遅すぎたのだ。そのときぼくは、彼女の顔をめがけて、読みかけの『キリストにならいて』を投げつけていたから。ぼくは恥しらずな相手にふさわしい本を投げてやることができなかったので、憤って押し黙っていた。彼女は笑いながら本を拾って、小声で叫んで逃げていった。


**『キリストにならいて』**

十四世紀末、ドイツのライン地方の修道僧トマス・ア・ケンピスの書いた書。信仰の実践の道を説き、近代に至るまで多大な影響を与えた。


「しかし、それは既に遅すぎたのだ。」（二二六・12）とは、何に遅すぎたのだろうか。

**R・ラディゲ** Raymond Radiguet（一九〇三—二三） 十四歳から詩を書き始め、十八歳で長編小説『肉体の悪魔』を、二十歳でフランス文学史に残る古典的傑作『ドルジェル伯の舞踏会』を書き上げ、腸チフスで二十年の生涯を閉じた。「ドニーズ」は一九二〇年、作者十七歳の時の作品である。

▼「文壇の風説によると、彼は人情味のない心を持っていたということだが、レイモン・ラディゲは硬い心を持っていたのだ。ダイヤモンドのように硬い彼の心は、なみたいていのものにふれても動じなかった。彼を動かすには、火かダイヤモンドが必要だった。その他のものを、彼は軽蔑した。」（堀口大学訳）

ラディゲの才能を早くから見抜き、彼を愛した詩人ジャン・コクトー（一八八九—一九六三）はこのように述べている。二十歳の年の冬、ラディゲは「神の兵隊に銃殺される」と言い残して世を去った。死後刊行された『ドルジェル伯の舞踏会』の序文にコクトーは次のように書いた。「僕が要求する唯一の名誉は、死後彼に与えられる栄誉を、生前すでに与えていたことだ。」

**出典** 『定本ラディゲ全集』（雪華社）

# 43 プロローグ めざめ

田村隆一

性とは何か。だれもが発するこの素朴な問いかけは、生の根源への思索に人を導く。

まず、ぼく流に性というものを解釈しますと、ぼくたちの生命をやしなっている根源的な力が性であり、また、ぼくたち自身をこの世に生み落としたのも、大きな性のエネルギーだと思っています。

いまでも、日本では、性に関するタブーはたくさんあります。しかし、そのタブーというのは、社会的制度と対応していますから、社会的制度、システムによって、タブーもまた対応して変わっていきます。いちばん性に関して厳しいのは、今から約百十年ほど前に、日本が近代国家になるためにつくった明治政府、その明治政府のいろいろな諸法律、そして諸制度でしょう。それによる性に関する制

5

**プロローグ** prologue 序言、前口上。反意語は、エピローグ。

**タブー** taboo（ポリネシア語）宗教儀礼上の迷信から出た禁忌であるが、宗教を離れた一般的禁制の意味でよくつかわれる。

**今から約百十年ほど前**

約は、おそらく、日本は、ほぼ二千年くらいの歴史しかない若い国なのですが、この百十年間における政府の性に対する支配力は、もっとも強く機能していたといえると思います。

性について思い出すのは、百十年前までの日本の文化です。性はみんながおおらかに享受し、そして、そのエネルギーを神様として、ぼくらの先祖たちは、あがめていたのです。

つまり、それまでは農耕社会だったから、性は豊穣のシンボルだったのです。そこで近代国家、工業化社会を目ざそうとすると、豊穣の神様はどこかへおかくれになって、それと対極にある神様があらわれてくるのです。

豊穣の神様——繁殖し、ものを実らせ、刈り入れ、みんながおなかをたたいてわらうという神様が、日本では百十年前におかくれになって、いま現在、ぼくたちを支配している神様は、工業化社会の神様。その神様の名前をいいましょうか。

経済効率ということです。

経済効率がぼくたちの神様になってしまったのです。そのため、性に対するおおらかなわらいはなくなって、性に対する観念や、感

この文章が発表されたのは一九八〇年である。

**アンチテーゼ** Antithese（ドイツ語）ひとつの判断、命題（テーゼ）に対立して提示された特定の主張、判断。

じかたが非常に隠靡(いんび)なものになりました。
最近、村や町でお祭りが復活してきたのは、そういう経済効率という神様に対するアンチテーゼ、というふうに考えてもいいのではないかと思われます。
東京でいうと、三社(さんじゃ)様のお祭りが復活して、多くの人たちを惹(ひ)きつける、そういうこと自身が、農耕社会にあって大きな力を、ぼくたちにめぐんでくれた神様に対して感謝し、祈る心が、とくにアラブのオイルショック以降の日本において動いてきたのではないかと感じられます。
工業化社会の過程で、経済効率はたしかに中心的な神様です。しかし、その中心的な神様も、オイルショックという外発的な力によって、影がうすくなってしまいました。ぼくたちはやはり、工業化社会における豊穣の神様をどこかでさがしたいと思っています。つまり、幼年時代に心に抱いた幻のcunt(カント)を、もっともっと求めたいと思っているのです。これは男性としてのぼくの発言ですから、もし、セックスを異にしている女性からの発言を聞こうとすれば、幻のプリックを、いや幻の処女をどうか求めてください。

**三社様のお祭り**　毎年五月中旬に行われる東京都台東(たいとう)区の浅草(あさくさ)神社（旧称三社権現・三社明神）の祭礼。

**オイルショック**　一九七三年、アラブ産油国が石油を武器とする経済戦略を発動し、日本など石油輸入国の深刻な不況とインフレをもたらした。

**cunt**（俗）女性器、女性の外陰部。

**プリック**　prick（俗）男性器、陰茎。

「幻のcunt」（二三〇・14）を探し求めるとは、現代社会において何を追求することになるのだろうか。

**田村隆一**（一九二三―一九八）詩人。「LE-BAL」「新領土」の同人となり十代より詩を発表。戦後「純粋詩」「荒地」に拠（よ）って、詩的前衛の先端に立った。詩集に『四千の日と夜』『言葉のない世界』があり、またE・クイーンの『Yの悲劇』などの海外推理小説、イギリス、ヴィクトリア朝の古典的ポルノグラフィー『我が秘密の生涯』（作者不詳）の翻訳もしている。

**出典**　『ぼくの性的経験』（徳間（とくま）文庫）

## 44 一番良い着物を着て

宇野千代（うのちよ）

立場をかえて考えてみる。恋愛の場合は相手の立場に。文章を書くときは読み手の立場に。一度、自分を離れてみないと、本当のところは見えてこない。

さきごろ、私は『刺す』という小説を書いた。それを読んだと言う人から手紙をもらったが、その大部分は女の人からであった。近所の本屋で聞くと、「あの本は二十五冊売れました。全部、女の人が買って行きました。」と言う。

どうも、私には分からない。女の人だけに読まれる小説というのは何であろう。私はそういうことを当てにしては書かなかったが、内容が週刊誌その他のゴシップで書かれたことだから、そのゴシップをもっと詳しく知りたいという好奇心から、女の人だけが買って

**『刺す』** 夫、北原武夫（きたはらたけお）（作家）との離婚にいたるいきさつを素材とした小説。一九六六年刊。

**ゴシップ** gossip　うわさ話。

行ったのだろうか。女の人ばかりが読者だということは、文学を志すものにとって真にありがたいことではない。

一週間くらい前に、また手紙が来た。「先生の『刺す』を読んで、感動いたしました。でも、私はあのような心境には決してなれません。何度読み返しても、そのことは納得が行きません。実は私も、先生と同じようなことで、良人(おっと)に捨てられました。もう一度、良人のもとに帰れなければ生きてはいられません。いえ、いま、たったいま、死んでしまいたい気持ちでございます。」ということを綿々と書いている。書き方が誠実で、私にはその人の気持ちはよく分かる。

しかし、私は返事が書けない。返事を書くと、間違われやすいからだ。その翌日、今度は電話がかかって来た。私は大きな声をして言った。

「良人を愛していたからと言って、それで恩に着せてはいけません。愛したことで、あなたは得をしたのです。良人がよその女と一緒になったからと言って、決して追いかけてはいけません。さア、一番良い着物を着て、表へお出なさい。まず美容院へ行って、きれいに髪を結ってごらんなさい。」

その女の人はどうなったか分からない。しかし、たぶん、決して死んだりはしなかったろう。たぶん、今日あたりは美容院へ行って、きれいに髪を結っているかも知れない。

私は自分の経験で、決して人を追いかけたりしてはならない、と思っているのである。立場を替えて考えてごらんなさい。あなたも一度くらいは、そう好きでもない人に好かれたことがあるでしょう。好かれて、口説かれたことがあるだろう。そんなとき、どんな気持ちがしたか。好きでもない人に好かれるのは、とても重い気持ちだ。いやで、逃げ出したい。そういうとき、しつこくされると良い気持ちか。なおのこと逃げ出したくなるだろう。

追いかけないのが、恋愛の武士道である。一人の人を思い詰める、と言うのは、言葉で聞くと美しいように聞こえるが、決してそうではない。思い詰めて死んでしまいたい、などと言うと、なおのこと美しいように聞こえるが、決してそうではない。死ぬなどと言うのは、ある意地悪な気持ち、当てつけでさえある。一番良い着物を着て、美容院へ行きなさい、と言う所以（ゆえん）である。


「恋愛の武士道」（二三四・12）とあるが、作者は「武士道」ということばにどんな意味をこめているのだろう。

**宇野千代**（一八九七―一九九六） 小説家。恋愛の心理を扱った作品が多く、女の純粋で一本気な情熱を描くことを得意とし、それらを通して女の生き方を模索しつづけた。作品に『色ざんげ』『おはん』などがある。

**出典**『親しい仲』（講談社）

▼ここに掲げたのは「一番良い着物を着て」の全文である。

# 45 アイザック・ニュートン

谷川俊太郎(たにかわしゅんたろう)

これはニュートンの伝記ではない。だが、こんな会話に心当たりのある人は多いはずだ。

リンゴ園の中は、風がなく、暖かく、リンゴのいいにおいで満ちていた。ニュートンは、いいなずけのエリザベスの腕をとり、気どった足どりで、散策を続けた。その時、一個のリンゴが、二人の足元に落ちた。

ニュートンはふと足を止めた。

「なぜ、リンゴは木から落ちたのだろう。」ニュートンは、つぶやいた。

「熟したからよ。」エリザベスが答えた。

「君にたずねたんじゃない。」ニュートンはいった。

**アイザック・ニュートン**

Isaac Newton（一六四三―一七二七）イギリスの数学者、物理学者、天文学者。近代理論科学の先駆者として万有引力の法則をはじめとする力学の体系を確立した。終生独身であった。

「じゃ、だれにたずねたの？　ここには私たち二人しかいないわ。」

「私は、宇宙にたずねたのだ。」ニュートンの答えは、素っ気なかった。

　エリザベスは、ほんの少し、体をニュートンから離した。

「また例のくせが始まったのね。考えごとに没頭して、黙りこんでしまう前に、私に接吻（せっぷん）してちょうだい。」

　だが、エリザベスの甘いささやきも、もはやニュートンの耳には、入らなかった。

「なぜ、リンゴは落ちるのだろう。」ニュートンは、ふたたびひとりごちた。

「あなたは、私を愛していないのね。」エリザベスは、ものうげにいった。

「私は真理を愛している。」ニュートンは、なかば上の空で答えた。

「なぜ、リンゴは木から落ちるのか？　なぜ、なぜ？」ニュートンは自問した。

「なぜ、猿が木から落ちるか、ご存じ？」

　エリザベスがたずねた。

「知らない。君は知っているのか?」ニュートンは、不意にエリザベスの方にふりむき、熱心にたずねた。

「木のぼりが下手だから落ちるのよ。」まじめな顔でエリザベスは答えた。ニュートンは怒らなかった。突然、彼の顔は輝いた。

「そうだ、リンゴも猿も同じことだ。地球にひっぱる力があるから落ちるんだ。」

「あら、そう、すごい大発見ね。きっと歴史に残るわ。」エリザベスは、そろそろ本気で腹を立てはじめていた。

「もちろんだ。さあ、すぐに実験を始めなくちゃ。エリザベス、悪いけど失礼する。」

　ニュートンが去るとリンゴ園の中は、ひっそりと静かになった。

「あの人とは結婚できない。」エリザベスは思いつめたようにつぶやいた。「あの人は、死ぬまで、なぜ、なぜと問いつづけるだろう、子供みたいに。かわいそうな人。リンゴはこんなに美しく、おいしいのに、それにさえ気づかずに。」

〈私は家へ帰って、パイでも作ろう――。〉

　エリザベスは、落ちたリンゴを拾い集めはじめた。


これを読んだあと、「だから女というものは」と考えるか、「だから男というものは」と考えるかの二通りの可能性がある。双方の言い分を考えて、その特徴を比較してみよう。

**谷川俊太郎**（一九三一―）詩人。十九歳の時文芸誌に詩を発表して以来、若々しい感性と柔軟な発想で次々と新境地を拓き、つねに現代詩の先端で活躍し続けている。詩集に『二十億光年の孤独』『六十二のソネット』『愛について』『21』『定義』などがある。

**出典**　『ぺ』（講談社文庫）

▼ここに掲げたのは「アイザック・ニュートン」の全文である。

## 〔手帖9〕 生と性

百人いれば、そこに百の性生活があり、百の人生がある。この当たり前のことを、けれども納得するのはそう簡単なことではない。

鳶が鷹を生むということわざがある。明日は檜になろうと、憧れに目を輝かせて翌檜は檜を見つめるという。だが、何を食わせたって鳶は鳶しか生まないし、翌檜は金輪際、檜になれない。当たり前の話だ。けれども私たちの慣れ親しんだこういう発想は、思いのほか私たちの心の奥深くまで達していて、ものごとの判断を時おり狂わせる。たとえば、君にないと言えるだろうか、鳶より鷹に、翌檜より檜になりたいという発想が。それは知らず知らずのうちに、百の性生活、百の人生を否定し、強者と弱者の二つの世界に埋没する方向に向かう。そうなれば、ひとりひとりの個性は顧みられることなく、人の表情は失われてゆくだろう。

そもそも個性とは、集団の中で鷹のように目立ってしまう強い性質のことではなくて、ひとりひとりを、それぞれ少しずつ他とは違えている何かのことである。だから正しく言って、ひとりひとりは生きてあるだけで充分に個性的なのである。すべての生命は、等しく尊い。つまらぬ基準を設けてひとりひとりを比較したり、あろうことか、それに上下、高低を付けるなど無意味で笑止なことだ。五月の光る風に立つあすなろの美しい姿は、ともすれば比較癖に陥りやすい人間の愚かさを静かにたしなめる。「あなたはあなたそのままでいい」と。

男と女の世界も例外ではないだろう。言うまでもないことだが、男と女は同等の価値を持ち、君と彼女はそれぞれが相手と少しずつ違う何かを持っている。それゆえ君が自分の生き方を語るならば、彼女の生き方に耳を傾けることがフェアだ。男女関係において大人になるとは、物理的な距離の近さでお互いに影響し合う抜き差しならない関係を、自覚的、意識的に受け入れてゆくことと言っていいが、そこではどちらももとのままではありえない。二つの個性はついに二つの個性の重みをそのままに火花を散らすのだ。男女関係のロマンも絶望もそこにある。昔だって今だって変わりはしない。そこにあるのは優劣の問題ではないし、ましてひとりの人間の重みは抱き上げてわかる種類のものではない。人間が性をめぐって傷つきやすいのは、ここにもっとも人間的なものが集中してあらわれているからだろう。だからこそ文学の世界では頻繁に、また深刻に追求されるテーマになるのだ。

10

# さまざまな青春

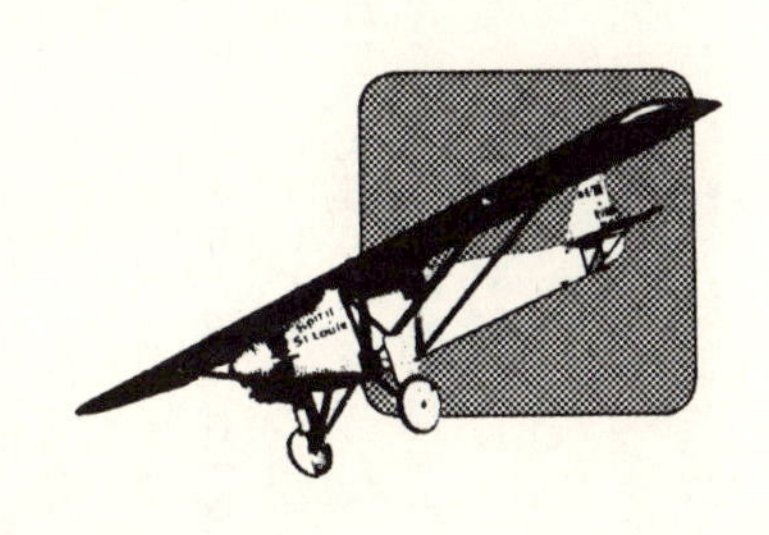

## 46 富士早春

吉田とし

マイホームの夢がかなった。場所は霧で有名な富士山麓。高校生の伊原杏子は〝霧生の里〟での新しい生活に胸をときめかせている。翌朝、予想通り里は霧に包まれていた。

口笛がとまり、男は目を見張った。菱形の模様を白く横一列に編み込んだ明るいグレーの帽子とセーターを身につけた男は、杏子よりは五、六歳年上に見えた。

杏子は、綱島の家で何度かたのしんだ空想の光景が、現実のものとなっているのに気づくと、頰がゆるみ、気持ちにゆとりが生まれた。

乳色の霧を身にまとった少女は、若い異性の驚きと好奇の入りまじった強い視線にさらされても、たじろいではならなかった。

**男は目を見張った**　霧の中で、杏子は青年の口笛を聞き、その存在を予知していた。一方、青年は杏子が近くにいることを知らなかった。杏子の突然の出現が青年を驚かせたのである。

**綱島の家**　杏子の家族が

無言ですれちがいかけた相手に、「おはよう。」の挨拶をすべきか、「びっくりさせてごめんなさい。」というべきか杏子は迷い、結局だまったまま会釈した。

　青年はすれちがってしまってから、

「早いね。まだ六時だよ。」

　こちらむきに立ちどまった。

「すごい霧。」

　杏子は快活に答えた。髪からしずくがこめかみに落ち、耳のわきをすべった。

　青年はうなずいてみせると思いきりよく杏子に背を向けて歩きだした。

「『コンドルは飛んで行く』、でしょう?」

　杏子の声は聞こえたはずなのに、ふり返らなかった。杏子の両側を、地をはうように吹き抜けた一段と濃い白煙がその姿を襲い、おぼろにした。

　気がついてみると、周囲の霧は急速に薄れて、道路がしっとりと浮き上がり、家や草地、川ふちの樹木がねむりから醒(さ)めたかのよう

これまでに住んでいた横浜市の家。この男が口笛で吹いていた曲「コンドルは飛んで行く」を、彼女はその家で何度も耳にしていた。

**「コンドルは飛んで行く」** "El condor pasa" 南米のフォルクローレ(民間伝承の音楽)の曲名。コンドルは、翼の開張約三メートル、アンデス山脈などに住むコンドル科の大型の鳥。サイモンとガーファンクルのレコードで世界的な大ヒット曲となった。

にあらわれでていた。

——ここの、里の人だろうか……。

杏子は青年が去った方向をぼんやりと見ていた。やせぎすで神経質そうな顔立ちだった。

ふり返ってくれなかったことに対して、

「なによ、てれちゃって。」

杏子は小声でいってみた。

すると、まるでそれに応えるように、だいぶ行ったあたりから口笛が聞こえてきた。つばさを張ったコンドルがゆるやかに舞い、彼方(かなた)の空へまっしぐらに飛んで行く。……杏子はほほえんだ。

今度の口笛は、杏子が聞いているのを知っていて吹いている。杏子のために、とまではいかないが、青年のこころの中に杏子の声が残っているのは、たしかであった。

〈「コンドルは飛んで行く」、でしょう?〉

杏子が問いかけ、青年がまた口笛を鳴らすまでの何分かの間は、青年もまた杏子について、あれこれと考えていたのだ、と杏子は思いたかった。

**里の人** 霧生の里の人のこと。地元の人。まだこの里に不案内な杏子の疑問である。

若い男女の出会いの場面で「霧」はどんな効果を与えているだろうか。

**吉田とし**（一九二五—八八）　小説家。一九四八年に『追憶に君住む限り』を発表後、児童文学や青春小説を書き続けた。作品に『少年の海』『巨人の風車』『ぼくのおやじ』『青いノオト』『愛のかたち』などがある。
**出典**　『家族』（理論社（りろんしゃ））

## 47

# 長距離走者の孤独

A・シリトー
河野一郎訳

コリン・スミスはこのエセックス感化院に送られるとすぐクロスカントリー選手にさせられた。感化院の「出目金院長」ども の狙いは、彼の優勝を自分らの教導の成果として宣伝し、それを出世の糸口にというあたり。それくらいのことは、先刻お見通しの彼だった。

おれはいろんなことを自分に問いかけ、これまでの自分の人生をいろいろと考えてみる。そういうのが好きなんだ。けっこう気晴らしにもなるんだ。おかげで知らないうちに時間はたってくれるし、町の悪童連が言ってたほど感化院も住みにくくなってくる。それにこの長距離競走は最高だ。走ってるあいだはとてもよく考えごとができて、夜ベッドに横になってからよりずっといろいろ学べるからだ。それにともかく、感化院一の走者になるんだぞと考えなが

**感化院** 児童自立支援施設の旧称。反社会的な行為をなし、またはなすおそれのある児童などを入院させて教育、保護する施設。

ら走るのはすてきだった。ほかのだれよりも速く、五マイルをまわってこれるんだ。

というわけで、このおれこそ世界に生み落とされる最初の人間なんだぞと自分に言い聞かせ、まだ鳥たちも囀(さえず)りだす勇気が出ない早朝の霜をおいた草の中へぴょんと飛びでるや否や、おれは考えはじめる、そしてそれが楽しいのだ。おれは夢見心地で走路をまわり、曲がっていることも知らずに小径(こみち)や細道の角を曲がり、川があることも知らずに小川を飛び越え、姿も見えない早起きの乳しぼりにおはようと呼びかける。気分をこわされる相手もいなければ、ああしろこうしろとか、手易い(カモ)店があるから隣の通りから裏口に忍びこめとか命令する奴もいないでたったひとり、この世の中に飛びだせる長距離走者だということはありがたいことだ。ときどきおれは思うんだ、門を出て小径をトコトコ走り、小径の終わりのあのつるんとした顔の、ほてい腹の樫(かし)の木のとこで折り返してくるあの二時間くらい、自由なことはなかったと。すべては死んでいるがすばらしい——生きてから死んだんでなく、生きる前に死んでいるのだから。おれはそんなふうに眺める。そりゃ最初のうちはよく、こちこちに

**五マイル**　一マイルは約一・六キロメートル。

**ほてい腹**　でっぷりと肥えて張り出した腹のこと。布袋(ほてい)（七福神の一）の腹の形容から生まれた言葉。

凍りついたみたいな気がすることがある。手も足も肉体もまるで感じがない。いくら見ても、霧を通して見ても、足の下に大地が見えないとなれば幽霊なみだ。おふくろに出す手紙に、霜がひどくて身にこたえると弱音を吐く奴らもいるだろう。だがおれはそんなことは書かない。なぜなら三十分もすればすっかり暖まり、やがて大通りに出てバス停留所のそばの小麦畑のあぜ道にさしかかるころには、まるでだるまストーブみたいにポッポと熱く、尻尾をピンピンふりまわすわん公みたいにしあわせな気分になっているだろうからだ。すばらしい人生だ、とおれは自分に言い聞かせる、もしポリ公や感化院のボスや、そのほかけちなつらをしやがった有法者にさえ負けなけりゃ。タッ、タッ、タッ。ハッ、ハッ、ハッ。ペタッ、ペタッ、ペタッ——堅い土の上を足はひた走る。シュッ、シュッ、シュッ、腕と脇が灌木（かんぼく）のあらわな枝にふれて鳴る。おれは十七、奴らがここから出してくれたら——もしおれがずらかって、事情が変わってこないかぎりは——どうせ奴らはおれを兵隊にやろうとするだろう。軍隊と今いるここととどこが違うというんだ？　だまそうたってだまされるもんかってんだ、くそったれ。

**だるまストーブ**　だるま（達磨）に似て、ずんぐりとした丸型の、投げ込み式石炭ストーブ。

**有法者**　この作品では無法者との対でこの言葉が訳出されている。

本文には「けちなつらをしやがった有法者にさえ負けなけりゃ。」（二五〇・10）とあるが、「有法者さえいなけりゃ」としなかったのはなぜだろう。前文なども参考にして考えてみよう。

**A・シリトー**　Alan Sillitoe（一九二八―二〇一〇）　イギリスの小説家。一九五八年に、故郷ノッティンガムの下層労働者の生活と青春像をその内部から生き生きと描く『土曜の夜と日曜の朝』でデビュー。以後、D・H・ロレンス（一八八五―一九三〇）の影響の濃い一種の教養小説『ウィリアム・ポスターズの死』など、精力的な仕事を続けた。

**出典**　『長距離走者の孤独』（集英社文庫）

## 48 風の歌を聴け

村上春樹(むらかみはるき)

大人はわかってくれない、といつの時代も若者は叫び続ける。だけど考えてみよう。本当にわかっていないのは、自分自身のことなんじゃないのか。君の心の隅に隠れているその黒くて重いもの、それはいったい何なのだ?

小さいころ、僕はひどく無口な少年だった。両親は心配して、僕を知り合いの精神科医の家に連れていった。

医者の家は海の見える高台にあり、僕が陽(ひ)あたりの良い応接室のソファーに座ると、品の良い中年の婦人が冷たいオレンジ・ジュースと二個のドーナツを出してくれた。僕は膝に砂糖をこぼさぬように注意してドーナツを半分食べ、オレンジ・ジュースを飲み干した。

「もっと飲むかい?」と医者が訊(たず)ね、僕は首を振った。僕たちは二人きりで向かい合っていた。正面の壁からはモーツァルトの肖像画が臆病な猫みたいにうらめし気に僕をにらんでいた。

「昔ね、あるところにとても人の良い山羊がいたんだ。」

素敵な出だしだった。僕は目を閉じて人の良い山羊を想像してみた。

「山羊はいつも重い金時計を首から下げて、ふうふう言いながら歩き回ってたんだ。ところがその時計はやたらに重いうえに壊れて動かなかった。そこに友だちの兎がやってきてこう言った。〈ねえ山羊さん、なぜ君は動きもしない時計をいつもぶらさげてるの？ 重そうだし、役にもたたないじゃないか。〉ってさ。〈そりゃ重いさ。〉って山羊が言った。〈でもね、慣れちゃったんだ。時計が重いのにも、動かないのにもね。〉」

医者はそう言うと自分のオレンジ・ジュースを飲み、ニコニコしながら僕を見た。僕は黙って話の続きを待った。

「ある日、山羊さんの誕生日に兎はきれいなリボンのかかった小さな箱をプレゼントした。それはキラキラ輝いて、とても軽く、しかも正確に動く新しい時計だったんだね。山羊さんはとっても喜んでそれを首にかけ、みんなに見せて回ったのさ。」

　そこで話は突然に終わった。

「君が山羊、僕が兎、時計は君の心さ。」

　僕は騙(だま)されたような気分のまま、仕方なくうなずいた。

　週に一度、日曜日の午後、僕は電車とバスを乗り継いで医者の家に通い、コーヒー・ロールやアップルパイやパンケーキや蜜のついたクロワッサンを食べながら治療を受けた。一年ばかりの間だったが、おかげで僕は歯医者にまで通う羽目になった。


　文明とは伝達である、と彼は言った。もし何かを表現できないなら、それは存在しないのも同じだ。いいかい、ゼロだ。もし君のお腹(なか)がすいていたとするね。君は「お腹が空いています。」と一言しゃべればいい。僕は君にクッキーをあげる。食べていいよ。(僕はクッキーをひとつつまんだ。)君が何も言わないとクッキーはない。(医者は意地悪そうにクッキーの皿をテーブルの下に隠した。)ゼロだ。わかるね？　君はしゃべりたくない。しかしお腹は空いた。そこで君は言葉を使わずにそれを表現したい。ゼスチュア・ゲームだ。

**クロワッサン**　三日月型のフランスのパンの一種。

やってごらん。

僕はお腹を押さえて苦しそうな顔をした。医者は笑った。それじゃ消化不良だ。

消化不良……。


次に僕たちのやったことはフリー・トーキングだった。

「猫について何(な)んでもいいからしゃべってごらん。」

僕は考える振りをして首をグルグルと回した。

「思いつくことなら何(な)んだっていいさ。」

「四つ足の動物です。」

「象だってそうだよ。」

「ずっと小さい。」

「それから?」

「家庭で飼われていて、気が向くと鼠(ねずみ)を殺す。」

「何を食べる?」

「魚。」

「ソーセージは?」

「ソーセージも。」
そんな具合だ。

医者の言ったことは正しい。文明とは伝達である。表現し、伝達すべきことがなくなった時、文明は終わる。パチン……OFF。

十四歳になった春、信じられないことだが、まるで堰(せき)を切ったように僕は突然しゃべり始めた。何をしゃべったのかまるで覚えてはいないが、十四年間のブランクを埋め合わせるかのように僕は三カ月かけてしゃべりまくり、七月の半ばにしゃべり終えると四十度の熱を出して三日間学校を休んだ。熱が引いた後、僕は結局のところ無口でもおしゃべりでもない平凡な少年になっていた。

「パチン……OFF。」(二五六・4)という表現は、医者に対する「僕」の本心の返答といってもよい。暗黙のうちに語っているその返答を考えてみよう。

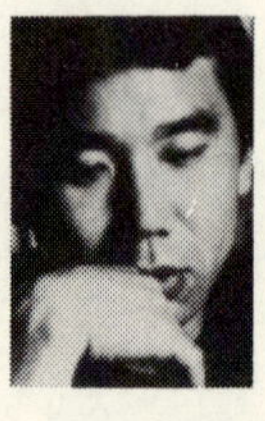

**村上春樹**(一九四九—) 作家、翻訳家。モダンな都会的センスと、青春へのほろにがい追憶に満ちた作風で、若者から支持されている。デビュー作『風の歌を聴け』に始まる『1973年のピンボール』『羊をめぐる冒険』の三部作のほか、『世界の終(お)わりとハードボイルド・ワンダーランド』『ねじまき鳥クロニ

クル』などがある。

**出典**　『風の歌を聴け』（講談社文庫）

49

# 穂高に通う

加藤保男（かとうやすお）

後年、エベレストに三度登頂する怪物登山家「やっちゃん」の、さわやかな若い日々。

この合宿から帰ると、ぼくは高校三年ということもあって受験勉強に励んだ。そんな十一月下旬のある日、山仲間たちが兄の店に集まり、そこにいたぼくに、山へ行かないかと誘ってくれた。ちょうど息抜きにいいだろうと思い、連れて行ってもらうことにする。

ぼくらのパーティは五名、途中、列車のなかでGMJ、JMCCの人たちと出会い、合流する。互いに知り合いのようだ。槍（やり）の北鎌（きたかま）尾根に行く予定だったが、他のクラブの人たちと話しているうちに変更になったらしい。ルートの名を耳にしたがどこかわからず、ぼくはみなの後について行った。天気は比較的よく、あたりは初冬の

5

**GMJ** グループ・ド・モンターニュ・ジャパン。JMCC（日本モダン・クライマーズ・クラブ）、後出のRCC（ロック・クライミング・クラブ）

気配に包まれていた。
　登るにつれて、技術的にかなり難しいところが出てくる。しまいには登山靴だけでは無理になってきた。出発前に、アイゼンを用意するようにいわれていたので持ってきてはいたものの、付け方がわからない。横目でほかの人たちのやり方を見ながらまねて、何とか登山靴にくっつけ、みなの後を追っかけた。目の前に立ちはだかる急峻（きゅうしゅん）な壁を、ザイルにひっぱられ、ただがむしゃらに付いてゆく。日が暮れ、ヘッドライトの明かりを頼りに登った。
　狭い平らな頂上へ出た。みなはツェルトをかぶって猛烈な吹雪の中にうずくまっており、ぼくが来たのを見届けると、暗闇の中を一斉に下降に移った。「この山は何山なの。」と一人に聞くと、「バカ！槍だよ。」といわれた。
　肩の小屋は静まり返っていた。中に入ったら、「こんなに夜遅くまで行動しているヤツがあるか。」と主人からたいそう叱られた。横になると、はき慣れないアイゼンで刺した左のふくらはぎが痛む。
　二時間も眠ったろうか、叩（たた）き起こされた。「下るぞ！」と言っている。寝たばかりなのに……ほかの登山者もまだ寝ているのに……

---

などとともに、日本の先鋭的登山家たちの組織する団体の一つ。

**槍の北鎌尾根**　槍ガ岳（三一八〇メートル）から北方に下る急峻な岩尾根。

**アイゼン**　Eisen（ドイツ語）登山靴の底につけるすべり止めの鉄製のつめ。積雪期あるいは結氷時に使用する。

**ザイル**　Seil（ドイツ語）登山用のロープ。

**ツェルト**　Zeltsack（ドイツ語）の略。軽くて小さな携帯テント。

**肩の小屋**　槍ガ岳頂上直下の山小屋。

**槍沢**　槍ガ岳、上高地側

と思いながらもしぶしぶ身仕度を始める。外へ出るとあたりは真っ暗、懐中電灯で腕時計を見ると、二時を少し回ったばかり。だが不満そうな顔をしている者はだれ一人いない。山をやるということは、きびしさに耐えることなんだなあ、みんな立派だなあ、と感心した。
槍沢（やりさわ）は雪が全面に積もっていて、雪を蹴散（けち）らしながら駆け下りる。もたもたしているとあっという間に引き離されてしまうので、ぼくも負けずに走りに走った。後を追っかけてくる人から、「自転車をこぐように足を回せ！」といわれ、とにかく懸命に足を動かした。横尾に着いたころ、ようやく薄明るくなってきた。
何もわからず、無我夢中で登った山だったが、それは「槍（やり）ガ岳東（たけとう）稜（りょう）積雪期第四登」になるらしかった。朝霧のかかった梓川（あずさがわ）のほとりを歩きながら、一人満ちたりた気分にひたった。
その時のメンバーは、社会人山岳会のリーダークラスの人ばかりで、多くはその後行われた第二次RCC隊のエベレスト遠征に参加した人たちだった。

（東）斜面。

**横尾**　槍ガ岳のふもと、槍沢を下りきったあたりの地名。

**梓川**　槍ガ岳に発源、槍沢を経て上高地の谷を南流、松本平に至り、北東に流れる。犀川（さいかわ）の上流。

**エベレスト遠征**　一九七三年、秋の遠征。筆者自身にとってのエベレスト初登頂であったが、同時にそれは秋季エベレスト世界初登頂でもあった。

「一人満ちたりた気分にひたった。」（二六〇・12）という筆者の胸中を想像してみよう。

**加藤保男**（一九四九―八二）　登山家。高校時代から、そのころすでに有名な登山家であった兄、滝男らに連れられ山に入る。二十三歳でアルプス（ヨーロッパ）三大北壁登攀達成。二十四歳、エベレスト登頂。三十一歳、同じく、中国側から登頂。三十三歳、冬季エベレスト単独初登頂成功後、消息を絶つ。著書『雪煙をめざして』のほか、遺作写真集『わがエベレスト』がある。

**出典**　『雪煙をめざして』（中公文庫）

50

# 時間のない町

畑山（はたやま）博（ひろし）

「はたらけど／はたらけど猶（なほ）わが生活（くらし）楽にならざり／ぢつと手を見る」（『一握の砂』）二十五歳の石川啄木（いしかわたくぼく）がこう歌ったのは明治の終わりのことであった。以後一世紀近く、個人よりも集団の利益を優先する国策の下で、日本の青年たちは働き続けてきた。

毎日十三時間働いて、休日が月に二回きりというリズムで暮らしていると、ものを考える習慣は、まるでなくなってしまう。なくなるというより考えることが苦痛になる。

機械にとりついて作業している時間と、飯を食う時間、自転車に乗って通う時間、便所へゆく時間のほかは、あとはただ、黙って眠っていたい。

手も足も、目も耳も、自分の身体（からだ）がぐんぐん硬化し、ぎごちない動きしかしないようになってゆく。自分の身体が、しだいに金属製の旋盤や金敷きなどと同質の、ただの塊になってゆく。

いや、機械なら潤滑油をやれば、鉄のはしりとバイト台をなめらかにすべらせることもできるけれども、人間の感情は、そういうわけにはゆかない。ぎすぎすぎすぎす、ただ心のひだをすり減らしてゆく日ばかりがつづく。

心のひだがすり減ると、ものをしゃべるのがおっくうになる。時には、私は、一週間もだれとも一言も口をきかないこともあった。

仕事が終わってようやく家に帰っても、団らんはない。同じように疲れて帰ってくる食堂の皿洗いの母と、冬のオーバーも持っていない高校生の妹たちだけだ。言葉の死んだ世界だった。

これきり自分は腐ってゆくんだと思った。それでいいんだと思った。早く腐りきってしまえと思った。

長い人生むだばかり。明日なんかもうない方がいいんだと思った。が、そう思いながら、やっぱり私は、明日がくると、おんぼろ部品で組み立てた自転車に乗って、眠りたりない真っ赤な目をして、工場へ出かけてゆく。

**旋盤** 工作物を主軸とともに回転させ、刃物（バイト）を接触させて切削する機械。工作機械中最も重要なもの。
**金敷き** 鍛造（たんぞう）や板金作業で、工作物をのせて作業する鉄製の台。かなとこ。
**鉄のはしり** 旋盤の主軸に固定させた鉄の工作物の回転運動のこと。
**バイト台** 旋盤の一部。刃物（バイト）を固定する台。

「言葉の死んだ世界」（二六三・11）という

そんなときふいに、しめった深い井戸の底から、ぽかっと青空を見たような気持ちだった。母は心の病気になってしまって働けなくなったけれども、ようやく妹たちの学費がかからなくなったのだ。
工員暮らしをはじめてから五年目、二十三歳。

表現と「時間のない町」という題名とは、どのように結びついていると思うか。

**畑山　博**（一九三五—二〇〇一）　小説家。新聞店店員、旋盤工などを経て、一九七二年『いつか汽笛を鳴らして』で芥川賞を受賞。社会の弱者や差別される人たちを描いて、なおそこにあるエゴイズムの追求を忘れなかった。作品に『はにわの子たち』『蝸牛（かたつむり）のように』『母を拭く夜』などがある。

**出典**　『つかのまの二十歳』（集英社）

## 〔手帖10〕 模倣・反発・創造

こんな文章が書けたらいいな、と思った瞬間に、その文章は私たちの内部へ忍び込んでいる。知らない間に似た文章を書いてしまっている。なにか考え方や感じ方まで、文章に合わせて変わったような気がする。文章の背後に、ある性格・人格をもった人間がいて、私たちの内部に棲(す)みついてしまうのだ。

たとえば、

「それは、微光する永劫(えいごう)から永劫へ向かって渡る死の存在の船といった無気味な印象でもあった。」(文例28)

とてつもなく巨大な妄想のようなものに取り憑かれた思索者がいる。

「僕は膝に砂糖をこぼさぬように注意してドーナツを半分食べ、オレンジ・ジュースを飲み干した。」(文例48)

モダンでセンスの良い、飾り気のない若者がいる……。

こんな文章に影響を受けると、あとが怖い。他人の人格の個性が、自分の本来の個性と見分けがつかなくなるのだ。それはもう自分の人格の一部になってしまい、おいそれと追い出すことができなくなる。

影響というものは、本当は受けるよりも、そこから抜け出すことの方がむつかしい。

逆に、こんな文章は書くまい、こんな人間にはなるまい、と思うことがある。ぼくにとっては次のような文章だ。

「私という人間が今日あるのも、ひとえにこの毎日の努力があったればこそである。」

さらに、自分が好きになり模倣している書き方が、ある日ふと鼻についてくることがある。いやだな、という部分が見えてくるのだ。

そんなとき、そこには本当の自分の個性が姿を現しかけている。どんなに他人の真似(まね)をしても真似しきれない自分固有の人格だ。影響や模倣というものは、これが見えるようになるためにこそ、そのときまで必要なのだ。

　こうして模倣や反発などの影響を足場にして、私たちはちょうど階段を一段ずつ昇っていくように、自分の個性を築いていく。影響を恐れてはいけない。もしもこの作者が好きだと思ったら、徹底的にその作者の著作を読破した方がよい。影響にどっぷり浸ってみるのだ。絵画でたとえるなら、たくさんの人から影響を受ければ受けるほど、私たちのパレットの色は豊かになっていくのである。

11

# 日々をみつめて

# 51 揺れさだまる星

永瀬清子(ながせきよこ)

「そんなに掘りゃあ、地球のガン骨がみえるぞな。」と隣家のおじさんに笑われながら、筆者は四十の年の春、百姓を始めた。昼は畔豆(あぜまめ)の陰や流れのリズムが、夜になって家中が眠りに入ると、まわりの田園の深い闇と静寂が、筆者の詩的想念をゆたかにはぐくんだ。

畔(あぜ)にモグラが棲(す)んでいて、せっかく田に水を張っておいても、その穴からどんどん下の田へ水が漏りだす。穴をふさいでもまたすぐあける。

都会の人は畔とは単に田のしきり、区分だと思っているだろうが、あれは自分の田の水が下の田へ逃げないための守り壁なのである。

夕飯がすんでうす暗くなってから私は見にいった。

うす闇の中にこぼこぼという音をたてて水が落ちている。私は道べりの芝草が厚い絨緞のように根をからませあっているのを丁寧に鍬で掘りとって、それを穴にあてがい泥で修繕した。

すっかり仕事がすむころ、空には星が出はじめ、私は闇の中に一人たたずんだ。

水の音がまだ聞こえるかどうか私はじっと耳を澄ませていた。

すると私の向かいあっている東の熊山の頂上に、だれかが炬火を振っている。星にしてはあまりに大きな光。それにぽっと月の出のようにまわりが赤らんでみえる。そして何かの合図のように大きくゆれている。でもだれが何のために今ごろ炬火を振るのだろうか。

あやしみながら私は見ている。

ゆれている炬火は次第におさまった。すこしずつ山をはなれ、それは空中にのぼりだした。

それはやっぱり星だったのだ。

その夜私は夜ふけて一人伊東静雄の詩を読んでいたら、あたかもその星について、彼はすでに書いているのであった。

「いちばん早い星が空に輝きだす刹那はどんなふうだろう。

**熊山**　岡山県熊山町（現・赤磐市）にある標高五〇七・八メートルの山。頂上に神社がある。当時、筆者は熊山町に居住していた。

**伊東静雄**　（一九〇六―五三）　詩人。「四季」同人。詩集に『わがひとに与ふる哀歌』など。

それをだれがどこで見ていたのだろう。
そしていまわたしが仰ぎみるのは揺れさだまった星の宿りだ。」
もし私がこの夕べ星の出を見なかったら、もしこの詩を読むのが
一夜早かったら、たとえ私が彼の詩を読んでも見知らぬ人のように
気づかずにこの言葉を通り過ぎてしまったにちがいない。いま私は
だれよりも私はその意味に近づいた。
私は小学生のように手をあげて言うだろう。
「はい、私は見ていました、星がどのように揺れまどいながら地の
殻をぬぎすてて空にのぼるかを。」
そうだ、私は見ていたのだ、偶然に、モグラの故に、芝草の故に。
（「夜の葦」）

「ゆれている炬火は次第におさまった。すこしずつ山をはなれ、それは空中にのぼりだした。」（二六九・11）という表現が、伊東静雄の詩を経てどのように変化するか。またその変化の意味を考えてみよう。

**永瀬清子**（一九〇六―九五）詩人。愛知県立第一高等女学校時代に「詩之家」同人となり、処女詩集『グレンデルの母』を発表。のち、北川冬彦主宰の「時間」などの同人として活躍し、第二次世界大戦後は郷里の岡山で農業に従事しながら「黄薔薇」を主宰した。詩集に、高村光太郎が絶讃した『諸国の天女』などがある。

**出典**　『流れる髪』（思潮社）

▼ここに掲げたのは「揺れさだまる星」の全文である。

# 52 つげ義春日記

つげ義春

**事実は小説より奇なり、という。奇怪で苛酷な〝事実〟と苦闘しながら、ひとはささやかにロマンを紡ぐのだ。**

**七月一日**

今日はマキの診断日。そのせいか昨夜から胃がかなり悪くなり、とがった物が胃に刺さっているような感じだ。

雨の中を、正助を抱いて三人で飯野病院まで出かけた。結果はやはり癌だった。診察室から出てくるなり、マキはその場にしゃがみ込んで泣いた。私は少し離れ正助を抱いて窓の外を通る電車を眺めていた。外の雨も電車も道ゆく人も、なんだか現実感のない遠くの光景を見ているように感受された。予期していたことでもあり、覚悟をしていたのでそれほどの衝撃はなかったが、頭の中が空白にな

**七月一日** 一九七七年。
**マキ** 作者の夫人。
**正助** 作者の長男。当時二歳。
**飯野病院** 調布駅前の個人病院。

りカランと音がするような感じだった。マキはすぐ立ち上がり、なぜ慰めてくれないのかと怒りをぶつけて来た。

急いでタクシーで家に帰り動揺を鎮めようとしたが、しかし日常があるのでのめり込んではいられない。マキはすぐ正助の昼食の仕度にとりかかった。

診察の結果を聞くとき、医師より先にマキが「癌ですか。」と訊いたら、医師は一瞬ためらい「どうして分かったのですか。」と驚いたそうだ。Gなどと不用意な記号を使えばだれだって感づくことだ。医師は慶応病院へ行くよう紹介状を書いてくれた。

▲「李さん一家」（1967年）
▼「近所の景色」（1981年）

**G**　六月十日の日記に、夫人を内診した医師がもう一人の医師に「これはGですね。」と話したという記述がある。

**慶応病院**　慶応義塾大学医学部付属病院。

**調布**　東京都調布市。

**ヒチコック**　Alfred Hitchcock（一八九九—

昼食後、マキは調布の町へ買い物に出た。自分は正助を昼寝させながら五時まで眠った。風呂を沸かしておき、正助を自転車に乗せ散歩に連れて出ると、保健所の前でマキと出会った。マキはうつろな表情をして歩いていた。

夕食後、胃の薬を飲んだが効きめなし。マキの母から電話があったので、癌であることを報告した。

夜、気を紛らわすためヒチコックの『北北西に進路を取れ』を見た。マキは平静にしているので「えらいな。」と思った。もう結果が出たのだから立ち向かうしかない。

一九八〇）　イギリス出身の映画監督。スリラー映画の巨匠。『北北西に進路を取れ』は一九五九年の代表的作品である。

劇的な事件の当事者としての記述と、一生活者としての記述の対照を読み取って比べてみよう。

**つげ義春**（一九三七―）　漫画家。少年期よりすでに貧しい一家を漫画で支えていた。七〇年代になって「ねじ式」「紅い花」などの作品で、従来のマンネリ化した漫画のパターンを破る画期的な作風を樹立。極めて寡作なことからも伝説的存在となった。作品集に、『夢の散歩』『必殺するめ固め』『隣りの女』などがある。

**出典**　『つげ義春日記』（講談社）

53

# 富士（ふじ）日記

武田百合子（たけだゆりこ）

時が移ろい過ぎていく。けれども決して日々は同じ顔をしていない。草木も大空も、たしかに昨日と違って見える。一度きりの時間、一度きりの一日を慈しみながら生きている。

**九月七日**（月）　晴

朝　ごはん、豆腐味噌汁（みそしる）、手羽肉から揚げ、大根おろし、りんごとにんじんのジュース。

ごはんを食べていると、あかはらくらいの大きさ（ひょっとすると、あかはらの雌かもしれない）の、嘴（くちばし）がオレンジ色の鳥、食堂に舞い込んでくる。そして、突然、空がなくなったのであわてふためいたのだ。二階の廊下に舞い上がり、てすりに体をぶつけ、暖炉の煙突に羽をすり、ちょっと態勢をたて直したようになったかと思っ

5

**九月七日**　一九七〇年。

**あかはら**　胸と腹の両側がきつね色のツグミ科の鳥。

たら、天窓の青い色硝子(ガラス)めがけて、大へんな勢いで嘴から突進してぶつかり、主人の足もとの床に落ちた。口を大きく二、三度あけた。象牙細工のような舌を三度ほど反らせてちらっちらっとみせた。肢(あし)をすーっとのばした。それから目を丸くあけたまま動かなくなった。よっぽど苦しかったらしい。気絶かと思っていたら、だんだんまぶたのようなうす青い膜がかぶさってきて半眼になった。頸(くび)の骨を折ったのだろう。この鳥が舞い込んできて死ぬまでは、三十秒くらいの間のこと。テラスのテーブルの上に置く。昼ごろ、硬くなったのでポコの墓のところに埋める。眼は半眼のまま、頸だけがぐにゃぐにゃしている。

昼　お好み焼、ふかしじゃがいも、スープ。

**八月四日**（水）　くもり、風つよし

朝　ごはん、ひらめ煮付け、味噌汁。

昼　とうもろこし粉を入れたふかしパン、野菜ととりのスープ、トマト、ベーコンエッグ。

夜　ごはん（味つけごはん）、かます干物、ひじきとなまりの煮

**ポコ**　武田家の愛犬。一九六七年七月十八日に死んだ。

**八月四日**　一九七一年。

**なまり**　「なまりぶし」

たの、茄子しぎ焼き、みょうが汁、はんぺんつけ焼き。
　タマ、暗くなって大急ぎで家に入って来る。いつもより急ぎ足なのは、もぐらをくわえてきて、みせたかったからだ。もぐらは、この前のより成長して倍ほど大きくなっているが、毛並みはまだ子供らしくビロードのようだ。ビロードの色は真っ黒から薄墨色に、もぐらしく変わってきている。前足もこの前のよりずっと大きく、水かきがついているみたいにひろがっている。主人は「タマ。お利口さん、ああ、つよいつよい。えらいねえ。そうかそうか。見せてくれるのか。」と、しきりに猫に話しかける。そして私に「こういうときは、ほめてやらなくちゃならんぞ。もぐらをとりあげて捨てたり叱ったりしちゃいかんぞ。猫がヘンな性格になるからな。いじけるからな。」と言いきかせる。私も「タマ、よく見せにきてくれたね。ありがとさん。そうか。お前はつよいね。」と、真似してほめた。今日のもぐらは丈夫らしく、いつまでも動いているので、タマは満足して遊んでいる。やがて動かなくなると、ふしぎそうにみつめて、放り上げてはバスケットボールをしているようにいじっていたが、ふいと飽きて、箱に入ってねてしまう。

の略。蒸した鰹の肉を半乾きにした食品。

死んだ生き物のことを、たとえば「かわいそうだ」と書いた場合、原文の味わいはどのように変わるだろうか。

**武田百合子**（一九二五―九三）　作家武田泰淳（一九一二―七六）と一九五一年に結婚。夫の没後富士山麓の山荘での日記を『富士日記』と題して出版、田村俊子賞を受賞した。他にソヴィエト紀行『犬が星見た』もある。埴谷雄高（二五五ページ参照）は彼女を「天性の無垢な芸術者」と評している。

**出典**　『富士日記』（中央公論社）

## 54 白という色

沢村貞子（さわむらさだこ）

身の回りのさまざまなものとかかわることで、私たちの暮らしは成り立っている。そして、ものが変わるとき、私たちの暮らしも知らないうちに変えられているのである。どこかおかしい、狂っている……。ものに対するこの違和感は、その背後で進行する世の中の変化をも見逃さずにはおかない。

テレビ局の衣裳部（いしょうぶ）さんから、古い白足袋を五足、返してきた。この間、料亭の女将（おかみ）役をやったとき使ったものである。足の格好の悪い私は足袋だけはいつも自前のものを使っている。

みんな綺麗（きれい）に洗ってあった。洗濯屋さんのアイロンはよっぽど大きくて重いのだろう。どれもおかしいほどペチャンコになっている。古足袋の箱にしまおうとして、フト気になったのは、その白さである。白すぎる。

**女将** 旅館、料亭などの女主人。

新しい足袋のように、木綿らしい生地のツヤはない。うちで手洗いしているものに比べて型はまるで崩れている。そのくせ、ただ、むやみに白い。漂白剤を使いすぎたのだろう。

かたづけたあとも、妙にそのことが頭に残った。私はああいう白さは好まない。なんとなく、病的な感じがする。

この春、礼装用の白衿(しろえり)を買ったときも、妙に目にしみるような白さだった。二、三度使ってから、いつものように色衿に染めかえてもらったが、思うような色が出なかった。はじめに漂白加工してあったせいだそうな。

白という色は美しい。けれどそれは、新しいものだけに許される自然な美しさではないかしら。無理にこしらえた白は、どことなく味気なく、うらぶれたような気さえする。

小さい洗濯板で手洗いする私の足袋は、洗うたびに、ほんのすこしずつ色がついてくる。よく見ると、なんとなく赤茶けている。でも私は――それでいい、と思っている。使い古してくたびれた布地を、真っ白にしたい、とは思わない。年をとっているのに、一本の皺(しわ)もない顔をみるような気がして――なんとなく、薄気味がわるい。

**礼装用の白衿** 和服のとき、下着の襦袢(じゅばん)の衿の部分にとじつける細長い白の布。衿の白さと足袋の白さが、きもの姿をひき立たせるポイントと言われる。

**色衿** 礼装用としては使われない。

「病的な感じがする。」(二八〇・5)とは、現代の暮らしのどんな症状に焦点をあてているのだろうか。

**沢村貞子**（一九〇八―九六）　女優。東京の下町、浅草の役者一家に生まれ、新劇の女優となる。表現の自由を奪われた昭和の暗い時期に、俳優として困難な道を歩んだ。半生を綴った『貝のうた』がＮＨＫテレビで『おていちゃん』として放送され、話題を呼んだ。

▼ある映画の主役を断った沢村貞子は「役者のくせに、主演を断るとは、どういうわけだ。赤にしろ青にしろ、おまえは役者の家に生まれた女だろう。ちょっと出て、らくに食ってゆこうなんて考え方を、はずかしいと思わんのか。」（『貝のうた』）と叱られた。しかし、スターの地位を保つことのむずかしさをよく知り、職業としての俳優を選んだ彼女は、脇役に徹しようと決心する。一九三五年ころのこと、そのとき彼女は二十六歳を越えていた。

**出典**　『私の台所』（暮しの手帖社）

▼ここに掲げたのは「白という色」の全文である。

## 55 庭にくる鳥

朝永振一郎（ともながしんいちろう）

文章を書こうとすると、私たちはつい構えてしまう。押しつけがましくなる。次の文章は自然科学者の随筆である。このおだやかな印象はどこからくるのだろう。題材はもちろんだが、「私」という語を使わずに「私」を語る文体にも注目したい。

庭に作った鳥のえさ台に冬は毎日りんごを半分おくことにした。そうすると、ひよどりやむくどり、おながなどがそれを食べにやって来る。半分のりんごはだいたい一日でたべつくされるが、その代わり彼らは台の上や下にふんを残していく。

そのふんの中には、丸いのや長いのや大きいのや小さいのや、何か植物の種子が入っている。それでそれを集めて保存し、四月ごろに鉢にまく。そうすると入梅のころからいろいろなものの芽が出てくる。

　ふた葉のときは何の芽かわからないが、本葉が出るとおよその見当がつく。そして秋ごろまで待つと、もうはっきり何であるかがわかる。そのようにして、いままでに生えたものの名をならべると次のようなものがある。

　ツタ。アオキ。ネズミモチ。イヌツゲ。ビナンカヅラ。ナツメ。

　オモト。シュロ。ツルバラ。

　どれもこの辺のあちこちに見られる植物である。ツタとアオキが圧倒的に多いのは、この二つがうちの庭にあって、冬たくさんの実をつけるからだろう。このはなしをある人にしたら、タヒチ島やヒマラヤにしか生えない植物でもでてきたらおもしろいのだがなあ、といわれた。

　冬から春にかけて来る鳥は、ひよどり、むくどり、おながのほかに、しじゅうがら、あおじ、かわらひわ、ひたき、うぐいす、めじろなどがある。その中でおなが、しじゅうがら、そしてむくどりは一年じゅう来る。ひよどりは夏に山へ帰るという話だが、何羽かは残っているらしい。春から夏秋にかけてはきじばとが毎日のようにくる。五月ごろしじゅうがらは十数羽の集団でチーチー鳴きながらやってきて、庭木の虫をとってくれる。すずめはもちろん一年じゅうやってくる。庭には来ないが、どこか近くにからすが住みついているらしい。

十年とちょっと前ここに越してきたころのことを思い出すと、近くの畑にはひばりが毎年やってきた。そして点のように見えるまで五月のそら高く歌声をまきちらしながら舞い上がってはおりて来、また舞い上がってはおりて来していたものだ。しかし、今はそういう光景を見ることはできない。また三年ほど前までは、こじゅけいのチョットコイがしょっちゅう聞かれ、それどころか、おや鳥が数羽の小さなひなをつれて歩いている姿なども見られた。しかしそれも今ではみられない。ひばりが巣作りした畑にはアパートができ、こじゅけいの住んでいたやぶには一部には家が建ち、一部は児童公園になった。そしてこじゅけいの代わりに砂場で遊ばせるために小さな子どもや孫たちをつれてやってくる人間の姿が見られる。

**チョットコイ**　こじゅけいの鳴き声は「チットコイ」と聞きなされてきた。なお、「チョットコイ」は、旧制度下の警官が市民を連行する時のきまり文句。こじゅけいが藪（やぶ）の中を数羽で連れだって歩く習性をもつことに重なる。

この文章はいくつかの話題（エピソード）から成っているが、中心になっているのはどれだろうか。

**朝永振一郎**（一九〇六―七九）物理学者。東京教育大学教授、同学長を歴任。一九六五年、量子力学の分野における基礎研究によってノーベル物理学賞を受賞。学術論文のほかに、『物理学とは何だろうか』『鏡のなかの世界』など、物理学の啓蒙書や随想集も多い。
**出典**『庭にくる鳥』（みすず書房）
▼ここに掲げたのは「庭にくる鳥」の全文である。

56

# 酒

大山定一（おおやまていいち）

現代は、死の見えにくくなった時代と言われる。だが、誕生の数だけ死があるという事実は今も昔も変わらない。われわれは生命をまっとうすれば、やがて老いを迎え、死への備えをしなくてはならない。

ちかごろは、まったく酒を飲まなくなった。いや、飲めなくなった。

秋が来て、木の葉が黄色になり落ち葉するように、自然に、いつの間にか、飲めなくなってしまったのである。

以前は人からも強酒（ごうしゅ）といわれ、自分もそう信じていた。七十歳ちかくになりながら、去年の夏までは、まだ毎晩ウイスキーを飲み、四日で一本空けるのが普通だった。それが不思議なことに、いつと

強酒　酒を多く飲むこと。

はなく飲めなくなってしまったのである。

　ある作家が青年のころ、夜通し友人と飲みあるき、いつも家に帰るのは明け方になる。すると、戸を開けてくれる母親が、こういったそうだ。――人間にはそれぞれ「分」というものがある。おまえが一生かかって飲む酒は、ちゃんと神様がその「分」を取っておいてくださる。だから、何もあわてて、無理をして飲むことはないではないか。ゆっくり、四十年、五十年かけて飲めばよいのだ、と。

　わたしはだれかの随筆で、そんな文章を読んだ記憶がある。この母親の説に従えば、わたしはわたしの「分」をすっかり飲み尽くしたのかもしれない。神様が取っておいてくれたわたしの酒樽(さかだる)は、もう一滴も残さないのだ。

　酒はやめてしまったが、いわゆる禁酒の苦しみやつらさは、ちっとも感じない。むしろ飲むだけは飲んだという、さっぱりした、満ち足りた気持ちである。すべてが自然の移り変わりのような気がして仕方がない。

　春夏秋冬の移り変わりに似ているといえば――これが「老い」というものであろうか。


秋の「木の葉」(二八六・3)とか「春夏秋冬の移り変わり」(二八七・16)が比喩として用いられている。それはどういう効果をあげているか。

**大山定一**（一九〇四―七四）　ドイツ文学者。『マルテの手記』を最初に翻訳するなど、リルケの紹介と研究の先駆者として知られた。またトーマス・マン、ホフマンスタール、ゲーテなどに関する論文や翻訳も多い。著書に『文学ノート』、翻訳に『ゲーテ詩集』『ファウスト』（ゲーテ）などがある。

**出典**　『毎日新聞』一九七三年九月十一日夕刊

▼ここに掲げたのは「酒」の全文である。

## 〔手帖11〕 日記――書こうとする意志

日記、絵日記、ローマ字日記。英語日記、ドイツ語日記、中国語日記。漫画日記、音楽日記、読書日記。看病日記、育児日記、心に残った言葉など。釣り日記、鳩(はと)日記、旅日記、天体日記。交換日記、愛の日々、エトセトラ……。これは筆者が実際にものした、また構想した日記の一部である。その多くが三日坊主に終わったが、こうして羅列してみると日記について二、三の感想が出てくる。日記の効果とは何か、書き手の姿勢について、そうして、そもそも日記とは、などである。

まず日記の効果を考えてみよう。たとえば夏休みなどの宿題として書かされた日記、絵日記あたりが日記との巡り合いのはじまりだろうが、自分の生活と感じ方を自覚的に確かめる上で、これは悪い方法ではない。なぜなら、書くためには見なければならないからだ。ことばによる日記でも、絵による日記でもそれは同じだ。今日は何を書こう、あるいはどこかにいい景色はないものかと、意図的・自覚的にものを見るようになる。これを恒常的に続けることによって、知らぬ間に対象を見る目も、自分を見る目も鍛えられてゆく。こういう日記の性質を応用すれば、音楽日記や読書日記など、あらかじめテーマを定め、それに合わせて自分を磨こうとする日記も当然考えられよう。こうして磨かれた目は、それまで見過ごしていたものを日々の中に発見するようになるものだ。

次に看病日記や旅日記、あるいは天体日記など、どちらかというと記録しようとする意図の強いものを例として、書き手の姿勢を考えてみよう。この場合、書き手を支えているのは、単に記録的価値に対する関心というより、むしろ対象に対する個人的・主観的愛情だろう。書かずにいられないという思いだ。どんなに思いをこめても、放っておけば忘れ去ってゆくことへの哀惜、残酷で優しい時への抗議、あるいは感謝など。彼は書くことによって、換言すれば、対象と自分との深いかかわりを整理する作業を通して、幾分かは自分の心をなだめているのである。あるいは励ましているのである。

日記というものは、そもそも自分の体験をよりどころにしながら、回想の中でその事実が微妙に変奏され、そうした体験の主観的再構成を通して、主体のありかを確認してゆくという構造をもっているものなのだ。アンドレ・ジイドやロマン・ロランの日記のように公表を前提としたものも稀にはあるが、本来日記とは、あらゆる表現の中で最も主観的要素の強い表現行為だろう。自分と、その日常生活をいつくしみ、それを書き残そうとする意志そのものといい得る。だから、およそ一番正直な書き手の顔というものがあらわれるのだ。文学者の全集に日記が不可欠となっている理由もそこにある。

12

# 生きるかなしみ

57

# 恨み薄氷（うすらひ）

岡部伊都子（おかべいつこ）

炊事、洗濯、針仕事などの、いつものことをどんなふうに見ているだろう。そんなつまらぬことは女の仕事と言い捨てて、知らん顔を決め込む男が多くはないか。そうなれば、いつものことは本当につまらぬことになって、つまらぬことをする人はつまらぬ奴になりかねない。いつものことを、身の回りの物を丁寧に見る目は、どうすると育つのだろう。

薄氷　薄く張った氷。うすごおり。古来、「佐保（さほ）川に凍り渡れる薄氷の薄き心を我が思はなくに」（『万葉集』）など、和歌にも詠まれている。

---

小豆紫の地色に桜を散らした長襦袢（ながじゆばん）が、わが春支度である。夜ふけ、小さな針箱をとりだす。新しく手を通す前に、袖口と裾とへ共布を当てておくためだ。いちばんすり切れやすく汚れやすい部分を、三重にしておく。きものは、晴れ着ではなく、わが労働着でもある。

昔の人びとは、男も女も、きものを日常着として暮らした。よほどの晴れ着以外のきものは、家でほどき、洗い、仕立てては着た。5

長襦袢　きものを着る時の肌着。

長い長い過去の日々、どれほど多くの女たちが家中の者へ着せる仕立て物に追われたことであろう。

今はほとんど縫い物をする時間がない。けれど、時おり襟をつけかえたり、ほころびを縫ったりするだけでも、ふと、落ち着いた気分になる。なぜだろう。母や、その母や、そのまた母や……、数え切れない先人たちの生身の感覚を追体験するからであろうか、針に糸を通しあぐねているうちにも、よみがえりくるあまたの情念を覚えるからであろうか。

男は針、女は糸とされる発想があった。

指導者が針、糸は民衆。

針の進む方向へ、黙って素直に従う女が、「女らしい」とされ、支配体制を批判せず指示に協力する者を「良民」とした。

こうして、曲がった針に盲従した心の麻痺(まひ)が、ついにめちゃくちゃな破壊をもたらした。折れた針、歪(ゆが)んだ針、錆(さ)びた針は、もう針ではない。わざわいとならぬよう針供養して埋めなければならない。

自分で縫い物をしていると、いい針のありがたみがわかる。しかし、針さえよければ糸は何でもよいのかというと、そうではない。

糸の性質、縒(よ)りのぐあい、染め色などに、おどろくほどのちがいがある。のばしてぱんとはじくと、すっと直線にのびる糸は、気持ちよく縫えて縫い目が美しい。不親切な糸は切れたり、ねじれたりする。糸の質がどんなによくても、歪んだ針ではどうしようもないし、針がまっすぐでも、糸がだめだと縫いすすみ難いのだ。

長い間、まともに手入れをしなかった針箱が、ひどく乱れている。待ち針だけはついているが、縫い針が針山に見えない。そんなはずがない。使いやすい四の三(しさん)針がたくさんだしてあったはずだ。

十年ほど昔、自分の落ち髪をまとめて作った紅絹(もみ)の針山を、そっとおしてみた。ある、ある。なんとまあ、この小さな針山が何本の縫い針を吸いこんでいるのやら。くけ針、刺繍(ししゅう)針、小ちゃぼ、とじ針。指先を突かれながら次々と針をとりだしているうちに、なんともいえない気持ちになってきた。結局、ざっと数えて、五十本もの針が出てきた。ぞっとした。

恨み薄氷。

外見申し分なくしあわせそうな夫人たちの、どこかこわばった能面のような表情を思いだした。心の内に、何かに対する恨みのふり

**待ち針**　頭にガラス玉などをつけてある針のことで、縫い止めの場所のしるしに刺したりする。

**四の三針**　主に絹糸を使う時に用いる縫い針の一種。四、三の数字は、前者が針の太さ、後者が針の長さを表す。四の太さ（直径〇・五六ミリメートル）の針には、四の五から四の一までの長さのものがあり、四の三は、長さ三九・四ミリメートル。

**紅絹**　紅で無地に染めた薄い絹地。婦人和服の裏地用。

つもってゆくのを感じて、耐えている表情だ。言っても、言っても、どうにもならぬ人との間柄。自分の本性。

父が外なる女人のもとへ出かけたあと、母はひたすら縫い物をしていたようだ。「胸のあたりで縫いながら、心の内でいろいろ考えてました。涙で針の見えなんだこともあって。」もとより、嫉妬のみの恨みではなかったろう。

日本の夫たちは、妻へのいたわりを行動するのが面倒ならしい。女性に対して理解深く、女人解放を是とする男性でも、さて、わが家へ戻ると、妻への礼儀は略してしまう場合が多いのか。「夫婦だもの、今さらそんな手つづき踏まなくったって、わかってくれよ。」という心境だそうだ。

妻の仕事が認められ、昔の忍従とは形が変わっているようにみえるけれど、ちっともたのしい雰囲気が生まれていない家庭を見ると、惜しい。つらい。他の女性への思いやりほどにも、妻の心を見てくれない相手への物足りなさ。いつしか陰にこもった無表情となって、恨みにこわばっている妻たちの顔は、同性として見たくない顔である。あの薄氷を破りたい。そして、底に沈んだ無数の針をとりだし

**くけ針**　衣服の端の部分を縫う時などは、縫い目が大きく外に出ないように、折った布地の中に糸を通して縫うことがある。これをくけ縫いというが、その時に使う長い針。
**刺繡針**　布地に刺繡をほどこす時に使う針。
**小ちゃぼ**　縫い針の短くて太いもので、厚地の布を縫う時に使う。
**とじ針**　物を綴じるのに使う太くて長い針。

作品の後半（二九四・15）、「恨み薄氷」ということばが、改行の名詞句として唐突に提示される。その効果を考えてみよう。

たい。

**岡部伊都子**（一九二三―二〇〇八）　随筆家。日本の古典や伝統美を深くさぐることを通して、その視点はおのずから現代の女性の生き方へと向けられていく。作品に『女人無限』『心のふしぎをみつめて』『二十七度線』などがある。

▼岡部伊都子は婚約者が戦死した沖縄の地を訪れ、自分の青春の行方を追求し始める。それが沖縄問題にまで深化した『二十七度線』に結実されるのだが、彼女の視点はここにとどまらず、アイヌ問題、女性問題と、広範な広がりをみせた。

**出典**　『紅のちから』（大和書房）

▼ここに掲げたのは「恨み薄氷」の全文である。

58

# 焚き火と蟻

A・ソルジェニーツィン
木村浩訳

短いがゆえにかえって、奥行きがあり、示唆と暗示に富んだ味わい深い文章がある。

私は朽ちた榾木を焚き火に投げいれた。なかに蟻がびっしりと巣くっていることに気づかずに。

榾木がぱちぱち燃えはじめると、蟻は群がり出て、死に物狂いに駆けまわりはじめた。榾木の上を走りながら、炎に焼かれてのけぞるのだった。私は榾木を鉤にひっかけて脇へころがした。それでたくさんの蟻が助かり、砂地や松葉めがけて走りだした。

だが奇妙なことに、蟻たちは焚き火から逃げようとはしなかった。恐怖にうち勝つ暇もなく、蟻たちは向きを変えると、ぐるぐる走りまわって――何かの力に引かれるように、一度棄てた故郷へ引き

**榾木**　たき木にする木の切れ端。

「だが奇妙なことに……」(二九七・7)とは、だれが何についい

返すのだった！　そして、燃える榾木にまた駆け上がると、その上をもがきまわりながら、死んでいくのが多かった。

てそう思ったのだろうか。

**A・ソルジェニーツィン** Alexandre Soljenitsyne（一九一八―二〇〇八）ソヴィエト生まれの小説家。体制批判のかどで強制収容所に送られ、その体験による『イワン・デニーソヴィチの一日』で世界の注目を集めた。

**出典**『マトリョーナの家』（新潮社）
▼ここに掲げたのは「焚火（たきび）と蟻」の全文である。

## 59 大きな恵み

小川国夫(おがわくにお)

闘牛はスペイン人にとって神聖な祝祭である。白昼の陽(ひ)の下で生と死がせめぎ合う。死に隈(くま)どられた生は、そのとき英雄として生まれ変わる。

牛はバンデリエロが地面を蹴るのを見た。バンデリエロは牛の視野の端で動いていた。牛は怒って、たまりかねて、バンデリエロの方に向き直ったのではなかった。出来心で、ただバンデリエロの方に向いた。こうして牡牛(おうし)は死の方を向いたのだった。

バンデリエロは両足で地面をはたいて見せた。牛は上目遣いに見ていた。牛は背中に光をあびていた。それは山の尾根に日が差しているようだった。バンデリエロはまた両足で地面をはたいた。彼はバンデリーユを二輪の百合(ゆり)のようにかざしていた。彼は若く、歯切

**バンデリエロ** Banderillero(スペイン語) 闘牛用語。助手の闘牛士。バンデリーユを射(う)つ。

**バンデリーユ** Banderilla バンデリーリャとも呼ぶ。闘牛の第二段階で射す長さ七十センチの剣。

れがよく、生意気に見えた。牛はそれをじっと見ていた。牛の様子はもの憂げのようでもあった。

牛とバンデリエロが駆け違う時、バンデリーユは牛の肩に移って、牛が止まると、波にもてあそばれるように揺れていた。牛は胸の下から、白い、しつこくまといつくバンデリーユの端を見上げた。それは彼には場違いな、小さい翼のようだった。彼はそれから目を離した。そして、この怒りをぶちまけるべき対象をさがした。

牛がピカドールと馬に突っ掛けた時、痛みが肩に突き徹った。痛みは広がって、どこが痛いのかわからなくなった。真赤い光が一時に体を一杯にした。体のどこにひそんでいたかと思える光だった。本能は前へ出ることをやめなかったが、彼は、目からほとばしる赤い光の間に見えがくれする、鼻にすれすれの地面を見ているだけだった。

馬の長い頸はヒョロヒョロと空に伸びたようだった。ピカドールの腿は、恐ろしく馬の腹を締めつけていた。牛の角は下からジリジリ馬の腹に近づいて行った。

**ピカドール** Picador 主闘牛士の命を受け、馬に乗って牛を槍で射つ助手の闘牛士。

馬は腹を突き上げられて泳いだ。馬は横倒しになると、むやみに脚を動かした。立ち上がることと、黒い襲撃者から遠ざかることと、一遍にしようとして、両方できないでいた。

赤いマントがめくれ上がるたびに、牛の涎（よだれ）をかぶった灰色の鼻と、燃えるような一途（いちず）な目と、最後に太い角が出て来る。角が牛を宗教的な動物にしている。

両足を揃（そろ）えたマタドールは、右手で剣を口の高さに構える。牛が突っ掛ける。マントは低く地面に垂れたまま、右足と揃えて引かれる。頭を下げて追いすがる牛。マタドールは小さく踏み出した左足に体重を全部かける。剣はつかを残して、牛の体の中に入る。

牛は立っている。彼は、初めて、今までに受けて来たすべての苦痛を感じて、しばらく立っている。そしてグラグラ揺れ始める。世界が彼の中で完全になくなった時、彼は、その時揺れていた側へ倒れる。腹を出して、動かない彼のわきに、マタドールは両手を挙げて、観衆の歓呼に応えている。

**マタドール** Matador
牛にとどめを射す主闘牛士。

作者の描写が、人間である闘牛士にではなく、牛の方に同化した書き方になっているのはなぜだろうか。

**小川国夫**（一九二七―二〇〇八）作家。大学在学中に三年間、フランスを主にヨーロッパを旅行。帰国後、短編集『アポロンの島』を出版。他の作品（集）に『悠蔵が残したこと』『生のさ中に』『試みの岸』『青銅時代』などがある。

▼処女作品集『アポロンの島』は当初全く顧みられなかった。「五百冊自費出版したが、一冊も売れず（中略）気落ちしていた。私たちの同人雑誌に広告を出しておいたら、一冊だけ注文があった。奄美大島に住む島尾敏雄さんからだった。」（角川文庫版あとがき）やがて朝日新聞紙上の「一冊の本」の欄で島尾敏雄（三六ページ参照）が同書を激賞、劇的なデビューとなった。

**出典**『アポロンの島』（角川文庫ほか）

## 60 火鉢

夏目漱石（なつめそうせき）

『こころ』などによって知られる夏目漱石の小品である。原稿用紙にしてたった六枚余の作品でありながら、ここには一つの世界があって、漱石を思わせる主人公とその家族に、私たち読者の心は知らず知らずのうちに寄り添っていってしまう。そうして読み終えると、交響曲を一曲聴き終わった時のような感動が残っているのを覚える。

目が覚めたら、昨夜（ゆうべ）抱いて寝た懐炉が腹の上で冷たくなっていた。硝子（ガラス）戸越しに、廂（ひさし）の外を眺めると、重い空が幅三尺ほど鉛のように見えた。胃の痛みはだいぶとれたらしい。思い切って、床の上に起き上がると、予想よりも寒い。窓の下には昨日の雪がそのままである。

風呂場は氷でかちかち光っている。水道は凍り着いて、栓が利か

5

**三尺**　一尺は、約三〇センチメートル。

ない。ようやくのことで温水摩擦を済まして、茶の間で紅茶を茶碗（ちゃわん）に移していると、二つになる男の子が例の通り泣き出した。この子は一昨日（おととい）も一日泣いていた。昨日も泣き続けに泣いた。妻（さい）にどうかしたのかと聞くと、どうもしたのじゃない、寒いからだという。仕方がない。なるほど泣き方がぐずぐずで痛くも苦しくもないようである。けれども泣くくらいだから、どこか不安なところがあるのだろう。聞いていると、しまいにはこっちが不安になってくる。時によると小憎らしくなる。大きな声で叱りつけたいこともあるが、何しろ、叱るには余り小さ過ぎると思って、つい我慢をする。一昨日も昨日もそうであったが、今日もまた一日そうなのかと思うと、朝から心持ちがよくない。胃が悪いのでこのごろは朝飯を食わぬ掟（おきて）にしてあるから、紅茶茶碗を持ったまま、書斎へ退いた。

火鉢に手をかざして、少し暖（あった）まっていると、子供は向こうの方でまだ泣いている。そのうち掌（てのひら）だけは煙（けむ）が出るほど熱くなった。けれども、背中から肩へかけてはむやみに寒い。ことに足の先は冷えきって痛いくらいである。だから仕方なしにじっとしていた。少しでも手を動かすと、手がどこか冷たいところに触れる。それが刺（とげ）にで

**二つになる男の子**　数え年であることに注意。

も触ったほど神経に応える。首をぐるりと回してさえ、頸(くび)の付け根が着物の襟にひやりと滑るのが堪え難い感じである。自分は寒さの圧迫を四方から受けて、十畳の書斎の真ん中にすくんでいた。この書斎は板の間である。椅子を用いべきところを、絨緞(じゅうたん)を敷いて、普通の畳のごとくに想像して座っている。ところが敷き物が狭いので、四方とも二尺がたは、つるつるした板の間がむき出しに光っている。じっとしてこの板の間を眺めて、すくんでいると、男の子がまだ泣いている。とても仕事をする勇気が出ない。

　ところへ妻がちょっと時計を拝借と入って来て、また雪になりましたという。見ると、細かいのがいつの間にか、降り出した。風もない濁った空の途中から、静かに、急がずに、冷刻に、落ちて来る。

「おい、去年、子供の病気で、暖炉(ストーブ)を焚(た)いた時には炭代がいくら要ったかな。」

「あの時は月末(つきずえ)に二十八円払いました。」

自分は妻の答えを聞いて、座敷暖炉を断念した。座敷暖炉は裏の物置に転がっているのである。

「おい、もう少し子供を静かにできないかな。」

**用いべきところ**　漱石独特の語法。「用うべきところ」に同じ。

**冷刻**　漱石独特の用字法。一般には、「冷酷」と書く。

妻はやむをえないというような顔をした。そうして、いった。

「お政さんがお腹が痛いって、だいぶ苦しそうですから、林さんでも頼んで見てもらいましょうか。」

お政さんが二、三日寝ていることは知っていたがそれほど悪いとは思わなかった。早く医者を呼んだらよかろうと、こっちから促すように注意すると、妻はそうしましょうと答えて、時計を持ったまま出て行った。襖を閉てるとき、どうもこの部屋の寒いことといった。

まだ、かじかんで仕事をする気にならない。実をいうと仕事は山ほどある。自分の原稿を一回分書かなければならない。ある未知の青年から頼まれた短編小説を二、三編読んでおく義務がある。ある雑誌へ、ある人の作を手紙を付けて紹介する約束がある。この二、三カ月中に読むはずで読めなかった書籍は机の横にうずたかく積んである。この一週間ほどは仕事をしようと思って机に向かうと人が来る。そうして、皆何か相談を持ち込んでくる。その上に胃が痛む。その点からいうと今日は幸いである。けれども、どう考えても、寒くておっくうで、火鉢から手を離すことができない。

すると玄関に車を横付けにしたものがある。下女が来て長沢さんがおいでになりましたという。自分は火鉢のそばにすくんだまま、上目遣いをして、入って来る長沢を見上げながら、寒くて動けないよといった。長沢は懐から手紙を出して、この十五日は旧の正月だから、是非都合してくれとか何とかいう手紙を読んだ。相変わらず金の相談である。長沢は十二時過ぎに帰った。けれども、まだ寒くてしようがない。いっそ湯にでも行って、元気をつけようと思って、手拭いを提げて玄関へ出掛かると、御免くださいという吉田に出っくわした。座敷へ上げて、いろいろ身の上話を聞いていると、吉田はほろほろ涙を流して泣き出した。そのうち奥の方では医者が来て何だかごたごたしている。吉田がようやく帰ると、子供がまた泣き出した。とうとう湯に行った。

　湯から上がったら初めて暖(あった)かになった。せいせいして、家(うち)へ帰って書斎に入ると、洋灯(ランプ)が点(つ)いて窓掛けが下りている。火鉢には新しい切り炭がいけてある。自分は座布団の上にどっかりと座った。すると、妻が奥から寒いでしょうといって蕎麦湯(そばゆ)を持って来てくれた。お政さんの容体(ようだい)を聞くと、ことによると盲腸炎になるかもしれない

**旧の正月**　陰暦一月一日は陽暦の二月中旬になる。

**湯**　銭湯。公衆浴場。三〇三ページ6行目に「風呂場」が出ていることに注意。薪代を考えると銭湯の方が安くあがるのである。

**窓掛け**　カーテン。

**蕎麦湯**　蕎麦をゆでた湯。蕎麦粉を入れた湯。お茶のようにして飲む。

んだそうですよという。自分は蕎麦湯を手に受けて、もし悪いようだったら、病院に入れてやるがいいと答えた。妻はそれがいいでしょうと茶の間へ引き取った。

妻が出て行ったらあとが急に静かになった。まったくの雪の夜(よ)である。泣く子は幸いに寝たらしい。熱い蕎麦湯をすすりながら、あかるい洋灯の下で、継ぎ立ての切り炭のぱちぱち鳴る音に耳を傾けていると、赤い火気(かっき)が、囲われた灰の中でほのかに揺れている。時時薄青い焔(ほのお)が炭の股から出る。自分はこの火の色に、初めて一日の暖か味を覚えた。そうして次第に白くなる灰の表を五分ほど見守っていた。

「とうとう湯に行った。」（三〇七・12）という言葉を境にして、作品の世界はどう変わるか。また変わった理由は何だろうか。

**夏目漱石**（一八六七―一九一六）小説家。和漢洋の教養を身につけ、人間の奥底にひそむエゴイズムの究明を生涯のテーマとして文学活動をつづけた。ヨーロッパ個人主義思想の摂取者として近代日本に偉大な足跡を残した。『吾輩(わがはい)は猫である』『坊(ぼ)っちゃん』『こころ』などによってよく知られるが、その他、『彼岸過迄(ひがんすぎまで)』『永日小品』などの小品にも深い味わいがある。

▼夏目漱石は本名を金之助といった。「漱石」は号である。中国の晋(しん)の時代に孫楚(そんそ)という男が隠遁(いんとん)生

活へのあこがれを語って「石に枕し、流れに漱ぐ」というべきところをまちがえて「石に漱ぎ、流れに枕す」（漱石枕流）といってしまった。それなのに強引にへりくつを並べてその正当性を主張したという故事にもとづく。だからこの号には偏屈者、負けおしみの強い人、の意が隠れている。漱石の諧謔趣味である。

**出典**　『永日小品』（角川文庫ほか）

▼ここに掲げたのは「火鉢」の全文である。

## 〔手帖12〕 知ることの悲しみ

本を読むといろいろなことがわかってくる。新しい知識に私たちは陶酔する。また文章を書くことも、馴れるに従って、あんなことも書いてみたい、こんなふうに書いてみたいと意欲はふくらんでいく。

だが、残念なことに人生では、私たちが理解し克服できる分野はほんのわずかな領域にすぎない。理解の及ばぬ世界、どうしても乗り越えられない障害や矛盾に突き当たるとき、一人の人間の存在とはなんと小さくて無力だろう！

知るということは、これだけしか知らない自分、これだけしかできない自分を知るということだ。そう考えると、知ることは恵みであると同時に、悲しみであり、不幸でもある。知りたくないことでさえも、私たちは知ってしまう。そしてもう、引き返せない……。

夏目漱石の「火鉢」（文例60）を読むと、私たちはあの文豪がこんな世帯じみた陰気な生活をしていたのかと驚く。しかし同時に、偉ぶっていても当然な大作家が、生活の鬱屈に耐えかねている自分を、飾らず隠さず書いていることにかえって深い信頼を覚えてしまう。そこには私たちと同じ平凡な、そして小さな人間がいる。ただ、漱石のように現実を凝視する目を、私たちはなかなか自分に向けて持てないのである。いわば漱石は、自分を知ってしまった人間なのだ。

同じように小川国夫やソルジェニーツィンたちの文章も、なにかを〝知ってしまった〟悲しみを宿している。彼らの知ってしまったものは何だろうか。それが〝人間の宿命〟であれ〝この世の矛盾〟であれ、彼らは引き返すことのできないところから人間を見つめて書いている。

知識が増えさえすれば世界は隈なく見渡せるようになると思っていた。だが実はいろんなことを知れば知るほど、この世は理解できないこと、愚かしいこと、ひどいことに満ちているのがわかるばかりだ。そして、ちっぽけで無力な私の人生……。

　だけども悲観的に考えてはいけない。もしも、この世のすべてが解決済みで、人生の役割も定められていて、私たちはただ先人のいうままに従って生きるしかないとしたら——なんと退屈でやりきれない人生だろう！

　世界にはまだまだ私たちのささやかな力や才能を寄せ合って立ち向かっていかねばならない問題が尽きない。私たちは世界から必要とされている。文章もまた世界に対して私たちが示しうる行動の一つだ。それは小さな力かもしれないが決して無力ではない。

　背伸びをしてもいい。力に余る重荷を担いでもいい。知る悲しみを、行動（書くこと）で生きるよろこびに変えてゆこう。

13

# 体験の重み



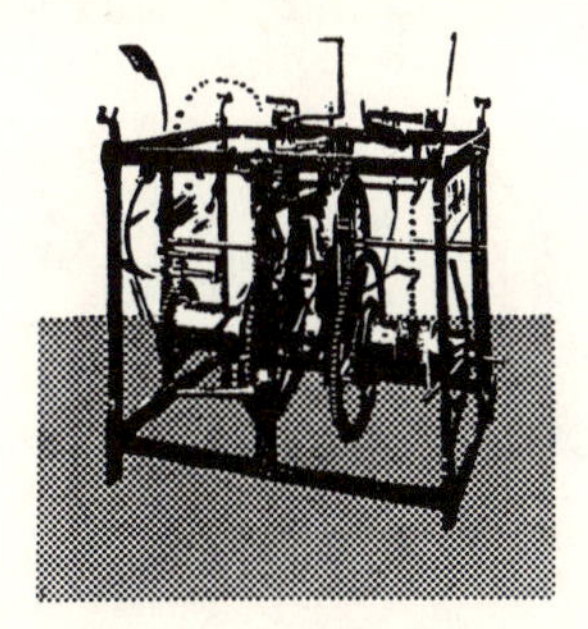

# 61 大寅道具ばなし

斎藤隆介

職人気質とか名人肌とか呼ばれ、気の遠くなるような一筋を通してきた人たちが語る自分だけの歴史。けれども、それは不思議な光彩を放って現代を照らす。

仕事にかかる前に道具はドキドキにとぎあげておくのが職人の心得だ、ってことは、十六で仕事につくと同時に叩きこまれてはいたんだ。

それでも、腕のナマなうちは根性もナマなもんで、さっき言ったような赤ッ恥をかいちまったから、さアそれからは心を入れかえて道具に凝ったね。

もちろん、そんな話をおやじにすれば、グッて言うほどやられらア。あたしのおやじって人は、あたしが五つの時に新潟から本郷三

**大寅**　味方寅治（一九〇〇—七三）。味方工務店主。祖父、喜作は維新の時武士から大工となり、一生故郷新潟の味方村を出なかったが、父、喜三郎は寅治五歳のおり上京。寅治は十六歳から厳しくこの父に仕込まれた。

**さっき言ったような赤ッ恥**　仕事を覚えて二年目の十八歳のとき、小ガンナを借りようとした味方寅治は、年寄りに「あると重宝だよ。」と皮肉ら

丁目の長谷川を頼って上京して十年ほど職人をしてた人だから、職人の根性ってものはチャンと身につけた人だ。あたしが仕事についた十六くらいの時には、ちょうど一本立ちになって、この小石川氷川下に店を持っちゃアいたが、根性は職人だ。仕事だって早いほうじゃなし、とくに腕も良いってわけの人でもなくって、あたしとは反対にごく無口の人だったから、小言を言ったって、「あると重宝だよ。」なんてうめえことはもちろん言えやしねえけど、新潟流の、すこし尻あがりのナマリのある口重い調子でモチモチとやられると、こいつがまた骨身にこたえてほんとに首でもくくりたくなったからねえ。ハハハ。

そんなわけで、おやじにもナイショナイショで、勘定をかすっちゃア道具を集めた。四十何年前の、手間八十銭の時に五円の合わせ砥を買った辛さとうれしさは、いまでもマザマザと覚えてるね。「買えるから買おうじゃ駄目だ、買えなくても買っちまうんだ。」って決心で、ほかになんの道楽もないのが幸いして——、というよりほかの道楽なんぞしているゼニも惜しがって、道具の良いやつ良いやつと集めていったから、やがてのことに道具箱だけで五つ、道具

れた。不用意な若者に、自分の大事な道具を手渡しながら見せた年寄りのにがい顔付きを思い出すたび、「地べタを転げまわりたいほど恥ずかしい気がした。」という。

**本郷三丁目** 現在の東京都文京区の地名。「小石川氷川下」も同じ。

**かすっちゃア** 掠っては。人目をくらまし、上前をはねて、の意。

**手間** 手間賃の略。仕事の報酬。

**合わせ砥** 刃物などを研ぐ時、仕上げに用いる砥石のこと。主としてケイ質粘板岩が用いられ、質は緻密で硬い。

の数は何百と集まった。

問題のカンナだって、四寸・三寸・二寸、といくつもいくつもそろえたし、ノミも五本や十本じゃない。良い仕事をする時にゃ是非という長い突きノミだけでもよりすぐったやつだけで四本あった。ノコったって三十枚からあったろう。

だから一日・十五日の休みは道具ごしらえで終わっちまった。とぐものはとぐ、油ひくものはひく、だけでひとわたりやれば軽ウく一日かかっちまうんだ。

刃はついていてきれいなんだが、砥石にかける、油をつける。風を入れると一日しか持たないのが刃物だからていねいに包む――、これで一日たっちまう。酒・女・バクチ、そんなヒマもゼニもありゃアしねえ。活動写真だって見たことはねえや。

酒のんで酔っぱらったり、女の手が滑っこくてこたえられねえ、なんて言ってるより、女の肌よりももっと滑っこくて吸いつく梨地(なしじ)の砥石の上で、ピタリとあてたカンナの刃をゆっくり押し引きしてるほうが、もっと酔っぱらえるんだから仕方がねえ。

砥石っていやア砥石にも凝った。四寸ガンナをとぐ梨地の砥石な

**四寸・三寸・二寸**　カンナの幅を示す。一寸は、一尺の十分の一、一分の十倍。約三センチメートル。なお、これらは、仕上げ用のカンナである。

**突きノミ**　ノミの一種。材を突くようにして、やや大きな孔(あな)をあけるのに用いる。

**活動写真**　映画の旧称。

**「京都鳴滝産正本山合砥」**　御室(みむろ)川上流の鳴滝川谷沿いの山中（京都市右京区鳴滝）より採石される良質の砥石。

**クドイ砥石だの、浅黄の**

んてものは、さっきも言ったとおり、手間八十銭の時に五円もしたんだからたいしたもんだ。名前のとおり梨の肌のような色あいをしてるんだが、その渋ウい感じがまたこたえられない。そして「京都鳴滝産正本山合砥」と書いた商標が張ってあるんだが、こいつが自慢なんだね。「ホ、あいつ、正本山の梨地をもってやがら！」って言われるのがうれしくってね。砥石じゃこれが最高で、よっぽど腕の良い職人か年寄りでもなくちゃ持てなかったもんだ。砥石を見りゃ道具の見当がつく——、道具が駄目なら腕も駄目——、これが当時の職人の見わけ方で、またそのとおりだった。だからクドイ砥石だの、浅黄の砥石しか持ってないやつは安く踏まれたね。

戦争からこっち、良い石の出る山もなくなっちまったし、いまはもうそんなことを言う同業もすくなくなっちまったが、あたしは空襲で道具は残らず焼いちまっても「正本山」だけは二、三本残ってるので、時々出しちゃア眺めてるが、これが何よりの楽しみだ。

それじゃア、そんな砥石でといだそんな道具で、どんな仕事をしたかとなると、ナアニあたしなんぞはたいしたことはありゃアしねえ。

**砥石**　梨地ではない、色の「クドイ」（濃い）ものや「浅黄」色の砥石は二流品。

**団子坂**　東京都文京区千駄木二、三丁目の境をなす坂。

**渡辺銀行**　渡辺治衛門創設の銀行。通称、あかじ銀行。

**下請作業**　一軒全部ではなく、一部分を引き受けたりする仕事のこと。

**下見板**　家の外部の壁をおおう横張りの板。

**二分三厘の渋板**　厚さ四分の板を、製材すると二分三厘の厚さになる。それを一般に四分板（渋板はあて字）と言いならわはじめは家でおやじに仕込まれて、外へ出たのが十八の年。朝は六時に起きて団子坂上の渡辺銀行の建築現場へ、毎日毎日、降ろうが照ろうが二時間歩いて通ったのが仕事はじめだったが、それからは親がかりの冥利で、手間は言わずに良い仕事良い仕事と歩けた。

――そのころのことだが、下請作業で下見板を削らされて百六十枚で参っちまったよ。

エ？ たいしたもんだって？ とんでもねえ。いまでこそ三十枚も削らしたら「ひでえ親方だ。」なんて文句が出るかもしれねえが、当時は、十八で百六十枚なんて、あたしみてえのはスソのほうだったね。腕の良い職人には三百枚も削るのがいたよ。

あたしは道具にゃ凝ったが、ご覧のとおり体が細いからねばりがきかねえや、厚さ二分三厘の渋板、六尺の一尺幅ってえ節だらけの秋田杉を、削り次第に積んでくんだが、イキが切れてイキが切れて、十時の休みにゃア卵を買ってのみのみ削ったんだが、最後にゃア積みあげた板の山を見ただけで胸がムカムカしてくるってんだからなっちゃアねえや。

――もっとも、仕事は数をあげるばかりが能じゃねえから、良い

した。なお、一厘は、一分の十分の一で約〇・三ミリメートル。

**六尺の一尺幅**　長さ六尺、幅一尺の意。一尺は、約三〇センチメートル。

**アラ木**　丸太から小形の斧で削っただけの木材をいう。

**スミをかける**　大材から小材を木取りする時、大材の断面に必要な小材の形を墨でしるしづけること。

**マナ木かけ**　チョウナ（手斧）がけともいい、カンナをかける前の中仕上げの柱のことをいう。

**アラシコ、中シコ**　粗カンナ、中カンナ。仕上げ前に使うカンナのこと。

仕事の時は、一日かかって柱を一本以上仕上げると、ハタから苦情が出る、なんてこともあった。また、事実一本にまる一日かかるんだよ。

　アラ木のうちにスミをかけるだろ？　マナ木かけってわけでチョウナで落とす。これに四時間ぐらいはかからア。削り台にあげてからチョウナ目を見直して、アラシコ、中シコをかけて、それからスミをうつんだ。てんづけカンナをかけるなんて雑なことはしやしねえ。スミをうったら二寸ガンナで削り、その上を三寸でムラ取り、またそいつに四寸ガンナってわけだ。

　あたしゃアこの四寸ガンナからでてきたカンナ屑(くず)は、惜しくってしばらく取っといたね。堂々たる四寸幅で、薄くってフワフワしてやがって、一気に二間(けん)削った長いやつが丸めると手のひらのなかへはいっちまって見えねえくらいなんだ。

　ところで仕事はこれでまだ仕上げじゃない。スミ付けに渡して穴を掘って、番付けをつけて——ってんだから。まア軽ウく一日半はかかっちまう。柱はネジがないよう「四方にカネを巻く」ってってどっちへカネをあててもピタリといくよう四角に削ったもんだが、

**スミをうつ**　墨糸で線を引くこと。
**てんづけカンナをかける**　「てんづけ」とは、いきなり、最初からなどの意。幅の狭い仕上げカンナをいきなり使うこと。
**二間**　一間は、約一・八メートル。
**スミ付け**　ほぞやほぞ穴の位置など、組み立てに必要な符号をつける仕事、またはそれをする人。
**番付け**　組み立ての順序を示す符号。
**カネ**　矩尺(かねじゃく)・曲尺(まがりじゃく)の略。直角に曲がった金属製のものさし。

聞き手のことばは一箇所も出ていないが、そ

昔の金持ちだの職人はバカなことをしたもんだと言うやつには言わせて、あの四寸のカンナ屑がスルスルと出てくる時のうれしさは、まったくバカな話だが、もう金や手間賃なんぞはこっちから差し上げたいくらいのもんだった。

れがうかがわれるところはある。それはどこか、またどんなことばだろうか。

**斎藤隆介**（一九一七—八五）児童文学者。新聞・雑誌記者を経て戦後は演劇に関わったが、のち児童文学に主力を注ぎ、童話集『ベロ出しチョンマ』で認められる。東北方言の味を加えた民話的発想の濃い、独特な作品を発表した。他に『八郎』『ゆき』などがある。

**出典**『職人衆昔ばなし』（文春（ぶんしゅん）文庫）

# 62 火垂(ほた)るの墓

野坂昭如(のさかあきゆき)

飢えは今日のわれわれからは、まるで絵空事のように縁遠いことばとなった。死もまた日常からていねいに遠ざけられている。肉親や血縁の絆(きずな)はありふれすぎていて、束縛にすら感じられる。そんなわれわれの円満な幸福とは、あるいは充(み)ち足りた空虚なのかもしれない。この作品を読むと、日本人が過去に置き忘れてきたものを思い知らされる。

抱きかかえて、歩くたび首がぐらぐら動き、どこへ行くにも放さぬ人形すら、もう抱く力なく、いや人形の真っ黒に汚れたその手足の方が、節子(せつこ)よりふくよかで、夙川(しゆくがわ)の堤防に清太(せいた)すわりこみ、そのそばで、リヤカーに氷積んだ男、シャッシャッと氷を鋸(のこぎり)でひき、その削りカス拾って、節子の唇にふくませる。「腹減ったなあ。」「うん。」「なに食べたい?」「てんぷらにな、おつくりにな、ところ

**夙川** 兵庫県西宮(にしのみや)市を流れる川。

天。」ずい分以前、ベルという犬を飼っていて、天ぷらのきらいな清太、ひそかに残してほうり投げてやったことがあった、「もうないか。」食べたいもんいえ、味思い出すだけでもましやんか、道頓堀へ芝居みにいって帰りに食べた丸万の魚すき、卵一コずつやいうのんで、お母ちゃんが自分のくれた、南京町の闇の支那料理、お父ちゃんと一緒にいって、飴煮の芋糸ひいてんのを、「腐ってんのんちゃう?」いうて笑われた、慰問袋へ入れるくろんぼ飴、一つくすねて、節子の粉ミルクもようくすねた、お菓子屋でニッキもくすねたった、遠足の時のラムネ菓子、グリコしかもってえへん貧乏な子に林檎わけたった、考えるうち、そや節子に滋養つけさせんならん、たまらなく苛立ち、ふたたび抱き上げて壕へもどる。

横になって人形を抱き、うとうと寝入る節子をながめ、指切って血イ飲ましたらどないや、いや指一本くらいのうてもかまへん、指の肉食べさしたろか、「節子、髪うるさいやろ。」髪の毛だけは生命に満ちてのびしげり、起こして三つ編みにあむと、かきわける指に虱がふれ、「兄ちゃん、おおきに。」髪をまとめると、あらためて眼窩のくぼみが目立つ。節子はなに思ったか、手近の石ころ二つ拾い、

**道頓堀**　大阪市南区の道頓堀川沿いの繁華街。

**丸万**　大阪市南区の繁華街、戎橋筋にある和食店。

**南京町**　神戸市内の中国料理や輸入雑貨商が立ち並ぶ一帯。

**闇**　不法取り引きの品物。扱う店は闇市という。

**慰問袋**　出征兵士を慰めるために食品や日用品などを入れて送った袋。

**くろんぼ飴**　黒砂糖を主な材料とした黒い飴。

**ニッキ**　肉桂（シナモン）の根を乾燥させたもの。皮をかじって菓子代わりとした。

「兄ちゃん、どうぞ。」「なんや。」「御飯や、お茶もほしい？」急に元気よく「それからおからたいたんもあげましょうね。」ままごとのように、土くれ石をならべ、「どうぞ、お上がり、食べへんのん？」

八月二十二日昼、貯水池で泳いで壕へもどると、節子は死んでいた。骨と皮にやせ衰え、その前二、三日は声も立てず、大きな蟻が顔にはいのぼっても払いおとすこともせず、ただ夜の、蛍の光を目でおうらしく、「上いった下いったあっとまった。」低くつぶやき、清太は一週間前、敗戦ときまった時、思わず「聯合艦隊どないしたんや。」と怒鳴り、それをかたわらの老人、「そんなもんとうの昔に沈んでしもて一隻も残っとらんわい。」自信たっぷりにいいきって、では、お父ちゃんの巡洋艦も沈んでしもたんか、歩きながら肌身はなさぬ父の、すっかりしわになった写真をながめ、「お父ちゃんも死んだ、お父ちゃんも死んだ。」と母の死よりはるかに実感があり、いよいよ節子と二人、生きつづけていかんならん心の張りはまったく失せて、もうどうでもええような気持ち。それでも、節子には近郷近在歩きまわり、ポケットには預金おろした十円札を何枚も入れ、

**ラムネ菓子**　炭酸ガス入りの清涼飲料（ラムネ）の味に似せた粉末を固めた菓子。
**グリコ**　おまけ付きのキャラメル製品。
**おから**　豆腐のかす。うのはな。きらず。
**聯合艦隊**　戦時中の日本海軍の主力艦隊。

時にはかしわ百五十円、米はたちまち上がって一升四十円食べさせたがすでにうけつけぬ。

夜になると嵐、清太は壕の暗闇にうずくまり、節子の亡骸膝にのせ、うとうとねむっても、すぐ目覚めて、その髪の毛をなでつづけ、すでに冷えきった額に自分の頬おしつけ、涙は出ぬ。ゴウと吠え、木の葉激しく揺りうごかし、荒れ狂う嵐の中に、ふと節子の泣き声がきこえるように思い、さらに軍艦マーチのわき起こる錯覚におそわれた。

翌日、台風過ぎてにわかに秋の色深めた空の、一点雲なき陽ざしを浴び、清太は節子を抱いて山に登る、市役所へ頼むと、火葬場は満員で、一週間前のがまだ始末できんといわれ、木炭一俵の特配だけうけ、「子供さんやったら、お寺のすみなど借りて焼かせてもらい、裸にしてな、大豆の殻で火イつけるとうまいこと燃えるわ。」なれているらしく、配給所の男おしえてくれた。

満池谷見下ろす丘に穴を掘り、行李に節子をおさめて、人形・蟇口・下着一切をまわりにつめ、いわれた通り大豆の殻を敷き枯れ木をならべ、木炭ぶちまけた上に行李をのせ、硫黄の付け木に火をう

**かしわ**　鶏肉のこと。
**一升**　約一・八リットル。
**満池谷**　西宮市内の地名。主人公ら兄妹が住んでいた。
**蟇口**　財布。とくに口金の形が蟇（蛙）の口の形に似たものをいう。

つしほうりこむと、大豆殻パチパチとはぜつつ燃え上がり煙たゆとうとみるうち一筋いきおいよく空に向かい、清太、便意をもよおして、その焔ながめつつしゃがむ、清太にも慢性の下痢が襲いかかっていた。

暮れるにしたがって、風のたび低くうなりながら木炭は赤い色をゆらめかせ、夕空には星、そして見下ろせば、二日前から灯火管制のとけた谷あいの家並み、ちらほらなつかしい明かりがみえて、四年前、父の従弟の結婚について、候補者の身もと調べるためこのあたりを母と歩き、遠くあの未亡人の家をながめた記憶と、いささかもかわるところはない。

夜更けに火が燃えつき、骨を拾うにもくらがりで見当つかず、そのまま穴のかたわらに横たわり、周囲はおびただしい蛍のむれ、だがもう清太は手にとることもせず、これやったら節子さびしないやろ、蛍がついてるもんなあ、上がったり下がったりついと横へ走ったり、もうじき蛍もおらんようになるけど、蛍と一緒に天国へいき。暁に目ざめ、白い骨、それはローセキのかけらのごとく細かくくだけていたが、集めて山を降り、未亡人の家の裏の露天の防空壕の中

**灯火管制** 戦時中の夜間、空襲防止のため、灯火を規制されたこと。

**ローセキ** 蠟石。

**未亡人** 被災直後、主人公兄妹が身を寄せていた知人。

**三宮駅** 神戸市中心にある駅。

**布引** 神戸市生田川上流の六甲山系の中腹。名勝

に、多分、清太の忘れたのを捨てたのだろう、水につかって母の長じゅばん腰ひもがまるまっていたから、拾い上げ、ひっかついで、そのまま壕にはもどらなかった。

昭和二十年九月二十二日午後、三宮駅構内で野垂れ死にした清太は、他に二、三十はあった浮浪児の死体とともに、布引の上の寺で 5 荼毘に付され、骨は無縁仏として納骨堂へおさめられた。

地「布引の滝」がある。

最後の三行だけ、前文とは異質な、冷淡で客観的な表現になっている。その効果に意図されたことは何だろうか。

**野坂昭如**（一九三〇—）作家。戦時中アメリカ軍による大空襲によって孤児となり苦しい少年期を過ごす。職業を転々とし、マスコミ界での活動を経て、処女作『エロ事師たち』により衝撃的なデビューをした。特異な語り口の文体は〈新戯作派〉とも呼ばれ、また戦争体験を原点とする自己を〈焼跡闇市派〉と称した。他に『アメリカひじき』『真夜中のマリア』などの作品がある。

▼筆者は養父母に育てられたが、空襲で家は全焼、燃える家に「父母を三度呼び、返事のないまま逃げ出した」。その後、疎開先にいた妹を、一歳六カ月で「餓死させ」、そして浮浪児生活の末入れられた少年院を、栄養失調による死者が次々と出るなか突然現れた実父に救い出された。「ただ逃げてばかりいた、今、生き長らえる自分の、うしろめたい気持ちに、責めたてられ、あざ笑われ、ののしられつつ、ぼくはぼく自身のちいさい文字を書く。」（「五十歩の距離」）と書いている。

**出典**『アメリカひじき・火垂るの墓』（新潮文庫）

# 63 死の家

死の一歩手前を体験した者の人間認識とはどんなものであろうか。死刑執行直前、恩赦によってシベリア流刑に減刑されたドストエフスキーは、かの地で帝政下ロシアの監獄を記録しつづける。「死の家」、それは「強制された共同生活」である。

ドストエフスキー
工藤精一郎（くどうせいいちろう）訳

門をはいると、幾棟かの建物が目にはいる。広い内庭の両側に二つの平家のバラックが細長くのびている。これが獄舎である。ここに囚人が刑の類別に収容されているのである。さらに、塀内の奥の方に、もう一つ同じようなバラックがある。これは炊事場で、二班にわかれている。その向こうにもう一つ建物があるが、この一棟には貯蔵場、倉庫、物置きなどがある。内庭の中央は空地で、平らな、かなり大きな広場になっている。ここに囚人たちが整列して、朝昼晩の点呼が行われる。ときには、看守が特に疑り深い男だったり、人数のあたり方があまりに早すぎたりすると、さらに数回点呼が行われることがある。周囲には、建物と外塀の間に、まだかなり広い空地が残っている。この建物の裏手にあたる空地は、囚人の中でも、人嫌いで、性格の暗い連中が、労役の合間に、人目を避けて、好んで逍遥し、もの思いにふける場所である。こうした散歩のときの彼らを見かけると、わたしは好んで彼らの陰気な、烙印を押された顔をじっと観察して、何を考えているのだろうと推量したものだ。自由な時間に塀の柱を数えることの好きな一人の流刑囚がいた。柱の数は千五百本ほどあったが、彼はすっかり数え上げていて、全部の柱の特徴までおぼえていた。一本一本の柱が彼には一日一日を意味していた。毎日彼は一本ずつ柱を数から引いていき、こうして、数えのこった柱の数によって、刑期が終わるまでもう幾日監獄で暮らさなければならないか、一目で知ることができた。六角のどの一面かを数えきったとき、彼は心底から喜んだ。彼はもう何年も待たなければならなかった。だが、監獄には忍耐というものを学びとる時間があった。

**労役** 「労働そのものにしても、けっしてそれほど辛い苦役とは思われなかった。そしてこの労働の辛さと、苦役であることの特徴が、労働が苦しく、絶えまないものであるということより、むしろそれが強制された義務で、笞の下で働かなければならない、ということにあることを、さとったのは、かなりあとになってからである。」別のところでドストエフスキーはこう書いている。

**六角のどの一面** 「長さ二百歩、幅百五十歩ほどのゆがんだ六角形の内庭。その周囲に先を鋭くとがらせた柱で高い塀をつくわたしはあるとき、二十年のあいだ獄中生活を送って、やっと、自由な世界に出てゆく一囚人が、仲間たちと別れている光景を見たことがあった。仲間たちの中には、彼が入獄した当時は、自分の罪も、罰も考えない、のんきな若者であったことを、おぼえている人々がいた。彼は陰気な暗い陰のある白髪の老人になって出ていった。彼は黙ってわたしたちの六つの監房をまわって歩いた。それぞれの監房にはいると、彼は聖像に祈り、それから低く腰をかがめて仲間の囚人たちに挨拶をしながら、悪く思わないでくれと頼むのだった。またわたしはあるとき、もとは裕福なシベリアの百姓だったある囚人が、日暮れ近く門際へ呼び出された日のことをおぼえている。その半年まえに彼は妻が再婚したという知らせを受けて、ひどく嘆き悲しんだものだった。いまその妻が監獄へ訪ねてきて、彼を呼び出し、差し入れをしたのである。二人は二分ほど話しあって、泣きながら、永遠の別れをした。わたしは監房へもどってきたときの彼の顔を見た。……たしかに、ここは忍耐というものを学びとることのできる場所である。

夕暮れになると、わたしたちはみな監房へ入れられて、朝までと

っている」の記述が本文の直前にある。

**聖像** 聖人を形どった絵、または彫刻の像。特にロシア正教では、キリスト、聖母、聖人、殉教者(じゅんきょうしゃ)を描いた像をイコンと呼ぶ。

**シベリア** ウラル山脈からベーリング海にわたる広大な地域。ソヴィエト連邦の約半分を占める。

じこめておかれる。わたしはいつも内庭から監房へもどるのが重い気持ちだった。それは細長い、天井の低い、息苦しい部屋で、脂蠟燭(あぶらろうそく)がぼんやりともっていて、重い、息のつまりそうな臭気がよどんでいた。どうしてあんな部屋に十年も暮らせたか、いま考えてみるとどうしてもわからない。わたしの寝床は板を三枚並べただけのもので、それがわたしの場所のすべてだった。わたしの監房だけでそうした板寝床に三十人の囚人がおしこめられていた。冬は早く監房の戸がしめられて、みんなが寝しずまるまで、四時間は待たなければならなかった。それまでは——騒がしい音、わめきちらす声々、哄笑(こうしょう)、罵り、鎖の音、人いきれ、煤(すす)、剃(そ)られた頭、烙印を押された顔、ぼろぼろの獄衣、すべてが——罵られ、辱しめられたものばかりだ。……それにしても、人間は生きられるものだ！　人間はどんなことにでも慣れられる存在だ。わたしはこれが人間のもっとも適切な定義だと思う。

**脂蠟燭**　獣脂を皿に入れ、芯をつかって燃えるようにした蠟燭。

監獄に収容された人間ではなく、収容する側の人間について、この文章からどんなことが想像できるだろうか。

**ドストエフスキー** Fyodor Mikhaylovich Dostoevskiy（一八二一―八一）ロシアの小説家。帝政ロシアの社会を背景に、人間の倫理的、心理的側面を追求した作品を多く書いた。その影響は、「現代の予言者」と評されるほど深刻である。作品に『罪と罰』『白痴（はくち）』『カラマーゾフの兄弟』などがある。

▼流刑地でのドストエフスキーは、医師トロイツキーの計らいでメモを取ることを許されていた。取り調べに来た調査官に彼は答えた。「これまで何も書かなかった、今も何も書いていません。でもそのうち利用するつもりで集めているものはありますが……。」「ほう、それはどこにおいているんだね？」「このわたしの頭の中です。」じつは調査官の捜していたものは、当直の看護人の枕の下に隠されていたのだが。

**出典**『死の家の記録』（新潮文庫）

64

# 砧をうつ女

李恢成

在日朝鮮人の作家が日本語で書いた小説である。日本人による差別が重く影を落とす朝鮮人家庭での、父と母のいさかいを、子どもの目でとらえる。戦争の時代を中心に暗い日々を余儀なくされた作者の幼時の姿がそこへ回想的に浮きあがってくる。

**砧**　布地を柔らげたり、光沢を出すために打つ時に使う木。一般には短い丸太で柄のところだけ細くしたものを用いる。

砧をうちながら、母は何を考えていたのだろう。ある春の日のこと、その日を僕らは恐怖に晒されきった小羊の感覚でしか思い出すことができないのであった。朝っぱらから父母は感じがおかしかった。昼になると、父は母に向かって「出ていけ。」と怒鳴り出して、それが合図のように二人ははげしく愛想尽かしを言い出した。しかしそんな場合も母の方は自分の言わんとすることを充分にしゃべる余裕をあたえられなかった。父がたちまち圧しつぶす勢いで話を奪ってしまうからだ。ついに母はあきらめる口調になって首をかすかに振るのだった。

「流れてきたのよ。故郷を出てきたときからなんだ。ヒュー。そうなのよ。望みも躯もすりへらしてさ。」

「それも俺が悪いんだろう。おまえはきれいな女なんだ。俺は汚い人間でな。」

「そうではないわ。私もだめ、だめ、だめ。ああ、こんな生き方なんか堪えられないッ。どうして——。」

母は暗い眼差しでじいっと考えこむのだった。父はちょっと薄気味悪そうに母を眺めたが、すぐに嫌味を言わずにはいられない顔つきで毒づいた。

「シバラ。出て行け。お前の血筋がそうなんだろう。勝手に他の男と絡みつきゃいいんだ。ただ、子供はけっして渡さないからな。」

「アイゴッ、下賤な男。そうよ、私がまちがっていたのよ。ヒュー。勇気のある男と思っていたのは、いやらしい乱暴者に過ぎなかったんだ。」

僕らは悲鳴をあげた。父が畳をけったからだ。……翌日、僕らは

**ヒュー** 朝鮮語の感嘆詞の一つ。舌打ちの気持ちをあらわす。「ちぇっ」。アイヒューとも言う。

**シバラ** 朝鮮語の方言で、ののしりのことば。「こいつ」「ばかやろう」ほどの意。

**アイゴッ** 朝鮮語の感嘆詞の一つ。悲しい時、うれしい時、疲れた時など幅広く用いられる。「ああ」。また、泣き声でもある。

おどおどして母の様子を見つめていた。父は徴用の仕事に出かけて部屋の中は母と僕らだけが残っていた。大きなマスクをつけた母の青ざめた顔の中で切りこみの深い目だけが異様に光っていた。昨日のいさかいの末、妻の唇を乱暴者の夫が裂いたのだ。病院で二針も縫わなくてはならなかった。傷口をマスクでかくしたまま母は黙々と身仕度をいそいでいた。簞笥（たんす）を引いてトランクに身の回りを詰めこむのだった。とつぜん母はいったん詰めた日本の着物を引き出すとズタズタに引き裂いてしまい、押し入れの行李（こうり）から色のあせたチョゴリ、チマを取り出して入れ替えた。どこに行くのだろう。狂ったような母の動作は僕らの心を完全に打ちひしいでいた。

母は僕らが完全に眼中にないみたいであった。身仕度をととのえると台所にいき、そのまま裏口から出ていこうとした。その時になって、僕らはようやく自分たちが捨てられるのだと感じたのだ。一斉に僕らは非難と哀願のこもったするどい声をあげた。その声が母の耳にせめぎこんでいったとき、脆（もろ）くも母はその場にうずくまってしまったのである。僕らは敷居をへだててぼんやりとうずくまっている母と向かい合っていた。ふところに飛びこんでいきたいのに、

**チョゴリ** 襦（朝鮮語） 朝鮮服の上衣。和服のようにえりを合わせ、胸ひもで結ぶ。

**チマ** 裳（朝鮮語） 女子用の朝鮮服で、足くびまであるスカート。

「思い出すことができないのであった。」（三三一・2）「首をかすかに振るのだった。」（三三三・1）のよう

近づくと拒まれそうで怖かった。じいっとしていると、母が他人のように見えてきてますます心細くなるのだった。泣き出したいくらいであった。
　どのくらい時間が経ったろう。母はじつに長くそこでうずくまっていた。そして小さく前こごみになっていき顔をかくすようにして啜りあげた。それからしばらくすると、何事もなかったように立ち上がり、トランクを奥の間にもどすのだった。

に「……のであった」「……のだった」という文末が繰り返し出てくる。「思い出すことができなかった。」「首をかすかに振った。」とするのと、どのような違いがあるのだろう。

**李　恢成**（一九三五―）小説家。在日朝鮮人二世として、日本的なものによる内面の風化と闘いながら、朝鮮民族としての主体性を確立しようとする純粋でみずみずしい作風によって知られる。『砧をうつ女』で芥川賞受賞。他の作品に『またふたたびの道』『約束の土地』『伽倻子のために』などがある。

**出典**『砧をうつ女』（文春文庫）

## 65 裸者と死者

N・メイラー
山西英一(やまにしえいいち)訳

戦場の無残な現場がここに再現される。われわれはあたかも当事者の一人のように、その瞬間を目撃し、体験する。そこには英雄の陶酔も未来への希望もない。憎むべき〝敵〟すら存在しない。戦争という巨大な悪夢に放り込まれた不運な人間たちがいるだけだ。

クロフトは、日本兵をじっと睨(にら)んでいた。なにかの感情が、彼のうちにわいていたのは明らかだった。彼の耳の下の軟骨の瘤(こぶ)が、ときどき動悸(どうき)をうっていたからである。クロフトは、ほんとはなにひとつ考えてはいなかった。彼は、中途半端だという猛烈な感じに悩まされていた。彼はレッドの銃がついに発しなかった銃声を、いまもなおまちもうけるような気持ちがしていた。彼はレッド以上に、小銃弾が撃ちこまれるとき、身体(からだ)がさっとかしぐ痙攣(けいれん)を期待してい

5

**クロフト**　日本軍が占拠している南太平洋上の無人島「アノポペイ」での作戦を描くこの作品の中心人物。軍曹。斥候(せっこう)小隊を率いて偵察行動に出ている。

**レッド**　クロフトを小隊長とする偵察隊の古参兵。

たのだった。そして、現にいま、激しい不満を感じていた。

彼は自分の煙草(たばこ)を見て、衝動的にそれを日本兵にわたした。「なぜそんなことをするんだ?」と、ギャラガーはたずねた。

「吸わしてやろう。」

捕虜は、夢中になって、しかもびくびくしながら、吸った。彼の目は、たえずクロフトとギャラガーに疑(うたぐ)るような光を投げた。両の頰には、汗が光っていた。

「おい、貴さま。」と、クロフトはいった。「座れ。」

日本兵は、わからぬような目付きで彼を見た。「座るんだ。」クロフトは手ぶりで合図した。すると、捕虜は木を背にして、うずくまった。「おい、なにか食べ物もっているかい?」と、クロフトはギャラガーにきいた。

「配給のチョコレートをもってる。」

「だせよ。」と、クロフトはいった。彼はチョコレートをギャラガーからうけとって、兵士にわたした。兵士は彼をどんよりした目で見た。クロフトは手で食べるまねをして見せた。すると、捕虜はその意味を理解して、紙を破りとって、チョコレートをがつがつ食っ

**ギャラガー**　クロフト小隊の新兵。身重の妻を本国に残してきている。

た。「畜生、ひどく飢えてやがるな。」と、クロフトはいった。「いったい、なんでそんな真似をするんだ？」と、ギャラガーはいった。彼は涙がでそうなほどじりじりした。この菓子は、まる一日たべずにたくわえてきたんだ。それがなくなったことは辛かった。だが、それよりも、彼は、捕虜にたいするいらだたしさと、不本意ながらの同情の間にふらついていた。「このろくでなしめ、まるで骨と皮ばかりじゃないか。」と、彼は雑種の犬が雨の中で慄えているのでも見たらいうにちがいない、超然とした口調でいった。だが、すぐそのあとで、チョコレートの最後の切れ端が日本兵の口の中へ消えていくのを見まもりながら、怒ったようにつぶやいた。「なんて豚みたいな奴だ。」

クロフトは、日本軍が渡河をこころみた夜のことをおもいだしていた。そして、戦慄が全身につたわるのを感じながら、長い間じっと捕虜を見つめた。彼は捕虜にたいして劇しい感情をおぼえて、おもわず歯を食いしばった。だが、それがなにか、いうことはできなかったろう。彼は水筒をはずして、一口のんだ。水をごっくりのみくだすのを、捕虜がじっと見まもっているのを見て、衝動的に水筒を彼にわたした。「さあ、のめ。」と、彼はいった。クロフトは、捕虜が夢中になって、ごっくり、ごっくり、のむのを、じっと見つめた。

「わからんじゃないか、」と、ギャラガーはいった。「いったいどうしたんだ、貴さま?」

　クロフトは、なんともこたえなかった。そして、水をのみおわった捕虜を、じっと見つめていた。日本兵の顔には、歓(よろこ)びの涙が二、三滴流れた。彼はとつぜんにっこり微笑して、自分の胸のポケットを指さした。クロフトは紙入れをひっぱりだして、開いてみた。着物をきたこの日本兵とその妻と、まるい、人形みたいな顔をしたふたりの小さな子供の写真があった。日本兵は自分を指さし、それからふたりの子供たちがどのくらい大きくなっているかしめすように、片手で二度手まねをして見せた。

　ギャラガーは写真を見て、胸が痛くなった。一瞬、彼は自分の妻を思いだして、子供が生まれたら、どんなようすだろう、とおもった。たったいま、生みの苦しみをしているかもしれないとおもって、愕然(がくぜん)とした。なぜか自分にもわからなかったが、不意に彼は日本兵にむかっていった。「おれも二、三日すると、子供が生まれるんだよ。」

捕虜はいんぎんに微笑した。ギャラガーは怒ったように自分を指さし、それから両手をのばして、九インチほどはなした。「おれ、」と、彼はいった。「おれだ。」

「あああ」と、捕虜はいった。「チイサイ！」

「そうだ、チーーザイ。」と、ギャラガーはいった。

捕虜はゆっくり首をふって、また微笑した。

クロフトは彼に近づいて、もう一本煙草をあたえた。日本兵は低くおじぎをして、マッチをうけとった。「アリガト、アリガト、ドモ、アリガト。」と、彼はいった。

クロフトは、激しい昂奮のため、頭がずきずきしていた。捕虜の目には、また涙がわいた。クロフトはそれを冷然と見ていた。彼は、一度小さな窪地を見まわして、蝿が一匹、死体の口のあたりをはっているのを見まもった。

捕虜は深く一息吸って、それから木の幹によっかかった。彼の目は閉じた。すると、はじめて彼の顔に、夢見るような表情がうかん

**九インチ** 一インチは約二・五センチメートル。

だ。クロフトは烈しい緊張が咽喉にこみあげてきて、口がからからに乾き、苦々しく、激しく引きしまるのを感じた。いまのいままで、彼の頭は完全に虚ろになっていた。が、だしぬけに、彼は銃をもちあげて、それを捕虜の頭に向けた。ギャラガーが抗議しかかったとたん、日本兵が目を開いた。

捕虜が表情をかえるいとまのないうちに、銃弾が彼の頭蓋骨を打ち砕いた。彼はまえにのめって、それからよこっ倒れにころがった。彼はまだ微笑していたが、しかし、いまは間がぬけて見えた。

ギャラガーは、もういちど口をきこうとしてみたが、できなかった。彼は非常に恐怖を感じ、一瞬、自分の妻のことをふたたびおもいだした。おう、神さま、マリーをおたすけください。神さま、マリーをおたすけください。彼は、言葉の意味も考えずに、ただそう心の中でくりかえした。

この作品でのアメリカ兵と日本兵の立場を逆に取り替えた場合（つまり日本兵がアメリカ兵を殺す場合）に、感銘がどのように変わるか想像してみて、その理由を考えよう。

**N・メイラー**　Norman Mailer（一九二三―二〇〇七）アメリカの作家。第二次世界大戦に従軍、戦後は占領軍として日本に駐在した。戦時の体験による『裸者と死者』で国際的な作家となった。また性のテーマを果敢に取り上げた『鹿の園』、アメリカの体制を告発した『バーバリの岸辺』など、今日的な問題を精力的に追求し続けた。

**出典**　『裸者と死者』（新潮社）

## 〔手帖13〕 体験を聞く

国語の授業で「体験を聞く」を実行することになってまもなくのこと。あるグループが、近くに八十二歳の老人で仏壇の漆塗りを一生の仕事としてきた人があるので訪ねようと決めた。さて、相手の都合をきくために電話をかけることを任された生徒が、ふと、まじめな顔になって、

「話を聞きに行くって、勇気がいることだね。」

とつぶやいた。

これは「体験を聞く」ということの本質をついた、とても意味の深い言葉だと思う。

私たちが普通に文章を書く時は、まず自分の中へ目を向ける。自分の外のことを書くにしても、黙って観察したり、記憶をたどるなりして、自分の中の言葉に注意を集中する。ところが、「体験を聞く」の場合は、自分から〝外〟(相手)へむかって出ていかなければならない。内へ向けていた目を〝社会〟へ向けると同時に、自分自身をも〝社会〟の中へ置かなければならない。言葉は外からやってくるのだ。

「勇気がいる」と感じる気持ちのうちには、もう一つの理由がある。それは、話を聞こうとする相手が、自分より経験においても知恵においても勝っていると感ずることからくる一種の気おくれが潜んでいるのだ。言いかえれば、〝人生の先輩〟に対して畏敬の念がはたらくのだ。この気持ちは、身近な父親や母親から改めて話を聞く時にさえ、多くの人が経験することである。

自分の人格をかけて、自分以外の人格と真向きになるという経験――高校生ぐらいの若い人にとって「体験を聞く」ということの持つ意味はここにある。

君に祖父か祖母があるとしよう。昔の暮らし、遊び、食べ物、学校、年中行事、戦争や災害の

体験、仕事の話――どれ一つをとっても、かけがえのない経験と知恵に満ちた肉体と精神が君の前にある。そしてこの人が亡くなれば、それらは永久にこの世から消えてしまうのだ。人は一般に身近にある宝には気づかないことが多い。しかし、「体験を聞く」ことを実行した人はほとんどみな口をそろえてその重い意味を語る。

グループで聞いて、あとから各人の印象をつき合わせてみるのもよい。テープレコーダやカメラを用意するのもよい。だが、メモをとること（聞きながら、または直後に）だけは忘れないように。結局一番頼りになるのはこれである。

さあ、まず相手の都合をたずねるところからはじめよう。少し勇気がいるが、それが君たちに計り知れない人生の宝をもたらしてくれる。

14

# 生きるよろこび

# 66 バッハをめぐって

森 有正

この文章は、バッハの作品を、①教会のための音楽として、②習練のための音楽として、③最高の思想の表現として、という三つの観点から論じたもののうちの②に相当する部分である。

バッハの作品の中のかなり大きい部分は、音楽を習練する人のために書かれている。音楽の習練については、バッハ自身その模範的解答をあたえている。すなわち「譜に書いてある通りに弾く」という一見何でもないことである。ところがちょっとでも楽器の練習をやってみるとこれがどんなに大変なことかが分かって来るであろう。すなわち、「譜に書いてある通りに弾く」ということが鏡のように作用して演奏者側にある身体的・心理的欠陥、言いかえれば、克服すべき障害が明らかに露呈して来るのである。ある著名なオルガニ

**バッハ** Johann Sebastian Bach（一六八五—一七五〇）ドイツの大作曲家。

**ペダル** pedal パイプオルガンの足鍵盤。低音部を受け持つ。

**和声** 音楽で、二つ以上の音が高さの関係を保ちながら、またはその関係を変化させながら同時的に鳴りひびいていく状態。ハーモニー。

**対位法** 西欧音楽で、いくつかの声部がそれぞれに独立の価値をもって、一つが他に君臨したり従

ストが私に語ってくれたが、大部分の演奏家は人の知らぬ欠陥を不断に克服しつつ弾いているのであると。ある人は指のどこかに欠陥があるであろう。他の人は慢性リューマチに苦しんでいるであろう。さらにうでの筋肉がどうかしてしまった人、足が短くて、ペダルを弾くのに特別の工夫を要する人、盲目の人（盲目の人はペダルを弾く時に足の先端が上がってしまってなかなか下がらない）、また特別の心理的傾向の強い人、などおよそ人間がもつさまざまな欠陥が集中的に現れて来る。だから「譜の通りに弾く」とは「自分にうち克て」というに等しいのであり、それは怠惰にうち克てというよりもずっと具体的で厳しいものである。中には効果的に弾きたいという欠陥をもっている人もあるかも知れない。殊にバッハの曲は和声も対位法も不規則な点を多く含むので機械的に演奏しにくいだけになおさらである。

　私はかつて、フランスのあるオルガニストとともに「小オルガン曲集」二十四番の「おお人よ、汝の大いなる罪を嘆け」という有名なコラール前奏曲を数カ月練習したことがあるが、このニュアンスに富む複雑な曲を完全に解体し、再構成して「譜に書いてある通り

属したりしないような具合に、多声性をつくりあげる技術。ポリフォニー。バッハは対位法の大家であったとされる。

**「小オルガン曲集」**　バッハのコラール前奏曲集。全四十五曲から成る。「オルゲル・ビュヒライン」ともいう。

**コラール前奏曲**　ルター派の礼拝で、讃美歌の前に演奏されるオルガンの前奏曲。

**アンドレ・マルシャル**　André Marchal（一八九四―一九八〇）　フランスの高名なオルガニスト。盲目。

**ガストン・リテーズ**

に弾く」ということがどれだけ厳しい自己克服の努力に外ならないか、不十分ながら痛感した次第である。

盲目のアンドレ・マルシャルやガストン・リテーズの神のごとき演奏を聴く時、音楽の美しさは、自己克服を完了した人への賛嘆と相まって、その感動は限りなく高まるのである。そしてこのことはものを創り出すという人間経験の普遍的、本質的な面について、同じように言うことができると思うのである。そしてこういう努力こそ一人の人間が一人でいる限りにおいてのみできることなのである。またそこから出て来る喜びは自分だけが本当に分かるのである。私の知っているあるオルガニストは夕暮れ時、ひと気のないほの暗い会堂の中で、自分の背後にあるリュック・ポジティーフのパイプ群の入っている箱の戸を開けて、演奏しながら自分の音楽に聴き入っていた。それによってその人は、自分にうち克つことを主観的感情ではなく、美しい楽音の中に確かめていたのである。

Gaston Litaize（一九〇九―九一） フランスのオルガニスト。

**リュック・ポジティーフ** Rückpositiv（ドイツ語） パイプオルガンの主鍵盤に対する第二鍵盤（高音部）。演奏者の背後(Rück)に置かれるものをこう呼ぶ。

「効果的に弾きたいという欠陥」（三四七・10）とあるが、効果的に弾きたいということが、なぜ欠陥になるのか。

**森　有正**（一九一一―七六）　哲学者。デカルトやパスカルを研究。長年パリに住み、経験と思索による独自の哲学を目ざした。『デカルトとパスカル』『バビロンの流れのほとりにて』『遥（はる）かなノートル・ダム』などの著書がある。▼森有正のオルガン演奏と語りを収録したレコードに、「思索の源泉としての音楽」「バッハをめぐって―音楽の思索と人生」などがある。

**出典**　『遠ざかるノートル・ダム』（筑摩書房）

## 67 ネオ・リアリズムの傑作『自転車泥棒』

淀川長治（よどがわながはる）

映画館の中が暗くなって、ざわめきが静まる。胸がうずき始める。そしてわれわれの前に、光に照らされた未知の情景、未経験のドラマが出現する。何時間かのうち、われわれは別人の人生と心理を生きる。——その魅力に憑かれた人間にとって映画は、まさに現実と等価な、またはそれ以上に豊かな、人生の教科書であり、宝石箱なのだ。

この『自転車泥棒』は、日本で封切られたのが『靴みがき』と同じ年の、昭和二十五年でしたけれど、作られたのは『靴みがき』から一年あと、昭和二十三年なんです。私は、この二つの映画を続けて見たとき、ここにビットリオ・デ・シーカがほんとうの作品を作る立派な監督だということを知りました。

『自転車泥棒』は、ローマの町の片隅に住んでいる、お父さんと息

**ネオ・リアリズム**　第二次世界大戦後のイタリア映画界で確立された作風。非情なまでの現実凝視をテーマに、記録映画のようなドキュメンタリー・タッチで描く。

**ビットリオ・デ・シーカ**　Vittorio de Sica（一九〇一―七四）　イタリア映

子とお母さんの話でしたねえ。あ、そうだった、そうだったとお思いになるでしょう。この俳優さん、実はみんなしろうとなんですね。お父さんのアントニオ、これほんとうにある町の労働者で、機械工をしている人が選ばれて主演しました。息子のブルーノも、八百屋さんの息子なんです。そして、お母さんのマリアもしろうとなんです。

そういうふうに、当時、イタリアの映画はいかにも、リアリズム、ネオ・リアリズムというのでしょうか、実際に、ほんとうの生活の匂(にお)いをもった俳優さんを使うようになりましたねえ。俳優じゃない、しろうとを使うようになりましたね。そのあたりに、とっても、デ・シーカの魔法というのか、演出の美しさがよく出ました。

お父さんは失業しとりました。それが職安の紹介で、やっとひとつの仕事にありつきました。ポスター貼りの仕事でしたね。ところが、自転車がなかったら、ポスターを貼って歩けません。その自転車は、もう貧乏に貧乏なので質屋に入れてしまってあるんです。もう困って困って、それを質屋に取りに行くあたりも悲惨でしたねえ。汚い家の、自分のベッドのシーツをはがして持っていって、それと

画史を代表する名映画監督。主な作品に『靴みがき』『終着駅』『ああ結婚』『ひまわり』などがある。

**職安** 職業安定所の略。失業者に職をあっせんする公機関。

引き換えに自転車を出してきたんですね。日本でいえば、自分の家のたった一枚の布団を持っていくみたいなもんですねえ。

さあ、その自転車に乗って、ポスターを貼りに出かけました。息子も、その七歳くらいの男の子も、自転車の荷台に乗せてもらって、お父さんについて行きましたねえ。そうやってポスターを貼るとき、ちょっと道ばたに自転車を置いときました。そのちょっとのすきに、大事な大事な自転車が盗まれたんです。さあ、困りましたねえ。

犯人らしい男が向こうへ行く。どんどん、お父さんが追っかけました。追っかけました。ところが、その男が、てんかんで泡をふいて倒れましたね。びっくりしましたね。そういうあたりにも、いかにも汚らしい町のなかの、ざわめいた空気がよく出ていました。けれども、やっぱり犯人じゃなくて、自転車はどこへとられたんだろうと探して探して、一日がたって、また明くる日も、探しに歩いたんです。

さあ、もう疲れて、見つからなくて、お父さんはいらいらしとりました。ついてきた息子にもつらく当たりましたねえ。そして息子が、ちょっとの間、お父さんと別れ別れになったんです。そのとき、

**てんかん** 発作的に痙攣(けいれん)が起こる病気。

子供が川にはまって死んだ、そういう騒ぎが起こりました。びっくりしてこのお父さん、自分の息子のことかと思って、とんで行きますね。ところが、その溺死した子は息子じゃなかった。そこへ息子がやって来て、息子は無事でした。お父さんは、しっかりと息子を抱きしめましたねえ。このあたり、今思い出しても、とってもこの親子がよろしゅうございましたね。

『自転車泥棒』アントニオ（父）とブルーノ（子）

お父さんは、ほっとしました。そこで、なけなしの財布のお金で、子供にご飯を食べさせてやります。レストランに行きましたね。そして、お父さんはそこで息子に、自分の仕事のいろんな計画をしゃべりました。息子はお父さんとご飯たべる前にその話を聞いて、まあ、ちっちゃなかわいい坊やがナフキンを取って、ナフキンの紙に、「お父さんのその収入、いくら入るの。」といって計算するあたり、顔を伏せて、鉛筆をなめなめ書くあたり、お父さんがそれを見るあたりは、かわいそうでしたねえ。

こうして結局、いくら探しても見つからなくて、お父さんと息子は、サッカーの競技場の前を通りかかりました。そこにはもう、ずらっと自転車が置いてあるんですねえ。お父さんは、あっと思って、息子に「おまえ、先にバスに乗って帰れ。」といいました。お父さん、自転車をとろうと思ったんですね。人の自転車を。こわいところですねえ。もうこうなったらしかたないわ。自分の女房・子供を養うために、おれだって自転車とられたんだから人の自転車をとってやろう。この人のいい、やさしいお父さんが、そんなことを考えたんですねえ。

息子は、行きかけましたけれど、なんだかバスに乗って帰る気がしなくなったんです。離れたところで、じっと、お父さんのほうを見てたんですね。するとお父さんが、一台の自転車をサッととって、サッと乗りました。乗るなりそれが見つかって、五、六人の男がサッとすぐ自転車を止めて、ひっくり返して、お父さんをみんなで袋だたきにたたきましたね。息子が人込みの間から、それを見ました。お父さんが殴られてるのを、じっと。そして、息子は走って行って、お父さんのズボンにしがみつきました。殴ったみんなは、「もう行け。おまえ、いいから行け。」っていったんですねえ。そして息子が、立ちあがったお父さんの手を引っぱったとき、悲しいでしたね。お父さんはそこで、息子と並んで、とぼとぼ、とぼとぼ歩いて行くところで終わりますね。

いかにもこわい作品でした。これで一生涯、この子供はお父さんが泥棒して殴られたことを、ずっと胸にやきつけてしまうでしょう。お父さんもまた、子供に見られたことを、どんなにつらく思うでしょう。戦争というものが、こんな悲惨な家庭を生みましたねえ。

というわけで、デ・シーカという人は、きびしく、こわい作品を作りました。

筆者のいう「こわい」という評は、どのような内容を含んだ表現か。

**淀川長治**（一九〇九―九八）映画評論家。アメリカの映画会社の日本支社宣伝部長、映画雑誌の編集長を経て、一九六五年よりテレビの「日曜洋画劇場」の解説者として親しまれた。著書に『淀川長治自伝』『映画が教えてくれた大切なこと』『淀長映画館』『愉快な心になる本』などがある。
▼映画好きの両親をもった筆者は、まだ母親の胎内にいる時から映画館へ連日のように通っていた。その〈しつけ〉の甲斐（かい）あって、一度観（み）た映画のシーンは決して忘れない能力が育ったという。

**出典**『私の映画の部屋』（文春文庫）
▼掲載のスチール写真は、財団法人川喜多記念映画文化財団提供による。

## 68 ロヒール・ヴァン・デル・ウェイデン

吉田秀和（よしだ ひでかず）

絵は何気なく目を向けただけでも、たしかに見える。写実画であればどんなものが描かれているかがわかる。しかし、本当に、全身全霊を込めて見たことはあるだろうか。どんな細部にも作者の意志が働いている。読み取れる意図がある。真に見るとき、もはやそれはただの絵ではない。

今日みた絵の中では、ヴァン・アイクの《教会の中の聖母》と《アルノルフィニの肖像》が特に気に入った。これらの絵のことは、必ず、いつか、しっかり書いてみたいが、今はできない。やっぱり、むずかしい。

それより、ロヒール・ヴァン・デル・ウェイデンの《若い女の肖像》の方は、――昔から好きな絵の一つだったが――今度改めてじっくりみているうち、なぜ、こんなに美しいのか――いや、そんな

5

**ロヒール・ヴァン・デル・ウェイデン** Rogier van der Weyden（一四〇〇頃―六四） 十五世紀ルネサンス期のフランドル（今日のベルギー、オランダ）美術を代表する巨匠。宗教画や肖像画が残されているが、生涯については謎が多い。

**今日みた絵** 筆者はこの日、ベルリンの国立絵画館を訪れて、さまざまな絵を鑑賞してきた。従って、以下の絵はすべてベルリン国立絵画館所蔵の作品である。

**ヴァン・アイク** Van Eyck ルネサンス期のネーデルラント（オランダ地方）の宮廷画家。フ

《若い女の肖像》(1435年ごろ)

ことは書けない、そうではなくて、これがどういう絵かということが、前よりよほどはっきりつかめるようになってきた。

円い肉付きの豊かな顔の中で、彼女のぱっちりと大きく開かれた両眼の視線がじっと私たちの方に——つまり、この肖像を描いている画家の方に——注がれている。顔自体はいわゆる四分の三の正面を向いているので、彼女の視線は、その顔より、また一つ私たちの方に、注意深く向けられていることになる。それのため、私たちの目は、彼女の方に、いっそうひきつけられる。そうしないではいられなくなる。強く張った弓のような眉、細からず太からぬ鼻、豊かな唇。その顔の線をうけて、濃い鼠色(ねずみいろ)の服の中央の黒い襟もとが軽く右の方に曲がりながらおりていった先に、右手の上に左手を重ねた形で、彼女の手がおかれている。だが、

ーベルト（一三七〇頃—一四二六）とヤン（一三九〇頃—一四四一）の兄弟で作品を残したが、ここに挙がったのはいずれも弟ヤンの作品である。彼はしばしば作品に署名とともに「私にできるかぎり」という言葉を書き付けた。

**《教会の中の聖母》** 一四二五年ごろの初期の作品。

**《アルノルフィニの肖像》** 一四三九年ごろの作品。アルノルフィニは、フィレンツェの富豪、メディチ家の代理人もつとめた

全体ではない。その手首のところで、絵は切れているので、手そのものは、こんもりと円く高まった塊のようにみえる。だが、その一つ一つの指の表情がそれぞれ別で、しかも豊かなこと。ちょっと首を持ち上げた格好の親指からはじまって、人差し指、中指、関節が強くて二つの指輪のはまっている薬指、それによりそうように中に曲げられた小指。この手と指は、女の顔に対し、しっかりしたアンチバランスとなって画面の下辺をおさえるにふさわしい整然たる力強さをもっている。首、襟もとからわずかにのぞいている胸の上部、それからこの手。それだけが女の肌の見える部分であり、あとはすべて着物とそれから頭の冠りものによって覆われている。

その着物のひだ。左右相称を基本に、やや変形されたもの。右の方から左に向かって暗くなってゆく光線の動き。

同じことは、彼女の冠りものについても観察される。このやや冷たい感じを与える白灰色の大きな頭巾の、きれいにアイロンのかけられた感じと、きちっとついた皺との対比。一つだけ、右額の上につけられたピン。

最初の総合的な印象は、何といっても古典的構成のがっちりした

商人。

均衡という感じだが、そのあと、一つ一つの線の誘導するままに、私たちの視線を移動させてゆくと、その線にも柔らかい高まりと低まりがあって、何ともいえぬ快さの中に、一つの立体感、彫塑品のような造型感の手ごたえが感じられてくる。動かない形と流れる線の共存。

厳しさと優雅の、すばらしい一体がここにある。やや楕円形をしている胸元のひだの一つ一つの高まりをみているだけでも、きっちりした中に、まるで歌でもきこえてきそうな、やわらかな息遣いがある。

これはロヒールの比較的若いころの作品だそうだが、それでもう、この完璧さだ。十五世紀を中心にあのころのフランドルには、すごい天才たちが幾たりもいたわけだろうか。

**吉田秀和**（一九一三―二〇一二） 音楽評論家。音楽評論を、演奏会やレコードの従属物でない、文芸評論に匹敵した批評文学の新たなジャンルとして確立した。ユニークな音楽教育を進めている桐朋学園の創設者の一人でもあり、演劇・絵画にも造詣が深かった。著書に『ベートーヴェンを求めて』『モーツァ

自分の気に入った絵画・イラストや映画の一場面を、本文の筆者の方法に倣って、「なぜ、こんなに美しいのか」ではなく、「これがどういう絵（場面）か」という観点で、できるだけ細密に文章で描写してみよう。

ルト』『主題と変奏』『私の好きな曲』などがある。

**出典**　『音楽の旅・絵の旅』（中公文庫）

## 69 色と糸と織りと

志村ふくみ

草木染めといえば、自分だけの色を思い描くところに始まり、材料さがしから染めまで、すべて自分ひとりが頼りである。黙々と自分の求める色を探し続ける切ない仕事なのだ。人には言えぬ苦労もあろうが、余人のおよびがたい陶酔もあろう。いわば、自分だけの人生を確かめながら生きてゆく喜びであろうか。

水子さん

杼屋にたのんでいました三十五センチの杼、やっとでき上がりましたのでお送りします。この長い杼と松葉綜絖で、あなたの念願の織り物ができますように。

私もこの間から染めのことで故障がおきて、悩んでいます。あやうい色を追いかけて、足もとの地が崩れるような思いを繰り返しな

**杼屋**　製織の際、緯糸をとおす操作に用いるものを杼というが、その杼を売る店。

**松葉綜絖**　製織の際、緯糸をとおす杼の道を作る

がら、ますます深みに落ちてゆくようです。

　先日も見知らぬ方から電話がかかって来ました。大山崎の山の中腹に住む方ですが、

「家の前の古い大きな榛の木を道路拡張のため切り倒してしまって、嘆いていたら、その切り株から地面をまっ赤に染めて木屑が散っていました。まるで木から血が流れているみたいで、いたましくてじっとしていられない気持ちでした。その時、何かの本であなたが、木の皮などを煮出して染めていられると書いてあったのを思い出して、唐突ですが、お知らせしたかったのです。この榛の木で何か染められませんか。」

というのです。

　私はうかがっているうちに、もう血が騒いですぐ車を用意してでかけました。山道は落葉で埋まって、歩きにくいのは数知れない団栗のせいでした。坂道をのぼりつめると、ゆるく曲がった山ぎわに大きな切り株が生々しく、そのあたり一面に赤茶色がにじんでいました。太い幹が幾本もたてかけてあって、その切り口からも色はにじみでていました。百年以上も経っているという榛の木はじっと樹

ために経糸を上下させる用具を綜絖という。松葉の形をした綜絖の一種。
**大山崎**　京都府乙訓郡大山崎町。天王山（二七〇メートル）の東南麓。桂川、宇治川、木津川の合流点右岸。
**榛の木**　カバノキ科の落葉高木。山地の湿原に自生。高さ二〇メートルに達し、材は薪、建築用に、樹皮と果実は染料に用いる。

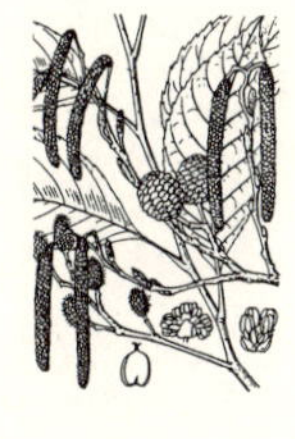

液を貯(た)めていたにちがいありません。突然切り倒され、切り口を空気に曝(さら)したとき、色が噴き出たのです。

私たちは早速、皮剝ぎ用の刀で、厚い皮を剝ぎにかかりました。表皮の下からあらわれた白い木肌もみるみる紅(あか)みを帯び、赤銅色に変わりました。私たちはせきたてられるように剝いだ皮を袋につめ、いそいで山を下りました。一刻も早く榛の木の色をみたかったのです。

釜に湯をわかし、木の皮を炊き出しました。熱するに従って、透明な金茶色の液が煮上がってきました。私も地面にひき粉になって散っていたあの赤茶色をみた瞬間、これは染まると思いました。何かに染めずにはいられない。何百年、黙って貯めつづけてきた榛の木が私に呼びかけた気がしました。榛の木は熱湯の中ですっかり色を出し切ったようでした。

布袋で漉(こ)して、釜一杯の金茶色の液の中に、純白の糸をたっぷりつけました。糸は充分色を吸収し、何度か糸をはたいて風をいれ、染液に浸し、糸の奥まで色をしっかり浸透させた後、木灰汁(あく)につけて媒染しました。発色と色の定着のためです。糸は木灰汁の中で、

**木灰汁**　灰を水に浸して取ったうわ水。炭酸、ア

先刻の金茶色から、赤銅色に変わりました。まさに地面に散った木屑の色です。いえ、少し違います。それは榛の木の精の色です。思わず、榛の木がよみがえったと思いました。

榛の木が長い間生きつづけ、さまざまのことを夢みてすごした歳月、烈(はげ)しい嵐に出会い、爽やかな風のわたる五月、小鳥たちを宿してその歌声にききほれた日々、そして、あっという間に切り倒されるまで、しずかに、しずかに榛の木の生命が色になって、満ちていったのではないでしょうか。

色はただの色ではなく、木の精なのです。色の背後に、一すじの道がかよっていて、そこから何かが匂い立ってくるのです。

私は今まで、二十数年あまり、さまざまの植物の花、実、葉、幹、根を染めてきました。ある時、私は、それらの植物から染まる色は、単なる色ではなく、色の背後にある植物の生命が色をとおして映し出されているのではないかと思うようになりました。それは、植物自身が身をもって語っているものでした。こちら側にそれを受けとめて生かす素地がなければ、色は命を失うのです。

ある日、私はふしぎの国のアリスが小さな穴からころがり落ちる

ルカリ等を含み、布帛(ふはく)の汚れを洗い、物を染めるのに用いる。むかしは灰問屋という灰の専門店があった。

**媒染**　染料と薬剤（媒染剤＝この場合は木灰汁）を化学的に結合させ、染料を繊維に染着させること。

**ふしぎの国のアリス**　イギリスの作家、ルイス・キャロル（一八三二―一八九八）の作品、『ふしぎの国のアリス』の主人公アリスのこと。

ように、植物の背後の世界にころがり落ち、垣間みたように思うのです。扉がほんの少し開いていて、そこから、秋のはじめの深い森がみえ、紅葉しかかったさまざまの樹が、陽の光と少しの風にきらめいているようでした。一枚一枚の葉はしみじみと染めあげられ、その色の美しさはこの世のものとも思われませんでした。その後二度とその森をみることはありません。

ただ、こちらの心が澄んで、植物の命と、自分の命が合わさった時、ほんの少し、扉があくのではないかと思います。こちらにその用意がなく、植物の色を染めようとしても、扉はかたく閉ざされたままでしょう。

色の背後にかよう「一すじの道」から「匂い立ってくる」（三六五・10）ものは何なのだろう。

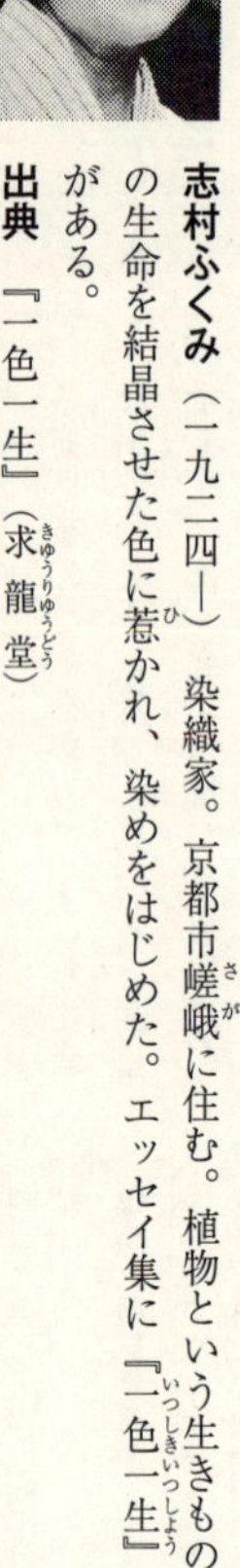

**志村ふくみ**（一九二四―）染織家。京都市嵯峨に住む。植物という生きものの生命を結晶させた色に惹かれ、染めをはじめた。エッセイ集に『一色一生』がある。

**出典**　『一色一生』（求龍堂）

▼ここに掲げたのは、「水子さん」に宛てた形で書かれた、六通の書簡からなる「色と糸と織と」の中の一編全文である。

# 70 カテリーナ・スフォルツァ

塩野七生

過去の出来事が現代に蘇るのは、よき発掘者の手を経たときである。この幸運な出会いがなければ、わたしたちがイタリアの伯爵夫人の壮絶な生き方を知る機会もなかった。

カテリーナの強情に手を焼いていた陰謀者には、もっとやっかいなことが起こる。まず、ミラノのスフォルツァ家から、ミラノ公爵の名で、強硬な抗議が送りつけられてきた。軍勢がミラノから動き出すのも、もう時間の問題だった。さらに、フォ

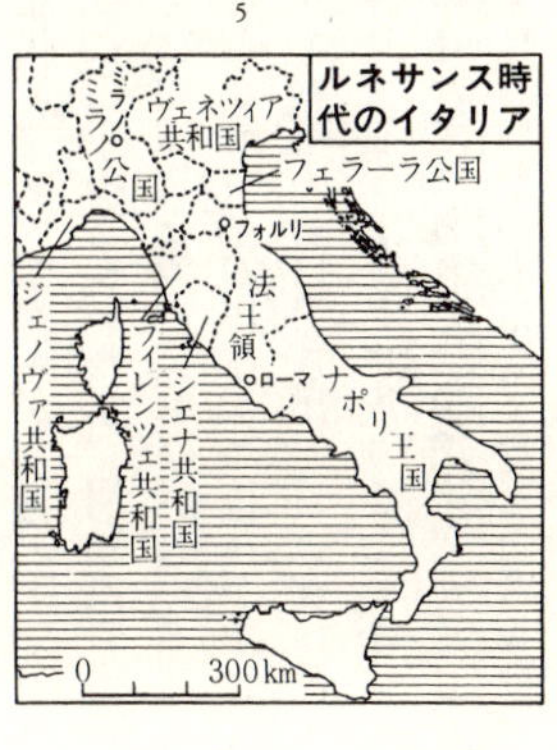


**カテリーナ・スフォルツァ** Caterina Sforza（一四六三—一五〇九）イタリア・ルネサンス期の伯爵夫人。ミラノ公の庶子として生まれ、ローマのリアーリオ家に嫁ぎ、以後三人の夫を持つが、いずれも先立たれる。同時代人マキアヴェッリは、「男の心を持った女」と評した。

**陰謀者** カテリーナの最初の夫、リアーリオ伯の下で税務係をしていたオルシは仲間と謀ってリアーリオを殺害した。カテリーナを人質にして、援軍の到着までにラバルディーノの城塞を手に入れようとしていた。一四八

ルリの街に近接している城塞の城代トマソ・フェオが、リアーリオ家に忠節を誓っていて、いっこうに彼らの言をいれず、明け渡す気配も見せない。このラバルディーノの城塞を手に入れなければ、フォルリの街を手に入れたことにならない。不安になった彼らが考えついたのは、伯爵夫人カテリーナを城塞の前に引き出し、彼女に嘆願させようということだった。早速、陰謀者たちに周りをとりかこまれたカテリーナが、城塞の前に連れてこられた。伯爵夫人が話したいという声に、トマソ・フェオは、城壁の上に姿を見せた。その彼に向かって、カテリーナは、城塞を明け渡してくれるようにたのんだ。しかし、トマソは拒否するだけだった。

この時、カテリーナが大芝居を打ったのである。オルシたち陰謀者に向かって、自分が中に入ってよく城代を説得してくるといった。彼らの方が、それを信用しなかった。カテリーナは続けていった。「あなた方は、その手のうちに私の子供たち六人を人質としているではないか。三時間の余裕をくれれば、私がきっと城代を納得させて帰ってくる。」これを見ていたトマソ・フェオも、伯爵夫人一人だけなら入れるといった。まず賛成したのが司祭のサヴェッリだっ

八年四月のことである。

**スフォルツァ家**　田舎貴族から発し、武人としての働きによって、ミラノ公国の当主となった。ミラノ・スフォルツァは何ごとも成し遂げるという意味。

**フォルリ**　イタリア中央部の町。当時はイタリア半島縦断の重要な町であった。

**城代トマソ・フェオ**　カテリーナは捕らわれる前に、トマソ・フェオを通じてミラノのスフォルツァ家に援軍要請をしていた。

た。オルシたちもあせっていたので、しぶしぶ承知した。

城塞側から、堀の上に橋が降ろされた。カテリーナは、衆目の中をそこに近づき、橋を渡った。橋は彼女のうしろで引きあげられた。鉄柵の閉まる音がひびいた。その途端、カテリーナはくるりとうしろをふり返り、親指を中にたてた両手のこぶしを振った。これは、ひどく下品なしぐさで、女の性を意味し、相手をひどく侮辱する時に使う。これを見たオルシたちが怒ったのはいうまでもない。しかし、彼らはまだ、彼女が完全に自分たちをだましたと信じることはできなかった。彼らは、カテリーナとの約束通り、馬鹿みたいに待ち続けた。

カテリーナ・スフォルツァ
(ロレンツォ・ディ・クレディ画)

一方、城塞の中に入ったカテリーナは、城代トマソ・フェオから感涙とともに迎えられた。早速、彼女たちは食卓をかこんだ。カテリーナも、二日間の捕虜の生活を忘れ、大いに食べ飲んだ。そして、一室に入って寝入ってしまった。

カテリーナとの約束通り、いつまでも城塞の外で彼女の出てくるのを待っていた陰謀者たちは、初めてだまされたことを悟った。大声でおどしたりしたが、そんな彼らの遠吠(とおぼ)えなど、カテリーナの耳に入るはずもない。オルシたちは、今日はそのまま引きさがるよりほかはないと思い、街へ帰った。

次の日、陰謀者たちは、カテリーナの子供のうち上の男の子二人を城塞の前に引き連れてきた。子供を使って、彼女を変心させようとしたのである。

剣をつきつけられた子供たちは、泣きながら母親を呼んだ。

その時、城壁の上にカテリーナが姿を現した。裸足(はだし)で髪も結わずに流したままの姿で。オルシは、城塞を出なければこの子供たちを殺す、といった。それに答えた彼女の言葉こそ、マキアヴェッリ以下、あらゆる歴史家に語りつがれた有名な文句である。やおらスカートのすそをぱあっとまくったカテリーナは叫んだ。

「何たる馬鹿者よ。私はこれであと何人だって子供ぐらいつくれる

**マキアヴェッリ** Niccolò Machiavelli（一四六九—一五二七）イタリアの政治思想家、歴史家。その著『君主論』で、目的のためには手段を選ばない権力的な統治様式（マキアヴェリズム）を説いた。他に『フィレンツェ史』の著書がある。

のを知らないのか！」

これには、だれ一人、しばらくの間は口もきけなかった。

二十五歳の美しい伯爵夫人のこの度胸に、ポカンと口をあけたまだったオルシたちも、その次の一瞬、我に返らずにはいられなかった。城塞から大砲の弾が、彼らの近くに向かって落ちてきたからである。彼らは、ほうほうのていで街へ逃げ帰った。

オルシたち陰謀者はどのような男として描かれているか。女傑カテリーナと比べてみよう。

**塩野七生**（一九三七―）作家。一九六三年からイタリアに学び、一時帰国するが、その後再びイタリアに渡り執筆を続けている。著書には『チェーザレ・ボルジアあるいは優雅なる冷酷』『神の代理人』などイタリアのルネサンスを舞台にした作品が数多い。

**出典**『ルネサンスの女たち』（中公文庫）

## 〔手帖14〕 未来への扉

### 1 表現は第二の現実である

ありのままに見たままを経験したままを文章にする。そうは思っていても、むろん文章は現実そのものではない。複雑な多面的な現実を、作者という一人の人間の位置からとらえた現実の一部にすぎない。さらにその一部の現実を、作者の選んだ言葉に置き換えたものにすぎないのである。そう考えてみると、文章とはどれほど現実に似せて接近させて書いても、けっきょく言葉によって築かれた仮の世界だということになる。

「私はすっかり悲しみで心が塞がる思いであった。眠れぬ夜が続いた。」

こんなふうに悲しい日の記憶を文章にした場合、そこにはちょっと気取って悲劇の主人公のように自分を描こうとする作者の意志が働いている。あるいは、

「まいった。私はすっかり滅入(めい)ってしまった。だれか助けてくれ～と叫びたかった。」

こんな表現には、娯楽漫画の主人公みたいな単純で明るい人物像が、望ましい自己像として意識されている。

このように文章とは、現実を対象としてどれだけ忠実に書かれたつもりでも、そこに表されているのは実はその現実に向けた作者の意識にほかならないのである。それは「こんなふうに現実を、自分をとらえたい」という作者の意識が反映した世界なのであって、言葉でつくられた「第二の現実」なのである。

これは、文章のもつ「虚構」の力でもある。文章を書くことで私たちは「望ましい自分」を実現できる。つまり文章上の「自分」を創ることができるのである。外見上はおっちょこちょいで軽薄な私が、落ち着き払ったロマンチス

トになりすますことも、逆に口数少ない私が、舌鋒するどい批評家に変貌することもできるのだ。考えてみたら、こんな愉快なことがあるだろうか。

## 2　文章は変革の力をもつ

「虚構」というと、単純にいえば「うそ」のことである。しかし、これは責められるべき「うそ」ではない。

　私たちが「本当」のこととして見ている現実とは、ただ眼前に起こるいろいろな出来事の世界であるが、それはちょっとこみいった追求をすると、たちまちいろいろな見方や不明な部分が生じてきて分からなくなる世界なのである。私たちがそういう現実を「分かった」といえるときは、説明する、あるいは描写する言葉をみつけたときである。つまり私たちは言葉を通じて世界を理解する。いいかえれば、言葉にできたことが私たちには「本当」のこととなるのである。ロマンチストとして自分を文章化できた人は、たとえ普段の外見がどうであっても、ロマンチックな心を「本当」に持っているといえるのだ。

　文章を書くことで私たちは自分の回りの現実をつくりかえていける。自分の意識を変えていけるのである。

　文章の持つ虚構の力を、そういう意味で「変革」の力と呼び替えてみよう。

　宮沢賢治は「永訣の朝」という詩で妹の死の日の空模様を「みぞれはびちょびちょ沈んでくる」と書いた。それについて詩人草野心平は「宮沢賢治によって世界中の霙は降らないことになったのである」と述べたことがある。「眠れぬ夜が続いた」と自分を書いた人にとっても、その数日の夜は、文章が書かれたときから「眠れぬ夜」となったのである。

　言葉の発見と文章による実現とが、新しい世界の意味、新しい意識を創り出し、変革していだろうか。この力を、私たちはどう用いていけばよいく。

### 3　文体の魔力

文章を書いていくと、そこにはある人格をもった作者の自意識が築かれていく。前述の例でいうと「悲劇の主人公」であったり「漫画の主人公みたいな単純で明るい人物」であったりする、いうなれば「第二の自己」ができ上がっていくのだ。すると次第に文章は一定の性格というか、その性格に表現を適合させようとする意志を帯びてきて、使用する語や表現のしかたが選別され、規制されるようになる。たとえば「悲劇の主人公」には「……じゃないだろうか」と書くより「……ではなかろうか」の方が、「……です」よりは「……であった」の方が似つかわしい、といった選択が起こる。こんなふうに文章がある固有の人格を帯び、表現を統制することを「文体」という。

私たちが他人の文章を模倣したり、気取って書いたり、小説の主人公にでもなったように陶酔して書いたりする場合、それらの文章は多かれ少なかれある文体をめざしているのだ。いいかえれば望ましい人格の実現をめざしているのだ。

そのとき、めざされている文体は、最初のうちはどこかで見つけてきた既成品の借り物であることが多い。

しかし私たちは本当はみんな、自分に固有の表現、自分の文体を捜し求めている。いわば、まだ具体的に実現されていない、未来の自分、未知の自己像を模索しているのだ。

本書に収められた数多くの個性的な文章も、一つ残らず作者がそれぞれに固有の表現を捜し求めて到達した成果なのである。

言葉を一つ入れ替えてみる。すると人間が入れ替わったように文章の性格がガラリと変わってしまう。「ぼく」を「私」にするだけで、句読点をつけ替えただけで、そこに描かれている「自分」は見馴れない新鮮な自分だ。
この文体の魔力を、意図的に使いこなし、開拓していこうとする努力によって、新しい文体、新しい自己が獲得されていくのである。

## 4 表現を開拓する

文体を意識して文章が書かれるとき、それは「作品」として考えられている。事実上だれかに読まれる機会のあるなしにかかわらず、だれかに読まれるつもりで書かれているのである。もちろん自分で読み返して楽しむことも、そこには含まれる。

与えられた課題に義務的に応えて書いたものが、どこかで勝手に採点され、あげくはどこかへ失われてしまう、そんな文章を私たちは書くのではない。この世に自分の残す足跡として、またこんなことを考え、感じていた証しとして、私たちは文章に自分の人生の一瞬を刻みつけるのだ。その文章は私の分身、私の心なのだ。だから文章を「作品」として書くということは、とりもなおさず自分の心に「作品」としての価値を認め、大切に扱うことなのだ。

さて、世の中には「作品」化された文章としてさまざまな形態がある。随想、評論、報告、記録、さらに文芸作品として詩、小説、戯曲などがある。しかし、これらの形態は、永い間かかって築かれた独自の様式や技法をそれぞれに持っている。もしもそれら過去の遺産を丹念に学習し、模倣し、しかるのちに創造するという道を歩むなら、大変な労力が要求されるだろう。あえてその道を選ぶのも正統な一つの態度であるが、過去にとらわれず、若者の自由な発想と勇気を武器にして、未知の表現の様式、あるいは分野をぜひ創り出してもらいたいものである。本書の文例中にも、従来の小説とか評論とかいったジャンル分けでは割りきることのできない実験的でユニークな作品がいくつかある（たとえば文例11や24、28など）。いや、平凡で無個性な文章は一編もないといっていい。それらは模倣すべき模範として選ばれたのではなく、模倣の不可能な独創性において選ばれたのである。その独創的な書き手の姿勢をこそ学んでもらいたい。

ピカソが立体主義の絵を発表したとき、多くの人は「これが絵か⁉」と驚いたり嘲ったりした。ストラヴィンスキーが無調音楽の「春の祭典」を初演したとき、およそ三分の二の観客が野次りながら席を立って帰ったといわれる。

新しい表現、未経験の領域は、いつも衝撃と戸惑いを人に与える。しかし勇気と創意ある若者の挑戦によって、常に表現の世界が変貌し、それとともに人々の意識が変革されてきたのは、歴史上の法則なのだ。

大げさな目標は持たなくてもいい。たった一語、たった一行の工夫から始めてみよう。わずか一語でも、新鮮な発見があったとき、あなたと「世界」は確実に変わりはじめるだろう。

## 〔付録1〕 作文の手順

### Ⅰ 良い文章とは

1 自分にしか書けない（個性的・主観的）ことを

2 だれが読んでもわかるよう（普遍的・客観的）に書いた文章

### Ⅱ 作文の手順

いきなり原稿用紙に向かっても良い文章は書けるものではない。文章を作るにもそれなりの手順がある

＊

[1] テーマが決まる──→題材を決める

a テーマは他から与えられる場合と自分で決める場合がある

b 題材から自然とテーマが浮かび出てくることもある──→自己発見

[2] メモ（箇条書き）──作文の中心作業

a 記憶を呼びさます──→メモする（羅列）

b 調査──現地・現物・参考図書

c 目に見えるように──イメージ

○メモをとること、これこそが作文の中心作業である

○他人のノート（メモ）を覗かない。ノートは制作現場、書く行為は孤独な営為である

○考える（思い出す）時には、必ず手に鉛筆を持って

[3] 段落を考える──構想

a メモを並びかえ、いくつかのブロック（段落）ごとに一まとめとする

b 段落を図式化してみる

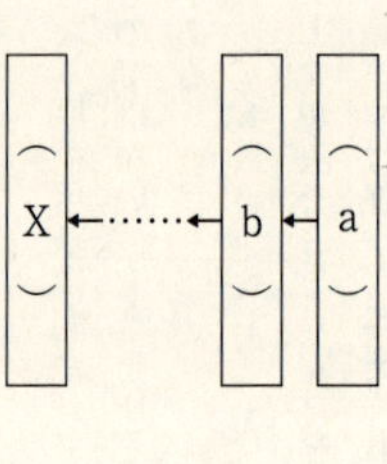


c　段落を考えてみた上でメモ（箇条書き）の足りないところは、さらに補充する

○段落の並べ方としては、古来さまざまな形式があるから、それらも参考にしよう

①起→承→転→結（漢詩）
②序→破→急（日本の舞楽、能など）
③序論→本論→結論（論説）
④a→a′→b→a′（西洋音楽のリード形式）
⑤導入部→提示部→展開部→再現部→終結部（西洋音楽のソナタ形式）

4　書き出しのセンテンス（文）／結びのセンテンス　｝を考える

○全体の雰囲気がこれで決まる（文体の決定）

○前もって、書き出しと結びを考えておくと、文章が書きやすい

○この部分は、多少気取って、格好よく。ここで読み手を惹きつけるかどうかが、分かれ目

5　下書き

a　原稿用紙に

b　目に見えるように（音、匂い、手ざわり、などの感覚を大切に）

c　一文一文を短く

d　説明は、頭の中に他者（読み手）を想定して

e　国語辞典を傍らに置いて

6 推敲（すいこう）（手直し）

a 〝他者の目〟になって読み直す

b 紋切り型の表現を避ける

c 主語（主部）・述語（述部）の呼応

d 文の接続・副詞の呼応

e 一文一文を短く

f 「ので」「から」「ため」「が」等の重用を避ける

g 「〜と思う」「〜と考える」等を乱用しない

h 「そして」「それから」「また」等を乱用しない

i 文末が単調にならないようにする

j 誤字、脱字、かなづかい、句読点に注意する

7 標題を決める

○これも創造行為の一部である

○読者が読みたいと思うような題を

8 清書

a 原稿用紙に

b 最後にもう一度読み直してから提出する

〔付録2〕　さまざまな技法

次の各文には、それぞれ筆者のユニークな工夫が凝らされている。高校生として技法の名称を知っていてよい場合もあるが、名づけられないものもあるだろう。そんな〝知識〟にとらわれず、工夫そのものをよく味わってみよう。

Ⅰ

【段落】
文例21・25・31・33……少ない（長い）例
文例6・18・57……多い（短い）例
文例14・24……型破りの例

【空き行】
文例6・14・48・51

【センテンスの長さ】
文例28・62……長い例
文例26・44・59……短い例

【語り（話体）】
文例61・67……聞き書き・語り
文例43・47・62……説話体

【句読点】
文例6・62・68……多い例
文例8・33……少ない例

【書き出し・結び】
文例6・27・56……書き出しと結びが呼応している例
文例11・37・55・59・69……印象的な書き出し
文例3・5・7・19・26・62……印象的な結び

【視覚効果・文字の配列】
文例11・12

## II

**【直喩】**

○近寄るとサッと姿を消すが、そのあと石の上に、しばらく淡青と緑と紫のひらめきが残り、その色は流星が曳(ひ)く光芒(こうぼう)のようだ。（五七ページ）

○正面の壁からはモーツァルトの肖像画が臆病な猫みたいにうらめし気に僕をにらんでいた。（二五三ページ）

○まるで木から血が流れているみたいで、いたましくてじっとしていられない気持ちでした。（三六三ページ）

○日光の射している部分は水底がいちめんに貝ガラをちりばめたように真っ白になり、それが冬陽(ふゆび)のなかでキラキラ輝いていた。（二三ページ）

**【隠喩】**

○一瞬、四周(まわり)の空気は凍った。（九二ページ）

○言葉の死んだ世界だった。（二六三ページ）

○海という肉体だった。（一四八ページ）

○喜びのゆたかさが湯気の中で、むこう向きにうなじをたれている、と思った。（一一七ページ）

○私は体中を目にして見守った。（一二四ページ）

○彼は土の中にうずもれて暮らしている。（一九六ページ）

○色はただの色ではなく、木の精なのです。色の背後に、一すじの道がかよっていて、そこから何かが匂い立ってくるのです。（三六五ページ）

○そして彼はその植物の数知れぬ針が彼女の顔を突き抜け彼女の孤独な魂を突き刺し、同時に彼の孤独な魂のところまでとどくのを感じた。（六三ページ）

【擬人法】

○あなばちは崩れた化粧に一刷毛あててから、断末魔の苦悶にまだ肢をふるわせているいけにえをわが家へ運びにかかる。（一二六ページ）

○初々しい花嫁さんの衿足を、私の指がときどき思い出す、……（一一八ページ）

○茜雲を背にたそがれている鳳凰堂は、静止しているどころか、目くるめく早さで走っているのに気がついた。（一二七ページ）

【倒置】

○もしかすると、自分はあの人を殺すのではないか、あの桶をかぶせて……。（九三ページ）

○私は朽ちた榾木を焚き火に投げいれた。なかに蟻がびっしりと巣くっていることに気づかずに。（二九七ページ）

【擬音語・擬態語】

○タッ、タッ、タッ。ハッ、ハッ、ハッ。ペタッ、ペタッ、ペタッ——堅い土の上を足はひた走る。シュッ、シュッ、シュッ、腕と脇が灌木のあらわな枝にふれて鳴る。（二五〇ページ）

○頭の中が空白になりカランと音がするような感じだった。（二七二ページ）

○着付けの方はまだ新しかったが、顔の方は、もうすっかり垢染みてテラテラしていた。（一一九ページ）

【繰り返し・たたみかけ】

○きちんとした躾を受けた娘、学歴を修得した娘、健康で健全な良識ある女が、……（二二一ページ）

○オ目ニカカラセテクダサイ／オ目ニカカラセテクダサイ／ナントカシテオ目ニカカラセテクダサイ（三四ページ）

○これきり自分は腐ってゆくんだと思った。それでいいんだと思った。早く腐りきってしま

えと思った。（二六三ページ）

**【並列】**

○それまでは――騒がしい音、わめきちらす声々、哄笑（こうしょう）、罵り、鎖の音、人いきれ、煤（すす）、剃（そ）られた頭、烙印を押された顔、ぼろぼろの獄衣、すべてが――罵られ、辱められたものばかりだ。（三三〇ページ）

○政治家は権力を求め、資本家は有毒の気体や液体をたれ流して恥じず、御用労組は真の闘士を除名し、科学者は殺人道具を作り出し、車は人を轢（ひ）き、人は人をそねみ、小説家は仙花紙的小説を書き散らし、批評家は才能を育てず、……（以下略）（二〇九ページ）

**【体言止め】**

○恨み薄氷。（二九四ページ）

○その着物のひだ。左右相称を基本に、やや変形されたもの。右の方から左に向かって暗くなってゆく光線の動き。（三五九ページ）

**【中止法】**

○夜になると嵐、清太（せいた）は壕（ごう）の暗闇にうずくまり、節子（せつこ）の亡骸（なきがら）膝にのせ、うとうとねむっても、すぐ目覚めて、その髪の毛をなでつづけ、すでに冷えきった額に自分の頬おしつけ、涙は出ぬ。（三二四ページ）

**【挿入】**

○最後に、四番目の機能として、そしておそらくこれが箸のもついちばん美しい機能であろうが、二本の箸は、食べものを《運ぶ》。（一三六ページ）

**【引用】**

○モリエールがいったように「喜劇の本務は人を楽しませつつ、矯正することにある」からだ。（二一〇ページ）

Ⅲ

**【矛盾（対句、対比）】**

○隠れながら現れる。現れながら隠れる。（一七四ページ）

○それは僕のなかにあるような気がする。僕がそのなかにあるような気もする。（二六ページ）

**【反語・皮肉】**

○偉大な鉄工所においては「耳栓」こそが生命と繁栄のシンボルだった。（七六ページ）

○わたしは監房へもどってきたときの彼の顔を見た。……たしかに、ここは忍耐というものを学びとることのできる場所である。（三二九ページ）

**【逆説】**

○百人の死は悲劇だが、百万人の死は統計だ。（一八三ページ）

**【寓意（ぐうい）】**

○われわれ人間もまた、くそぶくろなのだそうであるから、これを母体として美しい蝶（ちょう）に変身し、文化の花を咲かせたいものだと思う。（二一六ページ）

**【強調】**

○それに答えた彼女の言葉こそ、マキアヴェッリ以下、あらゆる歴史家に語りつがれた有名な文句である。（三七〇ページ）

**【誇張】**

○いったい、何のために園芸家は背中をもっているのか？　ときどきからだを起こして、「背中が痛い！」と、ためいきをつくためとしか思われない。（一九八ページ）

○そういう便所にかぎって、目玉まで悪臭が飛びこみ、蛆（うじ）の群れが笑っていることが多い。（二〇三ページ）

**【単語の強調】**

○フト気になったのは、その白さである。白すぎる。（二七九ページ）

**【言い換え】**

○これは既に人間ではない。（中略）この物体は「食べてもいいよ。」といった魂とは、別のものである。（二一〇ページ）

**【定義】**

○箸は、切断し、ぐいとつかまえて手足をバラバラにして突きさすという動作を拒否する食器具である。（一三七ページ）

**【イメージの連鎖】**

○響き高い共鳴函（きょうめいばこ）となったぼくたちの魂は、音ひとつ立てない蝶（ちょう）たちの飛行のなかの、魅力と自由の音楽に耳を傾けており、湖と森と空とぼくたち自身の生命との奏でる激しい調べが、魔術的な甘美さをもって彼らの飛行の伴奏となり、ぼくたちにとめどなく涙させた。（一四四ページ）

**【遠回し】**

○外国人の顔さえみれば、自分の国の言葉（中略）で話すまえに、いきなりアメリカの兵隊から覚えた言葉で話しかけてくる人間を、私は好まない。（一六八ページ）

**【くだけた表現】**

○この男のためなら、よし、一丁、生涯かけてやってみよう、と「イイ女」に思いこませる、そういう「イイ男」に育ててほしいのだ。（二二一ページ）

**【数による具体化】**

○十四年間のブランクを埋め合わせるかのように僕は三カ月かけてしゃべりまくり、七月の

半ばにしゃべり終えると四十度の熱を出して三日間学校を休んだ。（二五六ページ）

【ためらい】

○なぜ、こんなに美しいのか——いや、そんなことは書けない、そうではなくて、これがどういう絵かということが、前よりよほどはっきりつかめるようになってきた。（三五七ページ）

【中断】

○春夏秋冬の移り変わりに似ているといえば——これが「老い」というものであろうか。（二八七ページ）

【文末】

○ついに母はあきらめる口調になって首をかすかに振るのだった。（三三三ページ）

○両足を揃えたマタドールは、右手で剣を口の高さに構える。牛が突っ掛ける。マントは低く地面に垂れたまま、右足と揃えて引かれる。頭を下げて追いすがる牛。マタドールは小さく踏み出した左足に体重を全部かける。剣はつかを残して、牛の体の中に入る。（三〇一ページ）

＊

以上のほかにも、創造的な文章ではさまざまな名づけられない技法が駆使される。文章の技法とは、「ここで○○法を使ってやろう」と意図して用いられる〝手段〟ではなく、何とかしてこのことを表現しようと筆者がやむにやまれず工夫した〝結果〟として編みだされるものだ。すぐれた技法は、技法の知識からではなく、自己の感性と思想に忠実であろうとする姿勢から生まれる。まず文章を書く〝現場〟に身を置き、自分の個性を開拓することからはじめよう。

# 表現への扉

## 1　混沌からことばへ

### 1　『ピエールとジャン』序文

モーパッサン／稲田三吉訳

**「燃えている炎や、野原のなかの一本の木を描くにしても、その炎や木が、われわれの目には、もはや他のいかなる炎、いかなる木とも似ても似つかないものに見えてくる」（二七・14）とは、どのような状態をいうのだろうか。**

これは、文章表現における模倣の段階から独創への飛躍を言い表した文である。

わたしたちは事物を見るとき、自分の感覚に忠実に見ているだろうか。例えば、赤い色を見るとき、わたしたちは「赤だ」と感じる。しかし、それはわたしたちが今までに見て来た「赤」という言葉を通して、その色を見たにすぎない。もしわたしたちがもっとよく見つめるならば、その色は、今までに見た「赤」とはどこか違うはずである。光の反射具合、色の濃淡、質感など、少しずつ違っている。それらの違いを捨ててその色を「赤」というとき、言葉はわたしたちの感覚を規制する力を持つのである。「なぜならわれわれは、周囲のものを眺める場合に、自分たち以前にだれかが考えたことを思い出しながらでなければ、自分たちの目を使わないように習慣づけられているからである」（二七・10）。

師フローベールはそこから一歩踏み出し、自分の目（言葉）で見ることを教えた。事物を目の前にして、わたしたちは以前だれかが表現したいくつかの言葉を思い出しながら、自分の言葉を見いだそうとする。どれを選び、どれを捨てるのか、どう組み合わせるのか、あるいは、全く別の表現はないのだろうか。自分の目で見るということは、このような混沌（こんとん）の真っただ中に身を置くことである。そして、混沌の中での忍耐強い戦いの中から、それまでだれ一人として見いだすことのなかった言葉を見いだす。それが新しい生命を持った独創的な言葉である。このような段階を経て独創性を獲得することが、「われわれの目には、もはや他のいかなる炎や、いかなる木とも似ても似つかないものに見えてくる」状態なのである。

　独創性の獲得以前には、他人の目で見ること、模倣の段階を経ることはやむをえないといえるだろう。しかし、ひとたび獲得された独創的な言葉は、それまで見えなかった未知の部分に光を当て、意識化するのである。言葉によって世界の新しい意味を発見するのである。この「世界の新しい意味の発見」は、書く主体の側についていえば、そのような発見をする「自己の発見」でもある。文章表現において、独創性を獲得することは、世界と自己との二重の発見であり、それが創造の喜びの中身なのである。

▼この文例は日本でも〝モーパッサンの一語説〟などと呼ばれて、古くから有名である。

　描写のために最も適切な一語をつきとめること。——それは試行錯誤の果てにようやく手にできる一種の名人芸的能力と考えられがちであった。だから日本では、文章を練る行為を「文章道」というべき人格修養の場と考える傾向があった。

　たとえば志賀直哉の作品などは、モーパッサンのいうごとく、できるだけ少ない言葉によって最も正確で的を射た描写が実現されている。そのため彼は「小説の神様」とさえ呼ばれたが、その尊称には、技術の成熟と同時に人格的な完成という意味も込められていた。つまり文章は、最終的には熟練した名人・天才のものであり、凡人や素人から遠い世界の秘められた技術だったのだ。

　しかしそのような日本的に歪められたモーパッサン（フローベール）の文章観に、今日のわたしたちは必ずしも無条件に従えるわけではない。

　的確な一語で描写するということは、逆にいえば、一語で描けないような複雑な現象や感情を、描写の対象から排除するということにほかならない。日常的で自然な、観察しやすい事物に対してはじめてそれは有効な方法なのである。だからこそ志賀直哉を手本とするような文章は、日常生活の周辺に題材を求めた、いわゆる「私小説」的な内容に偏りがちだった。

けれどもわたしたちの目の前にある現実の世界は、平穏な日常に埋もれているばかりではない。むしろ一語ではとてもとらえきれないような、それどころか言葉そのものを見失ってしまいそうな巨大な矛盾や、不可解な力や、混沌に充ち満ちている。名人芸的な描写などというものは、そのような世界の混乱に目をつぶってでなければ、今日ではとうてい書くことのできないものなのだ。

十九世紀のフランスでフローベールたちが果たした役割は、十八世紀の古典主義の堅苦しい形式を打破し、またその後に一世を風靡したロマン主義の過度な心情表現を冷静な観察に立ち戻らせようとするものだった。その運動は文学史上「写実主義」と呼ばれるが、それもまた、表現によってより正確に真実をとらえるための尖鋭な努力であり、絶え間ない文章革新の歴史のひとコマだったのである。

だからわたしたちは、モーパッサンの志気高らかなこの文章から、表現によって「世界」を我がものにしようとする意欲の誠実さをこそ学ぶべきなのであって、名人芸的な文章の美学や人格主義にとらわれるべきではないのだ。

今日のわたしたちにとって文章表現がどのように困難で、また多様な地点に置かれているかを、次の2以下の文例は如実に教えてくれる。だが、それに恐れず立ち向かっていくとき、わたしたちが遭遇する表現の現場は、困難で多様な分だけ豊かな可能性に満ちたものとなるだろう。

わたしたちが世界の一部である限り、わたしたちの言葉もまた世界の変動のうちにある。どんなささやかな事物にも世界の力、世界の構造、世界の謎が影を投げている。静物画のように立ち止まった事物などありはしないし、絶対的な正しい一語もありはしない。一人一人の見すえた現実、一人一人の紡いだ言葉が、人の数だけ世界を埋めつくすのだ。本書の文例の多様さは、目前の世界に立ち向かう表現の豊かさの表れでもある。もしそこに共通の美しさがあるとすれば、それは形式ではなく、自分の世界を自分の言葉で語ろうとするひたむきさにおいてである。モーパッサン（フローベール）の文例の真の美しさもまた、言葉で真実に迫ろうとする彼らのひたむきさにあるのだ。

## 1 混沌からことばへ

### 2 〝夜と霧〟の爪跡を行く

開高　健

**「一度微塵に砕かれてみたいと思っていた予感」（二四・15）とはどんなものであったと想像できるだろうか。**

筆者は実際に目にする以前から、アウシュヴィッツやビルケナウのことを読んで（ひょっとしたら、書いて）いた。いわばことばによって擬似体験していたのだ。しかし、事実はそんな程度のものではないはずだ、一度、圧倒的な事実によって、自分の認識や「ことば」を「砕かれてみたい」と思っていた。案の定、その「予感」は「みたされる」ことになる。実際のアウシュヴィッツを体験しない書き手に圧倒的な事実と対抗しうることばを紡ぎ出すことができるか、本当のことばを手に入れることができるか、それを模索する文学者としての真剣な姿勢がそこに表れている。

　人間は好奇心に満ちた動物である。自分のことはもちろん、他人のこと、世の中のこと、世界の果てのこと、宇宙のこと、そして死後の世界のことまで、人間は飽くことを知らない好奇心につき動かされ、探求に探求を重ねてきた。別の言い方をすれば、人間とは未知のものが存在することに耐えられない動物ともいえるだろう。すべてのことを自分の中に取り込まなくては気がすまない、安心することのできない貪欲かつ臆病な動物ということになる。そして、未知のものを知るということは、ことばを知るということであり、人間はことばによって新しい世界を知るのである。ことばによって人間の想像力は時間や空間を越え、未知のものを取り入れてゆくのである。

しかし、ことばを知ったからといって、わたしたちは新しい世界をどれほど知ることになるのだろうか。毎日約二千人の人間が焼き殺され、そのひとりひとりの人生がその時点で中断させられ、幕を降ろされたのだと想像するとき、その膨大で計り知れない個々の彩りに満ちた人間の、今は水底の白い貝ガラのような骨片になった人間のひとりひとりを思い浮かべることができるだろうか。骨片のひとつひとつに生きられた時間が、中断させられた時間が封じ込められている、その気の遠くなるような事実のどれほどを、ことばは伝えることができるのか。事実とことばについての根源的な問いが、筆者の中で発し続けられるのである。「すべての言葉は枯れ葉一枚の意味も持たないかのようであった」（二四・16）と筆者はいう。だが、こういいながらも、ことばはわたしたちに実に多くのことを伝えている点を忘れてはならない。「水はにごって黄いろく、底は見透かすすべもないが、日光の射している部分は水底がいちめんに貝ガラをちりばめたように真っ白になり、それが冬陽（ふゆび）のなかでキラキラ輝いていた。いうまでもなかった。その白いものはすべて人間の骨の破片であった」（二三・14）。戦慄（せんりつ）すべき事実を秘めた現場の描写は、筆者の表現力によって美しく輝いているようにさえ見える。他のだれがその現場に居合わせたとしても、おそらくはこれ以上のことばを獲得することはむずかしいだろう。ことばによってわたしたちの好奇心はつき動かされ、想像力がはばたき始める。未知なる世界にどれほど近づきうるかは、ただことば、ことばにかかっているのである。しかし、そのためには、ことばが「一度微塵に砕かれて」しまうことがどうしても必要だったのである。

▼現場にいなかった者が告発すること、人間の死を統計的にとらえる発想、この二つへの疑問を表した文章として、文例34「三つの集約」(石原吉郎)を参考にしてほしい。

## 1 混沌からことばへ

### 3 鎮魂歌

原 民喜

**「それは僕のなかにあるような気がする。僕がそのなかにあるような気もする。」(二六・5)のような表現をなぜしたのだろうか。また、同様の表現がほかにないか捜してみよう。**

筆者は、原爆被災の中でもだえながら死んでいった多くの隣人たちを見てきた。あの時苦しんでいた人々は死んで行ってしまったのに、自分だけは生き残った。生き残った自分には死者たちの嘆きがわかる。死者の世界へは、一年前に自分の妻も旅立って行っている。だから生き残った孤独の中で、筆者には、死者たちの嘆きを自分の嘆きとして生きようという悲願がある。それは死者の世界と自分の生きているこの世界との境界をとり払って、できるものなら死者たちと自分が一体になりたいという願望である。その願望が、ほとんど無意識のうちに「それは僕のなかにあるような気がする。僕がそのなかにあるような気もする」と言わせるのである。

もう少しくわしく見てみよう。「それ」は何を指しているのだろうか。前後を読むと、「それ」の指しているものが一応は具体的に書かれている。主なものを拾ってみると、

(1) 「地球の割れ目」(二六・1)
(2) 「夢の裂け目」(同・1)
(3) 「崩れた庭に残っている青い水をたたえた池の底なしの顔つき」(同・4)
(4) 「骨身にしみるばかりの冷やりとしたもの」(同・6)

となる。形式的な見方をすれば、ずいぶんかけ離れたものが「それ」で一括されている。⑴から⑷を個々に眺めていても「それ」の意味している、本当の中身は見えてこない。これらはみんな比喩（暗喩）なのだ。では、「それ」が本当に指しているものは何なのか。もしも原民喜が生きていて、同じ質問をされたとしたら、きっと彼は答えるだろう、「私にもわかりません」と。わからないから⑴と言ってみたり、⑵と言ってみたり、すぐ後で⑶⑷と言いかえてみたりしているのである。この時の「僕」の心が感じているものは、既成の一語で端的に表せるような、そんな単純なものではない。大げさに言えば、それは、今までに人類のだれもが感じたことのない、得体のしれないものなのだ。それを、さかしらに、この比喩は「死」を意味しているとか、「孤独」を表しているとか、既成の一語で置きかえて、分かったつもりになってはいけない。

「それ」の指しているのは、「死」であるかもしれない。しかし「死」でないかもしれない。「孤独」であるかもしれない。「嘆き」であるかもしれない。「叫び声」であるかもしれない。「未来」であるかもしれない。「過去」であるかもしれない……。仮に「嘆き」であるとしよう。しかしその「嘆き」はだれの「嘆き」なのか。「僕の」か、「少女の」か、「男の」か、「無限の」か……。わからないのだ（文中に「わからない」が繰り返し使われていることが、こういう事情を象徴している）。さらに、その「嘆き」が「僕のなか」にあるのか、「僕」がその「嘆きのなか」にあるのか。それさえも、わからないのだ。いや、そのどちらでもあるのだ。

　しかし、そのような矛盾した表現によってしかとらえられない、得体のしれないものが、筆者と死者たちとを結びつけている最後の絆（きずな）なのである。

　同様の表現は終わりの方の「僕はここにいる。僕はこちら側にいる。僕はここにいない。僕は向こう側にいる」（二八・8）にも見られる。「こちら側」はさかしらのそしりを恐れずに言えば生者の世界であり、「向こう側」は死者たちの世界と考えられる。これも矛盾を含む表現である。しかし、そのような矛盾によってしか、筆者は自分の真の気持ちを表現できないのだ。

だから筆者はこれらの表現を一般的に見られるような修辞上の技法として計算の上に立って行っているのではなく、やむにやまれず自分の嘆きを書いていくうちに、ほとんど無意識に行っているのである。このように書くことで、死者たちと一体になりたいという願望を文章の中で（言葉の世界で）成就していると言ってもよい。その、嘆きにつき動かされながら何度も何度も対象（自分の気持ち）に迫ろうとするひたむきな姿が、私たち読者の心をうつのである。

▼本書に文例として採った文章は、散文としては異例の象徴的手法によって書かれている。もともと原民喜は詩人としてのすぐれた資質を備えた人だった。散文を書いても一語一語、一文一文が常に言外の深い意味を象徴してしまうという傾向は、この詩人にとって自然の成り行きであり、ことさらに意識してのことではなかったと思われる。

一方、彼の数多くある原爆の詩においては、リアリズムの手法をとったものがいくつかある。それも、しかし、言葉を重ねていくうちに、ある種の荘重なひびきを伴ってきて、象徴詩のような印象を与える。原爆を〝事件〟としてではなく、一人の人間に起こった心の問題として描こうとする意志が彼にはあったからだ。

一見リアリズムの手法で書かれた詩と、はじめから象徴的手法で書かれた詩を掲げておこう。これらには、本書に文例として採った散文作品と等価の世界がある。表現形態の相違と、それにもかかわらず変わらぬ精神とをかみしめてみてほしい。

水ヲ下サイ

水ヲ下サイ

アア　水ヲ下サイ
ノマシテ下サイ
死ンダハウガ　マシデ
死ンダハウガ
アア
タスケテ　タスケテ
水ヲ
水ヲ
ドウカ
ドナタカ
オーオーオーオー
オーオーオーオー

天ガ裂ケ
街ガ無クナリ
川ガ
ナガレテヰル
オーオーオーオー
オーオーオーオー

---

夜ガクル
夜ガクル
ヒカラビタ眼（メ）ニ
タダレタ唇ニ
ヒリヒリ灼（ヤ）ケテ
フラフラノ
コノ　メチヤクチヤノ
顔ノ
ニンゲンノウメキ
ニンゲンノ

---

悲歌

濠端（ほりばた）の柳にはや緑さしぐみ
雨靄（あまもや）につつまれて頬笑（ほほゑ）む空の下
水ははつきりと　たたずまひ
私のなかに悲歌をもとめる

すべての別離がさりげなく　とりかはされ
すべての悲痛がさりげなく　ぬぐはれ
祝福がまだ　ほのぼのと向（むか）うに見えてゐるやうに
私は歩み去らう　今こそ消え去つて行きたいのだ
透明のなかに　永遠のかなたに

碑銘

遠き日の石に刻み
　　砂に影おち
崩れ墜（お）つ　天地のまなか
一輪の花の幻

（『定本原民喜全集』第一巻より）



4　戦中往復書簡（抄）

島尾敏雄・ミホ

**男性側の手紙が、一見平静でことば少なくなりがちなのは、なぜだろうか。**

ミホは愛する男がやがて確実に死に向かって旅立つことを知っている。男の死は、二人の愛からは遠い彼方（かなた）の〈戦争〉や〈軍隊〉や〈国家〉によって用意されている。本来それは認知しがたい死なのだが、彼女もまた「神国日本」の忠順な国民の一人なのだった。戦争と軍隊のメカニズムが二人を引き会わせたのである限り、二人にとってその機構は「宿命」として従うよりないものだと考えられている。ミホの置かれた立場は、尊敬する「隊長様」の任務を決して損なうことは考えられず、かつまた愛する男との別離を決して肯（うべな）うこともできない、引き裂かれた状態にある。「ミホ気

当時の島尾敏雄とミホ

述は、彼女の不幸な極限の叫びだ。

いっぽう島尾隊長の側が最も恐れていたのは、彼女が愛と引き代えに彼に任務の放棄を迫ってくることであったに違いない。なぜなら彼自身、ミホと同じように死の義務と愛の欲求との引き裂かれた状態にあるのであって、彼が恐れていることとは、実は彼が懸命に克服しようと努めている隠れた願望だからである。「隊長」という与えられた役割を遂行するために、彼は日ごろから真の自己を抑えつづけてきたに違いない。ところがミホはその「隊長様」としての彼に愛をささげているのである。ここに島尾敏雄のもう一つの不幸な分裂がある。つまり彼女の愛に本心から応えようとすればするほど、いよいよ彼は彼女の抱く「隊長様」のイメージを裏切る言動はできなくなるのである。本心を抑えなければならなくなるのである。

こうして、ミホにとっては混乱をさらけだし泣き叫ぶことが、自分の分裂の表現であるのに対して、島尾敏雄にとっての分裂した自己表現は、感情を殺した「隊長」らしい事務的通信文の体裁に封じ込まれてしまいがちとなる。彼はミホに後を追って死ねともいえず、また忘れて生きろともいえない。軍隊の掟に従いつつ、女の狂乱をただ言葉少なに宥めるしかできないのである。

別の見方をすれば、ここにはひたむきな女の愛の激しさに戸惑いながら、社会的体面を崩すまいとする男性特有の小心さ、狡猾さが混じっていないともいえない。あるいはそれもまた、「隊長」の仮面によって愛されている自分への、怯みとうしろめたさかもしれない。

▼なお、書簡でもわかるように島尾敏雄は奇蹟的に生還する。そしてもはや「隊長」でなくなった

彼は、島の娘ミホと結婚するのであるが、ひたすら「島尾隊長」を愛してしまった彼女との生活がその後どのような試練に立たされるかを、大作『死の棘』（新潮社）で辿ることができる。

## 1　混沌からことばへ

### 5　吃音宣言

武満　徹

**「未分化のふるさとの豊かな歌」（三九・15）とは何か。その具体例（作品化されたものを含む）を思い浮かべて考えてみよう。**

「未分化のふるさとの豊かな歌」とは、生命の初源的な力に満ちたもの、すなわちひとりの人間の最も根源的なものにつらなる歌という意味だが、それは現代では「やわな論理」や「こわばった観念」（三八・8）におおいつくされているという。「人間の発音行為が全身によってなされずに、観念のくちばしによってひょいとなされるようになっ」（三七・5）た現代、「言葉は真の生命のサインとしてではなく、単に他を区別するだけの機能になりさがった」（三八・6）。こうした、観念主導による社会・精神領域双方にわたってのおびただしい分化・専門化が進むなかで、ひとはひとつのことばを自分のものにする喜び、いいかえれば、ことばを知ることによって「〈世界〉につらな」（三九・14）ってゆく喜びから遠ざけられてしまった。現代の「言葉というものが失ってしまった、根本の言語機能」（三八・16）とは、この、ことばを通じて「〈世界〉につらな」ってゆくことなのである。そうして、この「〈世界〉につらな」らなくなったことばが流暢にあやつられ、論理の仮面を付けて、現代の観念の世界を形造っているのである。

それでは、こうした観念の世界から最も遠く、生命力に満ちた世界で歌われる「歌」とはどういうものなのだろう。身近なところに注目して、例えば、こんなものはどうだろう。

むしゃしゃのなかの
しゃしゃむしゃは
むしゃしゃわすれて
しゃしゃむしゃもなし

これは一地方に残る糸ほぐしの歌だが、これを呪文のように唱えると母から祖母へ、そうしてさらにそのまた母へと、時空を超えてこれを伝え続けた、名もない女たちの素朴な息遣いへと私たちの思いは導かれる。歴史の中で最も寡黙だった、だから必然的に最も観念から遠かった層が、繰り返し繰り返しこの単純な歌に心をこめてきた。その心が伝わってくるのであろう。

また、観念から一番遠く、生き生きした世界に遊ぶ子どもたちの世界にも注目したい。子どもたちのことばや遊び歌、絵などである。子どもたちは決して大人の予備軍ではなく、大人とは全く異質の世界に生きている。彼らの生はすべて全身的であり、飽きることのない繰り返しである。二十世紀に入ってこの方、ミロ、クレー、カンディンスキーなどの優れた芸術家たちも一様に子どもの世界に高い評価を与え、かつ、多くの示唆をそこから得てもいる。もちろん、子どもばかりが主人公ではない。例えば画家、ミロはパリやバルセロナの壁に書かれた落書きを愛し、しばしばそれをメモして帰ったといわれる。

このような、脈々と語りつがれる単純な伝承や、子どものことばや遊び歌、大人の落書きなど、いわばある種の片言(かたこと)に生命が宿り、流暢な論理によって形造られる観念からは生命が退散するのはなぜだろう。それは、同じように見えて、しかもひとつとして同じものはないという、生命の本質的性格に基づくのだ。いわゆる大人の世界に埋没すればするほど、同じ顔をして同じことを流暢な論理にのせてしゃべり始め、生命から後退する。

「未分化のふるさとの豊かな歌」とは、ひとりひとりの人間が、自分の最も根源的なものに自らを導こうとする、生命の強烈な欲望の表現として考えられている。この、ひとりがひとりであることにこだわる、換言すれば、常に根源を問い、そこに回帰しようとする筆者の主張は、無個性化を余儀なくされている現代を鋭く批判する。

　個性こそ表現の生命である。武満徹が「もういちどベートーヴェンを!!」（四〇・9）と言っているように、本書も「もういちどモーパッサンへ」戻り、個性的なことばによって「〈世界〉につらな」る道を模索しようとしているのである。

▼時には現代音楽を聴いてみよう。もう古典的作品となってしまった、ストラヴィンスキーの「春の祭典」、ベルクの悲痛な「ヴァイオリン協奏曲」、ヴェーベルンの小品の数々、武満徹の「ノヴェンバー・ステップス」、そして、ジャズ。チック・コリアもいいし、キース・ジャレットなんか、もう最高。

## 6　蠅

吉行淳之介

**作者は、作中の「少年」を指すのに二度だけ「男」という語を使っている。全部「少年」に統一してはいけない理由があるとしたら、それは何だろうか。**

「少女」の「少年」に対して抱く違和感は「蠅」のイメージとなって決定的なものとなるのだが、その違和感の根拠は「男」と書かれるとき明確になる。二箇所にあらわれる「男」という語には、「学生服の男」（五三・11）、「男の制服」（五四・17）というように「制服」という語が付いているのも偶然ではない。「男」の不気味さが黒い「制服」のもつ違和感となって表現されている。それはほとんど理屈を越えた、潜在意識に近いものであるから、論理的に説明することはむつかしいが、この作品全体に流れる感覚的なイメージを追っていけば理解できることである。「少年」と書かれた時は「少女」と対等の位置に立つものであり、「男」と書かれる時には年齢や体格において「少女」よりも上に立つものという心理的な効果が表れると言ってもいい。

二度あらわれる「男」という語のうち、決定的に重要なのは後の方である。この「男」は次の「蠅」のイメージに直結していく。前の「男」は「少女」の心理的なうしろめたさを感覚的に表現していると同時に、二度目に使われる「男」という語への伏線であるとも言える。こうすることによって、いきなり「男」という語があらわれた時の唐突さを防ぐという文章上の技巧が働いている。

なお、作品中を流れる感覚的なイメージとしては、「液体」（同・15、五五・5）という語が二度あらわれて違和感を象徴しているし、さらに「躓く」（五四・11、五五・7）という語も重要な働きをしている。「少女」が何度も「躓く」。それは、少女にとってやはり違和感の無意識的な（ただし作者にとっては意識的な）表現であり、「男」「蠅」と一緒になってこの作品の根幹を成り立たせている。

## 2 感性の輝き

### 7 イグアナ

I・ディネーセン／横山貞子訳

**作者が味わったのと同じような体験を思い出してみよう。その際、作者のいう「不正」とは、なにが不正なのか考えてみよう。**

たとえば、友人の持っている物を欲しくなって手に入れたがすぐに飽きてしまった、といった話が出てきそうである。そしてそれを〈隣の芝生は青く見える〉というような、いわゆる処世訓に結びつけることもできるだろう。その場合だと「不正」とは、自分の領分を越えて欲を出したことということになり、そのような考え方のもとにある道徳は、無欲に暮らすのが無難だという経験的生活道徳ということになる。

　しかし、ディネーセンの立っているのは、どうもそのような場所ではなさそうである。見落としてならないのは、彼女の最も大切にしているのが生活上の利益でも物の価値でもなく、美であるということだ。

　美しいものを手に入れたいと憧れ求めることそのものを彼女は否定していない。ただその行為によって美が破壊され、幻滅を味わうとき、それは美への冒瀆であるばかりでなく、美を求める自分自身への裏切りとなる。それが「不正」なのであり、その判断が拠って立つのは生活上の道徳ではなく、美への憧憬なのである。彼女の美意識の鋭さ、曇りのなさが、われわれにとっての道徳とほとんど同じ重みで彼女を規制するのである。

　また、この文章は、野生の美に満ちたアフリカを蹂躙する文明人への静かな自省を湛えているとも読める。「ある英雄」の「私はすべてを征服した。しかし、私は墓場のただなかに立っている」(五九・16)ということばは、ディネーセンが自分をその寂しい英雄になぞらえた表現でもある。美への感受性が純粋で公平であるからこそ、その自省は静かで深いのだ。

▼「カレン・ブリクセンは完全な敗北者としてケニアを去った。ナイロビの駅に見送りにきた女友達のひとりは、カレンの着ているカーディガンのひじが破れていたこと、しかも本人はそんなことにまったく無関心で、放心状態でいたことを、いたましい思い出として記憶にとどめている。あのおしゃれなカレン・ブリクセン男爵夫人が！」
(横山貞子「ディネーセン・ノート」より)

　文明人がアフリカで犯す「不正」。墓場のただなかに立つ英雄。これらの表現には、コーヒー農園経営に無残に失敗し故郷へ逃げ帰らざるを得なかったディネーセンの、苦い孤独がにじみ出ているのかもしれない。

その屈折が、彼女の文章を単なる物珍しいアフリカ見聞録に留まらせないのだ。そこには未開文明を見下し珍しがる文明人の傲慢さがない。彼女はむしろアフリカに教えられ、鍛えられ、変革されたのである。ディネーセンがアフリカで教えられたことを端的に伝える短文を次に紹介しよう。

キジコ

以前、私は肥えた乗用のラバをもっていて、モリーと名づけていた。キジコというラバの馬丁はまた別の名をつけていた。キジコという。これはスプーンという意味だった。なぜそんな名をつけたのかときくと、馬丁は言った。「それは、スプーンのように見えるからですよ。」どうしてそんなふうに見えるのかと、ラバのまわりを廻(まわ)ってじっくり眺めてみたが、どの角度から見ても、スプーンに似たところはまったく発見できなかった。

しばらくたって、私はキジコをふくむ四頭のラバを荷車につけて走らせていた。高い位置にある駁者(ぎょしゃ)の座席についてみると、ラバたちを上から見おろすことになる。そうしてみてはじめて、私は馬丁の言葉が正しかったことがわかった。キジコの肩はばは異常にせまく、尻のあたりがひどくふっくらしていて、底の側を上向きにして伏せたスプーンにそっくりだった。

仮りに馬丁のカマウと私とが、それぞれキジコの肖像を描くとしたら、二つの絵はまったくちがったものになることだろう。しかし、神と天使たちは、カマウの見かたとおなじようにキジコをとらえるにちがいない。天からきたる者こそすべてのものの上にいますのであり、上から見たものの姿をこそ正しいとするのだから。

(『アフリカの日々』より)

## 8 地獄篇第二十八歌

野間　宏

**「もう来ないでちょうだい。」（六二・5）と江島春枝が言った理由を、本文の表現から想像される範囲で考えてみよう。**

具体的な出来事による理由を想像させようとした問いではない。あくまで本文中に描写された「木原始」の意識の屈折に沿って読み取ってもらいたい。

女性の描写には、汚れのない清純さと同時に、肉感的な淀みがほの見える。そこには清純な愛に憧れながらも、暗い肉欲の衝動に苦しめられている若い男女の罪の意識のようなものが潜んでいる。「もう来ないでちょうだい」という春枝のことばは、そのきっかけとなった直接の出来事は不明ながら、二人の間に潜む肉欲の深淵への怯えと不安を予感させる。

では個々の描写に基づいて検討を加えてみよう。「白い運動服の袖」（六一・4）から投げ出された春枝の「裸の左腕」は健康な肉体美を示し、花瓶を前にして「純白の大型画用紙」に向かい、「緑のパステルを握っている」彼女は、清らかで自然な青春そのものだ。しかし、それを見つめる木原始は「自分で自分の体を扱いかねているような不自由で苦しげな」（六二・4）姿で立ち尽くしている。彼は春枝から「彼女の心の内の炎」（同・11）を見いださずにおれず、その小さな睫毛や肉の付いた唇から「肉体の優しい余剰」（同・13）や「ただよう誘いの輝き」（同・17）を感じずにはおれない。

彼をこんなにそのかし誘惑する肉体を持ちながら、自身はそのことに全く無意識で思いに耽っている春枝に、主人公は一種の拒絶を感じている。彼女はもはや「既に自分のもとから遠く離れ去ってしまった」（六三・1）「近づき難い」存在となっている。

しかし、春枝もまた、自分の肉体の奥底に潜む肉欲の衝動を、静かに抑えているらしい。開かれた彼女の目は「異常に輝き上唇の端が何か肉欲を表すもののようにかすかにゆがん」（同・6）でいる。その自分を罰するかのように、彼女は続いて松の葉の針に、自分の顔を近づける。その針が、「彼女の顔を突き抜け彼女の孤独な魂を突き刺し、同時に彼の孤独な魂のところまでとどく」（同・15）という隠喩（「付録2」参照）は、バラバラに孤立した男女の内面が、共通の苦痛で貫かれる様を視覚的に暗示していて圧巻である。

春枝が自分の肉体を罰するということは、木原始の肉欲が彼女の内面で永久に拒まれることを意味する。その葛藤の苦しみを共有しているだけに彼は孤独な自分を「言い知れぬ痛みと憎悪に貫かれ」（同・14）て一層自覚する。つまり春枝のここでの行為は、「もう来ないでちょうだい」という過去の拒絶のことばをもう一度彼に繰り返した効果をもっているのである。

愛し合っているはずの二人が不和に陥る。そういう場合われわれは普通なら外面的な事件や条件の変化などに原因を求めたくなる。それがこの文章では、青年の内面的な葛藤の問題として描かれている。それもこの男女の性格が特別に変わっているからというのではなく、どうすることもできない自意識の屈折が二人を遠ざけるのである。

このように考えてみると、この文章での作者のねらいと特異な文体の根拠がわかってくる。

人間は、その意識において本質的に孤独な存在なのであり、意識の葛藤や屈折を背負って生きている。目に見える行動や表情の背後には常にそのような重苦しい内面が見え隠れしている。そのように人間をとらえ描き出そうとすることが、作者の文体――目に見える外見の観察が目に見えない内面の洞察と常に結びつけられる文体をもたらすのである。

われわれは感性的な文章と、思考的・論理的な文章とを、別種のもののように考えがちであるが、ここにあるのは、感性が思考と分かちがたく合致した表現である。内面にこだわり、悩み思考することもまた感性を育てる道であることを、われわれは学ぶことができるだろう。

## 2 感性の輝き

### 9 猛獣が飼いたい

森 茉莉

**「おむこさん」**（六六・5）、**「飛び切り上等の男の子」**（同・9）、**動物以上の魅力などもっていない「男」**（同・10）、**と使い分ける作者の感性を探ってみよう。**

「おむこさん」とは「およめさん」の対語だが、余り使われないことばだ。第一、「およめさん」ということば自体が、まだ性差を現実のものとして理解できない女の子の、舌足らずの表現だろう。でなければ結婚ないしは結婚式にともなう、はなやかで儀礼的なことばだ。同様に「男の子」は、成熟した男女関係を仮定したことばではない。それは対象に人格を認めたことばではなく、対象を一種の玩具としてとらえる表現であろう。すなわち筆者、森茉莉は、男女関係において、いわば大人になることから意識的に距離を置こうとしているように思われる。

大人になるとは、お互いに影響し合う抜き差しならない関係を、自覚的、意識的に受け入れてゆくことと言っていいが、そこではどちらももとのままではありえない。男女関係のロマンも絶望もそこにあるのだが、森茉莉という人はそういう世界で大人になることのあれこれに興味をもっていない（あるいは失っている）ように見える。むしろ、さらりとそこを飛び越えた視点で、男と女を、人生を見ている、楽しもうとしている。

世間しらずのお嬢さんのきままな生き方と、これをとらえるとらえ方もあるだろう。だれもが大人にならなければならないというのが世間のありようだとすれば、なるほどそのとおりだ。しかし、不快なものは不快だといい、そんなものとかかずらうことは時間の無駄だと愚図り通す永遠の子どもがいたっていい。だれもが同じように大人になり得ると考え、それ以外の人間のあり方を認めないという世間のあり方も、角度を変えて考えてみると、ずいぶん大人気ない、わがままな人間のとらえ方ではないだろうか。

▼そもそも猛獣ほどに魅力のある「男」などそうそう巡り合うものではないが、彼女は鷗外という「男」と決定的に出会ってしまったのである。結婚も出産も、離婚も経験した人だが、父、鷗外の存在は彼女にとって大きかった。『父の帽子』で文壇にデヴューして以来、いくつもの小説を書いているが、森茉莉は鷗外以外の男性を書いていないといってもいい。これが、彼女の生き方を決定づけていったであろうひとつの要因と思われる。

鷗外の端正な名作の数々を読んでみよう。

## 3 ことばで遊ぶ

### 10 バブリング創世記

筒井康隆

**単調な繰り返しと見える中に、思わぬ楽しい仕掛けがある。気が付いただろうか。**

「ヨシタカ、ヤスタカを生み、ヤスタカ、シンスケを生めり」（七五・2）。

ふむふむ、君はなかなか要領がいい。しかもこの素早い解答探しは試験勉強の達人といっていい。脱帽する。でもね、人生でも読書でも、ゆっくり歩いた方が、時々は道草した方がもっと面白いものが見つかることがあるよ。壮大なこのパロディの中に、ちゃっかり自分の名をはめ込んだこのフレーズだって、すぐ前に、

「トンビ、タカを生み」（同・1）

という仕掛けがあって、その「タカ」から連なってきたものなんだね。ハイ、これで二つ。

設問に「え、どこに?」といって読み直し始めた人たちも、このくらいの時間をおくと、例えば初めからずっと読んできた生真面目な学生が、アレッと首をひねっている。探したかな、でもちょっと自信なさそうにしている。脇からやや度外れた喚声とともに、「コレダ! コレダ!」といっている。あたり!

「タイヤ、クギをふめり」(七三・10)。

設問など無関係に初めからケラケラ笑い続け、やっぱりこれが一番のケッサクだね。

「タイヤ……」を見つけてさらに笑いころげた人は現代ジャズ界の天才児、山下洋輔と同じくらいのセンスをもっている。文字通り脱帽(前のは皮肉)。

え、まだあるって。ううん、筑摩書房の編集部まで御一報を。

▼筒井康隆はその著『乱調文学大辞典』の「自序」で、

本当のような嘘なのか、嘘のような本当なのかわからない方が面白い。

という。後出の井上ひさし(文例39参照)はひたすら「馬鹿馬鹿しいもの」を書きたいという趣旨の発言をよくする。この二人は、「本当」ばかりを、「まじめ」ばかりを、重箱の隅をつつくような丹念さと偏執的エネルギーで書き続けてきた、日本の近代文学の重苦しい現実に、派手な風穴を開けに来た風雲児だ。

▼ことばのリズムと響きが絶え間なく自己増殖を繰り返して壮大なノンセンスの世界が展開された、この稀有の傑作の第二章、第三章も楽しんでもらいたい(第四章、第五章は残念ながら省略)。

第二章

ドンタカタはドンドコドンの子なり。ドンタカタ、ドカタンタンを生みしのちドンタッタを生めり。ドンタッタ、ドンチャカチャとドンチャカチャカを生み、ドンチャカチャ、ドゥンチャカチャを生み、ドゥンチャカ、ズンチャカチャとウンチャッチャとブンチャッチャを生む。ブンチャッチャ、ブンチャカチャカを生みしのち三百八十二年生きながらえて多くの子を生めり。ドゥンチャカチャの子ズンチャカチャ、ズンチキチを生み、ズンチキチ、コンチキチを生み、コンチキチ、コンチキチキとコンコンチキチキを生めり。コンチキチの子コンコンチキチキ、コンコンチキチコンチキチを生み、コンコンチキチコンチキチ、コンを生み、コン、コンコンとココンコンを生む。コンの子ココンコン、カンカンとカカンサンを生めり。ココンコンの子カカンカン、カンカカを生み、カンカン、カンカカカを生み、カンカカカ、カンカカカカとカカカを生めり。カンカカカカの子カカカ、フカカカを生み、フカカカ、フカフカを生み、フカフカ、フカフカフカとフカカフカカを生めり。フカフカの子フカフカフカ、フクフクとフクフククを生む。フクフク、ブクブクを生み、ブクブク、ズクズクを生み、ズクズク、スクスクを生み、スクスク、ヌクヌクを生み、ヌクヌク、ムクムクを生み、ムクムク、モクモクを生み、モクモク、ゴクゴクを生み、ゴクゴク、ゾクゾクを生み、ゾクゾク、ザクザクを生み、ザクザク、ダクダクとスキヤキを生めり。ザクザクの子ダクダク、パクパクを生み、パクパク、プクプクを生み、プクプク、クプクプとポクポクを生む。プクプクの子ポクポク、ボクボクを生み、ボクボク、ボキボキを生み、ボキボキ、ポキポキを生み、ポキポキ、ポンキッキを生み、ポンキッキ、ポンキポンキを生み、ポンキポンキ、タンキポンキを生み、タンキポンキ、タンコロリンを生み、タンコロリン、トンコロリとイボコロリを生めり。タンコロリンの子トンコロリ、コロリを生み、コロリ、コロコロを生み、コロコロ、コンコロを生み、コンコロ、カンコロを生み、カンコロ、カランコロンを生み、カランコロン、ガランゴロンを生み、ガランゴロン、ガランガランとゴロンゴロンを生めり。ガランゴロンの子ガランガラン、カランカランを生み、カランカラン、ウランとスランとソランとチャランポランを生めり。カランカランの子チャランポラン、チャランチャランを生み、チャランチャラン、チャンチャラを生み、チャンチャラ、アチャラカを生み、アチャラカ、スチャラカとコチャラカを生む。アチャラカの子スチャラカ、スチャラカチャを生み、スチャラカチャ、スチャラカチャンを生み、スチャラカチャン、スチャラカチャンチャンを生み、スチャラカチャンチャン、チャンバラを生み、チャンバラ、チャンチャンバラバラを生み、チャンチャンバラバラ、スナホコリを生み、スナホコリ、死体を生む。

## 第三章

シュビドゥンドゥンはシュビドゥバの子なり。シュビドゥンドゥン、ズビドゥンドゥンを生みしのちシュビドゥンパとウンシュビドゥンを生めり。シュビドゥンドゥンドゥンの子シュビドゥンパ、ドゥンパラドゥンドゥンを生み、ドゥンパラドゥンドゥン、ドゥンパラドゥンパラを生み、ドゥンパラドゥンパラ、パラドゥンパラドゥンを生み、パラドゥンパラドゥン、パラドゥンパを生み、パラドゥンパ、パラドゥンヤを生み、パラドゥンヤ、パラドゥヤを生み、パラドゥヤ、パドゥヤを生み、パドゥヤ、ドゥヤーを生み、ドゥヤー、ドゥーアーを生み、ドゥーアー、ドゥーワーを生み、ドゥーワー、ドゥッドゥワーを生み、ドゥッドゥワー、ドッドッドッ

ドッドッとワーを生めり。ドゥッドゥワーの子ワー、シュワーを生み、シュワー、ショワーを生み、ショワー、ジョワーを生み、ジョワー、ジョワジョワを生み、ジョワジョワ、ジョロジョロを生み、ジョロジョロ、ジョンジョロリンを生み、ジョンジョロリン、ギョンギョロリンを生む。ギョンギョロリン、ギョロギョロンを生みしのち百二十一年生きながらえて多くの子を生めり。ギョンギョロリンの子ギョロギョロン、ギャロギャロンを生み、ギャロギャロン、ギャロギャロリンカリコレラを生み、ギャロギャロリンカリコレラ、ギャロギャロリンカリカリコレラを生み、ギャロギャロリンカリカリコレラ、カリカリコレラカリコレラを生み、カリカリコレラカリコレラ、カリコレカリコレを生み、カリコレカリコレ、カリコカリコを生み、カリコカリコ、カリコキョリキョリを生み、カリコキョリキョリ、キョリキョリとキョリキョリキョリを生めり。カリコキョリキョリの子キョリキョリキョリ、ギョリギョリギョリを生み、ギョリギョリギョリ、ギョリグリギョリギョリを生み、ギョリグリギョリ、グリギョリギョリを生み、グリギョリギョリ、グリグリギョリを生み、グリグリギョリ、グリグリを生み、グリグリ、グリグリグリとガリグリを生めり。グリグリの子ガリグリ、ガリグリゴリを生み、ガリグリゴリ、ガリグリゴレを生み、ガリグリゴレ、ガリグリゴレギャラギャラを生み、ガリグリゴレギャラギャラ、グリギャラを生み、グリギャラ、グリギャバを生み、グリギャバ、グリギャバギャバとギャバギャバを生めり。ギャバギャバはグリギャバの子なり。ギャバギャバ、グギギャバとグギャバグギャバを生み、グギャバグギャバ、グギャグギャを生み、グギャグギャ、グギャを生み、グギャ、ギャを生み、ギャ、ギャーとギャートルズとギャゴンを生む。ギャの子ギャゴン、ギャゴンギャゴンを生み、ギャゴンギャゴン、ギャゴンゴンゴンを生み、ギャゴンゴン、ギャゴンゴンゴンギャゴを生み、ギャゴンゴンゴンギャゴ、ギャゴンゴンギャゴギャゴを生み、ギャゴンゴンギャゴギャゴ、ギャギャゴギャギャゴとギャゴゴギャゴゴを生めり。ギャゴンゴンギャゴギャゴの子ギャギャゴギャギャゴ、ギャギョギョを生み、ギャギョギョ、ギョとギョギョとギョギョとギョギョギョノギョとギャギョギョギョギャギョギョを生む。ギャギョギョギョギャギョギョ、ギャギョギョジョジャジョジョを生み、ギャギョギョジョジャジョジョ、ギョジャジョギョジャジョジョを生み、ギョジャジョギョジャジョジョ、ジョジャジョジャジョジャガジャガを生み、ジョジャジョジャジョジャガジャガ、ジャガラジャガラを生み、ジャガラジャガラ、ジャラジャラを生み、ジャラジャラ、チンジャラジャラとジャラメシャを生めり。ジャラ

ジャラの子ジャラメシャ、ハラメシャとウラメシャとイチゼンメシャとゲイシャを生み、ハラメシャ、ドシャメシャを生み、ドシャメシャ、ドシャラメシャラを生み、ドシャラメシャラ、ドンシャラメシャを生み、ドンシャラメシャ、シャラメシャを生み、シャラメシャ、メシャメシャを生み、メシャメシャ、メチャメチャを生み、メチャメチャ、メチャクチャを生み、メチャクチャ、メチャラクチャラを生み、メチャラクチャラ、メッチャラクッチャカを生み、メッチャラクッチャカ、ヒッチャカメッチャカを生み、ヒッチャカメッチャカ、ハチャメチャを生み、ハチャメチャ、ハチャハチャとハチャカバを生めり。ハチャメチャの子ハチャハチャ、ハチャラホチャラを生み、ハチャラホチャラ、ハチャラホチャテを生み、ハチャラホチャテ、ハラホテを生み、ハラホテ、ハラホテタを生み、ハラホテタ、ハラリホテタとハラホリホレホタを生み、

ハラホリホレホタ、ハラホレホタを生み、ハラホレホタ、ハラリホラテタとホラリホラテタを生む。ハラリホラテタ、ハロヘトタを生み、ハロヘトタ、ヘロヘトタとヘロヘトヘを生み、ヘロヘトヘ、ヘロヘロを生み、ヘロヘロ、ヘロホを生み、ヘロホ、ヘロホヘロホを生み、ヘロホヘロホ、ヘロホイニトハを生み、ヘロホイニトハ、ヘロホヘニトハとヘロイホノヘハを生めり。ヘロホイニトハの子ヘロイホノヘハ、ヘニイホロヘハを生み、ヘニイホロヘハ、トニイホロヘハを生み、トニイホロヘハ、ニトホロヘハを生み、ニトホロヘハ、ニホロヘハを生み、ニホロヘハ、ホロヘハを生み、ホロヘハ、ホヘハを生み、ホヘハ、ヘハを生み、ヘハ、ヘモハを生み、ヘモハ、ヘモハモハを生み、ヘモハモハ、ヘモハハモハハを生み、ヘモハハモハハ、モハハモハハを生み、モハハモハハ、モカハモハを生み、モカハモハ、モケハモハを生み、モケハモハ、

モケモケハモハモケハモハを生み、モケモケハモハモケハモハ、モケを生み、モケ、モケモケを生み、モケモケ、モケモケモケを生み、モケモケモケ、モケケモケケとオケケモケケを生めり。モケモケモケの子モケケモケケ、モケカモケカを生み、モケカモケカ、モケカモカを生み、モケカモカ、コケカモカを生み、コケカモカ、コケカを生み、コケカ、コケコとコケカキイキイを生む。コケカの子コケコ、コケコッコとコッコッコッを生み、コケコッコ、オンドリを生み、オンドリ、メンドリとヨリドリミドリとイケドリとワタシャウキヨノワタリドリを生み、メンドリ、タマゴを生み、タマゴ、メンドリを生む。そのメンドリ、タマゴを生み、タマゴ、メンドリを生み、メンドリ、タマゴを生む。そのタマゴ、メンドリを生み、メンドリ、タマゴを生み……。

▼『不思議の国のアリス』や『鏡の国のアリス』の生みの親、ルイス・キャロルの仕事が、イギリスのみならず全世界の文学にどれほど大きな可能性を示唆したか、示唆し続けているか。ことばの因習的、論理的センスにノンを宣言する（これを「ノンセンス」という）者の系譜が、今日、日本にも確実に育ちつつある。大変いいことだ。音楽の世界ではビートルズも忘れられない。ことばにこだわり、ことばを遊ばせながら、おそらくミュージシャンの達する最高の高処（たかみ）に立った、「アビイ・ロード」のB面を聴いてください。楽しいです。同時に、こんな悲しい音楽もあまりない。

## 3 ことばで遊ぶ

### 11 さようなら、ギャングたち

高橋源一郎

**正反対の意味に受け取ったほうが事実に近いと思われる語がたくさんある。実際に本文中のそれらの語を反対語に書き換えてみて、本文と比較してみよう。**

一読すると言葉遊びだけの文章のようだが、これはかなり食わせものの文章であるということを注意しておこう。だから慎重に、よく味わって口へ入れてみることだ。

本文から該当する（と思われる）語を、その語の「事実に近いと思われる」反対語に、順に置き換えてみる。

偉大な↓貧弱な　生命と繁栄↓死と衰弱　至福↓苦痛　パラダイス↓地獄　幻影↓現実　雄々しく↓やけくそに　歓喜↓絶望　「至福千年」↓「無間（むげん）地獄」　ゆっくりと↓たちまち

これに基づいて本文を書き換えると、次のようになる。

そしてわたしは貧弱な鉄工所でも働いた。

貧弱な鉄工所においては「耳栓」こそが死と

衰弱のシンボルだった。

（中略）

貧弱な鉄工所の中で「耳栓」をはずした者は必ず苦痛に充ちた地獄の現実を見ると言われている。

一年に平均五・四人が、貧弱な鉄工所との雇用契約書の特記事項「就業中『耳栓』ヲ外シタル被雇用者ニ於テハ労働災害保障ノ適用ヲ除ク。」に訣別し、やけくそに「耳栓」をとる。

そうして貧弱な鉄工所の作業員は絶望の表情をうかべながら「無間地獄」の中へたちまち入ってゆくのだった。（文例αとする）

こうしてみると、あまりに平明で当たり前な内容であることが、あっけないほどだ。しかし、これがいうなれば主人公の体験の記述の原型なのである。中略部分を除けば、文例αは一般的な作文とほとんど大差のない文章だということができる。いいかえればこれでも充分通用する文章のはずだ。この文章がどのような意図で文例本文のように変貌したかという疑問の答えは、おそらくなぜ作者が文例αのままで満足できないのかという理由と同じはずである。

文例αでは、苦痛に充ちた過去の記憶への呪詛が平明に当たり前に述べられるだけだ。主人公はかつて自分の勤めた職場を嫌悪を込めて書き棄てた——それだけのことになる。

その場合、作者はかつての劣悪な条件の職場への呪詛を述べれば述べるほど、逆に現在の自分の到達した、あるいは到達することを夢見ている対照的な優雅で文化的な職業（たとえば作家）へのよろこびを物語ることになる。つまり文例αの形容は〈劣悪↔優秀〉〈下等↔高等〉の二分極の価値観を信じる者によってしか書かれることはないのだ。いわば、これは「成り上がり」志向の人間の文章なのである。

作者は少なくとも、このセンスには一顧だに与えていないといってよい。

次に、何度も繰り返されるキーワード「偉大な鉄工所」だけを復元してみる。

そしてわたしは偉大な鉄工所でも働いた。

偉大な鉄工所においては「耳栓」こそが死と衰弱のシンボルだった。

（中略）

偉大な鉄工所の中で「耳栓」をはずした者は必ず苦痛に充ちた地獄の現実を見ると言われている。

一年に平均五・四人が、偉大な鉄工所との雇用契約書の特記事項「就業中『耳栓』ヲ外シタル被雇用者ニ於テハ労働災害保障ノ適用ヲ除ク。」に訣別し、やけくそに「耳栓」をとる。

そうして偉大な鉄工所の作業員は絶望の表情をうかべながら「無間地獄」の中へたちまち入ってゆくのだった。（文例βとする）

これだけでも充分に水準以上の工夫がこらされた文章ということができる。

この文例βの場合、「偉大な」という形容は、他のすべての悪条件を指す形容ときびしく対立し、アイロニー（皮肉・反語）の意味を帯びることになる。つまり「偉大な」という語は鉄工所の労働条件の劣悪さへの強い抗議、反語的な怒りの表明となる。すなわち文例β全体が、作者が鉄工労働者の立場から、工場の使用者・経営者を糾弾し告発する目的意識を帯びてくる。

文例βでは作者は鉄工労働者であった過去を恥じてはいない。どんなひどい条件で働いていたかの形容は、かつての自分が被害者であったことを訴える雄弁さにすぎない。そこには労働者の側から鉄工所の経営者に向けられた倫理（正義感）が表れている。

文学史上「プロレタリア文学」と呼ばれる労働者文学の運動があった。その文学の到達した表現は、おおむねここまでだったということができる。

しかし、このセンスもまた、作者からソッポを向かれている。

さて、こうして本文に還ってみると、この作者は、鉄工所での体験を描くことで、かつて苦労した下積み時代の試練を物語っているのでもなければ、町の鉄工所の劣悪な労働条件を憤り皮肉っているのでもない。つまりこの作品は、苦難を乗り越える人生論からも、労働現場の実態に根ざす倫理観からも、遠く離れたところで書かれているのだ。

この作品の特徴的な技法は「反語」である。「反語」とは敵対者に向けて意識的に逆の表現を用いる方法でもある（文例32「反語的精神」、及びその文例に関する「表現への扉」の解説文を参考のこと）。

作者がここで反語を用いているとして、その敵対者（物）とは、貧しく苦しかった彼の過去でも、彼をコキ使った工場の主人でもない。むしろ、そのような通俗的センスで文章を読もうと待ち受けているすべての読者の感性こそが、作者にとって敵なのだ。

過去の事実をある目的意識に沿って述べることそのものを、そのように文章を読み書きする日本語の感性そのものを、作者は否定しているのだ。ひとことでいえば、この文章は、語ることの目的を解体させられた文章なのである。反対語の充満は、擬音語のすさまじい爆発と同じく、日本語文の習俗の重圧から作者を解放する知的なゲームであり、そのゲームに興ずることがこの文章に許された唯一の仮の目的なのである。

ここには日本語に対する反逆がある。というより通俗な感性への挑戦がある。これは日本人的日本文の重さ、堅苦しさ、形式臭さから言葉の自由を取り戻そうとする真剣な遊びなのである。

3 ことばで遊ぶ

## 12 姉への手紙

モーツァルト／高橋英郎訳

**友人モーツァルト君に、手紙を書いてみよう。**

拝復。

私はヴォルフガングの旧友にしてお目付け役、はたまた父上になり代はる保護者であり、かつまた懺悔の聴問僧でもあるブルリンガー神父と申す者であります。せつかくのお手紙を頂戴致しましたるところ、折り悪しくヴォルフガングは未だ父上とともにイタリア旅行中のゆゑ、止むを得ず、代はつての御返事を母上より仰せつかつた次第であります。

　さて愉快なお手紙ありがたう存じます。ヴォルフガングが読んだら、さぞやあの甲高い声を立て、笑ひ転げたことでござりませう。ヴォルフガングは普段から何か少しでも面白い思ひ付きがありますと、もう何もかも忘れて無我夢中になる子でありまして、貴殿の手紙を目にしましたら、たちまちその何十倍もの精力をかけて御返事を書くことでござりませう。何事につけ工夫に工夫を重ね、洒落に洒落を重ね、いたづらにいたづらを重ねて楽しまずにをられないのが彼の性分でありまして、愚僧の考へまするに、彼のあの素晴らしい作曲の数々も、元をたゞせばこの留まることを知らぬ遊び心より出たものではないかと思はれます。人は作曲家と申しますと、むつかしい顔をしてピアノに向かつてゐるやうな人物を思ひ浮かべるかもしれませぬが、ヴォルフガングはさやうなことはござりませなんだ。どんな音楽を書くときでも――たとへ深刻で悲しく聞こえる音楽でさへ――鼻歌混じりに、机をトントンと叩きながら、いかにも楽しさうに書いてをりました。「油のやうになめらかな曲を作りたい」とよく彼は申してをります。また「どんな素人でも、どんな専門家でも楽しませられる曲を書きたい」とも申してをりました。その秘訣はと申しますれば、実は彼自身が作曲を楽しむことにあるのではなからうか、とかやうに推察する次第であります。

　ビリヤアド台の上に五線譜を置き玉を突きながら書いてゐたこともござりますし、鏡を置いて逆様に楽譜を書いたこともござりますし、馬にまたがりながら書いたこともござります（これは嘘でございます）。とにかく遊ぶといふこと、楽しむといふことを、不真面目と人は考へがちなものでございますが、大間違ひでございます。楽しいことは人に愛されます。遊びこそはあらゆる芸術の基盤なのであります。

　かの大バッハ先生の家訓にも確か次のやうな文句があったと記憶してをります。最後にこれを僭越ながらお教へして筆を措きたいと存じます。御多幸をお祈り致します。アーメン。

**【原文音読】**

　ターケリッヒ　ビッテ　ドモナランゲン。イッヒ　アイネン　コルネン　ゴッホドッホ　ビッテ、シュヴァルツトッキョキョカキョク　ギッヒ（注）。ウソバッテン　クライネ　ナハトムジーク　ヤメルネン。

　（注）舌を噛む音声

**【訳】**

　遊びをせむとや生まれけん。凝ることは誠実である。仰げば尊しいざさらば。

3　ことばで遊ぶ

## 13　とぜんそう

別役　実

**学術書を装うために、筆者はどのような工夫をしているか。また、楽しませる「うそ」としてどんな工夫をしているか。**

　主観を表面に出さず、客観的で説明的な文体を用いている。学術論文の文体である。その上、実在の人名や地名などをところどころに出すことで客観性を強調し、真実らしさを出している。

　楽しませる「うそ」として、「幻覚剤の専門医」（八三・10）や「和歌山県の農業試験場」（八四・12）など、その道の権威や公的機関を出してきて（権威を傍証として引用して）、学術論文で多く行われる手口を風刺している。文中に多く見られる「に言わせると」とか「ということである」のような、逃げ道を準備する語句も同様である。さらに、「苦しくなってくるなあ」(八三・17)といった教室でのだれにも覚えのある古文現代語訳の口調、「感涙にむせぶ」(八四・10)といった大げさな表現、「厚生省がまだ『ウン』と言わない」(同・15)といった突然の軽い口調などで読者を楽しませながら、筆者自身も楽しんでいる。

## 4 もう一人の自分

### 14 もしかして

三善 晃

「私が、祖母を憎んでいただろうか。」(九三・4)とあるが、筆者はなぜ「私は」とせずに、「私が」としたのだろう。

ひとつの単語、ひとつのことばが想像もつかない重要な役目を担わされていることがある。設問は「は」と「が」というひとつの助詞の選択を問題にした。三善晃が「は」ではなく「が」を用いたのには意味がある。

この文脈では「私」以外が殺意について問題になることはあり得ないにもかかわらず、筆者はあえて殺意の主体を問うたのである。彼の問題意識は憎んでいたか否かには向かっていない。もしそうなら「私は」と書くはずだ。彼は主体を問題にしたかった。「だれが」憎んだかを問うたのだ。主体そのものがその同じ主体によって問われなければならないような、いわば危うい生のありようについて問題提起をしたかったのだ。

行為にすべて動機があるとすれば、あるいは動機が必要ならば、祖母への憎悪が殺意を論理立てるだろう。しかし実際に行為に進んでしまった主体があり、しかもその主体が憎しみを承認していないこの出来事を、どう解釈したらいいのか。

「もしか」の不安が私を追いつめる、「もしか」を果たすことだけが、その、のっぴきならない苦しみから私を解放するだろう、という具

合に。（九一・10）

人間の内面にひそむ名付け難い衝動が、解放を求めて人をあらぬ方向へ押す。

確かにすべての行為を名付け、この世の因果律にあてはめるのが日常の論理であり、またそうでなければ私たちの社会の存立基盤は崩れてしまうだろう。しかし、そういう論理とは無縁の衝動が人間にはつきまとう。それもまた事実なのだ。そして人はそうした衝動が思いのほか頻発することに悩まされるのではないか。実際、この名付け難い衝動は、魔が差すとか、心の亀裂などといって否定的に扱うべきものではなく、人間の精神を構成する重大な要素として受け入れてゆく視点が必要らしいのだ。

日常の論理の中にひそむ非日常（＝衝動）に気付くこと、それを意識化することは人間の精神活動を理解する入口にあたるのだ。

▼主格の格助詞「が」は、動作・状態とその主体との関係が問題にされる。それに対して係助詞「は」は、その多くが既に明確な主体をうけ、それについての解決、説明を求める性質をもっている。いわば動作、状態が関心の主たる対象といってもいい。

たとえば「花が咲く」と「花は咲く」について言えば、前者は咲く主体が主たる関心であるのに対し、後者は動作・状態の方に叙述の力点がある。

## 4　もう一人の自分

### 15　日本人の悲劇

金子光晴

「僕のながい生涯で、この瞬間ほどはっきりと日本人をみたことはなかったのです。」（九七・8）とあるが、この「日本人」という語は、単純な、辞書に載っている「日本人」とは少し違った内容を含んでいる。それを説明してみよう。

まず、直前の「はっきりと」という副詞に注目してほしい。これによって「僕」の見た「日本人」はぼんやり見ていたら見えない、時には見過ごしていた「日本人」であることがわかる。ここに使われている「日本人」は「日本人の正体、本性」「外国人から見られているであろう日本人の欠点、みにくさ」の意である。これは、日本国内にいる日本人には見えない日本人の姿であり、筆者の心理に沿って言えば、筆者自身が忘れたがっている姿であり、自分の自己嫌悪や劣等感を反映している姿である。

　筆者は長年ヨーロッパ人の間で暮らしているうちに、そのような自分の劣等感や自己嫌悪の心を無意識のうちに忘れようとしていたのであるが、今目の前にあまりにもありのままの、飾ることを知らない日本人、自分のみにくさに気づいてもいない日本人の姿を見せつけられて、ハッとした。それは自分自身の発見であったからである。

▼このロンドンでの経験のあと、金子光晴の日本人を見る目は曇りないものとなっていく。戦争中の「日本精神」とか「大和魂」といった言葉にもだまされない。彼は生涯、日本人への愛と反発を胸に抱きつづける。たとえば日本人への愛はこんな風に屈折した形でうたわれる。

> いつからか幕があいて
> 僕が生きはじめてゐた。
> 僕の頭上には空があり
> 青瓜(あをうり)よりも青かつた。
>
> ここを日本だとしらぬ前から
> やぶれ障子が立つてゐて
> 日本人の父と母とが
> しよんぼり畳に坐(すわ)つてゐた。
>
> 茗荷(めうが)の子や、蕗(ふき)のたうがにほふ。
> 匂(にほ)ひはくまなくくぐり入り
> いちばん遠い、いちばん仄(ほの)かな
> 記憶を僕らにつれもどす。

> おもへば、生きつづけたものだ。
> もはやだいたいわかりきつた
> おなじやうな明日ばかりで
> 大それた過ちも起りさうもない。
>
> いつのまにか、僕にも妻子がゐて
> 友人、知人、若干にかこまれ
> どこの港をすぎたのかも
> 気にとめぬうちに、月日がすぎた。
>
> そのうち、はこばれてきたところが
> こんな寂しい日本国だつた。
> はりまぜの汚れ屏風に囲はれて
> 僕は一人、焼跡で眼をさました。
>
> （『人間の悲劇』より）

虚勢をはってみたところで、本当は寂しく貧しい日本の社会を見つめていた金子光晴の精神が、結局は大きな政治の力に押し流されて行きついたところが敗戦であった。その民衆の位置から見つめる目は、ユーモラスで、悲しい。ロンドンでの経験からこの軽妙を装った語り口へ到達するまでには単なる文章技法を超えた、複雑で困難を極めた、憤りと絶望の人生経験があったことが想像される。金子光晴の、その間の内面を吐露した散文作品としては『詩人』『絶望の精神史』など、自伝的作品がある。一読をすすめたい。

## 4 もう一人の自分

### 16 傷逝

魯迅／竹内好訳

「思わず映画で見た通りをやってしまった。」（一〇一・2）と言いながら、それについては、あまり詳しく述べていない。なぜだろうか。

たしかにその状況は「私が涙をうかべて彼女の

手をにぎり、片足をひざまずいて」（二〇一・5）とだけしか書かれていない。あとは「……」で省略してある。「映画で見た通り」とは、陳腐な、ありふれたやり方を意味する。きっかけさえ与えられれば読者が容易にその場の状況を想像できることを、作者は知っている。したがってその導入にあたる部分だけを「私が涙をうかべ」云々と示すにとどめて、あとは読者にまかせたのである。

これ以上書いてもいいが、どうせ無駄だからやめた、といった軽い選択の結果ではない。これ以上書くことは、文章作法上、害があるのだ。なぜなら、作者は「私」と「彼女」の愛の一場面をこそ書きたいのである。一般的な愛の場面を長々と読者の前に展開したら、本当に伝えたいことがどこかへ失われてしまうだろう。文章を書く者は、常に今自分の書いている言葉が読者に対してどのような働きをするか——常に自分を読者の立場へ立たせながら、その効果を計量してみるという心がまえが必要である。わかり切ったことを長々と書かれたのでは、読者は退屈してしまう。また逆に、自分がわかっているために言葉が不足して客観的に事実が伝わらないような場合には、読者の心は離れていってしまう。

この魯迅の作品の場合、「映画で見た通り」というのを「……」で省略したために、そのあとの、「私」と「彼女」の個別的な愛の場面が生き生きとあたたかく描かれ、それが読者の心に強く印象づけられることになる。

叙述を控えること、それも文章表現の大切な技巧の一つである。

▼「もう一人の自分」ということに関連して少し補足しておこう。この作品は小説であるが、「私」の語りの形式をとっている。「彼女」との恋愛を経て愛の日々を送っている「私」と、その「私」を外から観察するように眺める（思い出す）「私」（語り手）との二重の構造になっている。この構造によって、「私」のてれくさいような気持ち、いいかえれば自意識の表現が可能になる。「私」

の、節度ある戯画化によって読者はほほえみを誘われるのである。

## 4 もう一人の自分

### 17 人形嫌い

吉原幸子

「男の子」の遊び道具（ビー玉、ベーゴマ、ローセキなど）と、「女の子」が遊ぶ人形との大きな相違はどこにあるのだろうか。

従来、フェティシズムはいろんな分野（宗教学、経済学、心理学）で、いろんな意味（呪物崇拝、物神崇拝、節片淫乱症（せっぺんいんらんしょう））で使われてきた。吉原幸子はそれを「特定のものに対するこだわりや愛着」（二〇六・7）と、ひとまず単純に概念を規定し、男女のフェティシズムの違いを、ビー玉などの遊び道具と人形に分けて浮き彫りにしている。それを簡単にまとめてみよう。

強いベーゴマ、相手のそれを跳ね飛ばす力強いビー玉など、「男の子」の宝物を検討すると、そこにゲーム、ないしはゲームのようなものという共通項が取り出せる。ローセキもまた、形、色合い、機能において友のそれと競うものである。だから彼ら「男の子」の世界においては、大まかにいって他人と勝負を決する能力のより高いものが、道具として、より値打ちがある。それに対して「女の子」の人形は、ゲーム的要素は皆無である。ゲームは常に他人を必要とするが、人形遊びに他人は不要だ。むしろ邪魔だといってもいい。「女の子」は他人が全くいない世界で、人形に語りかけ、笑いかけ、たしなめ、おしおきをする。それは「女の子」の側から一方的につくられる関係で、当然、一方的にこわしうる関係だ。「女の子」はそこに自分の感情のすべてを投影し、濃密な自分の世界をつくりだしている。

「男の子」にとって、ビー玉などはあくまで、他との関係をつくる上での道具（もの）としてとどまる。だが、「女の子」にとって人形は、いわば人間関係のミニチュアとしてあるのだ。

▼『ミスターエロチスト』の主張「フェティシズムはマゾヒズムと切っても切れない関係にある」(一〇六・3)は、吉原幸子がそれに反論し、フェティシズムが「サディスティックな面をももち得る」(同・9)と自説を提起するために紹介されたものと考えればいい。梶山季之(かじやまとしゆき)自身はこう書いている。

> 学者によっては、フェティシズムと、マゾヒズムを同一視する者がある。フェチは異性の身体に付属する衣服類を、性欲充足の対象とする。そして、マゾヒストの多くは、異性の足と靴による加虐を期待するからである。私の場合がそうであった……。



18

# 手

**大岡昇平**

**「上膊部」(一〇九・1)「環形動物」(同・11)など学術的用語の使用をはじめとする作者の表現の特徴と、その目的を考えてみよう。**

作者の表現の特徴をまとめてみると、理知的な簡潔さ、即物的なまでの客観性を指摘できる。具体的には、まずセンテンスが短い。次に「そうして」や「そこで」「ところが」といった接続詞による文のつながりがほとんど見られない(段落の冒頭の大部分が名詞か代名詞で始まっている)。そして、用いられる語から、感情や主観の濃い表現ができる限り排除されていて、設問にも挙げた学術用語に近いような論理的で、精密・明瞭な言葉が注意深く選ばれている。

このような文体は、いわゆる小説・物語的な、滑らかに読者の感情に訴えかけていく表現を意識的に拒んででき上がっているといえる。つまり、ある出来事を劇的な起伏をもったドラマとして小説らしい小説（いいかえれば〝おはなし〟）に仕立て上げるのではなく、主人公の置かれた状況を、できる限り客観的に再現し、冷静緻密に検証しようとする意志が強く働いている表現なのである。

文例に立ち入って、別の観点から考えてみよう。主人公は人肉を食べようとするところにまで精神的にも肉体的にも追いつめられている。それは平常の感情や思考がもはやスリ減らされてしまった極限の状態であって、その意味では感情が凍りついてしまったような冷酷な文体が似つかわしいことになる。本文の終わりがけに「私が彼に『許された』部分から始めたところに、私の感傷の名残を認める」（二一〇・14）という記述がある。これはいいかえれば、このときの「感傷」だけが主人公に残された唯一の人間らしい感情であり、すでに「人間の世界に帰る望みを自分に禁じていた」（同・2）主人公は恐怖も悲しみも一切の感情が枯渇し果てた状態であったことを物語る表現である。そのような精神状況を再現するために、この作品の文体は周到に練られているといわねばならない。

さらにもう一つ、今度は作品のテーマとの関わりで考えてみよう。本文の最後で死体を切り取ろうとして「剣を持った私の右の手首を、左の手が握」（二一一・1）るという「変なこと」が起こる。これを主人公の潜在的な良心の働きと見るべきだろうか。実は、前半部分における死体の腕の描写に「十字架上のイエスの、懸垂によって緊張した腕を思い出した」（二〇九・3）という気になる記述がある。それを考え合わせてみると、明らかに書かれていないまでも、自分の意志に反して左手が右手を制止するというこの「変なこと」とは、〈神〉による制止なのではあるまいかという想像が浮かんでくる。少なくともそう考えることが十分可能であるように作品は書かれているのである。

その可能性に立ってみると、この文章は、〈神〉の出現かもしれない「変なこと」が実際に起こったという、読者に納得させ信じさせることがずいぶん困難な内容を書こうとしていることになる。その「変なこと」が現実味を持つためには、それが決して錯乱や幻覚でないことを保証しなければならない。主観の排除された理知の極みのような文体は、その現実味を保証する方法でもあるのだ。

▼このように考えてみると、文体というものがどういうものかを学ぶことができる。文体は単なる文章の個性的な調子や味付けではない。それは、作者が書こうとすることを実現するために、不可欠な方法として選ばれた様式であり、いってみれば作戦を成功させるための戦術なのである。つまり文体は、作者のもくろみを映し出す鏡なのだ。

文体がもし個性的だとすれば、それは作者が変わり者だからなのではなく、作者が書こうと追求するテーマ、作品に込めた抱負が個性的だからなのだ。逆にいえば、人間的にどんなユニークな人物でも、書こうとすることが平凡な内容、ありきたりの主張、安易な姿勢であれば、文章もまた本当に個性的なスタイルを持つことはできない。個性的な文章を書きたいのに身に着かないという人は、そのへんをよく考えてみるといいだろう。

## 5 見ること・見えること

### 19 花嫁

石垣りん

**「ゆたかでない人間の喜びのゆたかさが湯気の中で、むこう向きにうなじをたれている」(二一七・12)と筆者はいう。見ず知らずの女性の後ろ姿に筆者は何を見たのだろうか。**

このエッセイで、見ず知らずの女性がどのように描写されているかを追ってみよう。

まず、舞台となっている「公衆浴場」は、湯の出るカランの数も少ない「小ぶりで貧弱なお風呂だ」（一一六・2）。その晩おそく、「見かけたことのない女性」が「そっと身を寄せ」、「祈るように」軽便カミソリを差し出して、衿足（えりあし）を剃（そ）ってくれと頼む。聞けば明日「オヨメに行く」（一一七・6）という。「そんな大事」を初対面の筆者に言うことに驚くが、「細身のからだに精一杯あふれてい」（同・9）る、この女性の「しおらしさ」にうたれて衿足を剃ることになる。「剃られながら、私より年若い彼女は」（同・14）、「病気をして「婚期がおくれ」、「今度縁あって」農家に嫁ぐことを筆者に語る。

　おおよそ右のようになるだろうが、このように丹念な描写をしながら筆者は、「彼女は東京で一人住まいなんだナ、つい昨日くらいまで働いていたのかも知れない」（同・17）などと、共感をもってこの女性の日常をいつくしんでいる。

　この、筆者にいつくしまれている女性が、「むこう向きにうなじをたれている」「喜びのゆたかさ」にたどり着くまでに、どんなにたくさんのものを失い、諦め、どんなにたくさんのことを耐えてきたか。筆者はこれを書かない。女性の丹念な描写から、容易に私たち読者に想像できることだからだ。人より多くもとうとする思いや、がむしゃらに自分のほしいものを手に入れようとするだれもが逃れられないさもしさ、そういう思いにもまれながらひとりで歩いてきた魂が、今、湯気の中でやすらいでいる。物質的なゆたかさとは別次元のゆたかな人間の姿がここにある、と筆者はいう。自分に割り振られた、運命といってもいい何物かを受け入れた気品のある人間の姿なのだ。

　つまり筆者は、彼女のこの姿に自分の分身を見たのである。たとえば、「小ぶりで貧弱な」公衆浴場の「流し場の下手で中腰になってからだを洗っている」（一一六・4）筆者と、「そっと身を寄せ」「祈るように」軽便カミソリを差し出す彼女とは、その描かれたしぐさにおいても、実によく似ている。また著者紹介にもあるように、筆者は出世とか昇進とかいう、世の中のいわゆるゆたかさへつながる道とは距離をおいた人だ。筆者もまた彼女と同様、物質的なゆたかさとは別次元のゆたかさを見据えているのである。作品は、だからこそ「彼女いま、しあわせかしらん?」(二一八・6)と結ばれる。ひとごとではないのだ。

▼石垣りんは公衆浴場を舞台にして、「銭湯で」(『表札など』所収)という詩を書いている。「花嫁」と読み合わせてみよう。詩と随想、ジャンルは違うが、見据えられているものはやはり同じもののようである。

銭湯で

東京では
公衆浴場が十九円に値上げしたので
番台で二十円払うと
一円おつりがくる。
一円はいらない、
と言えるほど
女たちは暮しにゆとりがなかったので
たしかにつりを受け取るものの
一円のやり場に困って
洗面道具のなかに落としたりする。

おかげで
たっぷりお湯につかり
石鹸のとばっちりなどかぶって
ごきげんなアルミ貨。

一円は将棋なら歩のような位で
お湯の中で
今にも浮き上がりそうな値打ちのなさ。

お金に
値打ちのないことのしあわせ。

一円玉は

千円札ほど人に苦労もかけず
一万円札ほど罪深くもなく
はだかで健康な女たちと一緒に
お風呂などにはいっている。

## 5 見ること・見えること

### 20 人形

小林秀雄

**「大学生かと思われる娘さん」（一二一・1）が、もしも登場しなかったら、この文章はどうなるだろうか。**

　やや唐突な設問のようにも見えるが、実はこの文章の感動の根幹にかかわる本質的な質問である。この問いを深く追求していけば、一読しただけではっきりしなかった感動の構造が見えてくると言ってもよい。

　まず端的に答えれば、「娘さん」が登場しなかったとすると、この文章の末尾で読者が受ける衝撃的な感動は生まれない。そういう意味で、「娘さん」の登場は決定的な意味を持つ。以下、そのことを少し詳しく見ていこう。

　末尾の近くに、「もし、だれかが、人形について余計な発言でもしたら、どうなったであろうか」（一二一・13）とある。この一文が、読者の心に感動を誘発する仕掛けである。だが、論理的に考えてみれば、「人形について余計な発言」をする可能性を持っているのは「娘さん」以外にはあり得ない。「夫」は当然、人形のことは知っている。「私」もすでに理解している。だからこの場合、「娘さん」が「人形について余計な発言」をしなかったから会食は無事に終わったのである。

　だが、作者はあえて「だれかが」という言葉を使っている。それはなぜだろうか。実は、「娘さん」というのは「私」の心理的な分身なのである。文章のはじめの方で、初めて人形を見た時、「私」

は「おや」と思う。しかし、いち早く事態を了解し、危うく「人形について余計な発言」をすることなく食事を続けることができた。そこへ「娘さん」が登場する。「私」は自分が危うくも無事に通過して来た心理の関門を、今度は「娘さん」が通過するのをはらはらしながら眺めるのである。それは、自分が人形について一言も言及しなかったことに、ほっと安堵の気持ちを抱いているのと裏腹の心理である。そういう意味で「娘さん」は「私」の分身であり、「私」の心理が具体的な形をとったものであると言うことができる。だから「だれかが」は、論理的には「娘さん」を指しながらも、心理的には「私」をも含んだ表現となっているのである。「娘さん」の態度にほっと胸をなでおろす「私」の気持ちに、実は読者も一体化していく。これが最後のところで誘発される衝撃的な感動の構造である。

この作品が事実をそのままモデルとしているか、フィクションの要素を多く加えて成立したものであるか、の問題は別としても、「娘さん」を登場させたこと、またはその存在に確かな位置を与えたこと――このことは小林秀雄の文章力の確かさを物語っていると言わなければならない。

## 5 見ること・見えること

### 21 短刀の三刺し

H・ファーブル／山田吉彦訳

**「これは感動せずには見ていられない。」（一二五・15）というこの感動は、何によって、わたしたちに伝わるのだろうか。**

その感動の由来は以下の二点に要約できる。

(1) 擬人化に由来する。
(2) 一瞬の出来事を書き記す「描写」に由来する。

まず、(1)について考えれば、冒頭で「あなばちが一番すぐれた腕前を見せてくれるのは、こおろぎを血祭りにあげるときに違いない」（一二三・

1)とこの格闘が予告される。さらに読み進むと次のような言葉に出くわす。「猟師」「活劇」「捜索」「劇的光景の見物席」「選手」「攻め手」「勝利の冠」など、すなわち、昆虫を擬人化したり、芸術やスポーツの分野にたとえた表現が多いことに気が付くだろう。人間の行為を想像させる言葉がこの文章の節々に使われているのである。二匹の昆虫の微妙な動きを正確に記録するすぐれた観察力を見落とすことはできないけれども、擬人化や比喩によって、わたしたちは知らないうちに人間の行為と対置させてしまうのである。

人間に置き換えれば、名人芸ともいえる猟師の腕前、十年、二十年の習練を要する技が、仕掛けにこった活劇が、昆虫によっていともやすやすと演じられるところに人間の側からの発見があり、大きな感動を引きおこすのである。

そして、最後に、「殺害はこの話をしているよりずっと短い時間にすっかり済んでしまうのだ」(一二五・16)という文から、わずかの時間の出来事が言葉によって再構成され、その一瞬一瞬がスローモーション場面のように、はっきりと精密に描写されていたことを、あらためて認識させられる。逆にいえば、人間は、一瞬の動きを見る(伝える)にもこれだけの言葉を使わなければならないのだ。これが(2)でのべたことの意味である。

▼参考文例として、わずか一瞬の出来事を書いた、陸上競技部に所属する高校三年生の文章を紹介しておこう。彼は四〇〇メートルリレーに出場した。高校生活最後の対外試合であった。

> 汗が背中を伝わるのが判(わか)った。もう一度スパイクの紐(ひも)を締め直し、万全を期してレースに挑んだ。自分の走る位置に着いた。その瞬間、辺りの雑音は一斉に耳から離れて緊張が最高点に達し、心臓だけが激しく全身に震動を伝えていた。長い緊張の時間が過ぎ、「パアーン」と遠くで音がした。見る見るうちに第二走者へバトンが渡り、その第二走者も、

あっという間にこちらに吹っ飛んできた。周りが静から動へ変わった。僕もそれに吸い込まれるようにスタートを切った。が、それは、余りにも早過ぎたのだった。他校の軽快なバトンを渡す声の中、「早い。」、と第二走者が叫んだ。その時、僕たちの動きは一切止まってしまった。バトンゾーンはオーバーしなかったものの、あれほど練習を重ね、多少自信のあったバトンパスは見事に崩れ、バトンを受け取った時、他の選手の背番号が段々小さくなっていった。無我夢中で再びダッシュをかけ、ミスを取り戻そうと必死になっていた。一〇〇メートルがこれほど短いと思ったことはなかった。差がたいして縮まらないうちに第四走者にすべてを託した。しかし、僕のミスが大きく影響をし、アンカーの力走虚しく予選落ちになってしまった。

（堀岡浩「わずか一秒の後悔」）



## 22　走る仏像

土門　拳

**二度と取り返せない美しい瞬間というものがある。自分に心当たりのあるそんな瞬間を考え、文章化してみよう。**

ドイツの文豪ゲーテの『ファウスト』で、老博士のファウストが、悪魔のメフィストフェレスに魂を売り渡す契約をする。そのときファウストは「わしが瞬間に向かって、とどまれ、おまえは実に美しい！　といったら、きみはわしを縛りあげてよい」（高橋健二訳）と条件を出す。

悪魔に魂を売り渡すかどうかは別問題として、そうしても構わないと思えるような「美しい瞬間」が、やはりあるものである。もちろんその「美」は人によって様々であって、自分だけの記憶の中に秘められている瞬間であるにちがいない。それを発掘して、文章の中に永遠にとどまる宝物にしてみよう。

筆者は写真家である。写真芸術はその「美しい瞬間」をレンズで捉え記録する行為によってなりたっている。写真芸術とは手でなく目の行為なのだといえるだろう。だから優れた写真家は瞬間を捜し求め決して見逃さない目の達人なのである。

筆者がこだわる瞬間は、従って視覚的な「美」であるわけだが、ここでは特に視覚的な美にこだわる必要はない。「瞬間」という時間の長さも限定して考えなくてもよい。

ある人は恋愛の絶頂を思い出すかもしれないし、また対外試合で勝利を収めた瞬間を考えるかもしれない。旅行先のバスの窓から見た風景を書こうとするかもしれない。芸術的な意味での「美」ではなく、「幸福」や「満足」、あるいは「発見」といった広い意味で理解してもらいたい。

自分だけの「美しい瞬間」が客観的な言葉に置き換えられたとき、その「瞬間」は移ろい消えてゆく過去からとどまって普遍的な〝形〟を持つ。自分の人生の痕跡が手に取って何度も確かめられるのである。それが自分にとって何であったか、なぜ印象に強く残ったかという意味が、そのとき明らかになる。そしてある一つの「美しい瞬間」にこだわることが、他の美しい瞬間に気付く感性を養ってくれるだろう。それは大げさにいえば、世界の中での自分の確かな位置、視点が築かれることなのである。
▼参考文例として高校生の書いた文章を紹介しよう。これは「一番古い記憶」というテーマで書かれた文章であるが（六九ページ参照）、幼時の記憶に刻みつけられた美しい母の姿もまた、二度と取り返せない美しい瞬間と呼ぶことができる。

夕方ものすごく怖い夢を見ました。不気味な人からぼくが必死に逃げているのです。それから、どれくらいたったかわかりませんが、目がさめたのでした。ぼくは恐怖のあまり、すぐに母をさがしたような気がします。母はぼくの横で洗濯物を、ていねいにたたんでいたのでした。

　母の顔を見ただけで、なぜか心が落ち着いたことを覚えています。母はとてもやさしい顔で、ぼくを見ました。窓からは夕日が射し、台所からはおかずの匂いがしました。まもなくぼくは、なぜか安心して、また眠りについてしまったと思います。

　とにかく、すべての出来事が、ピントがずれているように、ぼけているようでした。

（中橋一繁）

## 5　見ること・見えること

### 23　本能の大議会

K・ローレンツ／日高敏隆・久保和彦訳

**図をよく見て、「恐れ」をあらわす表情の特徴と「攻撃性」をあらわす表情の特徴を、それぞれ言葉で説明してみよう。**

　設問の「図をよく見て」とはどういう意味か。小説家フローベールは「どのような物を語るにしても、それを表現するには一つの名詞しかない。それを動かすには一つの動詞しかない。その性質をあらわすには一つの形容詞しかない」（文例Ⅰ モーパッサン「『ピエールとジャン』序文」参照）と言った。

　まず図をよく見てそれぞれの特徴をあらわす決定的な言葉（できれば一語、多くともひとこと）を捜してみよう。それが見つかれば、あとは付帯的な事項を付け加えていけばよい。

　決定的な言葉としては、

「恐れ」——耳をうしろへ倒す

「攻撃性」——キバをむき出す

が考えられよう。そこで、それぞれの特徴を言っ

てみると、

「恐れ」――耳をうしろへ引いて倒し、耳の孔をふさぐようにする

「攻撃性」――キバをむき出し、鼻すじから額へかけてシワをよせる

となろうか。

さて、この言葉による説明と図表とを改めて比較してみよう。図を見ると、目とか毛並とかにもまだ特徴があることがわかるが、それを言葉にすることは、かなりむつかしい。それに、言葉では両極端の説明はできているとしても、途中の段階的な変化については示すことがむつかしい。このあたりが、説明的な文章において図表を援用することの有効性を物語っている。

## 5 見ること・見えること

### 24 箸

R・バルト／宗左近訳

**作者が箸について考察したように、日常使いなれたものを新鮮な見方でとらえなおし、文章化してみよう。**

ロラン・バルトの文体を真似ることが目的なのではない。ロラン・バルトにとって箸は、日本という異質な文化の道具であって、それ自身が決して「日常使いなれたもの」ではない。ただ彼の考察が、ただ異質な文化への理解というだけではなく、結局は彼の属する西洋文化の根源的な見直し、あるいは解体をもたらす結果になっていることを見落としてはならない。つまり彼が取り上げている対象そのものは異国の道具であっても、それはやはり彼にとっての「日常使いなれたもの」（思想・文化）を「新鮮な見方でとらえなお」すための試みとなっているのである。

その意味で「新鮮な見方」とは、ロラン・バルトにとって日本文化がそうであったような、異質な文化・思想から立ち返って「使いなれたもの」

を見なおす見方ということである。日常経験の上に疑いなく立っている限りはそれを獲得するのは困難であろう。いってみれば他者の目から疑い観察することが想像の上で必要となる。

たとえば、生まれて初めてそれを見た人間の目を想定してみる。あるいは宇宙人の目を、あるいは五百年前の昔からレオナルド・ダ・ヴィンチが甦ってきてそれをみた目を、あるいは死の間際の人間の目を、あるいは異性の目を、あるいは詩人の目を……。

▼参考として二つの文章を紹介する。まず最初は、E・ショイルマンによる、西サモア諸島のウポル島に住む未開部族の長がヨーロッパを訪れ、その見聞を部族の者に伝えたという体裁の文章である。ここではパパラギ（白人のこと）が足につける靴のことが語られている。

足は柔らかい皮と固い皮で包まれる。柔らかい皮は、たいてい伸び縮みして足によく合うが、固い皮はそうはいかない。この固い皮は、もともと強い獣の皮で、それを固くなってしまうまで水につけ、刃物でけずり、打ち、日に照らす。この皮で、パパラギは、ちょうど足がはいるくらいの、ふちの高い小さなカヌーを作る。一つのカヌーを右足に、そしてもう一つを左足に。

この足皮は、ひもと鉤ホックとでしっかりと足首にしばりつけられ、足は巻貝のからだのように、かたい殻の中にある。パパラギは、この足皮を日の出から日の入りまではき続け、マラガ（旅行）にも行けばダンスもする。たとえスコールのあとのように暑くても、脱ぐことはない。

これはいかにも不自然なことだから、足はもう死にかけていて、いやな臭いがしはじめている。実際、ヨーロッパ人の足は、もうものをつかむこともできず、やしの木にだって登ることはできない。だからこそパパラギは、動物の皮を使って、自分の愚かさを隠そうとする。もともと赤い動物の皮にべたべたの脂を塗りたくり、みがいてピカピカに光らせ、がまんできないまぶしさで、人の目を自分の足からそらせようとしているのだ。

（『パパラギ』岡崎照男訳より）

▼次は文芸批評家秋山駿の思弁的なエッセイの一部である。水の入ったコップを前にして、ここまで思索を追求できるという例である。

コップを満たすもの

机の上に、三日ばかり前の水のはいったコップがある。私はそれを見ている。なぜそれは在るのか。いや、私はなにも、この在るということに関しての、言葉の混乱に頭を掠められた文学者の口真似などが語りたいのではない。簡単な話なのだ。コップがあるのは、誰もそれをどけようとはしなかったからだ。そしてつまり、ここには、ただ私一人しか存在しないのだから、そんな誰かというものもいない、とただそれだけのことなのだ。その水のはいったコップは、私がそれを置いたのだから、私がどけようとしない限りは、それはそこにある。この三日、私はそれをどけようとはしなかった。だから、それはそこにある。いつまであるだろう？

奇妙なことだが、この三日ばかり前の水のはいったコップを見ていると、そのコップの状態と、自分の状態とは、まったく同一のものだという気がしてくる。その存在、その形態、その声、その運命、といったすべてが同じものだと思われてくる。もっと見ているとこんな考えまで浮んでくる。このコップはどんな声をしているのだろう、それはきっと、このガラスが物に触れるときのあの飾らぬ平板な声に違いあるまい、私の声によく似た、同じ性質のものに違いあるまい、私の指先が伝える冷たくて無味無色のその物の声であろう、と。私はそれを聴きたい。聴いて、自分の内部もそれと共鳴したい。つまりこの場合、相手が人間ならば、同情とか、親愛とか、連帯とかいうのだろうが、相手がコップだとすると、いったい何と言えばよいのだろう。そうだ、私はこのコップと共通したいのだ。そうだ、同化したい――。私は自分に独語する。奇妙だ！　このコップの状態は私の状態と同一だ！　私はこのコップのところにいる。私とこのコップは、同じ場所を食べ、同じ形を食べ、同じ存在を食べている。共通にここにいる。私とこのコップは同じなのだ。同じものだ。私はこのコップだ。このコップこそが私なのだ……。

（『歩行と貝殻』より）



25

## 現実の存在

M・プルースト／岩崎力訳

**文中から音楽に関する用語を抜き出してみよう。また、それらはこの文章にどのようなニュアンスを添えているか考えよう。**

音楽に関する用語としては次のものが挙げられよう。「弦」「弓」「調べ」（三回）「変奏」「メロディー」「響き」「共鳴函（きょうめいばこ）」「音楽」「奏でる」「伴奏」など。

なお、最初、文脈に沿って読んでいく時は気づかないかもしれないが、「これほどの美しさをまえにしてすっかり張りつめ、いまにも震え出さんばかりだったぼくたちの魂」（一四三・14）とある叙述の「すっかり張りつめ」と「いまにも震え出さんばかり」は、そのすぐ後に「弦」「弓」という語が来ることによって、音楽用語を準備する伏線になっていたことがわかる。プルースト（と訳者）は極めて慎重に（読者にとっては極めて自然に）叙述をすすめていることに注意したい。

さて、音楽用語によってもたらされている効果は何だろうか。この文章は、目に見える風景の描写を基本にしているのに、そこへ音楽という、目に見えない芸術の印象を呼びさます語を持ち込むことによって、読者の心に作者自身の内面の微妙・繊細・華麗なイメージ（心象）を呼び起こすことに成功している。音楽用語はそのようなニュアンスを作り出す鍵である。

この文章は、はじめ色彩をあらわす語を多く用いて書かれている。たとえば、「黒々」「淡青」「薄紫」「緑」「桃色」などである。色彩（視覚）から音楽（聴覚）へという用語の重点の移動は偶然にそうなっているわけではない。現実に目に見える風景を述べていた文章が、次第に重点を内面のイメージ（心象）へ移していくに従って、感覚をあらわす用語も視覚的なものから聴覚的なものへと変化していくのである。別の言い方をすれば、用語が視覚的なものから聴覚的なものへと変わっていくにつれて、描写されている風景も、現実から次第に非現実の様相を帯びた美しさへと変わっていく。このあたりには、プルーストの鋭敏で繊細な感覚がうかがわれる。

▼一つの感覚が同時に別の感覚を呼び覚ましたり、一つの匂いが同時にそれにまつわる具体的な記憶を呼び起こし、やがてはあるまとまりのある過去をその総体においてありありと呼び起こすという意識の働きがある。「共感覚」とか「感受的記憶」と呼ばれる現象である。マルセル・プルーストは文学の中でそのような現象をすばらしく感動的に描いてみせた作家である。『失われた時を求めて』はそういう感覚と思い出の宝庫であるが、特に第一巻「スワン家の方へ」の中で、主人公がある冬の日に紅茶に溶かしたマドレーヌの一さじを口にふくんだ瞬間、なにかわけのわからない快感に襲われてから、やがてそれが少しずつ昔の記憶

に結びついていき幸福な回想の中へひたっていくくだりは、よく引かれる例である。本書に文例として採った「現実の存在」はプルーストの初期の作品であり、まだ共感覚の概念は明確に現れてはいないが、すでに鋭いしかも華麗な感覚的傾向が見られて、興味深い。

## 6 幻想への旅

### 26 私は海をだきしめていたい

坂口安吾

**「なんて、やりきれない虚しさだろう。」（一四七・6）と「なんと壮大なたわむれだろう」（一四八・11）を、対照してみて、その表現の差異を考えよう。**

　単純に考えると、これは「なんて」と「なんと」の差であり、前者は「呟き」であるゆえに話し言葉で、後者は「思い」であるゆえに書き言葉で表現された違いをもつ。

　しかし、この差異には必然性がある。いわば作者によって意図的に設けられた差異なのである。

　本文は前半（「なんて、やりきれない虚しさだろう」まで）と後半とで、いわば価値が逆転するドラマになっている。前半で述べられている主人公の自棄ぎみな人生観は、後半での海のエネルギーの巨大さに呑み込まれ、その矮小さを思い知らされる。従って前半の主人公の感慨の記述には、独りよがりな小人物的語調が加味されていなければならず、後半の思いの叙述は、圧倒的な感動に染まっていなければならない。

　「なんて、やりきれない虚しさだろう」という表現は、口語の話し言葉であるというだけでなく「なんて」という感嘆の薄っぺらさ、「やりきれない虚しさ」という救いのない断定の狭量な暗さを感じさせる。これは、この言葉の直前まで繰り広げられている〝人生哲学〟のひどく性急な飛躍、迷いをあえて無視しているかのような乱暴な断定の連続を、ひとまとめに象徴した表現といわなければならない。その前半部分で呟いている主人公は、自棄ぎみな、乱暴な、薄っぺらな人間として、あらかじめ作者から計量されている。「そして私は極めて威勢よく、そういう念仏のようなことを考えはじめた」（一四六・4）や、「ところが私は、不幸とか苦しみとかが、どんなものだか、その実、知っていないのだ」（同・6）といった文章には、作者の醒めた皮肉な目が露わだ。作者によってこの前半部分はその軽さを際立たせる役割を始めから与えられている。つまりそれは、「犬ころ」の呟きに対する、作者の自嘲の表現なのである。

　これに対して「私はあるとき女と温泉へ行った」（一四七・8）以降の後半部分は、「私」の〝人生哲学〟が「海という肉体」に打たれるクライマックスを形成する。「貪欲な鬼」として「犬ころのように女の肉体を慕う」彼は、女の「海を征服しているような奔放な動き」（同・11）に見惚れていた。その女を、海はやにわに「もっと無慈悲な、もっと無感動な」（一四八・9）「暗いうねり」（同・12）で呑み込み、消してしまう。女の肉体を慕う「貪欲な鬼」を自称していた「私」の肉欲よりも、海の「たわむれ」ははるかに巨大で「無慈悲で、無感動」だった。そして同時に、私が見惚れていた女の「姿態のあざやかさ」より、海はもっと「柔軟な肉体」だった。

　要するにこの後半では、「私」の思い込みや断定が次々と海によってあっけなく崩され、超えられてしまうのだ。その衝撃の頂点としての「なんと壮大な」は、「なんて、やりきれない虚しさだろう」と呟いていた「私」の矮小さと対置され、「たわむれ」は「犬ころのように女の肉体を慕う」彼の肉欲と対応している。この「なんと壮大なたわむれだろう」という表現が、それだけで、主人公の敗北の自覚なのである。

　実はこの作品は、最後の三行が作品の命だといっていい。それは小説の終わりに添えられた詩のようにも見える。むしろ逆にこの作品は、最後の三行を書くために小説の形式が添えられた詩的散文なのだと考えることもできる。その小説のドラマの部分の骨格を支えている二つの支点が「なんて、やりきれない虚しさだろう」と「なんと壮大なたわむれだろう」とである。

「なんて」から「なんと」への飛躍が、最後の詩的感銘を用意する。この堅固な構成に従って、ときには自分を卑下した表現も交えながら、いくつかの段階の自意識を書き分けていく作者の手法は、文章の奔放な外見に似ず、老練な技術を秘めているといえよう。

## 6 幻想への旅

### 27 部屋

清水邦夫

**君の心の中に「ふだん『使わない部屋』」はあるだろうか。**

まず「ふだん『使わない部屋』」の例を二、三掲げることから始めよう。

(1)おばけ屋敷

科学万能の風潮にブレーキがかからなくなって久しい現代、幽霊のいなくなった夏の夜はますます蒸し暑くなるばかりだ。また近ごろとみに隠れん坊をしなくなった子どもたちは鬼をつくる術(すべ)を、そして鬼から隠れる術を、いったい何から学ぶつもりなんだろう。

(2)標本室

学校の中で恐ろしい部屋はどこだろう。生徒指導部室、なるほど人によっては怖い部屋かもしれない。けれども、それより中学校の理科の標本室はどうだったろう。高校の美術資料保管室にある物言わぬ彫像たちはどうだったろう。人気のない時は近づくのさえためらわれた部屋だったのではなかろうか。そこはまさに「ふだん『使わない部屋』」で、私たちに生と死、美と官能を秘めやかに語りかけてくる、怖い、けれども不思議な魅力に満ちた部屋だったのではなかろうか。

(3)レンガ色の街並み

私はあの墓石のような都会のビルディングが嫌いだ。現代の都会はまるで墓地のようだ。私にはそれよりも西欧の古い街並みの方がはるかに親しい。見たところ何の役にも立たない装飾に縁取られたレンガ色の街並みは、人間の背丈に合っているように思われる。そこには日々を生き生きと生きることへの工夫が満ちあふれていて楽しくなる。それだけではない。この工夫が街並みを造り、守ろうという意識を生み育ててゆくように思われる。ひるがえって、毎日の生活の役に立てばいい、便利で機能的でありさえすればいいという現代の考え方は、かえって日常の価値体系を、いつかやせ衰えさせてゆくことにつながる気がしてならない。私には現代の都会が、早晩本当の墓地になるという予測がある。

以上、一見日々の生活には役に立たないものを礼讃(らいさん)したわけだが、昔、中国の荘子はそれを「無用の用」ということばで要約した。

さて、ふだん「使う」のは、端的に言えば毎日の生活に役立つからである。ならば、ふだん「使わない」のは役に立たないからということになる。しかし、前述の例でも示唆しておいたが、この役に立たないということには、不必要だということのほかに、実は重要な意味が隠されている。それは私たちが日々その中で生活している日常的な価値の体系から少しはみだしているということなのだ。日常的な価値の体系というものは、役に立つという価値意識(視点)からすべてを振り分けてゆくので、役に立たないものは容赦なく排除される。例えば、「いい生活を獲得するためには、いい学校いい会社に行くことが一番の近道なのだから、ロックだか七区だか知らないが、そんなことしていたって何の役にも立たないぞ。勉強しろ、勉強」ということになる。しかしながら、この例でいうロックのような、日常の価値からはみだして、一見役に立たないものこそが、往々にして日常の価値体系にさりげない反省を求める、優れた問いを秘めているものである。また、ゆるぎない日常の体系を、その根底から問い直して、大きく展開させる力をも持っているものだ。
「ふだん『使わない部屋』」、すなわち荘子のいう無用なものを持つことは、日常をより豊かにしてゆくための、極めて有用なことなのである。
▼なお、「危険なものをとじこめる」（一五〇・4）「恐怖」の部屋の不在、闇の消滅、というこの作品のテーマが現代に問いかけているものは重大だ。今と昔の家のつくりの違いから説きおこして、筆者の視点は、「家族はふしぎな鍛練の場を失った」（一五一・4）など、実は人間の関係の洞察に向かっている。のみならず、その向こうに、現代の社会のありようそのものまで透視されている。充分読み味わって、思索を深めよう。



## 28 神の白い顔

埴谷雄高

**文中から、現実的体験の叙述だけを抜き出して、作者に起こった出来事を客観的にとらえなおしてみよう。**

「私」は「ある港町で少年時代を過ごし」（一五二・1）た。近い距離の対岸へ通う「小さな連絡船の艫の手すりに腰かけていた」とき、「手のつけられぬ不良少年として扱われていた年長の友人に正面から胸元をつかれて、仰向け（あおむ）にのけぞったまま海へ落ちた」（同・4）。体は「真っさかさまになった」が、「顔は絶えず仰向けになってい」（一五三・4）て、空が見えた。「私」は後頭部から水面に落ち、「仰向けになった真っさかさまの棒状の姿勢のまま」（同・12）沈んでいった。そして眺めた水面には「均質なほの明るさ」（一五四・3）が広がっていたが、やがて「細長い淡黒色ののっぺらぼうの影」が「私の真上へ移動してきた」（同・14）。「水中からもがきあがろうと軀（からだ）をたて直しかけた私は」それが「連絡船」の「薄暗い底部だと分かった」（一五五・1）。

本文から現実体験の記述を抜き出すと、このようになる。もしもこの文章が、単に少年時代の出来事を回想するという目的だけで書かれていたとすれば、右のような内容だけでその目的は達せられていることになる。いいかえれば、私たちが日ごろ親しんでいる〈作文〉の方法がカヴァーできるのは、ここまでなのである。つまり、この事実の記述を超えた表現の部分こそ、作者の個性であり、空想と思索が縦横に広がった〈文学〉の方法だということになる。この設問は、実はそのことに気付くためのものなのである。

ここでの作者の方法は、ある具体的な事実の体験を、思索的体験に変換させ、飛躍させる方法だといえる。水中から見た水面の「均質なほの明るさ」は、「光が遍在している〈充実した不思議な空虚〉の世界」（一五四・4）につくりかえられ、「静謐（せいひつ）な恍惚感（こうこつかん）」（同・8）はなにか生の根源の姿に触れた思いを象徴しているようだ。

このように事実の描写から空想的な表現を飛躍させる方法は、試してみるとよくわかるが、安易に模倣しても、ひどく独りよがりで大げさな印象を与えることになりやすい。ではどのようにして作者はそれを成功させているのだろうか。

まず「なのであった」の文末をはじめとする作者の特異な文体の効果（文末の効果については文例64の設問解答を参照のこと）。

次には身体感覚を総動員したイメージ豊かな描写。これによって読む私たちは、まるで身体が仰向けになったまま時間が止まったような不思議な感覚に捉えられる。

そしてもう一つ、作者の空想の飛躍が不自然さを与えないのは、同じような描写の表現が繰り返されながら、少しずつ抽象性と象徴性を強めていく準備が重ねられているからであることを見落としてはならない。例として、後半での船底の影の描写を順序どおり辿(たど)ってみよう。

(1)「一枚の昆虫の羽に似た薄暗い無気味な偏平なかたち」(一五四・11)
(2)「細長い淡黒色ののっぺらぼうの影」(同・13)
(3)「そこだけにしか存在のかたちがない無気味な一点であるその薄暗い昆虫の羽」(同・15)
(4)「薄暗い単色の影」(一五五・2)
(5)「薄暗いのっぺらぼうな単色」(同・5)
(6)「何らか堅い表面が触れられるような、無気味な、手ごたえのある、いつかは自分もまた直面しなければならぬ薄気味悪い何か」(同・7)
(7)「微光する永劫(えいごう)から永却へ向かって渡る死の存在の船といった無気味な印象」(同・10)

飛躍の強度が高まるほど「薄暗い」や「無気味」といった表現が呪文のように多用され、いわば読者の共感をつなぎとめる一本のロープの役割を果たしていることがわかる。それらの繰り返しは、船底の影という一見何でもないものを「永劫へ向かって渡る死の存在の船」という極限まで広がった空想へ読者を導くための、一種の言葉の魔術なのだといってもよいだろう。文学とはこのように言葉の魔術をあやつる行為でもあるのだ。



## 29 砂の本

J・L・ボルヘス/篠田一士訳

**「錨」の絵には何か意味があるのだろうか。たとえばこれが「雲」とか「猫」だったらどうか、考えてみよう。**

「錨」とは船を停泊させるものである。そこには、不動のイメージがある。それが行方不明になってしまうところに「砂の本」の底知れぬ謎が暗示されている。もしも「雲」とか「猫」とかだったら、また別のイメージは生じるかもしれないが、少なくとも「不動のもの」としてのイメージは生じないだろう。さらにこの文章には「流れる砂」のイメージがある。「砂と同じくその本にも、はじめもなければ終わりもない」（一五七・17）や、「まるで、本からページがどんどんわき出て来るようだ」（一五八・5）というような表現がそれだ。文中には「無限」とか「連続」とかの語も使われている。そのようなイメージを際立たせる上で、不動の「錨」は有効に働いているともいえる。

▼この文例を読む人の中には、ここには何か深い意味があって、それを読みとらなければ読みが完了しないように考える人があるかもしれない。確かに引用された部分の終わりの方には「もし空間が無限であるなら、われわれは、空間のいかなる地点にも存在する。もし時間が無限であるなら」（同・17）云々の、哲学的な寓話めいた言葉も出てくる。しかし、この作品はそのような教訓を目的としたものではない。「流れる砂」と「本」とを結びつけたところから生じる想像力のおもしろさを味わえばよいのだ。想像力とは一見かけ離れた二つのイメージを結びつける精神の働きを言う。ボルヘスの小説作品はそのような想像力のすばらしいエネルギーを感じさせる。現代の世界文学に新しい生命を吹き込むものと言われる訳がそこにある。小さな型にはまった教訓を読みとろうなどとするよりも、まず、ボルヘスの柔軟な想像力と意外な展開を見せる物語の運びを楽しもう。そうしなければ、真に自由な精神が文章を書く時の姿を感じとることもできないからだ。

## 7 疑いから思索へ

### 30 スペイン旅情

加藤周一

**「私は好まない。」（一六八・14）というが、その理由はなにか。**

設問は次の二つの内容を問題にしている。

(1) 自分の国の言葉よりも英語(アメリカ語)を話したがる人間の精神のあり方について。

(2) その英語は「兵隊から覚えた」、すなわち英語はアメリカ兵によって全世界に広められているという問題について。

(1)について

まず加藤周一が共感を覚えたという、マドリッドの給仕の自国語への愛着と誇りの表れ方をみると、そこには他への差別感のないことに気付く。彼はスペイン語を話せない旅人を軽蔑してはいない。旅人の「発音の誤り、文法の誤りを根気よくなお」(一六七・15)すという行為は軽蔑からは起こり得ない。それは自国語に対する誇りと、それを話そうとする人間への愛情だ。ひとつの言語はひとつの民族の長い歴史と文化を担っていることを、このマドリッドの給仕は身をもって示すのだ。だから加藤周一はスペイン人に対してスペイン語で話そうと努力する。それが、ひとつの民族の歴史と文化に敬意を表す方法、すなわち礼儀である。

ひるがえって、外国人と見ればだれかまわず英語で話しかけるというのはどういう神経か。まず外国人イコール英語を話す人という非常識な独断と無知がある。英語を話さない外国人は、話すそれよりはるかに多い。それは単純な事実だ。次に英語は国際語であるという誤解と盲信がある。国際語などという概念自体きわめて曖昧で危険だ。確かに英語が通用しやすい地域が世界の一部にあることは事実だが、どこでも英語だけで足りるなどと考えることは乱暴な感覚だ。さらに、英語に対する追従と名付けるほかない、やみくもな英語崇拝がある。しかし、これには訳がある。教育の問題だ。だが、ここでは深入りしない。

およそ、地球上には国の数をはるかに超える言語が、それぞれの民族の歴史と文化を担って今日も生きている。このあたり前の事実に、私たちは常に謙虚でなければならない。自分の国の言葉よりも英語を話したがる人間には、この謙虚さがやや欠けるのである。

(2)について

アメリカの「兵隊」によって英語が全世界に広められているという、さりげない指摘はうっかりすると見過ごしてしまいそうだが、鋭い。例えば、インドにおける英語、アルジェリアにおけるフランス語、メキシコのスペイン語、朝鮮半島と台湾における日本語、このように挙げてゆくと、だれでも植民地政策を思い起こすに違いない。言うまでもなく、植民地政策の背後には必ず大量の「兵隊」がいるのであり、列強大国は、まず武力によって地ならしした後、常に自国の言語を被植民地の民族に強制していった。それが例外のない歴史事実である。ことばがこのように政治の道具にされたり、ことばの背後に大国の影が見えつ隠れつすることの危険性を、筆者は鋭敏にかぎとり、それを指摘したのである。



## 31 私ひとりの部屋

V・ウルフ／村松加代子訳

**「鏡」の比喩が一貫して使われているが、それは叙述の上でどのような効果をあげているだろうか。**

「鏡」の比喩は、論理的な内容をもったこの文章に感覚的な要素を加えて、読者に論旨の理解を直観的にさせるという働きをしている。

この文章は、男性の方が女性よりもすぐれているという、歴史の中でつくられてきた偏見をとりあげ、その構造を男性心理の面から明らかにしようとするものである。男性の方がすぐれているという偏見は、とりもなおさず、女性は男性よりも劣っているという偏見を意味する。

この単純な事実の裏に潜む、男性の心理を検討するために「鏡」の比喩が導入される。そして、その比喩の中で女性を「男性の姿を実物の二倍の大きさに映してみせるえも言われぬ魔力を備えた鏡」(一七〇・1)と定義する。

ここで注意しなければならないことは、比喩として導入される「鏡」が単純な鏡ではなく、「実物の二倍の大きさに映してみせる」「魔力を備えた鏡」であることだ。こうすることによって「鏡に映る幻影」(一七二・1)とか「幻影の魔力」(同・4)とか「幻影の快い光線」(同・7)とかの語句が生きてくる。「幻影」という言葉は「鏡」に映る虚像をあらわしているが、それらはいずれも、女性の劣等性を意識した男性の自意識、または、その自意識によってゆがめられた男性の自己像(思い込み)の比喩となっている。

文中には「女性が真実を語り始めたら最後、鏡に映る男性の姿は小さくなり……」(一七一・11)という一節がある。女性が男性にとって都合のよい「鏡」でなくなる時というのは、女性が真実を語りはじめる時だというのである。筆者は、それをこの文章で実行している。したがって読者にも「幻影」ではなく、実物大の男性像が見えてくる。そのような覚めた目で、まだ「幻影」にとらわれている男性を眺めると、その「自信満々」(一七二・8)の姿はややこっけいにさえ見えてくるというのが、この文章の仕掛けである。

▼注意深い読者は、本文中に二箇所、論旨からみて異質な文が挿入されていることに気づいたと思う。それは「そんなことを私は、パンを小さくちぎり、コーヒーをかきまわし、往来する人々を見ながら考えていた」(一七一・17)と「……、と私は窓の外を見やりながら考えた、……」(一七二・5)の部分である。本文を一般的な評論として考えると、たしかにこの部分は異質である。

本文の出典である『私ひとりの部屋』の第二章は、全体が小説的な構成になっている。日ごろ「女性と文学」というテーマを考えつづけてきた「私」(V・ウルフ)が、「なぜ男性はワインを飲み、女性は水を飲むのだろうか?」というような疑問に触発され、女性の社会的地位についての過去の文献を調べてみようと、ノートと鉛筆を持って大英博物館（館内に世界最大の図書館を持つ）へ、ある朝出かけて行くところから始まっている。まさに〝疑いから思索へ〟である。そして本書に収録した箇所は、午前中を閲覧室で過ごした「私」が大英博物館近くの小さなレストランで昼食をとっている場面なのである。

　こういう構成からもわかるように、V・ウルフの思索は、この〝日常〟に身を置くことによって、観念の世界の遊びには決してならない。この章の終わり近くにこんな一節がある。「そう考え、そう思いめぐらしながら、私は川沿いの我が家に向かって歩き出していた。あちこちに明かりが灯り、ロンドン一帯に朝とはどことなく違う趣きが漂っていた」。そこでも「私」は市井のいろいろな人を眺める。子守女や、八百屋のおかみさんや……。「世の中の人にとっては、八人の子供を育て上げた家政婦は十万ポンドの財産を築いた弁護士よりも劣るのだろうか？」こんなことを考えたりしながら家路をたどる。

　評論とはいっても、これはやはり小説家の文章なのである。

▼「幻影としての男性」は必然的に「幻影としての女性」を生み出す。そういう視点からたとえば文例41「夫の生き方妻の生き方」（田辺聖子）を読んでみてほしい。幻影をとり払おうとする一つの努力が見られて興味深い。



## 32 反語的精神

林　達夫

**人が反語的な表現や態度をとる場合を、日常生活や文学作品の中からさがしてみよう。**

**〈解答例1〉**

　親友の陽子には時々かなわないナ、と思うことがある。

先日も、雨あがりのグラウンドでわたしと陽子はふざけあっていた。ふとしたはずみに、わたしが泥のついた靴で陽子の靴を踏んづけてしまった。

「ごめん！」

と言って謝ろうとすると、陽子はおもむろに、泥んこの靴を示しながら、わたしの目をにらんで、

「ありがとう、覚えておくわ。きれいな靴にしてくれたわねえ！」

「ごめん、ごめん……」

と謝りながら、わたしは思わずふき出してしまった。

**〈解答例2〉**

学校には校則というものがある。「生徒心得」などと、おもしろくない名がついている。その中に、どうしても不合理だと思う項目がある。「世界中の高校生に聞かせたら笑われるよ。この学校の先生たちどうかしてるよ」と思う。しかし、校則を示されたのは入試に合格してしまったあとだった。反抗すればいろいろ面倒なことになる。しかたがないから、「不合理だ」とは思いながら、今のところ毎日校則に従って登校している。先生たちはオレのことを模範生だと思っているらしい……。

**〈解答例3〉**

あなたも単に
ひとりの娘にすぎなかったのだろうか
とある夕あなたは言った
「あなたに御心配かけたくないの
私ひとりが苦しめばそれでいいのですもの」

（中略）

あなたも単に
ひとりの娘にすぎなかったのだろうか
とある夕あなたは言った
「あなたなんて
ちょっとも私の苦しみを察して下さらない
あなたなんて」

（黒田三郎「あなたも単に」より）

**〈解答例4〉**

　この時佐佐が書院の敷居際まで進み出て、「いち」と呼んだ。

「はい。」

「お前の申立には嘘はあるまいな。若し少しでも申した事に間違があって、人に教えられたり、相談をしたりしたのなら、今すぐに申せ。隠して申さぬと、そこに並べてある道具で、誠の事を申すまで責めさせるぞ。」佐佐は責道具のある方角を指さした。

　いちは指された方角を一目見て、少しもたゆたわずに、「いえ、申した事に間違はございません」と言い放った。その目は冷かで、その詞は徐かであった。

「そんなら今一つお前に聞くが、身代りをお聞届けになると、お前達はすぐに殺されるぞよ。父の顔を見ることは出来ぬが、それでも好いか。」

「よろしゅうございます」と、同じような、冷かな調子で答えたが、少し間を置いて、何か心に浮んだらしく、「お上の事には間違はございますまいから」と言い足した。

　佐佐の顔には、不意打に逢ったような、驚愕の色が見えたが、それはすぐに消えて、険しくなった目が、いちの面に注がれた。憎悪を帯びた驚異の目とでも云おうか。しかし佐佐は何も言わなかった。

（森鷗外「最後の一句」より）

**〈その他〉**

　本書の文例の中でも、11「さようなら、ギャングたち」、38「やさしい、子供の悪魔」などは反語的な作品である。

　また、シェイクスピアの戯曲は、相対立する人物の葛藤によってドラマが構成されることが多いから、反語の宝庫と呼ぶことができる。たとえば、(1)父王を殺された「ハムレット」が復讐のために狂気を装った態度は反語的な生き方の例であるし、(2)「ジュリアス・シーザー」の中での有名な〝アントニーの演説〟は、ブルータスを讃える言葉で激しくブルータスを非難するという、反語の力をまざまざと見せてくれる。

▼「反語」という言葉は、普通いくつかの意味で使われる。それを整理しておこう。

①主として〝文法〟上で問題とされる反語。「上の語句を受けて文末を疑問の語で結び、相手に問いかける表現によって、上の語句の意味を強く打ち消す語法」(新潮現代国語辞典)。「どうして黙っていられようか」など。

②主として〝修辞〟(レトリック)上で問題とされる反語。「真意とは反対のことを言って相手に悟らせようとすること。アイロニー」(新潮現代国語辞典)。

先の〈解答例1〉〈解答例3〉〈解答例4〉、および〝アントニーの演説〟などがこれに相当する。

③人間の生き方とか精神態度としての反語。「一つのことを欲しながら、それと反対のことをなし、……しかも頑として自らを持ち耐える」(林達夫)態度のこと。

先の〈解答例2〉や「ハムレット」などはこれに近い。

▼林達夫が「反語的精神」において重視しているのは、右の③の意の反語である。このような生き方について、林達夫は本書に引用した文例の少し前で、次のように書いている。

――さて戦争がいよいよ始まったとき、それに唱和する数十万、数百万の熱狂的な人波の流れを前にして、絶望的にならなかった人を、私は心から尊敬する。私はといえば、私は十二月八日以前に、すでに殆ど絶望していたことを白状せねばなりませぬ。今度出す『歴史の暮方』という題の私の書物が、かかる精神状況を少しばかり語っているでありましょう。
人は、絶望の戦術とでも言うべきものを理解してくれるでしょうか。

「絶望の戦術」――いみじくも林達夫がそう呼ぶように、〝人生態度としての反語〟からは、絶望的な状況に置かれてもなおそこに戦術を模索しようとする人間の悲劇とそれにもめげない強靭な精神の力が感じられる。このような屈折の経験が「反語的精神」の書かれた動機である。

言論統制が強化され、表現の自由が奪われた戦前・戦中、向こう見ずに猛進して当局の検閲の前に屈していった多くの知識人の行動様式に対する悔恨と不信の念が、林達夫にはある。率直な自己表明だけが表現ではない、ということだ。相手の言い分を受け入れ譲歩しながらも、その並列・対立・統一などを試みる中で新たな思考や表現の可能性を模索する。そこには、常に他を意識しながら対話（ダイアローグ）を深め、ついには真理に到達するギリシア以来の西欧哲学に傾倒した筆者ならではの深い学識と柔軟な思考があり、単純な独白（モノローグ）を至上の自己表明と考えがちな日本の精神的土壌への批判がこめられている。

こうしてはじめて林達夫は、あの動乱の時代を通じて〝知的であること〟を貫きえた稀な存在となったのである。

▼戦後の林達夫は、在野の市民大学とも呼ぶべき「鎌倉アカデミア」の設立に参加したり、『世界大百科事典』（平凡社）の編集長をつとめたりした。どちらかというと、これらは学者としては目立たない仕事である。林達夫にとってその深い学識は、多くの人々から慕われながらも常に自分に〝隠れて在る〟ことを選ばせた。したがって著述も多くはない。これらの事実は〝反語的精神〟のはるかな余韻であったのかもしれない。

## 33　日本人の政治意識

丸山真男

**「権威信仰」という言葉が繰り返し使われているのに、終わりの方で一回だけ「権力崇拝」（一八〇・17）という言葉が使われる。一見、似たような二つの言葉を筆者はどのように使いわけているか。**

この設問は、修辞上の技法や文芸的なニュアンスの違いを問うものではない。論理的な文章においては、用語の違いは明確な意味・内容の違いをあらわす。一見、似たように思われる二つの言葉が、論理的な叙述の中では対極に位置する二つの概念をそれぞれに担っていることさえある、ということを理解するためのものである。

さて、この文章は、日本人の政治的なものの考え方を解明してそれを「権威信仰」と名づけたところに論旨の中心がある。いわば、筆者にとっては、読者にこの「権威信仰」という言葉の意味を正確に理解させれば、所期の目的は達せられることになる。したがって叙述の順序も、左図のごとくにジグザグのコースをとってすすめられている。その中で筆者が「権威信仰」と呼ぶ現象の二つの特徴、すなわち、

(1)「価値の基準が権力から独立して存在し得なくなって」（一七八・3）いること

(2)「権力が決してむき出しのものとして出て来ないということ」（一七九・16）

が明らかにされる。簡単に言えば、これが「権威信仰」の特徴であり、日本人の政治意識の根底にある特徴であるということになる。一方、筆者は「日本人の」政治意識について考える時、常

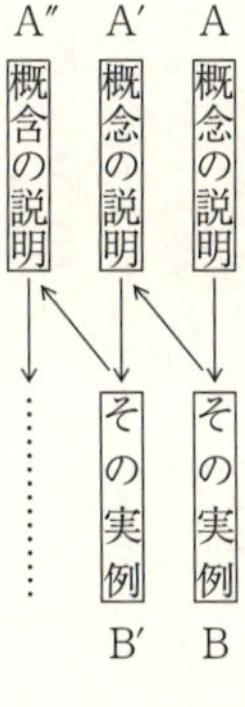

A　概念の説明 → その実例　B
A′　概念の説明 → その実例　B′
A″　概念の説明 → ……

にそれと対置するものとして〝日本人以外の〟政治意識というものを念頭に置いている。文中にみられる「ヨーロッパ社会のように」、「シナの儒教思想にはまだしも」、「ヨーロッパにおけるような」の語句がそれを端的に物語っている。

それらの特徴は一言で言えば「価値が権力から分離して存在している」（一七九・4）ということである。したがって「権力が権力として力として意識され」（一八〇・16）ている、ということになる。人を支配するためには別の価値ではなく権力が必要である、ということが明確に意識されているのである。これが「権力崇拝」につながっていく。

ただし、筆者の頭の中では、はじめから「権威信仰」と「権力崇拝」という二つの概念は対置するものとして位置づけられており、先に述べたジグザグのコースをたどる叙述に入る前の、冒頭の五、六行においてこの区別を明らかにする考え方が提示されている。すなわち、「政治とは人間の人間に対する支配である。……権力を用いて人を支配すること」（一七七・1）という「政治」の定義と、さらに「権力というものはそれ自身が目的ではなく……手段である」（同・4）という「権力」の定義がそれにあたる。この二つの定義を肯定するところからは「権力崇拝」が生まれ、否定する（したがって「権力の手段性が意識されない」）ところからは「権威信仰」が生まれる、という図式が確固たるものとしてできあがっているのである。ただ読者の方だけは、ジグザグをたどる叙述を経て「権力崇拝」という言葉へたどりつくことによって、はじめて全貌がわかるような仕組みになっている。

以上、叙述の構造を分析してきたことからも、「権威信仰」と「権力崇拝」という二つの言葉の、筆者（丸山真男）による使いわけの根本はおおむね理解されたこととは思うが、最後に、国語的な見方を加えながら、その使いわけの要点を明らかにしておこう。

この二つの言葉は互いに似通ったもののように見えながら、実は、人が権力というものに向き合う時の二種類の態度を問題にしており、互いに対極的な二つの内容を意味している。

**権威信仰**

権力が支配のための力であることが意識されず、行動や判断の価値基準を示すものとして意識されていること→**権威**

その価値基準に、自分を放棄して絶対的に従おうとする態度→**信仰**

**権力崇拝**

政治において人を支配するための力（価値基準を含まない）→**権力**

人を支配する力としての権力を認め、それを尊重する態度（ただし価値基準は別のところにあるので自己放棄は起こらない。自分の意見をもって行動する）→**崇拝**



34 三つの集約

**石原吉郎**

**戦争も、ましてラーゲリも知らない君と、広島との「接点」は何だろう。どこにあるのだろう。**

「同じ日本人だから」という安易な解答を用意した人はいないと思う。それは石原吉郎自身が厳しくはねつけた抽象化である。彼は、次のように言っている。

「広島を『数において』告発する人びとが、広島に原爆を投下した人とまさに同罪であると断定する」（一八五・1）

一人の死を置きざりにして「広島」を抽象化してゆく発想を、私たちはひとつずつ丁寧に排除しなければならない。

それでは「接点」はどこか、二点に要約しておきたい。

第一は、自分自身の生と死を出発点とすることである。「広島」の死者とつながる原点はそれ以外に考えられない。「広島」のすべての死者に、もぎとられた生、すなわち強制された死があった。彼ら、彼女らのひとりひとりが私たちと同様、自分の生をいとしんでいたのであり、いうまでもなく死は恐ろしかった。死をもたらすもの、それはどんなものであろうと罪悪であり、生の側に立つものにとっての恐怖である。「広島」の死を、病死、事故死から離れた、特殊な死と捉えてはいけない。まして、まつりあげられたり、伝説化されたりして、ひとりの死のむごたらしさを拭い去る試みは許されてはならない。だが、被爆から半世紀以上をへた「広島」は、「『一人や二人』のその一人こそ広島の原点である」（一八三・9）という筆者の厳しい指摘からはもはや遠い。おそらく、今後ますます大きな距離が生じてゆくだろう。「目撃者」、「その現場に、はだしで立った者」（一八二・4）が一日一日少なくなるのだから。それゆえ、より一層ひとりの死にこだわる姿勢が大切になるのだ。

要約の第二に移ろう。前述のようにおそらく「広島」はさらに私たちから遠くなるだろうし、一年に一度の殉難（じゅんなん）と平和のイヴェントと化す傾向はもっと進むだろう。巨大な政治的意図に主導され、翻弄されて、「広島」はその主体を失う危険性をすらはらんでいる。主体はもちろん私たちひとりひとりにあり、それは決して代替のきかないものなのだ。だから私たちひとりひとりが、まず主体を回復しなければならない。人によってはできあいの「広島」像を疑うところから始まるのかもしれない。手に入りやすい「情報」を拒絶し、「統計的発想」を退けると、どういう「広島」像が思い浮かぶだろう。何もなくなってしまうかもしれない。ならば、そこから始めるのだ。遠回りのように思えるかもしれない。しかし、そういう姿勢がないがしろにされた「広島」は政治問題でしかない。歴史はその主体を失ってしまうのだ。

ひとりひとりが自分にとっての「広島」にこだわることによってのみ、私たちひとりひとりが政治と歴史の主体であるという原則を守ることができる。

▼自分たちのクラス全員の、被爆から死までの足どりと最後の姿を丹念に綴り、ひとりの人間にはひとつの死があるという単純な事実の重みをずしりと感じさせる、関千枝子著『広島第二県女二年西組』（筑摩書房）は、石原吉郎のテーマと響き合う好著である。また、文例3「鎮魂歌」（原民喜）や、文例62「火垂るの墓」（野坂昭如）も、自分にこだわり、ひとりの死にこだわる視点から書かれた鎮魂の文学である。

▼チャップリンの『殺人狂時代』（一九四七）の主人公は「ひとりを殺せば殺人者。（戦争で）大勢を殺せば英雄になれる……」というセリフを残して刑場に赴くが、これなどはアイヒマンの冷酷なことばと結びつく。『独裁者』にしても『殺人狂時代』にしても、チャップリンの目は鋭くて深い。

7 疑いから思索へ

## 35 噂としてのUFO

C・G・ユング／松代洋一訳

**筆者の指摘する「心理的な障害」（一九一・9）とは、われわれ現代人のどのような性質を指しているのだろうか。**

まず筆者の基本的な考え方を理解する必要がある。それは、流行や噂が、たとえ一人一人は自分独自の感受性や判断によって選択しているつもりでも、実は共同体的な集団の願望や欲求によって生まれている、と見る立場である。つまり流行や噂は、無意識の病的な集団心理の表れだと筆者は考える。その上で、UFOの噂の流行に現代人の「心理的な障害」を見いだそうとしているのである。

まず、「天上の」勢力の実在を前提として信じることを、筆者は「神話的推測、すなわち投影」(一八八・9)と断定する。次いでその投影が起こる原因が、「水爆の脅威」(同・16)や「人口問題」(一八九・2)「破局の危険」(一九〇・1)という、地球的規模での絶望感や不安にある、と述べている。

つまりUFOは、世界破滅の不安に対する「天上のしるし」「天の裁き」と同質の幻想が、一見説得力がありそうな科学の装いを伴って現れた現代の「生きた神話」であり、生まれつつある「伝説」なのである。そこには「科学」や「合理性」の見せかけが、かつての宗教の肩代わりになって現代人の幻想を支えている事実が指摘されている。▼不安や絶望を解決する、あるいは救済してくれる何者かを待ち望んでいる状態が、UFOの噂を生み出した。しかしそれは「先の大戦以来」「いささかあやしくなって」(一九一・11)いる「われわれの精神状態」を、「批判的に見据える勇気」をもって考察してはじめて真の意味が理解される現象なのだ、と筆者はいう。

そこで筆者がほのめかしている「過去数十年にヨーロッパを見舞った歴史の展開を評価し説明する」(同・12)こととは、何を意味するのだろうか。UFOが噂として流行したのと同じような心理背景によって引き起こされた「歴史の展開」とは何か。――そこにはヨーロッパを揺さぶったファシズム勢力の台頭がほのめかされているようだ。地上の困難や絶望を解決し、救済してくれる存在が待ち望まれたとき、その心理の幻想が一人の野心的政治家を国民的英雄、スターにしてしまう。ムッソリーニやヒトラーが、なぜあれほどの権力と人望を手にしえたのか、なぜだれもその勢力を止められなかったのか、というヨーロッパの知識人にとって避けられない苦い反省が、この文章にはにじんでいる。

UFOの噂に「天の裁き」を救済として待ち望む心理が働いているとすれば、地上の独裁者もまた救済者として潜在的に願望されているのだ。

代わり映えのしない日常や政治の腐敗にひしがれ、強烈な刺激を求めがちなわれわれ、テレビなどのメディアにのめり込んで進んで影響を受けたがるわれわれ、スターを次々と作りあげていくわれわれ、――そのようなわれわれの現在が、どのような心理的地盤に立ち、何を準備しているのか、何を待望しているのかを考えてみるとき、筆者の暗示は鋭い警告と読むことができる。

## 8 機知とユーモア

### 36 花つくりのコツ

K・チャペック／小松太郎訳

**筆者はここでなぜミミズを比較に出しているのだろうか。**

園芸家は「花の香に酔い、鳥の鳴きごえに耳をかたむける、とても詩的な」人間ではなく、「土をつくっている」（一九六・5）ことを、チャペックは発見する。園芸家は、土を掘りかえし、土の中や堆肥の山の中にうずもれ、溝を掘り、背中さえも邪魔になるようだ。土作りが最も大切な仕事であり、形態さえも無脊椎動物に近い園芸家は、ミミズに似ている。

ところで、進化の過程にあっては最下位に位置付けられるミミズを、人間は下等な動物として見下しているが、ミミズは土を作ることにおいて人間よりもはるかにすぐれている。地球上のミミズがいなくなったら、大地はたちまち死に絶えるだろう。ミミズが大地に空気を送り込み、彼らが出す糞のおかげで、大地は沃土として蘇るのだ。生物の進化という人間が身勝手に作りあげた価値観が、その最下位のミミズによって転換をせま

「花つくりのコツ」挿し絵

られているのだ。「園芸家というものが、天地創造の始めから、もしも自然淘汰によって発達したとしたら、おそらく無脊椎動物に進化していたにちがいない。いったい、何のために園芸家は背中をもっているのか」（一九七・15）。「発達」「進化」という言葉によって、人間の傲慢さがユーモアをこめて皮肉られている。人間こそが生物の進化の頂点にあり、大地の支配者だという人間中心の思い上がりが、ものの見事に覆されているといえるだろう。まあ、それほど堅苦しく考えなくても、わたしたちが陥っている人間中心の価値観を見直すきっかけを、ミミズは与えてくれるのではないだろうか。

　それにしてもチャペックの描く園芸家は何と人間的だろう。彼は道具もあまり使わないようだ。「指は、小さな穴をあけるときには棒っきれのかわりになるし、拳固は土のかたまりをくだいたり、やわらかにしたりするときの役に立つし、口はパイプをひっかけるのにつごうがいい」（一九八・5）。彼らは母なる大地に対して、ミミズと全く同じ姿勢をとり、同じ高さの視線を保っている。接吻さえしているようだ。そして、大地にじかに手を触れ、土を耕すことの大切さ、楽しさを教えてくれる。現代人はコンクリートを敷いた道路を文明の証しと考え、その楽しさをとうの昔に忘れ去っているが、この文章には土遊びに興じる子供たちや大昔の人類への郷愁を誘う不思議な魅力が漂っている。

▼沃土を形成するためにミミズの果たす役割がいかに大きいか、ということについて、進化論で有名なチャールズ・ダーウィンは次のように言っている。チャペックのユーモアにあふれた文章と比較してみよう。

　われわれが広い、芝草でおおわれた広野をながめるとき、その場所の平坦さがそこの美しさの大きな理由となるものだが、この平坦さは、主として、あらゆる凹凸をミミズがゆっくりとならしたために生じているということをおもいだすべきである。そのような広野のうえをおおっている表土の全体が、数年ごとに、ミミズの体を通過してきたものであり、これからもまた通過するであろうというのは、おどろくべき考察である。すきは、人間の発明のもっとも古く、もっとも有用なものの一つである。しかし、人間が生存するにいたるずっと以前から、大地は、ミミズによって、事実上、規則正しくすかれてきたし、これからも、そのようにしてすきおこされつづけるのである。世界の歴史のうえで、これらの下等な体制の生物（ミミズ）がはたしてきた重要な役割を、他の多くの動物が存在して同じようにはたしてきたかどうか、うたがわしいといえよう。（『ミミズと土壌の形成』より）

37　パリの記念

渡辺一夫

「衛生条例としてかかげさせている」（二〇二・9）とあるが、なぜ「かかげている」としなかったのだろうか。

枝葉末節を問題にするつまらない設問と言わないでほしい。この一言に渡辺一夫の思想があらわれていると見ることができるからだ。「かかげている」と書いてあれば、読者はそこで立ち止まって「おや」と考えたり、こだわったりすることはないだろう。一般的な日本語の文章としては「かかげている」とするのが自然であり、文脈上もなめらかに読んでいくことができる。「かかげさせている」と書かれる時、文脈はなめらかさを失うし、筆者の意志的な語法が感じられてしまう。従来の日本語の世界で「名文」と呼ばれるような文章はそういう筆者の人工的な意志がまるで感じられないようなものを自然さとか達意の技巧のあらわれとして重視してきた傾向がある。単純な例をあげてみよう。

a 戦争がはじまる。

b 戦争をはじめる。

この二つの文例を比べてみると、aの方が日本語の世界では「自然」であり、bの方は筆者の意志的な語法を感じさせる。aの方は筆者の姿は消えてしまい(はじめから現れず)、あたかも言葉だけが自然に湧いてきたかのような印象を与える。それが、伝統的な日本文ではよいとされたのである。bの方は、だれが戦争をはじめたかを問う姿勢が根底に隠れている。「戦争をはじめる」という語法を用いる限り、戦争をはじめた主体をはっきりさせずにはおかない意志を、いわば表現された言葉自体が持ってしまう。これが筆者の意志的な語法を感じさせ、伝統的な文章観からすれば、生硬な文章としてある種の「不自然さ」を感じさせるということになるのである。だが、この語法の違いは筆者の思想の違いでもある。a・b二つの文例について言えば、「戦争観」「歴史観」の違いがここにあらわれているのである。

a だれがはじめるとも知れない、天災としての戦争

b 王の行為、政府の行為としての戦争

単純な文例のそれぞれについて右のような歴史観の相違が明確に対置される。文章を書くということは、厳密に言えば、一語一語に筆者の人格や思想を対置していくことだ。一言にもその人の人柄はあらわれてしまう。恐ろしいといえば恐ろしいことである。

さて、はじめの問題へ戻ろう。この二つの語法を右の例にあてはめると、

a′ かかげている

b′ かかげさせている

という順序でそれぞれに対応することになろう。つまり、b′の方は、行政の主体はだれかというこ

とが意志的に問われる語法であるということができる。a′の場合には、条例を「かかげている」のは国なのか、市なのか、国民なのか、その辺はまったくあいまいになってしまう。b′の場合には、条例を「かかげている」のは国とか市とかの「当局」ではなく、「市民」が「当局」に「かかげさせている」という関係が明確に表現される。行政の主体は「市民」であり、「当局」はあくまで市民の公僕であるという、民主主義社会の基本理念が、この語法によって意志的に示されるのである。筆者は、この民主主義社会を根本において支えるのが「真の個人主義的な、つまり社会連帯的な考え方」(二〇二・3)であるとして、そういう考え方がフランス語(人)の社会に比べて日本語(人)の社会にはまだ未成熟であると指摘している。これがこの文章の論旨であろう。

そのような〝重い〟主題を、便所の貼り札という日常的な題材によって語っているところに、この筆者独特のユーモアと確かさが感じられる。

▼この文章を、文例33「日本人の政治意識」(丸山真男)と比較して読んでみよう。一方はフランス文学者の、他方は政治学者の、全く異なる種類の文章のように見えるけれども、民主主義社会の理念を根底に置いて論じているという点では共通したものを持っている。

渡辺一夫が「かかげさせている」と書いた思想の裏返しになったものが、丸山真男の文章では「お上(かみ)の命令だから」(一七八・4)とか「承詔必謹のイデオロギー」(同・11)とかの語によって表されている。また、丸山真男の文章の中には「国家が戦争をした以上」(同・14)という語法が見られる。政治学者である丸山は「戦争が起こった以上」とは決して書かない。これは偶然ではない。「国家」と「人民」とを明確に区別した上で、さらに「国家――つまり具体的には政府」(同・17)と言いかえてさえいる。戦争の主体を問おうとする意志が語法にもあらわれているのである。

文脈上なめらかで、あたりさわりなく自然に読めるということは重要だが、そのために事物の関係があいまいになってしまうとしたら、伝統的な名文観は改められなければならない。響きのよい言葉が必ずしも真理を伝えるとは限らないからだ。時には、そのような響きのよさが、都合の悪い事実をカムフラージュするための手段として、意図的に用いられることさえある。渡辺二夫や丸山真男の語法は、そのようなあいまいさをあばいて見せてくれる見本として読むこともできる。

## 8 機知とユーモア

### 38 やさしい、子供の悪魔

P・グリパリ／金川光夫訳

いいことをしたくてたまらない悪魔は、地獄では誤解されてばかり。君にもないだろうか、いいことをしようとしたのに誤解されて辛い目にあったこと、逆に、いたずらをしたのにほめられて、何となくバツの悪かった思い出など。

解答の前に、子供の世界についてできるだけ短く前口上をします。あしからず。

設問でいう「いいことをしたくてたまらない悪魔」とは、矛盾のかたまり、すなわち子供のことだ、あるいは子供の感覚を失っていない本物の大人のことだ。ドイツの児童文学作家、エーリッヒ・ケストナーは、大人は昔じぶんが子供だったことを忘れてしまう、と指摘している。忘れてしまった大人たちは子供（および子供の心を持った大人たち）の行動をしばしば誤解する。なぜならば、突風のように子供たちは生きているからだ。行為や、その動機の説明など、大人の世界では不可欠のものに子供たちは大きな価値を与えない。説明は大人になって時間が余るようになってからすればいい。子供たちは大人が考えているよりずっと忙しいのだ。生きることの意味を問う暇もないほど、生きることに夢中な子供たちは、それが時々重荷になる大人たちに、「もっとたのしそうに、もっとたのしそうに！」とよびかける（エリナー・ファージョン「パニュキス」）哲学者なのだ。

それにしても、子供には子供の世界があり、それは決して大人になる経過点ではなく、大人とは違う価値観をもつ社会的存在なのだと認められてから、まだまだ歴史が浅い。おびただしい誤解があろう。決定的な無理解があろう。大人の予備軍としてではない、子供の文化、子供の世界の研究は、まだ未開拓の分野なのだ。

前口上が長くなりました。解答に移りましょう。今回は教員である特権を利用して、三年生に課題としてぶつけてみました。その中からいくつか紹介します。

小学校の時、交通整理をしようとして、道の真ん中で、ふえをふいていたら、トラックの人におこられた。（T・Y）

いいことをしようとしたのに誤解されて辛い目にあったことは、別にない。いままでに何度かいいことをしたことがあるけど、いまのところ全部いい方面にいっているので、辛い目にあったことはない。

逆にいたずらをほめられたことは一度もなく、ボコボコにしかられてばっかりでいい思い出は何もない。（S・T）

父がむかついて、煙草（たばこ）をくわえた時に、僕が気を利かして灰皿を差し出すと、「よけいな事はするな!!」と、怒鳴られた。（K・S）

かいもの

小学校のとき、しょっちゅう買物にいっていた。母ちゃんにたのまれて、すなおに買物にいっていた。いろんなものをたのまれ、それを頭の中につめこんで、いつもいさんでいっていた。余ったお金で、すきな菓子（かし）を買えたので喜んでいった。そのことばかり考えていたので、たいてい、一つ二つたのまれたものを忘れていた。ぼくは、まったく気付いていない。そして喜んで家に帰って、余ったお金で買った菓子をほおばっていると、母ちゃんが、「ねぎを買ってこんかったね。」というようなことが、しょっちゅうあって、よくおこられた。子ども心にかなしかった。（S・T）

昼の出来事

「今日、腹の調子が悪いでよ、後から便所に行くわな。」と、今日のIは、そんな事ばかり朝から繰り返し言っていた。

昼放課になり、Iの姿が見えないなあと思った自分はIを探すことにした。

「なんかくさいぞ。」そう思った自分は、Iは苦しんでいるんだろうなと思い、なぐさめの言葉の一つでもかけてやろうと思った。

ドアの上に手をかけて、腕の力で登った。そこには、自分の方をみて、不気味な笑いを浮かべているIの姿があった。自分が声をかけようとした瞬間、「N、見るなて、はよ下りろ。」と、なんともいえない口調で、Iの言葉が返ってきた。

その後、何度も何度も謝ったのに、なかなかゆるしてくれなかったI。だけど自分も悪気はなかったんだよ。ごめんなさいね。（N・S）

いかがでしたか。「いたずらをしたのに……」の方はいいのがなかったので省略しました。力を抜いて君も書いてみてください。

8　機知とユーモア

## 39 喜劇による喜劇的自己矯正法

井上ひさし

**第三段落で「子どもはスカートをまくりまくられ」（二二〇・3）という一文があることによって、この段落にどのような効果が生じただろうか。**

　この段落でヤリ玉にあげられているのは、政治家、資本家、御用労組、科学者など、今の世を牛耳り、リードしていると自他ともに認める「自信家」の現代人である。彼らの影響は広くて深い。「人間を破滅に導」（二二〇・7）くようにも思える。彼らの愚かさや思い上がりは、注意されるべきである。が、筆者は、悲しみや怒りを正面からぶつけて批判することはしない。それが彼のやり方ではないからだ。

　政治家や資本家などの愚行の数々の間に、「子どもはスカートをまくりまくられ」の一文を、彼はそっと忍びこませる。このことによって彼らの愚行は、子どものスカートまくりという悪戯と同じ行為に引きずり下ろされてしまったのだ。それまで彼らが持っていた社会的な地位や権威が吹き飛ばされ、地位や権威とまるで無関係な子どもと同じように見なされたのである。これが筆者の仕掛けた「笑い」といえるだろう。

　現代人の愚かさや思い上がりは、やがて「人間を破滅に導」きかねないとの深刻な危機感を抱かせる。この肩こりにも似た深刻さをもみほぐすのが、「笑い」なのである。「笑い」の力によって、生まじめさがうすめられるのだ。笑い、楽しみながら、わたしたちは井上流現代文化批判を受け入れることになるのである。

▼「政治家の愚行」と「子どもの悪戯」とを組み合わせることで「笑い」を作り出す。それまで全く無関係であったものを組み合わせる力、それが想像力なのだ。想像力によって作り出された「笑い」が、既存の価値を揺るがせる。我が国で「笑い」が低俗なもの不謹慎なものとされてきたのは、「笑い」による既存の価値の崩壊をおそれた防衛本能が働いていたからかもしれない。「子どもの悪戯」と同一と見なされた面々（もっとも「私は

わずかのギャグのストックを誇り」と筆者は自分の逃げ道を用意しているが）は、面目丸つぶれ、自尊心は切り刻まれるだろう。その動揺の幅こそが、彼らが既存の価値にどれほど依拠しているかのバロメーターになるのである。

第四段落で、筆者は「死」と隣り合わせの自分——これは想像力によってのみ組み合わせることができる——を戯画的に分析する。「死」という「絶対者」から見た自分を相対化するのだ。元来関係のないもの（密接に関係していても、見えない場合も多いが）を組み合わせること、相対化することが喜劇の方法なのだ。人間の世界を想像力によって相対化すること、古来一貫して喜劇が行なってきたのは、これである。

今までの喜劇では、貧しい者と富める者、善人と悪人、主人と従者、平和と戦争などなど、さまざまな組み合わせによって既存の価値が揺るがされ、相対化された渦の中から新しい世界像が作り出されてきた。しかし、それは過去のことである。新しい時代は新しい想像力を必要とする。自由で、大胆な想像力は真に創造的な世界を作り出す。常識や既成概念でがんじがらめになった精神には、それを望むことはできない。作家井上ひさしのめざましい活躍は、そのことをはっきりと示しているといえるだろう。

最後に彼の芝居の登場人物が女郎屋の中で歌う戯れ歌を一つ紹介しておこう。

> 愛するは憎む　　憎むは愛する
> 逢うは別れる　　別れるは逢う
> 明るいは暗い　　暗いは明るい
> 醜いは美しい　　美しいは醜い
> 悪意は善意　　善意は悪意
> 悪人は善人　　善人は悪人
> 悪口は追従　　追従は悪口
> 後棒は先棒　　先棒は後棒
> 穴馬は本命　　本命は穴馬
> あの世はこの世　　この世はあの世

あほうは利口　　利口はあほう
ありそうはなさそう　　なさそうはありそう
安全は危険　　危険は安全
便利は不便　　不便は便利
地獄は極楽　　極楽は地獄
きれいはきたない　　きたないはきれい
**すべての値打を　　ごちゃまぜにする**
**そのときはじめて　　おれは生きられる**
（『天保十二年のシェイクスピア』より）

## 8 機知とユーモア

### 40 食物連鎖の根本！

中村　浩

**筆者が暗示している現代文明への批判を汲み取ってみよう。**

排泄物を私たちは食べ物のカス・クズと考えている。それは私たちが食いちらし消費した食物の残骸である。そのようにどんどん食い続け、消費しつづけることは、詰まるところ将来に噴出する深刻な食糧不足を予想させる。モダンな大都市は、その足許に食いつぶされた不毛の荒野と、巨大なクソの山をもたらさずにはおかない。ここには物資を次々と消費し、使い尽くしていく文明生活の根本的な問題点が象徴されている。それは自分の生命の源である資源を枯渇させてしまう愚かな〝文明〟だ。その愚かさの告発を、筆者は、われわれの吐き出すクズの中のクズ、カスの中のカスである「ウンコとシッコ」を題材に行っているのである。「真の人類文明」は資源の使い棄てではなく「リサイクル・システム」にある。「ウンコやシッコ」こそ、人類の夢「食糧自給方式」（二一四・7）の貴重な資源なのだ。その臭うような信念を汲み取らなければならない。

もう一つの筆者の批判は、人間の「ウンコやシッコ」に対する無理解と差別への怒りである。美しい蝶の幼虫はしょせん「くそぶくろ」（二二六・2）だと筆者はいう。蝶でそうなら人間などさしずめ「くそだる」である。自分が体にかかえこみ、作り出しているものを、われわれは鼻をつまみ、目から遠ざけ、あっさり水に流して忘れている。リノリウムの床、タイル貼りの壁、白いテカテカの陶器の世界で「ウンコやシッコ」は抹殺される。それを衛生的・近代的生活とわれわれは考えている。この「くそぶくろ」いや「くそだる」の人間の思い上がったマヤカシのきれい好きを、筆者は怒り、もっと「ウンコやシッコ」の存在を考えてくれ、忘れないでくれ、と大便、いや代弁しているのである。

思えばモーツァルトの書簡にあるような（八一ページ著者紹介参照）、あるいは子供のころ公園の隅の野グソを棒で突ついて遊んだ、あの純真な「ウンコやシッコ」への親近感はどこに失われたのだろう。それは何やら現代の先進技術に囲まれた生活の中で、人と自然との絆が失われてゆくことと関連しているのかもしれない。

なお、このような筆者の文章が「下ネタ」の滑稽さだけで終わっていないのは、基本的に筆者が科学者として事実を洞察しているリアリストであり、かつ同時に、人類が「美しい蝶に変身し、文化の花を咲かせ」（二二六・5）る日を夢みているロマンチストだからである。文章には書けない題材などない。どんな題材も真剣に書けば美しい文章となることの証明がここにある。

それにしても、「ウンコやシッコ」から食糧を作り出すのはいいが、それを食べることでやがて出るウンコのウンコ、シッコのシッコとは、どんな代物なのだろうか。こればかりは出して見ないことにはわからない。



## 41　夫の生き方妻の生き方

田辺聖子

**この文章が後半の「男の仕事は、そういう……」（二三一・16）の部分から始まっていたとしたら、印象はどのように違うだろうか。**

雑に書かれたような印象を与える前半に深い配慮があることを読み取ろう。まず、前半と後半の文末の違いに注目しよう。「……ではなかろうか」「どちらであろうか」「大切なことか」というふうに、前半は疑問形が多く用いられている。一方後半は、「……であろう」「望めない」「……ほしい」「させるべきである」「……くるのだ」「……しまうのである」と、強い断定や主張の形で、筆者の意見がストレートに表明され、前半との文末の違いをはっきりと示している。

内容については首尾一貫して男中心の考え方を否定しているが、使われている語句についても大きな隔たりがある。前半が「ようく」「チャンと」「なんぼう」「よし、一丁」などと、くだけた話しことばであるのに対し、後半は、「剛毅（ごうき）果断」「自立の精神」「男尊女卑思想」「生活無能力者」など、四字熟語ないしは、漢字を中心にした力強い表現が多用されている。一見後半の方が強い主張を展開しているかのように受け取られがちだが、実は前半の部分には、「女が、その男の子供を産んでやり、家をチャンとととのえてやり、男が世の中に出て働けるようにしてやる、そのおかげで男は一人前の顔をして世渡りができるのだ」（二三〇・6）というくだりがあって、常識的な人生観を根本から揺るがす大胆な主張が織り込まれている。男のド肝を抜く主張は、文末の疑問形や、口当たりのいい話しことばによって和らげられ、その衝撃力を弱めているように思えるが、知らず知らずのうちにわたしたちは論旨の中に引きずり込まれるのだ。衝撃力は後になって表れる。文章が後半に入ると、わたしたちはもはや、筆者の術中に陥り、どれほど重量級の重みを持った語句に出くわしても、さほど驚きを感じなくなっているのだ。

現代が依然として男社会である以上、女と男の真実を主張し、デキの悪い男の作り上げた男社会を攻撃するにも、女性側から見ればこうした文章上の配慮が欠かせないことを筆者はよく知っているように思える。それは賢しい女からの発言ではなく、からめ手からせめる「イイ女」からのことばともいえるであろう。筆者の主張の真実性もさることながら、表現自体の中に女性を感じさせる文章であるといえるだろう。また、表題についても、今まで「妻の生き方」は論議されることはあったが、「夫の生き方」はあまり俎上にのぼったことはない。この点についても筆者の見識のほどがうかがわれるであろう。

▼なお、男と女の真実を理路整然と述べたヴァージニア・ウルフの文章(文例31「私ひとりの部屋」)を参照してみよう。

## 42 ドニーズ

R・ラディゲ／江口清訳

**「しかし、それは既に遅すぎたのだ。」**(二二六・12)**とは、何に遅すぎたのだろうか。**

「ぼく」は自分の裸を本で隠していた。ところが思わずカッとなってその本をドニーズに投げつけたわけだから、隠そうとするには「既に遅すぎた」のである。

しかし主人公のここでの後悔は、単に裸を見られたことだけを指しているのではない。裸を見られると同時に、彼は秘かに思いを寄せている娘に自分の子供っぽさを見られてしまった。本当に取り返しのつかない気持ちで彼がしまった、と舌打ちしているのはこの方なのだ。

彼はドニーズに対して、もっと大人っぽく、つまり一人前の男性としてふるまっていたかった。

ドニーズの風貌をいささか冷酷にとらえている本文前半での描写には、精一杯背伸びをしている青年の、いわば装われた傲慢さが表れている。もちろんそれは、ほほえましい気取りである。彼は娘を馬鹿にし優越心を抱いているが、それは実は成熟した娘への怯(おび)え、小心な欲望の裏返しなのだ。本当はどぎまぎしながら声をかけられるのを待ち受けている。その自分の心を相手に悟られまいとして、彼は娘を無視する態度をとっている。

　もしもドニーズが、裸の主人公に顔を赤らめて逃げ出すような娘であれば、彼は勝ち誇ることができたはずだ。しかし、そうだったら決してドニーズに対するほどに執着を抱くことはなかったろう。ドニーズは完全に彼を子供扱いしてからかう。幾分そのからかいには性的な好奇心が混じっている。つまりドニーズもまた真面目な秀才の美青年に近づきたいと惹(ひ)きつけられながら、からかうという形でしか近づけないのだと想像できる。要するに彼らはお互いに親近感を抱き、魅力を感じながら、素直に接触できずに苛立(いらだ)っているのである。

　だから、取り乱してカッとなった主人公は、自分を大人に見せることに失敗しただけでなく、彼女と親密な仲になる機会もまた、ぶざまな形で失ったわけである。

▼さて、「何を読んでいるの？　貸してちょうだい」（二二六・7）といわれたときに、主人公は本当はどう答えたかっただろうか。少し気取って、娘を見下すように、しかも娘を夢中にさせることができるような返答を彼は求めていたはずだ。君ならどうするか。あるいはあなたならどういわれたいか、考えてみてください。

　話題を持ち出した責任上、苦肉の策を次にいくつか挙げてみる。もっとシャレたもの、愉快なものをつくってください。

(1)「いいとも。でも、ぼくといっしょに泳いでから。」

(2)「マドモワゼル、キリストから最後の布まで取るおつもりですか。」

(3)「どうぞ読んでください。ただ、あなたの見るものに文字は書いてませんよ。」

## 9　女と男

### 43　プロローグ　めざめ

田村隆一

**「幻のcunt」（二三〇・14）を探し求めるとは、現代社会において何を追求することになるのだろうか。**

「経済効率」という神に支配された現代において、作者はかつて性のシンボルであった「豊穣」のエネルギーを捜したい、としている。

しかし、この文章は、性を題材に書きながら、テーマに日本の近代化、あるいは工業化に対する懐疑を潜めていることを見落としてはならない。つまり、作者のいう「cunt」は、女性性器や女性の生殖能力を指すのみではなく、日本人の原型たる農耕社会のおおらかさへの郷愁をも意味しているのである。性談議を装った文明批評として読むことが必要だから、スケベな高校生はよろしく自戒すべきである。

　われわれは性とは全く個人的なものだと思っている。たしかに個人の経験の内容は千差万別であって、しかも人前に報告することでもないのだから、どうしてもそれは限りなく個人の秘密とならざるをえない。

　しかし、性は個人的なもの、自由なものでありながら、同時に管理され規制されたものになっているというのが、作者の指摘の第一なのである。さまざまなタブーによって、われわれは暗黙のうちに、人妻に手を出したらいかんとか、学生どうしはいかんとか、同性どうしもいかんとか、自身を規制している。むろん中には好みの問題や、近親相姦のタブーのような社会的なタブーもあるが、大部分は制度的な、つまり政治権力によって禁じられたタブーにすぎない。そして、そのような政治権力による性の管理・支配は、二千年の日本の歴史上、明治以降の百十年間が最も強い、と作者はいう。その明治以降の性が管理されてきた百十年とは、日本が近代国家として「経済効率」追求の道を歩んできた百十年でもあるのだ。

　工業化社会を目ざして近代化しながら日本人が喪失したもの、「経済効率」を口にしながら見失った大切なもの、それを作者は性のエネルギーの源泉たる「豊穣の神様」（二二九・8）だと指摘する。いいかえれば、百十年前までの日本人の「繁殖し、ものを実らせ、刈り入れ、みんながおなかをかかえてわらう」「おおらかな」社会のエネルギーである。

性と豊穣の神、道祖神

　オイルショックによって「経済効率」が破綻するに従って「お祭り」が復活してきたことを、作者は「豊穣の神様」の復活と考えている。そして「工業化社会における豊穣の神様をどこかでさがしたい」（二三〇・12）と結論している。これが作者の「幻のcunt」なのである。

　これは性の自由を取り戻すとか、お祭りをもっと盛んにするとかで事足りる目標ではない。過去を見すえた上で、日本の未来像を模索することだといわなければならない。「経済効率」優先のこの社会で、われわれはいったいなにを心の安らぎ、よろこびとして求めたらよいか、という問いかけでもあるのだ。

▼田村隆一は詩人として現代詩に大きな足跡を残したが（詩集『四千の日と夜』は戦後の最もすばらしい詩集の一つである！）、生計のために従事していた翻訳にも大きな仕事がいくつかある（不思議と詩人で翻訳をする人は多く、しかも名訳者が多いのだ。たとえば鮎川信夫、木島始、岩田宏など）。

その翻訳作品中の最大の作品に『我が秘密の生涯』がある。これは十九世紀のイギリスの有名な大長編ポルノグラフィーであって、作者不詳のまま『ファニー・ヒルの娘』などと並び、今日までポルノ文学の〝古典〟として伝わっている。なんと二千ページに近いこの膨大な作品を、田村隆一は全訳している。

作品が作品だけに引用紹介できないのが残念だが、本文にも出てくる「カント」「プリック」という語は、この翻訳中随所に登場する、いわば田村訳流ポルノ用語なのである。

この大作の内容たるや、西欧人の性的エネルギーのたくましさ、探求心の旺盛さに、われわれ菜食人種である日本人は、ひたすらヘトヘト、タジタジ、ヨタヨタとなって圧倒されてしまう。

しかし、そのエネルギーのちがいは、日本と西欧の相違から来るというよりも、現代の「経済効率」中心の工業化社会で管理され、いびつになった性と、かつてのおおらかな「豊穣」のエネルギーに満ちた性との相違に基づいていると田村隆一は考えているらしい。文例にいう「幻のcunt」のイメージが、この翻訳に由来したことは疑いあるまい。

われわれは性に関する話題といえば、淫靡なヒソヒソ話や下品な笑いを連想するが、田村隆一は、天下国家を論ずるのと、まさに同一線上で堂々と論じている。「カント」だの「プリック」だの、使いようによっては〝お縄をちょうだい〟しなければならない〝ぶっそうな〟言葉が、ここではまさにその反権力性によって、むしろ積極的に天下国家を批評する武器として用いられている。大胆で自由な、詩人の精神が、性をめぐるわれわれの言葉のタブーを打ち破っているのだ。

## 9　女と男

### 44　一番良い着物を着て

宇野千代

**「恋愛の武士道」（二三四・12）とあるが、作者は「武士道」ということばにどんな意味をこめているのだろう。**

いろいろな答えが考えられるだろう。たとえば、

(1) フェアプレーの精神
(2) 自己中心の考え方や甘えを排除した人間関係
(3) 諦め（思い切り）のよさ

などの答えが出てくれれば、筆者がわざわざ「武士道」という語を使った意図はくみとられたと言ってよい。

筆者は、恋愛をあくまで二人の人間によって成り立つものと考えている。だから一番強く否定しているのが、自分中心の考え方に固執して周囲がそれに合わせてくれるように要求する態度である。恋愛というものは、あくまで相手があって成立する真剣勝負である、との認識が筆者にはある。その真剣勝負の中で完全燃焼しようという態度が、また、相手が逃げた時には追いかけないという思い切りのよさにつながる。このあたりに宇野千代の恋愛観がよく出ている。だから、「一番良い着物を着て」という考えにも、その完全燃焼のあとのさっぱりした感情と、完全燃焼へかける一種の自尊心が感じられる。この文章にみられる、潔さは、言ってみれば、筆者の生きる姿勢が文章のスタイルとなって表れたものとも見ることができる。それだけの年輪が感じられる、と言おうか。

## 9 女と男

### 45 アイザック・ニュートン

谷川俊太郎

**これを読んだあと、「だから女というものは」と考えるか、「だから男というものは」と考えるかの二通りの可能性がある。双方の言い分を考えて、その特徴を比較してみよう。**

⇩「だから女って奴はイヤになるね。現実的で計

算高くて、男のロマンが理解できない。どんなに可愛く見えたって頭の中身は財布のことと食い物のことばっかりなんだ。」

♀「あら、男の方こそ何よ。ナリばかり大きくてもわがままな子供と同じじゃないの。つまんないことにこだわって意地になって自分の城に閉じこもってさ。そんな男なんてだれも女は好きになるわけないわ。」

♂「馬鹿だなあ、それがロマンというものじゃないか。女にはそれがないから、科学者だって芸術家だって、女で歴史に名を残した偉大な人間は少ないんだ。」

♀「何いってんのよ。歴史を通じて戦争とか武器の開発とか、そんなことばかりしてきたのが男じゃないの。男は人間の歴史をダメにしてるんだわ。」

♂「女だってバーゲン売場で戦争をやってるじゃないか。コセコセと自分の生活の周辺でしか行動できないだけのことで、やってることは同じなんだ。男にはそこから世界や宇宙へ飛び出してゆける行動力と夢があるんだ。」

♀「おっしゃいますけどね、女を家庭に縛りつけたのはだれなのよ、だれも好きこのんで食器を洗ったり洗濯物をたたんだりなんかしないわ。女だって世界にでも宇宙にでも飛び出して、いろんなことをしてみたい。それを懸命になって妨害しているのは男なのよ。男は女の実力を恐れているんだわ。」

♂「女には根本的に論理的な思考をする能力が乏しいんだ。感情的でヒステリックで、残酷で自分勝手だ。女だからってチヤホヤされているからそうなんだ。女を差別するっていうけど、イザとなると女だからって自分から尻込みして甘えちまうのが女なんだ。女を差別するのは女自身なんだ。バーカ！」

♀「ヒステリックなのはどちらかしら。競争が好きで、すぐカッとなるのは男でしょ。自分のことに夢中になると、たちまち家庭でも回りの人間でも目に入らなくなる。ずいぶん自分勝手な人種ですこと。」

♂「それがあるから進歩があるんだ。女のすることは繰り返しばっかり。何万年も前から変わっていない。男に惚れて、くっついて、子供を産んで育ててるだけ。」

♀「男を選んで、その男のために子供を産んであげるのは女なのよ。田辺聖子さんも書いているでしょ（文例41「夫の生き方妻の生き方」）。男が自慢できることなんて、みんなほんとうは女が陰で支えてやっていることだわ。」

♂「いっとくけどね、（語気荒く）ぼくはそんな支えなんかなくったってやっていけるよ。ニュートンだって生涯独身だったんだ。」

♀「そお。じゃやってみなさい。デートは中止よ。もう電話したりして来ないでね。」（出てゆく）

♂「（独白）げっ。しまった。いいすぎた。（あわてて）待ってくれ。たのむ。ぼくが悪かった。謝るからさあ。」（男、蹴つまずきながら女の後を追う）

付記。二人のその後の会話を付け足してください。

## 10 さまざまな青春

### 46 富士早春

吉田とし

**若い男女の出会いの場面で「霧」はどんな効果を与えているだろうか。**

ロマンチックな雰囲気をかもし出すことがまず第一に考えられるが、それよりも「霧」によって視界が遮られるということに注目したい。それは聴覚の比重が大きくなるということだ。主人公の杏子は、「霧」を前にして音について純粋な状態に身を置いている。そこへ、視界のきかない「霧」の中から口笛が流れ、「コンドルは飛んで行く」のメロディが聞こえて来る。杏子と青年との出会いは、この曲を前奏としている。とくに杏子にとってこの曲は、前の家で何度も聞き、記憶の底にこびりついているのであって、「綱島の家で何度かたのしんだ空想の光景」（二四四・4）を思い起こさせる特別に意味の深い曲だったのだ。つまり、この曲は若い杏子の夢や期待や思いがいっぱいにつまった空想の小箱だったのであり、だから「頬がゆる」（同・5）んだのだった。

　杏子は空想の中に入っている。そして、「気がついてみると、周囲の霧は急速に薄れて、道路がしっとりと浮き上がり、家や草地、川ふちの樹木がねむりから醒めたかのようにあらわれでていた」（二四五・16）というように、やがて現実に目覚め、何度も何度も空想していた場面は霧とともに過ぎて行くのだった。従って、霧の中の出会いは杏子の空想、夢の場面と考えてもよいだろうし、凝縮された一瞬を縁どる効果を霧は与えているともいえるだろう。

「なによ、てれちゃって」（二四六・6）という杏子の言葉は、夢と現実とがすれ違ってしまったことに対するちょっとした憤慨のポーズであり、その後再び口笛が聞こえてくると、彼女はほほえみ、〈「コンドルは飛んで行く」、でしょう?〉と夢のような場面を反芻するのだった。

　さて、その後杏子に訪れる現実とはいったいどんなものだったのだろう。彼女はまだ人生に一歩足を踏み入れたばかりであった。

## 10 さまざまな青春

### 47 長距離走者の孤独

**A・シリトー／河野一郎訳**

**本文には「けちなつらをしやがった有法者にさえ負けなけりゃ。」（二五〇・10）とあるが、「有法者さえいなけりゃ」としなかったのはなぜだろう。前文なども参考にして考えてみよう。**

まず「有法者」とは何かを考えてみよう。

作品中では「ポリ公や感化院のボスや」がその代表とされている。しかしむろん、「奴ら」は「ポリ公や感化院のボスや」だけではない。「有法者」とは既成の社会機構、社会秩序の側にあり、それを守ろうとする者たちと言うことができるだろう。当然、社会の権威はすべて彼らの側にあり、彼らはそれらを総動員して自分らの社会と正義をより強固なものにしようとし、異分子を排除しようとする。この異分子こそ無法者なのである。だから彼らは無法者を見張り、わるさをした者を感化院に入れて善良な社会から隔離し、自分らの世界の優位を理解させようと教え導く。だが彼らの無法者に対する不信感は根深いから、「感化院」からさらに「軍隊」へ送り込もうとする。彼らは無法者を決して受け入れようとはしていないのだ。にもかかわらず「教え導く」という。そこにまやかし、偽善がある。有法者が無法者を排除する構図はおおよそ以上のようであろう。

それでは既成の秩序をおびやかす異分子、コリン・スミスの世界はどんなであろう。

感化院という、有法者の厳しい排除の論理のただ中で、コリン・スミスが見いだしたのは有法者の思惑とは全く違ったものだった。それは自由と孤独であったのだ。「これまでの自分の人生をいろいろと考えてみる。そういうのが好きなんだ」（二四八・1）。また、「おれは考えはじめる、そしてそれが楽しいのだ」（二四九・5）。だれからも指図されず、命令されず、邪魔もされずに、堅い土の上を自分ひとりの力でひた走る長距離ランナーの世界、それは彼を夢見心地に誘い、また「姿も見えない早起きの乳しぼりにおはようと呼びかけ」（同・8）るほどの「しあわせな気分」に満たされた、自由で孤独な世界だった。彼、コリン・スミスはおそらく自分ひとりの世界を見つけだし、それを確かめる喜びを感じていたのだ。

だから「すばらしい人生だ、とおれは自分に言い聞かせ」（二五〇・9）、「有法者にさえ負けなけりゃ」という時、それはコリン・スミスの、有法者に対する徹底抗戦の宣言なのである。「負ける」ということは、自分ひとりの世界を奪われ、土足で踏みにじられることを意味する。「勝つ」ことは無用だし、彼にとってはそれを考えることすら無意味だ。勝たなくてもいい、だが決して屈服しないという姿勢、自分ひとりの世界を決して放棄しないぞという宣言がそこにあろう。だから当然、「いなけりゃ」は問題外なのである。それは戦う前から逃げてしまっているからだ。

コリン・スミスの無法者としてのプロテストは、積極的に体制を破壊する方向には向かわないだろう。だがそれは、体制の力に抗して自分を支える、おそらく最も根源的な姿勢といっていい。

▼J・D・サリンジャーの『ライ麦畑でつかまえて』(白水社)も、この『長距離走者の孤独』と主題が響き合う作品だ。三度、放校処分を受けた十六歳のホールデンが主人公だが、彼は目に映るありとあらゆる大人の世界のまやかしとインチキに毒づいて、とどまるところをしらない。権威に抵抗する激しい反抗心と、人生へのあふれるほどの愛情にさいなまれる若者の心をサリンジャーはすみずみまで描き切った。

## 10 さまざまな青春

### 48 風の歌を聴け

村上春樹

**「パチン……OFF。」(二五六・4)という表現は、医者に対する「僕」の本心の返答といってもよい。暗黙のうちに語っているその返答を考えてみよう。**

主人公は一見素直で従順そうに見える。それは学校で教師の目から大部分の諸君がそう見えるのと似ている。しかし、その外見の素直さと、彼のかたくなな無口とが、同じ精神の基盤に立っていることを見逃してはならない。

「パチン……OFF」という表現からは、ラジオやテープレコーダーなどのスイッチを面倒臭そうに乱暴に切る動作が連想される。それは一方的な大人の側のお説教を拒絶する意志の消極的な表れといえる。

「医者の言ったことは正しい」（二五六・3）と主人公はいう。なるほど大人はいつも「正しい」ことを若者にいう。しかし彼らの「正し」さとはいったい何だろうか。

　医者はまず大人の社会の権威の象徴的存在でもある。彼はモーツァルトの肖像の飾られた部屋で、上品なクロワッサンやオレンジジュースを並べ、主人公を「正しい」人間に直そうとする。満ち足りた生活と権威の上に安住しながら、大人が振りかざす価値観や処世訓の「正しさ」のうさんくささ、欺瞞性を、主人公は漠然と感じ取っているようだ。いうなればその「正しさ」は、大人の社会ですでにでき上がり、揺るぎのないものとなっていて、未熟で柔軟な若者の個性が立ち入る隙のない窮屈な世界になってしまっているらしい。

　たとえば、主人公の空腹を表すポーズを医者は「それじゃ消化不良だ」（二五五・2）と片付ける。伝達の方法はすでにルール化されていて、それに従わない表現は拒絶されるのだ。「消化不良」ということばを自ら嚙みしめる主人公のつぶやきには、拒否された自分への苦いあきらめがにじんでいる。そのあきらめが「パチン……ＯＦＦ」を用意しているのである。
▼〝治療〟後に主人公は猛烈なおしゃべりの現象に襲われる。彼は果たして、治療の効あって言葉を回復したのだろうか。
　どうやらその発作は、大人の世界の権威から拒否された彼の、話し相手のいない彼だけの言葉の噴出だったと考えた方がよさそうである。そして彼は再び無口に戻ったのだが、理解者を見いだせなかった彼の言葉は、実はこの小説の記述そのものによって回復されているのである。この作品はいわゆる〈私小説〉ではないが、少なくとも作者自身にとっての創作行為の動機のようなものがここに暗示されているといってもよい。つまり、こ

の少年は自分の言葉を、やがては自分で紡ぐことによって言葉を回復するのである。作者の文体の若々しさ、柔軟さ、新鮮さは、大人の伝達のルールに組み込まれない青春の言葉によって樹立されているのだ。

その意味で本文は、まだ言葉を見いだせずにいた少年時代への、いたわりを込めた回想として書かれており、それが全体をメルヘン的な色彩と乾いた軽みで覆っているのである。〈話すこと〉と〈書くこと〉の性質の違い、人が〈文学〉を欲することの意味を、ここから考えることができる。

## 10 さまざまな青春

### 49 穂高に通う

加藤保男

「一人満ちたりた気分にひたった。」（二六〇・12）という筆者の胸中を想像してみよう。

彼のこの山行は「槍ガ岳東稜積雪期第四登」という、記録的にも意味のあるものだった。まだ若い駆け出しの登山者のプライドを、それは充分満足させるものだった。同時に、今自分の傍らを黙々と歩く仲間はそれぞれが力のある立派な登山家で、自分もその人たちと同じことができたという達成感もあるだろう。また、梓川の朝霧に祝福されたこの山行によって、自分が本当に力を注ぐことのできる対象を見いだしたような気がしていたかもしれない。いずれにせよ、それは稀にしか訪れない充実した青春のひと時であった。

▼加藤保男はこだわりのない、いい文章を書く人だ。変なごまかしを嫌い、率直にものを見、ものを書く。この作品で少しそれを跡付けてみよう。

「誘ってくれた」ので「連れて行ってもらう」（二五八・4）ことから始まるこの山行は、ルートも知らず、アイゼンの付け方も知らない無鉄砲な参加である。山に入れば「みなの後を追っかけ」、「ザイルにひっぱられ」（二五九・7）、なんとか狭い頂上へ出るが、そこで彼は「この山は何山なの」と場違いの質問をする。「バカ！　槍だよ」といわれても、それは仕方がない。何とも格好が悪いのである。肩の小屋の主人に「叱られ」、もぐり込んだ寝床ではアイゼンで刺した足が痛み、眠る間もなく「叩き起こされ」、「しぶしぶ身仕度を始める」（二六〇・1）あたりの記述は何とも情けない。後年、ヒマラヤで「怪物」といわれた加藤保男の高校時代の山行は、こんなふうに始まったのである。

　山に取り組む主体性も自覚もなく、体力と運動神経だけで人にくっついていった、甘っちょろい若者でしかなかった自分を、彼はひとつもごまかすことなく真っ正直に書いている。その清潔な感性が、かえって巧まざる上質のユーモアとなって行間を漂い始める。「やっちゃん」と呼ばれて山仲間に愛された彼の、屈託のない明るい性格が文に反映するのであろうか。人と文とはそんな簡単な図式で云々できるものではないが、それにしても、こんなに背筋の通った気持ちのいい文を書く人は、思いのほか少ないのだ。

▼『未踏への挑戦』（田中舘哲彦著・汐文社）は加藤保男の幼児時代から厳冬のエベレストで消息を絶つまで、そして残された者たちの思いを丹念に辿った好著である。山好きの人たちには推薦したい。

## 10 さまざまな青春

### 50 時間のない町

畑山　博

**「言葉の死んだ世界」（二六三・11）という表現と「時間のない町」という題名とは、どのように結びついていると思うか。**

　作者は「言葉の死んだ世界」という表現をもちだす前に、周到に六つの段落を設けてその内容を説明している。作者のいう「言葉の死んだ世界」とは何だろうか。段落ごとにまとめてみよう。

(1) ものを考えない世界
(2)（機械的行為以外の）行為をしない世界
(3) 身体と感覚を働かせない世界
(4) 感情に潤いがない世界
(5) 人と話をしない世界
(6) 家族と親しく交わらない世界

すなわち、作者のいう「言葉」という語が、理性・感覚・感情を十分に働かせ（(1)(3)(4)）、身体を自らの意志で動かし（(2)(3)）、かつ仲間や家族たちとコミュニケーションをもつ（(5)(6)）、という人間らしい表現活動の総体を意味するものとして使用されているのがわかる。それは、我々がふつう、たとえば「話し言葉」「書き言葉」というように用いるその語の使用法とは少し異質の、もっと広い範囲の意味を含みもたされているといえるだろう。となると、「言葉の死んだ世界」とは、こうした「人間らしい表現活動の総体」の働きが全く失われている状態のことである。

さて、一方（作者とおぼしき）主人公「私」の毎日は、「作業している時間」「飯を食う時間」工場へ「通う時間」「便所へゆく時間」「眠って」いる時間という具合に、彼の意志と全く関係なく社会的・生理的条件によって外側からきっちりと区分されてしまっている（そして「休日は月二日きり」）。彼のまわりでは、「時間」は日々同じ繰返しを伴いながら、機械のように精密かつ均質に流れるだけだったのではなかったか。

ところで、私たちの日常にたち返って、生き生きとした表現活動が営まれたときのことを思い浮かべてみよう。たとえば、少年少女時代、遊びに夢中になっている（「遊び」はりっぱな「表現活動」である）うちに、あっという間に夕暮れが訪れていた、ということがなかったろうか。逆に、つまらない授業をうけながら、「退屈だなあ」とつぶやいている諸君——君たちはもっと別の種類の表現活動への衝動に悩まされているのだが——にとって、それはなんと死ぬほど長ーく感じられることだろうか。このように何らかの表現活動をしている（しようとしている）人間の「時間」は、決して機械のように均質に刻まれていくことはなく、意識の中では伸縮自在なのである。そして、私たちが「時間」というものを意識（実感）することができるのは、まさにこの伸縮性のおかげなのである。

主人公「私」は「言葉の死んだ世界」の住人である。表現活動総体を拒まれている彼にとって、「時間」もまた伸縮性を失った均質なものとして彼の外側を流れつづけざるをえない。彼は、「時間」を充実しているとも、逆に退屈だとさえも感じることができずに、ただ「自分は腐ってゆくんだと思った」（二六三・12）のである。そんな彼にとって「時間」などないに等しいものであった。「言葉の死んだ世界」とは、同時に「時間のない町」のことでもあったわけである。

▼均質な時間から個の充実した時間を回復させる試みとして、文例II「さようなら、ギャングたち」（高橋源一郎）と比べてみよう。この文章は、同じように工場で働いた体験を徹底的なことば遊びの対象とすることで、作者独自の世界を創造し、青春を回復し、救済しようとした作品である。両者の創作方法の違いは興味深い。

## 11 日々をみつめて

### 51 揺れさだまる星

永瀬清子

**「ゆれている炬火は次第におさまった。すこしずつ山をはなれ、それは空中にのぼりだした。」（二六九・11）という表現が、伊東静雄の詩を経てどのように変化するか。またその変化の意味を考えてみよう。**

「（星が）揺れまどいながら地の殻をぬぎすてて空にのぼる」（二七〇・9）となる。ここに付した傍点部に注意しながら変化の意味を考えてみよう。

熊山の頂上でゆれていた炬火（たいまつ）が次第におさまり、

空中にのぼりだした、思ったとおり星だったのだ、と書く前半、筆者の心は自然体験から受けた直接的な驚きに満たされている。ゆえに表現はありのまま、見たままを、ひとまずことばで書きとめておこうとする素朴さに、その特徴がある。とりたてて指摘しなければならないような修辞技法もない。それに対して、自由に改編された（もとの詩は後出▼以下で掲載）伊東静雄の詩「夜の葦（あし）」を経た後、前半の素朴な自然描写は一変する。

「揺れまどいながら地の殻をぬぎすてて空にのぼる」という表現を検討してみよう。これは「夜の葦」の「いちばん早い星が空に輝きだす刹那」という詩句に照応する部分である。これを、前半の同じ内容を表現している部分と比較してみれば、はるかに厳しくことばが選択されていることに気付くはずだ。修辞技法もとり入れられている。「熊山」は「地の殻」に、「空中」は「空」に変えられ、「まどい」「ぬぎすてて」は言うまでもなく擬人法だ。これは特殊な体験の、ことばによる普遍化の試みである。また、ここで表現されるイメージは「夜の葦」の「揺れさだまった星の宿り」という美しいイメージに、その多くを負っている。筆者は感動を言語に定着しようとする際、まさに絶好のことばに巡り合ったといえよう。しかも彼女の感動は「揺れさだまった星の宿り」の前、あたかも伊東がおだやかに提示した問いかけの部分（「いちばん早い……」）だったのだ。この時彼女の中で、伊東静雄のイメージに触発されながら、独自のイメージが明瞭な姿をとり始めたのだろう。

揺れ「さだまる」ためには、その時間的経過の前提として揺れ「まどう」ことが必要だ。また、単に「すこしずつ山をはなれ」では「まどう」との均衡がとれない。「地の殻をぬぎすて」るというイメージの飛躍が不可欠だ。

こうして普遍化されたイメージには具体的な自然現象をつきぬけて、自ら象徴的意味が生ずる。たとえば「誕生」の、あるいは「鎮魂」の。だがそこに深入りすることは、設問の意図を超える。

まとめておこう。上述したように、筆者はことばを厳しく選択し、擬人法を駆使して、美しい詩から触発された独自のイメージをことばに定着した。ひとつの体験は、このようにひとつのことばと巡り合うことによって、思いもよらない意味を放射し始めることがあるのだ。

▼伊東静雄の詩「夜の葦」を参考までに掲げておこう。

いちばん早い星が　空にかがやき出す刹那は
どんなふうだらう
それを　誰れが　どこで　見てゐたのだらう
とほい湿地のはうから　闇のなかをとほつて
葦の葉ずれの音がきこえてくる
そして　いまわたしが仰見るのは揺れさだま
つた星の宿りだ
最初の星がかがやき出す刹那を　見守つてゐ
たひとは
いつのまにか地を覆うた　六月の夜の闇の余
りの深さに　驚いて
あたりを透かし　見まはしたことだらう
そして　あの真暗な湿地の葦は　その時　き
つとその人の耳へと
とほく鳴りはじめたのだ

（詩集『夏花』より）

## 11 日々をみつめて

### 52 つげ義春日記

つげ義春

**劇的な事件の当事者としての記述と、一生活者としての記述の対照を読み取って比べてみよう。**

劇的な事件の記述の頂点は、いうまでもなく妻が癌を告げられた場面である。「診察室から出てくるなり、マキはその場にしゃがみ込んで泣いた」（二七二・5）から「頭の中が空白になりカランと音がするような感じだった」（同・9）までは、まるで小説の場面のようにドラマチックな描写である。

しかし、その直後「マキはすぐ立ち上がり、なぜ慰めてくれないのかと怒りをぶつけて来た」という文章からは、生々しい人間のエゴや確執が顔をのぞかせ、筆者も、また読者のわれわれも、悲劇の主人公の気分に浸っておれなくなる。つまり妻や子供という他者、日常的な雑務に振り回される一生活者になってしまう。「しかし日常があるのでのめり込んではいられない」（二七三・3）という文章には筆者の生活者の自覚が表れている。その記述の頂点は「マキはすぐ正助の昼食の仕度にとりかかった」（同・4）に始まり、「風呂を沸かしておき、正助を自転車に乗せ散歩に連れて出ると、保健所の前でマキと出会った」（二七四・2）に至る部分である。これは、生活と劇的事件との落差が浮き出た一瞬だといえよう。不幸を背負わされた本人である妻自身もまた、癌の宣告を受けたあと、食事の仕度や買物に追われている。小説やドラマのように涙にくれたり、悲嘆の言葉を交わしたり、抱き合って励まし合ったりする余裕はどこにもない。そのようないわば人情ドラマに「のめり込」む隙のないような、平凡な小市民の多忙な家庭を癌が襲うということが、かえって恐ろしく、悲劇的なのである。彼らにとってそれは劇的なドラマとして迎えられたのではなく、日常の雑事のさらに重い心配事の増大として受けとめられている。そして「立ち向かうしかない」（同・9）と書かれるとき、無力でつましい平凡な生活者が人生苦に立ち向かうことの、真実の痛みと、一方での力強さがわれわれを打つ。つまりそれは筆者の表現そのものが現実に「立ち向か」っている力強さなのである。

▼文章を書くとき、書き手は自分を主人公にして書ける。つまりどのように自己中心的に書くこと

も自由なのである。しかしその自由の代償にわれわれは危険な罠にも陥りがちとなる。

まず自分を主人公として無意識に飾りがちである。その結果、真実が都合よく歪曲されやすい。次に自分の感情や感銘に「のめり込」んで、事実の客観的な把握やディテール（細かな描写）をおろそかにしがちである。また、自分のことばかり書いて、他人の気持ちや態度に目を向けることを忘れがちである。

要するに、事実の体験を書くつもりが、知らないうちにフィクション（虚構・つくりごと）になってしまうのである。

文章には本質的に事実をフィクション化する能力があって、そのことじたいは咎められるものではない。しかし、それはあらかじめフィクション化しようとする方法意識があってこそ活きる能力なのであって、事実の再現のつもりがフィクションになってしまうのでは、目的に沿った表現とはいえなくなる。悪くいえば、ごまかし、ウソになってしまう。

自分を主人公として書くことで文章が歪みがちとなるもう一つの理由は、書き手の意識に、小説やドラマにおける主人公の描かれ方のパターンが知らず知らず入りこんで、文章をあやつってしまうからでもある。そのように書かれた文章は、つまるところ通俗なパターンをなぞったものでしかなく、本当の自分の体験や感銘の固有性が覆い隠されたものになってしまう。

本文の筆者の記述が、ある強さを感じさせるのは、筆者が自分の体験を記述するのに、このような安易なドラマ化、パターン化の誘惑にうちかっているからでもある。

## 11 日々をみつめて

### 53 富士日記

武田百合子

**死んだ生き物のことを、たとえば「かわいそうだ」と書いた場合、原文の味わいはどのように変わるだろうか。**

描写というものの本質について考えたい。

「かわいそうだ」とは、生き物の死を目にしたとき、われわれが反射的に浮かべがちな言葉である。同じように「悲しかった」とか「さびしかった」とか書かれるかもしれない。逆に愉快な経験を描くときには「楽しかった」「うれしかった」といった表現が同じ役割を果たすことになる。

このような表現は、正直といえば正直だが、書き手と、彼（彼女）の経験した出来事との結びつきを、喜怒哀楽の感情を示す表現だけで要約してしまう方法だということになる。

一方、われわれは読者として他人の文章を読むときに、どんなに作者が「悲しかった」と繰り返して書いても、それだけでは本当の悲しみを共感することはできない。つまりそこには、書き手側からの結論としての感情の要約が一方的にあるだけで、何がどのようにあったのかという状況を読者に伝える努力が欠落しているのである。

こうして考えてみると、描写とは、作者の抱いた気持ちを伝えるのではなく、その気持ちを起こさせられた状況そのものを再現し、伝達するものであることがわかるだろう。つまり感情は、作者でなく、読者が用意するものであり、作者は読者に自分と同じ感情を引き起こすために描写を与えるのである。見たものを目に見えるように言葉で描くこと、読者に自分と同じ経験を追体験させ、読者を感化すること、これが描写の本質的な役割である。

そもそも人間の感情というものは、複雑微妙である。感情を表す語は、その複雑微妙な感情の全体を、代表的な一種類の感情に置き換えるだけの、いわば便宜的な表現でしかない。

たとえば本文のモグラやあかはらを、作者は果たして同情や悲しみだけで眺めているだろうか。

そこには生き物の姿への純粋な好奇心、観察の目も働いている。突然起こった異変への驚きもある。そして日々の暮らしと出来事を漏らさず忠実に書き留めようとする、一種の執着や愛情のようなものさえ、この日記にはある。日記をつけるという行為そのものが、そうしたものだろう。過ぎ去り忘れられていく日々が、この日記の記述の中に、一つ一つ愛着を込めて刻まれ、保存されていく。モグラも小鳥も、作者にとっては記述に刻みつけるべき、愛着のこもったもの（こと）として受けとめられている。その思いが、正確な、しかし温かい描写を作者に書かせているのだともいえるだろう。

　描写とは、自分の感じたこと（もの）、見たこと（もの）を、言葉を用いていつくしみ、いとおしむ行為なのである。



## 54 白という色

沢村貞子

**「病的な感じがする」（二八〇・5）とは、現代の暮らしのどんな症状に焦点をあてているのだろうか。**

「白という色」の中に微妙な濃淡の違い、ニュアンスの差を見分けることのできる感性と、足袋だけはいつも自前のものを用意する頑固一徹ともいえる暮らしぶり、この二点を持っている筆者であって初めて、現代の病的な部分が見えてくることに注目しよう。

　女優という職業柄きものは必需品、足袋と衿（えり）はきもの姿を引き立たせるポイントである。足袋も衿も何度も使っていれば、形がくずれ、変色するのは当然のことだ。そうなってから素材の持つ美しさが生きてくることもあり、ものと人との係（かか）わりの中に流れる自然な時間というべきものが伝わってくるのだ。

しかし、それがなくなっている。足袋はアイロンでペチャンコになり、漂白剤で真っ白になっている。白衿は漂白加工のため染めかえができない。かえって不経済だ。ものと人との間に流れる時間が暮らしの中で感じ取れなくなってきたのだ。

現代文明が便利さや画一性や効率だけを追い求めた結果が、これであった。暮らしの中で最も大切な身の回りのものとの係わりが希薄になり、次に無関心が生まれるということになるだろうか。自分の生活の中心を占めるものへの無関心、そして無感動は、ものや暮らしを自分の感性でとらえるのではなく、やがて他の者の手にそれを委ねてしまうだろう。自分の感性が自分以外の者によって支配され、そういう意識さえも薄れてゆくのが現代の暮らしなのだ。その代表的なものが、おそらくテレビであって、自分が参加しなくても参加したような気になる、擬似体験がはびこり、手ざわりの感覚が遠のいてゆく。こうした危惧が、日ごろテレビ界で活躍している女優によって表明されるところに、この文章の持つ重みがあり、説得力があるのだ。

「無理にこしらえた白は、どことなく味気なく、うらぶれたような気さえする」（二八〇・11）。身の回りのわずかな変化を感性でとらえ、そこに生ずる違和感が現代文明への警鐘となって、世の中の大きな流れを映し出しているといえるだろう。

▼「白という色」の中にあるさまざまなニュアンスについて、散文詩「灰についての私見」で谷川俊太郎は次のように書いている。

どんな白い白も、ほんとうの白であったためしはない。一点の翳（かげり）もない白の中に、目に見える微妙な黒がかくれていて、それは常に白の構造そのものである。白は黒を敵視せぬどころか、むしろ白は白ゆえに黒を生み、黒をはぐくむと理解される。存在のその瞬間から白はすでに黒へと生き始めているのだ。

（『定義』より）

## 11 日々をみつめて

### 55 庭にくる鳥

朝永振一郎

**この文章はいくつかの話題（エピソード）から成っているが、中心になっているのはどれだろうか。**

まず、この文章の中には、読んでいて特に注意を惹く語句や、特別に感覚が鋭いと思われる語句は見当たらない。まして気どった表現と思われるものも見当たらない。それでいて全体として魅力がある。哲学者アランは次のようにも言っている。「ものを書く芸術は語そのものよりも、むしろその集まりから力を引き出すものである」（『諸芸術の体系』桑原武夫訳・岩波書店）。

まさに、そういった散文の見本のような文章である。

さて、その中で、中心になっているエピソードは何だろうか。小鳥のふんを集めて土にまくと、そこからいろいろな植物が生えてくる、という箇所である。筆者は少しも誇ったようすを見せないし、驚いた口調も見せないが、実は読者にとっては新鮮な驚きである。おそらく人格がそうさせたのだろうが、筆者はそこのところを極めて平凡に語っていく。エピソードへの入り方も自然だが、次第に語っていくうちに別の話題へ移っていく方法も自然である。だから、読者は自分の驚きにも気づかないくらいに過ぎてしまう。しかし、小鳥のふんからいろいろな植物が生えてくるというエピソードがなかったら、この文章全体は成り立たない。このことはしっかりおさえておかなくてはならない。

▼この文章にみられる朝永振一郎の叙述の姿勢は、

その生き方のあらわれでもあると思われる。理論物理学の分野で世界に通用する業績をあげた人の、日常を静かに見つめる目が、何の飾りもなく、穏やかに、自然に感じられる。もちろん、文章によって人を驚かそうという意図も感じられない。そういう姿勢が読む者の心をとらえるのである。若い諸君にも、そういう文章の良さは分かってもらえると信じる。本書の文例66「バッハをめぐって」（森有正）の中で「効果的に弾きたいという欠陥」（三四七・10）と書かれていることと合わせて読んでみてほしい。

▼この文章の終段（「十年とちょっと前」以下）は、穏やかな文明批評に捧げられている。しかし、この文章全体の主題を文明批評に限定する読み方はよくない。この文章は、いわゆる受験国語でいう評論文ではないし、浅い結論を一種の教訓として読み取らせるために書かれたものでもない。筆者の姿勢は、そんなこととは全く別のところにある。「くつろいだ自然への親しみ」……あえて言えば、そんなところに主題はあるのだろうか。

それよりも、（筆者は全く意図していないのだが）この文章の中には十四種の鳥の名と九種の植物の名が出てくる——それを列挙してみよう。

ひよどり　ツタ
むくどり　アオキ
おなが　ネズミモチ
しじゅうがら　イヌツゲ
あおじ　ビナンカヅラ
かわらひわ　ナツメ
ひたき　オモト
うぐいす　シュロ
めじろ　ツルバラ
きじばと
すずめ
からす
ひばり
こじゅけい

君はこの中のいくつを知っているか。知っているものに印を付けてみよう。印の少なさが、無言の文明批評になっているかもしれない……。

## 11 日々をみつめて

### 56 酒

大山定一

**秋の「木の葉」（二八六・3）とか「春夏秋冬の移り変わり」（二八七・16）が比喩として用いられている。それはどういう効果をあげているか。**

老いを自然の摂理として受け入れようとする意志、あるいは、自然の摂理に従って平穏に老いていきたいという願望が、おだやかに表現される。老いは、次の段階として死をもたらすわけだから、いったんこの世に生まれてしまった者が自然に生きておればやがて迎えなければならない深刻な事態である。この文章は老いと酒との関係を論じているけれども、実はそうすることによって死を語っているとも言える。だから、先に述べたことを言いかえて、「死を自然の摂理として受け入れようとする意志」「自然の摂理に従って平穏に死んでいきたいという願望」としてもよい。いずれにしても、人生にとって深刻な事態である老いと死を四季の移り変わりにたとえているところに、この文章の筆者の悟り・諦念があらわれている。それは文章にある種の節度と気品を添えている。

なお、筆者はこの文章を書いた翌年に亡くなっている。

## 12 生きるかなしみ

### 57 恨み薄氷

岡部伊都子

**作品の後半（二九四・15）、「恨み薄氷」ということばが、改行の名詞句として唐突に提示される。その効果を考えてみよう。**

「恨み薄氷」、散文の中に唐突に提示された改行の名詞句。あえて指摘するまでもなく、あまりにもイメージの飛躍がはなはだしい。普通、散文は使われるすべてのことばが対等の重みを担い合って全体が構成される。特定のことばだけが突出するのを好まない。だから、この唐突な提示は読者を立ちどまらせる。

むろん筆者の意図もそこにある。叙述の滑らかな展開をわざと断ち切り、「薄氷」というこれまでの叙述から大きく飛躍したイメージを導入する。それによって作品のもつイメージを重層化、あるいは深化させる意図である。

とまどう読者は、しかしひとまず前段落の迫力ある叙述にもどって「恨み」の方は納得するだろう。「わざわいとならぬよう針供養して埋めなければならない」（二九三・15）はずの五十本もの針を吸い込む針山のイメージは強烈だ。それは、心の底に沈ませたままついにはらされることのない「恨み」への連想に、読者を自然に導いている。けれども「薄氷」はどうか。私たちは（薄氷の意味を知っていたと仮定して）、「薄氷」にせいぜい冬の冷たい光の幻影ぐらいしか、イメージの持ち合わせはない。ましてそれに「恨み」がくっつくなど予想もしない。いったい、どういう種類の「恨み」を筆者はこのあと展開するのか、「薄氷」はどういうイメージで使われてゆくのか、私たちは固唾をのんで筆者の論の進め方を注目する。私たちのことばへの先入見が取り除かれたからである。

この時、実は筆者の筆力に私たちはすでに呑み込まれている。これは、ことばのもつイメージの喚起力の大きさを最大限に利用した手法といっていい。筆者はそして、二つのことばの緊迫したぶつかりから、無数の針を心の底に沈ませた能面の表情、つまり、筆者独自の「恨み」のイメージを作り出したのである。

▼この作品で岡部伊都子は、男の身勝手や頑迷な男性優位の発想を憤りつつ、女が被害の意識をと

ぎすませる過程を述べて現代の女性問題をえぐる。しかしここで彼女は、男の側を批判するだけでなく、女が女自身を解放する視点をも示唆している。

岡部伊都子は妻たちの「どこかこわばった能面のような表情」（二九四・16）に理解と一定の共感を示しながらも、「同性として見たくない顔である」（二九五・16）と一線を画す。「どうにもならぬ」のは「人との間柄」であると同時に、「自分の本性」（同・2）でもあるのではないか。「底に沈んだ無数の針」は男によって無慈悲に投げ込まれたものばかりでなく、自身でしまい込み、とぎすませたものもあるのではないかと、意識の深部に鋭く迫っている。この視点について岡部伊都子は他の作品で次のようにいっている。

> 女であっても、「女はこわい」と思うことがある。そんな時、わたくしは自分の中に流れている女差別の価値観のしぶとさにおののく。男から見た女観、しおらしく、やさしく、便利な女が、いい女であるという感覚が、女のなかにも巣くっているのだ。こういう神経を持たされてしまった女性蔑視の歴史の、なんとなんと、長かったことよ。
>
> （「女はこわいか」より）

女を差別する社会の構造は厳しく批判されねばならない。けれども女が女自身をこのように差別している仕組みのあることも忘れてはならないだろう。むしろ、この認識からすべてが始まるといっていいかもしれない。

## 12 生きるかなしみ

### 58 焚き火と蟻

A・ソルジェニーツィン／木村浩訳

**「だが奇妙なことに……」（二九七・7）とは、だれが何についてそう思ったのだろうか。**

この短い文章の中で、この語句だけが作者の内心を漏らした箇所である。作者（＝「私」）が、一度助けられたにもかかわらず、再び火の中へ入ってゆき、死を選んだ蟻の行動を、「奇妙」だと思ったのだ。一度助かったのに、どうして自分から死を選んでしまったのか、それが人間にとって了解不可能なのだ。

この「了解不可能」ということが、この文章のテーマであろう。私が「朽ちた榾木を焚き火に投げいれた」（二九七・1）から、蟻は苦しんだ。「私」はなぜ榾木を投げいれたのか。暖まりたかったからだろうか、闇を明るくしたかったからだろうか。それとも、「私」の気まぐれからだろうか。いずれでもないかもしれない。

「私は榾木を鉤にひっかけて脇へころがした」（同・5）。たくさんの蟻の命が助かった。「私」はなぜ蟻を助けたのだろうか。かわいそうだと思ったからだろうか。あるいは、罪の意識を感じたからだろうか。そうかもしれないし、どちらでもないかもしれない。

蟻はどうして「燃える榾木にまた駆け上がると、その上をもがきまわりながら、死んでいくのが多かった」（二九八・1）のだろうか。一度は助かりかけたのに、なぜ死へと向かったのだろうか。帰巣本能の方が、死の恐怖よりも強かったのだろうか。それとも、蟻は死の恐怖などは感じることはなく、ただなすべきことをなしただけであろうか。

結局、すべての「なぜ」は了解不可能なのだ。作者はひとつも問いを発していないし、回答も出していない。そのことをよく知っているからだ。作者はただ「私」の見たままを、「私」の行為と蟻の行動だけを描写する。ただ一度だけ作者は、「奇妙なことに」という語句によって、目の前の事象が了解できないことへの疑いを外に出したのだった。人間の了解しうること、それは「焚き火」に照らし出される明るい部分であり、人間の了解し得ないこと、それは「焚き火」の背後に潜む茫漠とした暗闇であるかもしれない。暗闇の存在によって、「焚き火」はより一層その明るさを増すのである。

▼一九四五年から五三年までソルジェニーツィンは思想犯として強制収容所（ラーゲリ）で過ごした。最低の衣食住しか与えられず自由を奪われた生活の中で、彼は多くの人間を見た。そこで彼が見たものは、そのような極限状況にも馴れてゆく人間の適応力の強さと、束縛された生活に余りにも簡単に馴れる人間の不可解な面であった。死を求める蟻を見つめる目に、ソルジェニーツィンの収容所体験に裏づけられた悲観的な人間観を読み取ることができるであろう。なお、文例63「死の家」にドストエフスキーの収容所体験が抄録されている。是非参考にしてほしい。

## 12 生きるかなしみ

### 59 大きな恵み

小川国夫

**作者の描写が、人間である闘牛士にではなく、牛の方に同化した書き方になっているのはなぜだろうか。**

牛がその身体や行動の感覚において擬人化された描写で書かれている点に注意しよう。

闘牛士が牛と闘うのは、自ら選んだ職業としてである。しかし牛にとっては、見えない力で強いられた闘いである。それはちょうど人間が巨大な自然の力や、思いどおりにならない不運などに直面して、心ならずも立ち向かい闘わなければならない状況と似ている。いわば牛は、運命に左右されながら必死にそれと格闘するしかない人間の宿命を暗示しているとも見えるのである。もっと普遍的にいえば、牛も人間も含んだ、生き物が死と格闘する姿だともいえる。生というものが、基本的には死を相手に格闘するエネルギーなのである。作者は牛を擬人化された感覚で描写し、いわば牛になり代わることによって、その生のエネルギーの極限を描こうとしたのではないだろうか。

見方によっては、闘牛は残酷なゲームであり、牛は人間になぶり殺される不幸な存在である。だから作者はその牛の立場に同情を寄せて描いているのだ、という考え方もあろう。

しかし、人間は牛を闘牛によってだけ殺すのではない。別の場所では食物として牛肉工場で大量に殺しているのである。ベルトコンベア式に無感動に殺されるそれらの牛の死に比べると、闘牛場における牛の死には、力の尽きるまで闘いを挑み続ける生命力の、ある荘厳さが感じられないだろうか。少なくともそれは、殺される生というよりは、死と闘う生の姿なのだ。生命を燃焼しつくすこと、ベストを尽くすこと、あきらめないこと――もしもそのように生きる姿が美しいと感じられるとすれば、闘牛場の牛もまた美しいといえるのではないだろうか。作者の文体にみなぎる、ギラギラと研ぎ澄まされた鋭敏な感覚、焼けつくような緊張は、同情や悲哀のような感情よりも、むしろそれを寄せつけないような極限の充実感への共感、あるいは賛嘆によって書かれていると考える方がふさわしい。

闘牛は残酷だという見方に対して、作者の文章は、むしろ逆に、残酷でないような生、苛酷でないような美がありうるか、という問いかけを突き返してくる力を潜めている。

▼作者はカトリック信徒である。「大きな恵み」は一種の宗教的なテーマを追って書かれた作品でもある。その方面の知識は必ずしも私たちにゆきわたっているわけではないが、この作品の理解のためには、それはどうしても避けられない問題である。

神が人間に苛酷な運命を与え、その結果を天上から見守っている。ちょうど闘牛場に居合わす人間はその神のような立場で牛の奮闘ぶりを見守っているともいえる。キリスト教では、人間が神から与えられる試練を「恵み」と考える。生命が恵みなら、神の許(もと)へ招かれる死もまた「恵み」なのだ。牛が闘牛場で受ける試練と、生命の限りを燃やし尽くす姿の意味を、作品のタイトルの「大きな恵み」と関連づけるには、そのような視点が必要となる。死を運命づけられた生の意味を考えると、必然的に神の問題に突き当たるといいかえてもよい。作者の他の作品や、聖書に目を通してみて、自分なりに考えてみよう。

付記　聖書でこの作品のテーマとの関連を見つけるなら、旧約聖書の中の「ヨブ記」などが参考になるだろう。

## 12 生きるかなしみ

### 60 火鉢

夏目漱石

**「とうとう湯に行った。」（三〇七・12）という言葉を境にして、作品の世界はどう変わるか。また変わった理由は何だろうか。**

それまでのやりきれないような、煩瑣（はんさ）で不幸な雰囲気が「とうとう湯に行った」という言葉を境に、ふっと静まり、穏やかな暖かい世界に変わる。それは、ちょうど音楽で短調から長調への転調の際に私たちが経験するような、心が安まるというか、ホッとするというか、とにかく心の底に小さいけれども確かな幸福感が誘い出されてくるような変化である。

このような変化はなぜ起こるのだろうか。主人公をとりまく現実はほとんど変わっていない。不幸で、やりきれない気持ちを起こさせた個々の事実は、「とうとう湯に行った」という言葉の直前で最も多く重なっているには違いないが、その言葉の後にもなくなってしまうわけではない。しかし、「とうとう湯に行った」のあとでは、雰囲気は一変してしまう。「湯から上がったら初めて暖（あった）かになった」（三〇七・13）という事実が主人公の気持ちを根底から変えていくのだ。私たち人間の感情は、寒いとか、泣き声がうるさいとかいった

夏目漱石と火鉢のある書斎

単純な生理感覚によって左右されてしまう。だから、湯から上がって暖かになったというような、そんな小さな事実によって左右される人間の悲しさ、弱さを漱石はじっと見つめているのである。

これは人間に関する普遍的な事実であるから、漱石を思わせる主人公に私たち読者はいつのまにか寄り添っていってしまう。人間的共感と呼んでもいい。「泣く子は幸いに寝たらしい」（三〇八・5）、薄青い焔（ほのお）を見つめながら、「自分はこの火の色に、初めて一日の暖か味を覚えた」（同・8）という主人公にホッとするのは私たち読者である。しかし、作品の世界から少し離れてみると、この人間的共感の裏には、作家漱石に対する親近感がひそんでいることにも容易に気づくだろう。〝文豪〟漱石にして、現実にはこのようなことで悩み、いらだち、そして耐えて、一日一日を生きていたのか、という感慨である。作品中の主人公「自分」と現実の作家漱石とは別ものである。とはいえ、モデルは漱石自身であることを思うと、自分を見つめる目に、人間への悲しみをたたえていた漱石という作家に、私たち読者は感動せずにはいられない。

▼この「火鉢」という作品は、全体の構成が音楽的にできていることにも注目したい。「寒さ」「胃痛」「泣く子」が一貫して出てくる。音楽における「主題」のように。たとえば「泣く子」だけに注目して、その叙述がどう変わるか追って拾い出してみるとよい。

「二つになる男の子が……泣き出した」（三〇四・2）

「この子は一昨日も……昨日も泣き続けに泣い

た。」（同・2）
「子供は向こうの方でまだ泣いている。」（同・13）
「男の子がまだ泣いている。」（三〇五・7）
「もう少し子供を静かにできないかな。」（同・17）
「子供がまた泣き出した。」（三〇七・11）
「泣く子は幸いに寝たらしい。」（三〇八・5）
という具合に「とうとう湯に行った」のあとでは叙述が大きく変わるのだ。「寒さ」についても是非、叙述をあとづけてみてほしい。自然現象である「雪」でさえ叙述は全く違ったものになっている。とにかくそのような、音楽でいえば「主題」となる旋律を低音部でどっしりと支えているのが、「火鉢」である（漱石は実生活でも書斎に大きな火鉢を置いていた）。この「火鉢」は作品の中では言葉としては四度、どちらかというと、さりげなくひかえ目に出てくる。ちょうどバロック音楽の通奏低音のように。しかし、この「火鉢」ほどうまく、作品中の寒さ・いらだちから暖か味・平安への変化に対応し得るものはなく、これを標題とした感覚は、まことに絶妙と呼ぶほかはない。

## 13 体験の重み

### 61 大寅道具ばなし

斎藤隆介

**聞き手のことばは一箇所も出ていないが、それがうかがわれるところはある。それはどこか、またどんなことばだろうか。**

「聞き上手」ということばがある。話し手の話す意欲を刺激し、巧みに話を引き出す技術にたけた人のことだ。だれも彼も話したくってうずうずしているわけではないし、まして年をとれば口も重くなる。適切な問い、話を促す相槌や間の手、話の内容への関心、話し手に対する敬意などに充分の留意が肝要だ。上手に聞くことが「聞き書き」を成功させる秘訣だ。だから、ひとりしゃべりのように見せる（聞き書きのひとつの形式）この作品の場合も、当然斎藤隆介の問いによって話は進行している。

それでは聞き手のことばを便宜上、次のようにわけて考えてみよう。

(1) 明らかな受け答えがあって聞き手のことばを判断できるところ。(一箇所)

(2) いたるところにある相槌、間の手。(無数)

(3) 話の進行(展開)上、問いがあったと考えられるところ。(四箇所)

(1)について

この作品の場合、ひとりしゃべりの形式をとっているので、リズムに変化をつける意図などでこれを使うが、当然少ない。

三一八ページ7行目の前に、「一日で百六十枚ですか。たいしたもんですねえ。」

(2)について

話し手は聞き手に相槌を求めるものだ。無数にある。斎藤隆介のうなずく様子や声色が至るところに見え隠れしている。

(3)について

話の区切りを考えて、ここでは四箇所考えてみる。

①三一四ページ7行目の前、「お父さんは息子がやっと職人らしくなるんでお喜びになったでしょうねえ。しかし何があったんだろうってお思いになったでしょうね。大寅さんもそんなことは言いたくないし……。」

②三一六ページ6行目の前、「道具の手入れも大変でしょう。」あるいは「それにしても休みはどうしてたんですか。」

③三一七ページ15行目の前、ひとわたり聞かせてもらった道具ばなしの印象を述べた後、おそらくここは話題の転換をはかる、「どんな仕事なったんですか。ひとつお話し願えませんか。」というような問いがあったと思われる。

④三一九ページ4行目の前、「柱一本を一日がかりでねえ。ところで柱っていうのは、あれ、どんなふうに仕上げるんですか。」

この(1)〜(3)をそのまま、あるいは編集し、問答体としてのまとめ方もある。また、聞き書きには話し手の語りを利用する方法のほかに、記者の報告の形をとる新聞や雑誌の記事もある。

▼「聞き書き」の優れた作品として、宮本常一の『忘れられた日本人』(岩波文庫)を紹介しておく。その中の一編「梶田冨五郎翁」は国語の教科書にも採択されたことがある(筑摩書房)。

梶田冨五郎翁も大寅氏も、宮本常一や斎藤隆介が聞き書きを残さなかったら、忘れられてしまう、いわば市井の人だ。そういうありふれた人の語る一生が、いずれも滋味にあふれ、背後に豊かな人生を感じさせてやまない。けれども、それは書き手(聞き手)の優れた筆力と問題意識、人間に向かう姿勢が引き出した功績であろう。そういう点で、これらは独り語りという体裁をもちながら、主体はむしろ書き手の側にあるといえよう。

それに対して「語り」という、主体が完璧に話し手に属する表現もある。この場合、話し手の多くは自分の人生、または体験が、社会や歴史の中でどのような位置を占めるのかを自覚している。そして、それを語り伝えることによって聞き手を感動させようという意図を持つ。語り手は聞き手の反応を見ながら話すのだから、そこには当然、潤色や誇張や、時には虚構が入ってくる。それは、すでに「物語り」文学への第一歩を踏み出している。例えば、現代の語り部として「広島」を語る被爆者があげられよう。また、歴史的にいえば多くの伝承文学(民話や伝説など)がそれにあたる。多くの場合、ひとつの民話はひとつの地域の共通の歴史の所産である。また、一門の悲運の歴史を格調高い叙事詩にまで高めた『平家物語』も、実はこの「語り」の系統に属するのである。

## 13 体験の重み

### 62 火垂るの墓

野坂昭如

最後の三行だけ、前文とは異質な、冷淡で客観的な表現になっている。その効果に意図されたことは何だろうか。

主人公清太に対して共感と同情を抱いて作品を読んできた読者は、この三行で、突然、清太の死が冷淡に、ほんのちっぽけな事件のように扱われるのを感じる。客観的に見れば清太の死はそれだけの記述にしかならない事件だったわけである。

つまりその叙述は、作者の目から描かれているのではなく、当時の社会の大多数の目から見えたであろう記述になっている。

清太や妹節子の死は、何千人という浮浪児、何万人という空襲被災者たちの死の、何千分の一、何万分の一でしかない。おそらく一人の子供の死など、だれにも悲しんでもらえないほどの、当時はありふれた出来事だったのだ。ちっぽけな事実のように冷淡に描かれた三行と、作品の感銘とは異様な不釣り合いを生ずるが、その不釣り合いとは、戦争という巨大な歴史的事件とささやかな個人の人生との間の落差なのである。そしてあの胸を打たれる悲劇が、社会的にはこの三行に封じ込められ、見棄てられることの、やるせない憤りがわれわれを再び打つ。

戦災孤児たちの生活

このような効果は、われわれの歴史に向ける目に大きな転換をもたらす。つまり何万という犠牲者を出した戦争が、その一人一人の体験において、この作品で描かれたのと同質の切実な悲劇を背負っていることを、われわれは思い知らされるのだ。

われわれはともすれば戦争体験を論ずるとき、広島・長崎への原爆投下や、アウシュヴィッツのユダヤ人収容所（文例２「〝夜と霧〟の爪跡を行く」

参照）など、何十万、何百万の死をもたらした大事件の規模の巨大さに目を奪われがちである。死者数の大きさを騒ぎ立てて、一人一人の身に起こった不幸の実状が見えなくなりがちである。しかし、犠牲者は、広島であろうとアウシュヴィッツであろうと、また神戸の辺境であろうと、みな等しなみに個人の悲劇を背負わされたのだ。それらは統計数字の中の、たった一人の死なのではなく、どれもみなかかえきれないほどに大きな一人の死なのである（ちなみに文例34「三つの集約」は、この問題点を追求した文章である。参照してほしい）。

清太はだれからも墓を建ててもらえなかった。記憶してもらえなかった。この作品は、作者が清太とその妹のために建てた墓碑であり、忘れられたすべての死者の思いを代弁する鎮魂歌なのである。

13 体験の重み

## 63 死の家

ドストエフスキー／工藤精一郎訳

**監獄に収容された人間ではなく、収容する側の人間について、この文章からどんなことが想像できるだろうか。**

「人間はどんなことにも慣れられる存在だ。わたしはこれが人間のもっとも適切な定義だと思う」（三三〇・12）。この悲痛な叫びは、人間についての真理を語っている。しかし、そこにはもう一つ、この真理と一対をなす、いわば裏の真理が隠されている。人間は人間に対してどのような苛酷なこともなしうる存在であるという真理である。

人間が人間を裁き、自由を奪い、処罰を加える社会的な仕組み、すなわち「合法」という名の下に定められた刑罰制度は、自由を奪われる人間がいると同時に、自由を奪う側の人間がいることに

ドストエフスキーが収容されていた監獄

よって実質的に支えられている。時代時代の法律の良し悪しはどうであれ、必ず法律の執行人が存在するのである。ドストエフスキーの生きた旧ロシア帝国では、下は直接拘引する警察官から、裁判を行う判事や役人や官僚までの、その頂点に立つのが皇帝ニコライ一世であった。従って、「死の家」に隠された裏の真理を抜きにして人間の定義を考えることは、その考察を一面的なものにしてしまうだろう。

囚人は、「監房へ入れられて、朝までとじこめておかれ」（三二九・17）、「板寝床に三十人……おしこめられて」（三三〇・7）、「罵られ、辱しめられ」（同・11）るのである。それを直接執行するのは看守である。看守の背後にそびえるピラミッド型の階層組織は、延々ニコライ一世にまで遡ることができるはずだが、囚人の目に触れることはない。囚人たちの日常は、もっぱら看守の気紛れに左右されているように見える。「看守が特に疑り深い男だったり、人数のあたり方があまりに早すぎたりすると、さらに数回点呼が行われる」（三二八・1）。囚人たちは、看守が法律や規則を体現しているかのような錯覚を抱く。彼らの最大の関心事は看守の心理的メカニズムである。つまり、看守は囚人たちから一挙手一投足を観察される存在でもある。さまざまな囚人がいるのと同じように、いろいろな看守がいる。「ときには、特に疑り深い男」だったりするのだろう。いずれにしても、ピラミッド型組織の末端である看守は、囚人に対して絶対者としてふるまう。

人間が人間を監視し、自由を奪う。看守の生活はそこにあり、彼らも法律や規則の囚人であることに変わりはない。彼らの依り所とするものは法律であり、規則であるが、それらもまた人間の作り出したものである。人間を監視し、自由を奪う人間も、実は人間の作り出したものに管理されるという、そのような二重の束縛として「死の家」は現れてくる。人間と社会の最暗部であり、矛盾の集中した二重構造といえるだろう。ドストエフスキーは、作家としての出発にあたりその中に身を置き、人間と社会とを凝視したのである。

▼現代においても、ナチス・ドイツのアウシュヴィッツ収容所ではユダヤ人の大量虐殺が合法的に行われ（文例2「〝夜と霧〟の爪跡を行く」参照）、思想犯を強制収容するソ連のラーゲリ（文例58「焚き火と蟻」参照）や、治安維持法下の日本の警察にあっても、合法という名の下で監視や自由の剝奪が行われた。「人間は人間に対してどのような苛酷なこともなしうる存在である」という裏の真理が今も生きているのである。「現代の予言者」と呼ばれるドストエフスキーが、文字通り二十世紀の現実を先取りしたということもできるであろう。

## 13 体験の重み

### 64 砧をうつ女

李 恢成

「思い出すことができないのであった。」（三三二・2）「首をかすかに振るのだった。」（三三三・1）のように「……のであった」「……のだった」という文末が繰り返し出てくる。「思い出すことができなかった。」「首をかすかに振った。」とするのと、どのような違いがあるのだろう。

「のであった」「のだった」とすることにより、叙述にある断定的な区切りが与えられる。いわば額縁に納めるような効果が出る。上に叙述したこと全体を改めて確認し、客観的に見すえようとする意志が表現される。述べようとする事実と、筆者との間に一種の心理的距離が生じると言ってもいい。文体として見た場合には、単純な事実の叙述から物語的格調のある文章へとニュアンスの違いが生じてくる、とも言える。

「砧をうつ女」の場合にも右のすべてが当てはまると考えられる。作者はすでに叙述しつつある事実（世界）の中に埋没しているのではなく、そこから別の場所と時間に身を置き、改めて作中の世界の意味を考えなおそうとしているのである。別の言い方をすれば、作者は作中の「僕」にとっては未解決の現実であった問題をすでに克服し客観的に見すえているのである。

▼ここでとりあげた文末のことばなど、些細（ささい）なこととして今まで見過ごされてきたかもしれない。しかし、まず主語があってそれに動詞（述語）が付いてセンテンスが成り立つ英語のような言語と違い、ほとんど述語だけでセンテンスが成り立つほど述語に重点のある日本語の場合には、文末のことばは文体を決める上で決定的な意味を持つ。断定か推量か疑問か、とか、現在形か過去形か、とか、一般的に（文法上）目立つ文末の形だけでなく、微妙なニュアンスを付加したり、話者の位置や視点を示す働きをする文末のことばに注意することは、文芸的な文章の場合、特に重要である。

▼「のであった」の効用については、文例28「神の白い顔」（埴谷雄高）と手帖14「未来への扉」とを比較しながら、鑑賞と思索をより深めてほしい。

## 13 体験の重み

### 65 裸者と死者

N・メイラー／山西英一訳

**この作品でのアメリカ兵と日本兵の立場を逆に取り替えた場合（つまり日本兵がアメリカ兵を殺す場合）に、感銘がどのように変わるか想像してみて、その理由を考えよう。**

人間が人間を殺す戦争の悲惨さ、残酷さの本質は変わらないが、その加害者が日本人である場合、われわれの胸には「日本人がこんなことをしたのだ」という同胞の罪に対する良心の呵責の思いが起きる。大半が戦後生まれとなった現在の日本人にとって戦時中の行為は、いわば身に覚えのない他人の罪であるはずなのに、なぜかそこには「日本人」としての共同意識が働くのである。つまり一人の人間としての判断と描かれた出来事との間に、国家意識・民族意識が立ちはだかるのである。

戦後の民主主義や反戦平和の精神は、日本国民としての戦争体験への反省の上に立っている。それは現在のわれわれが背負わされている貴重な歴史の遺産ではある。しかし、いま罪悪感や反省の基盤として機能しているその国民意識・共同意識が、別の側面ではかつて戦争を遂行する動力源となっていたことを忘れてはならない。むしろかつてそうであったゆえにこそ、国家・民族意識は今日、戦争体験に罪悪感を結びつける働きをしているともいえる。

その意識が立ちふさがる限り、たとえば殺されるのがアメリカ兵であった場合、彼の死は国家の彼方の他者の死であり、われわれは殺される者の痛みよりも、殺す側の同胞の罪を反芻することに心を傾けがちとなることが予想できる。

その点を考えて本文に戻るなら、「裸者と死者」の叙述がわれわれに与える感銘の性質を次のように考えてみることができる。

妻子の写真をポケットに持った善良な兵士の死は、国家の戦いに巻き込まれた一人の人間の孤独な、みじめな死である。もちろんわれわれは同胞意識からその痛みを共有し、憤りを抱くこともできる。しかし、そこにあるのは国家の対極に位置する個人の死であり、むしろわれわれの憤りは、こういう無残な死に個人を追いやった国家に対してこそ向けられることになるだろう。

一方、無慈悲に銃の引き金を引く兵士クロフトに、やはりわれわれは戦争の巨大な歯車の一部となってしまった人間の歪んだ精神を感じる。そしてまもなく子供を産む妻を思い出し「おう、神さま、マリーをおたすけください」（三四一・11）と心で叫ぶ若い兵士に、自分がそこにいたらそうなったかもしれない姿を見出す。そこにいるのは国家の異なる理解のむつかしい他者ではなく、怯え、悩み、動揺するわれわれと同じデリケートな心を持った人間たちである。彼らもまた国家の力によって戦場へ連れ出されてきた哀れな、みじめな個人にほかならない。

つまり、この文章からわれわれに伝わってくるのは、〈国家〉の幻想を剝ぎ取られた戦争の姿なのである。何の恨みも戦う理由も持たない個人同士が殺し合うことの異常さが、個人の目から描かれているのである。

## 14 生きるよろこび

66 バッハをめぐって

森　有正

「効果的に弾きたいという欠陥」（三四七・10）とあるが、効果的に弾きたいということが、なぜ欠陥になるのか。

バッハの自筆楽譜

この答えを考えるには、「譜に書いてある通りに弾く」ということと「効果的に弾きたい」ということとがどのような関係にあるのかを考えてみるのがよい。

「『譜の通りに弾く』とは『自分にうち克て』というに等しい」（三四七・8）と本文中にある。自分をむなしくしてバッハの意図（譜）に限りなく接近することを意味している。「効果的に弾きたい」とは、バッハの意図に演奏者の持つ何ものかを付け加えたいという欲望であり、それは自分をむなしくする（自分にうち克つ）ことからはずれた、心理的な欠陥ということになる。
▼「効果的に弾きたいという欠陥」を「効果的に書きたいという欠陥」と置きかえてみると、ここで論じられている問題は、そのまま文章表現の場合にもあてはまる。いや、文章だけでなく、美術や演劇、時には服装にいたるまで、人間のあらゆる表現活動にあてはまることに気づくだろう。

本当の自分を表現するとは、どういうことだろうか。たとえば演奏者の場合、バッハの意図に限りなく接近することが、実は本当の自分を表現することでもあるのだ。この二つは、最高の状態でなされた場合には矛盾しない、と森有正は考える。ほの暗い会堂の中で一人自分の演奏に耳を傾けるオルガニストは、自分の音楽を聴くと同時にバッハの音楽を聴いているのである。これが最も幸福な表現であると森有正は考えているのだ。自己主張と自己実現とは違うのだ。

この考え方を裏づける、森有正の別の文章を次に紹介しておこう。『バビロンの流れのほとりにて』（筑摩書房）の中の一節である。筆者はフィレンツェのサンタ・マリア・デル・フィオーレの大聖堂附属美術館でミケランジェロやドナテロの芸術を見ていた。

片隅に同じように風雨に洗い晒された四人の僧の彫像があった。作者は不明IGNOTUSと書いてある。その美しさはドナテロに優るとも劣らない。その名が忘れ去られて、美しい作品のみが残った幸運な石工。君にはこのことのすばらしさが判るだろうか。その知られない作者は、この美しい作品の中に、自分の魂を刻み、自分の魂の辿った軌道を証して、それだけを残して、過去の黄昏の中に消え去った。今は誰もかれを知る人はない。かれの喜びも、悲しみも、愛も、憎しみも、すべてはかれと共に永遠に去ってしまった。そしてかれの魂のもっともよきものが、この作品という万人が共有することのできる普遍的な形の中に刻みのこされて、後世を照している。人がこの作品をどう考えようと、かれはそれを誰に訴えることもできない。また誰もかれのために弁護することはできない。誰もかれを乱さない。かれもまた人を乱すために過去の中から出て来ない。自分の名を求めるとは、何という不幸なことだろう。日々の乱れはそこから出て来る。「作品」ということの本当の意味は、作者の名を消し去りうることに在るのではないだろうか。僕はこの静かな、午後の日ざしが静かに注ぐ部屋の中にたたずんで、歩くことも忘れていた。

## 14 生きるよろこび

### 67 ネオ・リアリズムの傑作『自転車泥棒』

淀川長治

**筆者のいう「こわい」という評は、どのような内容を含んだ表現か。**

単純な恐怖の意味でないことは容易にわかるだろう。映画とは娯楽の表現手段であるが、作者（映画監督）の意図や方法がもはや娯楽のパターンを超えて観る者を驚かせ、また感動させるとき、この言葉は使われている。つまり、だれもまだ描いたことのない人間像、テーマ、画面を、作家が良心的に追求したことに対する、筆者の賛嘆の表現なのである。こわくなるほどの、真剣な、立派な映画だ、という意味だといってもよい。「ほんとうの作品を作る立派な監督」（三五〇・4）とデ・シーカを評した部分が冒頭にあるが、その「ほんとうの作品」が「こわい作品」でもあるのだ。

では「ほんとうの作品」がなぜ「こわい」のか。単純な恐怖の意味でないとすれば、その「こわい」とは、どういう怖さなのだろうか。その点を少し考えてみよう。

　ここで取り上げられた『自転車泥棒』は、徹底的にきびしい現実を、一切の妥協なしに見つめた作品である。われわれがともすれば目を背けがちな人生の不幸、苦しみを、この作品は真正面から直視する。「ほんとうの」現実を見せられ、それに対して自分なりに答えを出さなければならなくなる、それが怖いのである。

　われわれは映画を娯楽として見る。憂さを忘れさせてくれる映画を求める。いわば映画に救いを求めている。だからこういう現実苦が描かれる映画作品なら、せめてハッピーエンドで終わってくれることを期待する。実際凡庸な監督がこの作品を作ればそうするかもしれない。しかし、ハッピーエンドになって救われるのは観客でしかない。それは観客に対する妥協なのである。たとえハッピーエンドが一見ヒューマニズムであるように思えても、それは映画の中だけでのヒューマニズムに過ぎない。

『自転車泥棒』のラストシーンは、茫然と歩く父と、ハンカチで時々目をぬぐいながら父の手をしっかりと握りしめる少年の姿を、正面からずっと見つめつづける。これを見終えたとき、われわれは、まるで登場人物を虐めているかのようなこの映画が、実は父と子の絆の強さ、人間としての尊さ、その尊厳を打ち崩そうとする戦争と貧困の悲惨さへの怒りを描いていたのだと気付く。そして人生の、苦しさだけではない、生きる価値のようなものを教えられる。これがデ・シーカの築き上げたヒューマニズムであった。観客に妥協したものではない、「ほんとうの」人生を生き抜く支えとなるようなヒューマニズムであった。

　映画は人間や人生をそこまで描くことができる。そこまで妥協のない映画をつくることができる。そこまで真剣に見て考えることができる。こういう映画に接すると、われわれは通俗な見せかけのヒューマニズムに安住している映画を、もうこれまでのように気楽に見ることはできなくなる。映画に対する考え方、というだけにとどまらない何かが、われわれの内部で変わってしまう。人生観が変わるといってもよいような、そんな影響力を映画が持つこと、その影響を否応（いやおう）なく受けてしまうこと、それが「こわい」のだともいえる。筆者のように映画を見て考えることを職業としているような人間にはなおさらであろう。

▼この文例は、筆者が映画についておしゃべりをするラジオ番組の内容を、文字に書きかえたものである。従ってこれは正確には書き言葉ではなく話し言葉、すなわち「語り」なのである。われわれがこの文例を読んで感じる文章の個性や持ち味は、本来は「話術」に属していることになる。

　しかしこのように書き言葉として目で読んでみると、そこでの言葉は書き言葉における以上に豊かな表現力を持っていることがわかる。わかりやすく、耳になじみやすい言葉だけでできていながら、複雑な感銘やイメージが見事に伝達されている。「こわい」という言葉の豊かさも、その例の一つである。

　最後に、話し言葉と書き言葉との相違を考える参考資料として、筆者淀川長治の文章（筆記による文章である）を次に掲げよう。語りの滑らかさに比べると、かえって不自由な印象があるように思えるのだが、どうだろうか。

　映画とは何か。人間が集（あつま）って人間の悲喜劇を映写幕の上に見る。面白（おもしろ）いことを考えたものである。ネズミたちがネズミたちの映画を見るだろうか、ニワトリたちがニワトリたちを、サルたちがサルたちが作った映画を見るであろうか。思うにこの映画というものの面白さは、世界中持ち廻（まわ）って映写してフランス人が黒沢明（くろさわあきら）に驚き、日本人がジョン・フォードに拍手する。映画なかりせばなどというたとえはありえぬが、映画は奇妙なものだ。ニューヨークの通りで若者が『ゴッドファーザー』のテーマ曲を口笛で吹くとき、東京のどこかで日本の若者がこの主題曲を口笛で吹く。映画はとなり同士。みんなが一人。私が映画にしがみついたのがこれ。日本にいながらイタリアの人情をイタリア人の俳優で見ることの面白さ。日本の田舎でフェリーニの『道』を上映じている楽しさ。

テレビ、ビデオは、もっと、この映画以上に私たちのそばに迫る。ルネ・クレールが私に云った。「今にめいめいがポケットに映画を入れて歩くときが来ますよ」と。

ニューヨークで『E・T』を見たとき、その映画館でこの映画の監督のスティーブン・スピルバーグの名が画面一杯に出ただけで場内から熱狂的な拍手が湧いた。映画ファンの集りの夕べではない、街の人たちで埋まった場内だ。私は映画を見ていると、どのような映画にもけっきょくは愛がしみこんでいる、人間を知ろうとしている、幸せを探している、これほどの文化がこの世にあろうかと痛感する。芝居も小説も音楽もバレエも、その美からこそあふれる人間への讃歌があるわけだが、映画はもとは馬鹿にされて育ってきた、舞台役者は土の上で芝居をするなどごめんと断った。映画は活動写真、俗っぽさの代表だった。しかし、世界中が同時にひとつのものを見るこの活動写真の文化使命はただごとでない。


(『淀川長治自伝』より)

**14 生きるよろこび**

## 68 ロヒール・ヴァン・デル・ウェイデン

吉田秀和

自分の気に入った絵画・イラストや映画の一場面を、本文の筆者の方法に倣って、「なぜ、こんなに美しいのか」ではなく、「これがどういう絵(場面)か」という観点で、できるだけ細密に文章で描写してみよう。

〈描写〉の練習であるが、細部にこだわるだけでなく、全体の構成や配置、その効果などを発見することも必要である。

「なぜ美しいのか」を理由として説明しようとすれば、いきおい抽象的・観念的な言葉に頼らなければならなくなる。そのような言葉で仮に説明がついたとしても、読む者は肝心の美そのものを共有し、感動することはできない。現物を見せた上でない限り、抽象や観念の言葉では絵（場面）そのものを伝えることはできないからである。

「どういう絵（場面）か」という視点は、つまり自分の感動した経験（見たこと）を言葉によって再現することであり、読む者に同じ体験を言葉の力でさせることである。

　目に見えるものを、意志的に見つめ返してみる。目を向けた刹那に目に飛び込んできた印象が、どこから来たか、どのようにしてその印象はつくられているか、それに効果を与えているのは何か、そういうことを検証しながら何度も見なおしてみるのである。そうしているうちに一目見たときには曖昧だった印象が、はっきりとある言葉で指し示せる印象になってくる。また気付けなかった工夫や細部の美しさが思いがけず発見できたりする。すると、その見つめ返す行為は、本来他人に言葉で伝えようとして行っているはずだったのに、いつのまにか自分のために真剣に見る行為、自分の経験と発見を深めるための行為になってくる。

　このように考えてみると、美を味わうことは、「なぜ美しいのか」を性急に説明することではなく、「どういう絵（場面）か」を見つめ返し、発見しなおすことにこそあるのだと理解できるだろう。もっと突きつめれば、われわれは「見える」ものを、はっきりと言葉で描写でき、説明できて初めて本当に「見る」ことができたと呼べるのである。

　筆者は「どういう絵か」という記述を進める動

機を、「なぜ美しいのか」が「書けない」（三五八・1）からだと、一見消極的に述べているが、実はその方法は、芸術に対する強い信念によって意図的に選びとられているのだ。

▼次に美術批評の専門家の文章を参考として挙げてみよう。描写されている絵の写真は四九ページに載せてあるが、まず文章だけを読んでみて、その絵がどれくらい言葉で伝わってくるか確かめてみよう。また音楽批評家である本文筆者との目のつけどころの違いも考えてみよう。

> 　橋の上で、両手で耳をおさえながらおびえたように身をくねらせるこの人物は、必死になって何か助けを求めている。だがわれわれは、いったい何をしてやったらよいのかわからない。この絵の前に立つと、まるで眼に見えない電波にでも触れたように、ただ恐れとおののきを感じるだけである。
>
> 　描かれているモティーフそのものは、取り立てて異様なものでも奇妙なものでもない。夕焼けの空と遠く拡がる北国の入江を背景に、画面には一本の平凡な橋が斜めに描かれている。橋の上遠くの方に、二人の男が並んで立ち去ろうとしている。そして手前の方で、髑髏を思わせる不気味な顔をした男がひとり、うつろな眼を大きく見開き、口をあけて、両手で耳をおさえている。この男がいったい何を畏れ、何に驚いているのか、画面にはそれを説明してくれるようなものは何もない。それでいて、彼が言いようのない不安におびえていることだけは、誰の眼にも明らかである。そしてわれわれは、何が彼をそれほど恐がらせているのかを理解しようとする前に、われわれ自身その男の——ということは取りも直さずムンク自身の——不安に巻きこまれてしまうのである。
>
> （高階秀爾『続名画を見る眼』より）

## 69 色と糸と織りと

志村ふくみ

**色の背後にかよう「一すじの道」から「匂い立ってくる」(三六五・10)ものは何なのだろう。**

第一義的な読解としては、「色の背後にある植物の生命が匂い立ってくる」ということであろう。ただ、「匂い立つ」ということばは古来、嗅覚的な意味でよりも視覚的な意味で多く用いられてきた(「青丹よし奈良の都は咲く花の匂ふがごとく今盛りなり」『万葉集』三二八)。だから、ここでも「植物の生命が色に姿をかえて美しくあらわれてくる」というほどの読解をしたい。だが、もう一歩踏み込んで、生命と生命が歓びを交わす美しい瞬間を、筆者はそのように表現したと考えることができないだろうか。

この作品のひとつのモチーフとして、色には植物自身の生命が宿るという考え方がある。同時に、ここには見過ごせないもうひとつのモチーフがある。それは、色(植物の生命)を受けとめ生かすこちら側の生命のあり方を常に問おうとする姿勢だ。ひとつの生命をよみがえらせるのは至難の業で、作家は心を澄ませて生命の呼びかける声に耳を傾け、その生命のすべてをいつくしむ。そうされて初めて生命は色となって自分を語る。その交歓の経緯を志村ふくみは、「植物の命と、自分の命が合わさった時、ほんの少し、扉があくのではないかと思います」(三六六・7)といったのである。ほんの少し開いた扉から垣間みた秋のはじめの深い森の風景こそは、いつくしまれた生命が作家をいつくしみ返すような稀有の瞬間といっていいだろう。

▼生命と生命が歓びを交える、そこにこそ生きる喜びがある。それがない人生はさびしい。対象を愛する姿勢、それと交わる方法、その精神を志村

ふくみは私たちに語りかけてくる。急がないことだ。ものごとを、あまり簡単にわかろうとしないという姿勢は、多くの芸術家によって意志的に選び取られている。対象を正確に見るには、いうまでもなくさめた目がいる。だが暖かい心が同時になければ対象は自己を語り始めない。ものを書く時、人を見る時、対象を愛することから始めよう。思いがけないひとが思いがけない自己を語ることがある。ある時点ではわからなかったものが、いつか心にしみとおり、静かにものを語り始めることもある。

▼志村ふくみは「一色一生」(『一色一生』所収)という随想で、「かつて一色に十年と思っていたが、この頃は一色一生と思っている」という。

## 14 生きるよろこび

### 70 カテリーナ・スフォルツァ

塩野七生

**オルシたち陰謀者はどのような男として描かれているか。女傑カテリーナと比べてみよう。**

彼らがどのように描かれているか、それを本文から引用してみよう。「馬鹿みたいに待ち続けた」(三六九・9)、「初めてだまされたことを悟った」(三七〇・4)、「しばらくの間は口もきけなかった」(三七一・2)、「ポカンと口をあけたままだったオルシたちも」(同・3)、「ほうほうのていで街へ逃げ帰った」(同・6)、このように男たちは馬鹿にされ、こけにされている。

普通「陰謀者」ということばから想像されるのは、秘密のたくらみを実行する悪知恵にたけた男たちのイメージである。少々のことでは動揺しない肝がすわった男たちである。だが、オルシたちはそうではない。カテリーナに最も下品なしぐさで侮辱されても、彼らはまだ信じている。自分たちがだまされたことを理解できないお人よしの馬鹿者として描き出されている。親兄弟といえども味方と敵に分かれて戦ったイタリアの混乱期、味方さえも信用できない時代に、いつまでも敵を信用し続けることの愚かしさと、最後の鉄槌ともいうべきカテリーナの一言によるあわてぶりとを考え合わせると、彼らは通常の「陰謀者」のイメージからはほど遠い人物として描かれているといえるだろう。

一方、彼らに夫を殺されたカテリーナは、絶体絶命、ぎりぎりのところまで追いつめられていた。ここで彼女は「大芝居を打った」（三六八・11）。これは援軍到着まで時間かせぎをするための大きな賭けだった。しかも、よく考えられた計略でもあった。だから、彼女は残された一番大切なもの、自分の子供を人質にしたのだ。「二十五歳の美しい伯爵夫人」（三七一・3）の誇りにもはやこだわっている時ではなかった。演じ損なえば自分も子供も殺されてしまう。命を賭けた演技だった。彼女は「ひどく下品なしぐさで」（三六九・6）男たちを侮辱する。彼らの前に「裸足で髪も結わずに流したままの姿で」（三七〇・12）現れ、「やおらスカートのすそをぱあっとまくったカテリーナは叫んだ。／『何たる馬鹿者よ。私はこれであと何人だって子供ぐらいつくれるのを知らないのか！』」（同・15）。これは彼女のぎりぎりの開き直った姿、生きる激しさの表れだったのだ。

カテリーナが生きた時代は、武力が幅をきかし、権謀術数が渦まく男の時代であった。その犠牲となったのは、主に女であり、子供であった。女が男と互角に渡り合うことはほとんどない時代だった。まして、カテリーナのように、男たちと激しくぶつかり合い、彼らを翻弄するなどとは想像もできなかったに違いない。そんな時代に熾烈な生を生き抜いた女性として、彼女は描かれている。マキアヴェッリが「男の心を持った女」と評したカテリーナ・スフォルツァが歴史の舞台に登場することになったのだ。政争と戦争に明け暮れた男中心の歴史を、その犠牲になってきた女の側へ奪還しようとする試みが、そこにはある。歴史を再構成しようとする作者の壮大な意図と言い換えてもよいであろう。

陰謀という狡猾な手段を用いて登場した男たちは、脇役として舞台から消され、スポットライトを浴びるのはカテリーナである。この際立った対比が、彼女の壮絶な生き方を一層鮮明にする。彼女は歴史という舞台で「大芝居」をうつ。よく考えられた計略が、大胆で大らかな芝居として、「ぱあっと」演じられたのであった。

▼男たちの歴史、例えば戦争を、女の側からとらえ直し、歴史を再構成する試みは、現代史の中でも行われている。太平洋戦争の末期の沖縄戦を生きた女たちに焦点を当てて書かれた真尾悦子『いくさ世を生きて』(筑摩書房)を参考文例として引用しておこう。

> うしろを見ないで、力のかぎり走った。ふと、もんぺを引っぱられたような気がして、足をとめた。錯覚だった。
>
> 突ンのめりそうになって立ち止まると、断崖の上へきていた。前方の人影について、彼女も夢中で崖を伝い下りた。体一つがやっと入れる、小さな岩の窪みがあった。
>
> 陽がのぼった。岩の隙間からしたたり落ちる水で口を濡らした。
>
> 〝デテコイ、デテコイ〟
>
> 目の前にぎっしり並んだ、軍艦からの声であった。
>
> 周辺に、かすかな人の気配はするが、動かなかった。水滴をすすって、昼を迎え、夜を送った。数日が過ぎた。朦朧とする一瞬はあるが、まだ大丈夫、と海を睨んだ。
>
> 軍艦からの声は執拗につづいた。
>
> 眠ってはならぬ、と思った。近くで、大きな水音がした。人が海へ落ちたのだった。そのとき、片腕の人が追ってくるような気がした。けんめいに幻想を払い退けながら、彼女は腰の手榴弾をさぐって握りしめた。

〝アンマー（お母さん）よオ！〟
艦砲射撃の激しかった夜に、母とはぐれてしまった。それがどこであったのかは分らない。前後の人がみな飛ばされて、死人の下敷きになった彼女が助かったのである。

母も、おそらく生きてはいまい。

ツルさんは、ためらわずに信管の止め栓を抜いた。

岩角にぶつけた。力いっぱいぶつけた。二度までを、彼女ははっきり覚えている。

衰弱しきっていたせいか、そこで失神した。

手榴弾は爆発しなかったのである。

意識が戻ったのは、アメリカ軍のトラックの上であった。

「あの手榴弾は不良品だったんですかねえ。それとも、うちの力が足りんかったか。舌もよう噛みきらんと、捕虜されてからに――」

うちばっかり、こんなにながいこと生きてしもうた、と彼女は両掌をきつく組み合わせて声を落とした。母は、不明のままだそうである。

学芸文庫版へのあとがき

# やすまるますや

清水良典

愛知と岐阜の県境の木曾川に臨んだ国宝犬山城、そのふもとにある旅館街の一番奥まった場所に、二階建ての料理旅館「枡屋」があった。お世辞にも一流とはいえない宿だが、気風のいい話好きの女将が出迎えてくれる。そこが本書と、続く「高ため」シリーズの『批評入門』『小説案内』、そして共著『新作文宣言』が誕生した場所である。

私と梅田卓夫さん、服部左右一さん、松川由博さんの四人が、東京から編集者の熊沢さんを迎えるたびに枡屋に集まり、ビールを飲みながら朝まで議論を続けたのは、いったい何度に及ぶだろうか。執筆に追われて缶詰をしたこともある。座興で歌仙も巻いた。部屋に備え付けの大型冷蔵庫の瓶ビールを全部飲み干したので入れ替えてもらい、それもあらかた飲んだ翌朝、帳場が入れ替え分を勘定に入れ忘れていたという珍事もあった。

本書の企画にゴーサインが出たのは、熊沢さんの上司がやってきて、首実検よろしく枡屋で私たちと会ってからだった。いいたい放題の私たちを彼は「中身は革新的に、見かけは保守的に」といなし、『高校生のための文章読本』というタイトルと、できるだけ多様な文章から選りすぐった見本帖のような内容にすることが決まった。

文例はひと見開きの長さを基本に、中略なしの文章とする。そして採用は必ず四人が全員一致したものとする——。その原則をつくったうえで文例集めに取りかかった。当時私たちが勤務していた小牧工業高校の四階の端に、いつも四人が溜まり場にしている準備室があった。その部屋の真ん中のテーブルに段ボール箱とリストを置き、提案する文例を人数分コピーして入れるのだ。リストがある程度たまると選考会をした。この議論が大変である。思い入れのある担当者はかんたんに譲らない。激しい論戦になることもある。自分の案が通らないときは悔しかったが、時間をおいてみると、全員一致というハードルを超えた文章が普遍的な魅力をもつことを認めざるをえなかった。結果的に七十編が残るまでに議論した文例は、三百五十を超えていた。その頃はまだ新人だった村上春樹や高橋源一郎が選ばれたのはすごいと思う。

そしてクライマックスがやってくる。枡屋で一番広い部屋の畳の上に、文例タイトルを書いた七十枚のカードを、カルタのようにばらまく。熊沢さんも一緒にそれを周囲から注視しながら、てんでに並べ替えていくのだ。目次づくりである。だれかが置いたものを、いやこちらのほうが、と置きかえていく。やがてある瞬間に、全員が「これだ」と納得する絶妙な配列ができた。本書の全貌が姿を現した瞬間である。鳥肌が立った。

本が出来上がったときも枡屋に集まった。女将も交えて全員で署名しあった。それが

「高ため」シリーズと『新作文宣言』まで続く、私たちの慣習になった。

社内で忙しくなった熊沢さんのあとを継いだのが、酒豪の小林さんだった。回文作りの特技をもつ彼が、枡屋のために宴席でひねり出したのが「やすまるますや」である。女将が気に入り、旅館の看板を飾ることになった。

その枡屋は廃業して、今はもうない。九八年に松川さんは癌で早逝し、二〇一三年秋に梅田さんが亡くなった。その間に、回文名人の小林さんも亡くなっている。

のちに私はアンソロジーの編集に何度か加わる機会があったが、そのたびに四人で本書をつくったときの熱気を遠く思い出したものだ。連日のように朝から晩まで、ときには枡屋で朝まで、議論しつづけた無尽蔵のエネルギーが本書には詰まっている。そんなふうに一冊の本をつくることが、当時は普通だと思っていたが、じつは奇跡のような体験だったのだ。今後も本書は、私たちの誇らしい遺産でありつづけるだろう。

# 〔手帖15〕触察メモのすすめ

服部左右一

『高校生のための文章読本』が出版されてから三十年近くたった。そのあいだ、わたしはこの本を使い、高校生・大学生・社会人を対象にして文章表現の授業を行ってきた。その経験から、今回『高校生のための文章読本』がちくま学芸文庫の仲間入りをするにあたり、番外篇として「〔手帖15〕触察メモのすすめ」を付け加えたいと思うようになった。

触察とは触覚による観察のことで、触察メモは、モノを手で触りそこから得た感触をもとに考え、想像してメモすることである。実際の授業では、五、六人のグループを作り、各自が持ってきたモノを黒いポリ袋のなかに入れ、中が見えない状態にして行っている。

授業のなかに触察メモを取り入れた目的の一つは、触覚を見直すことである。目から入る情報があふれている今の世の中で、直にモノと触れる触覚が原初的であり、かけがえのない大切なものだと気づいてくれればとの思いからである。二つめの目的は、メモを楽しむことである。退屈になりがちなメモの作業に、何が入っているか分からない袋のなかに手を入れるときの、あのドキドキする緊張感を取り入れたかったからである。子どもの頃の、いやもっと以前の、生物になりかけたばかりの、生命そのものにさかのぼる気持ちで、神経を研ぎすまし、袋のなかにそっと手を入れるのである。

触察によってみがかれた感性は文章を読むときに生かすことができる。本書の文例を、フムフムこんな所で触覚の記述がキラッと光っている、などと読んでみるのも面白い。もちろん、自分の書く文章にドシドシ取り入れてほしいというのが編者の願いでもある。

わたしが触察ということばを知ったのは高校生のときの生物担当の青柳昌宏先生（一九三四―九八）からである。先生は南極でペンギンを調査されたペンギン研究の第一人者だったが、東京教育大学附属盲学校（現・筑波大学附属視覚特別支援学校）の教師時代に触察の授業を実践されていて、先生から生前その話をお聞きしたのだった。当時わたしは高校の教師をしていて、授業に触察を取り入れることが難しかったので、社会人の文章教室であればできると考え、一九九八年に愛知県の小牧文章の会で、続いて一九九九年に東京都国立市の公民館講座で実施した。

二〇〇九年、わたしが大学で文章表現の授業を担当することになったとき、前任者の梅田卓夫さんが「服部さん、触察の授業、ぜひやってみたら」とすすめてくれた。そのことばに背中を押されてわたしは触察の授業をはじめた。本書の編集・執筆をはじめとして常にわたしたち四人のまとめ役だった梅田さんは二〇一三年十月に帰らぬ人となった。

今でも年に何回か、触察の授業をするが、そのとき、「服部くん」という青柳先生の声と、「服部さん」という梅田さんの声が聞こえてくるのである。

解説

# 高校生と、おとなたちのための文章読本

村田喜代子

二十八年前、所は北九州の町の書店で、『高校生のための文章読本』という少し変わった本を手にしていた。なぜ高校生のためなのか？　今はごく普通に、何々のための、と銘打った本を眼にするが、当時は珍しかったように思う。

いったい小学生でもなく、大学生でもなく、そして文章を書く人口がたぶん最も多い成人一般でもなくて、あえて高校生を名指しである。

高校生というのは、ある種、学校へ通う子どもの中で（大学生も加えて）、子どもとおとなの中途である。曖昧。どっちつかず。半分。つまり知能はおとなに近く、情緒面は子どもに近い。そんな扱いにくい、イメージの像を結びにくい、かくある高校生のための文章講座なのだった。

私がそのとき、この本を店頭でめくった心理は単純なものだ。つい先年まで映画シナリオの勉強をやっていたのが、小説に転向した。シナリオは映画が製作されないと日の目を

見ない。映画に寄生する儚い存在にも思えて、ペンと紙だけで実現する（能力があればだが）小説に移ったばかり。

シナリオはト書きと指示語で、文章ではない。文章だったらシナリオに非ずの、そういう関係だ。そんなとき見つけたのがこの本だった。ちょっと少年たちの文章塾を覗き見る、という感じでこの本を買った。後ろの方で立ち見をする。そんな心理ともいえる。

それから時は流れること二十八年。

その間に『高校生のための文章読本』は二足の草鞋を履いて、通算三十万部のロングセラーの道を歩いた。二足のうちの一足は高等学校用の副読本の性質で、もう一足は私のような立ち見席で。しかしその立ち見席の客の方が圧倒的な熱心さで、立ち見がいつの間にか腰を下ろし、高校生とはまた違う成人の感得力でこの本を読み継いできたのである。

その後、どういうわけか、本の題名は版を重ねても一向に変わらなかった。ずっと『高校生のため……』である。なぜもう一方の熱い読者であり続けた『一般人のおとなのための文章読本』とはならないのか。

そのわけは初めから分かっていた。

本の奥付を開くと、編著者は愛知県のさる工業高校の国語科教師だった。それも四人である。つまり、この本は職場の同僚教師が語らい合い志を抱いて、生徒への実践的文章指導の副読本を出版したものだ。すごい高校もある、と思った。

そのとき可笑しかったのは、なぜか私の感動した相手が四人の国語教師でなく、そういう人たちを輩出した高等学校、それも工業高等学校だったことである。

私の地元北九州は八幡製鐵所の企業城下町で、昔の高等工業学校（大学の工学部などの前身）や工業高等学校に行った叔父、従兄弟たちが何人もいたが、この人たちの文章力はもとより漢字というものはだいぶひどかった。それでも理数科は悠々と満点を取っていたようだ。

『高校生のため……』の四人の国語教師も、国語の教科ゆえの苦労があったのではあるまいか。だからこそ四人で志を一つにして、この本を出した？　だとすればこの本に改題はないだろう。永遠に『高校生のため……』である。

けれど何といってもこの本の素晴らしさを知る者は、一般人であるおとなたちだろうと私は思う。

ものの理解度というものは、人間が生きて体験してきた年月に比例する。

書店で立ち見したとき、開いてすぐの解説の頁にこういう文章があったのを覚えている。

表現とは、一度人間の心の中を通ってきた〝世界〟に〝かたち〟を与えることである。

（四三ページ）

スッと胸に落ちる。

表現でありながら文章は絵画や彫刻などの造形と違い、心象で説明されやすい。それを、文章表現は造形であると、何と明快な表現論だろう。高校生の入門書の域を超えている。立ち見が座り直した気分だった。

では、自分の心の中を通ってくる、その思考とは何なのか。いったい文章とは何をどう書けばいいのだろう。そこで解説はこう綴られる（四五ページ）。すなわち良い文章とは、

①自分にしか書けないことを
②だれが読んでもわかるように書く

なるほど。

うっかり読み流すと、何でもない当たり前のことを言っているようだが、決してそうではない。これは凄い定義である。右の言葉を反語にしてみるとこうなるのだ。つまり、良くない文章とは、

①だれにでも書けることを
②自分しか読んでもわからないように書く

私は本を閉じた。もったいない。家に帰ってゆっくり読むためにレジへ持って行った。

翌る年、私は二度の落選を経て三度目に『鍋の中』という小説で、芥川賞を貰った。その地元の祝賀会の準備で世話になったごく親しい友人達に、お礼の気持ちとして『高校生のための文章読本』を一冊ずつ贈った。

一緒に小説を書いてきた女性同士の仲間である。書く人間たちは直ちにその値打ちがわかるので、ずいぶん好評で有り難がられた。


文章読本の中身を左右するのは、解説のために挿入する優れた古今東西の例文である。例文のない文章読本はありえないし、選んだ文章によって本の付加価値が付くものだ。ここには素晴らしい例文が集められている。この本を読まなかったら一生出会えなかったかもしれない優れた文章が続々と出てきた。

ある意味、高校生にはもったいない品揃えだ。けれど先に述べた、そのような高校生の世代にこそ宝となる。優れた言葉というものは一生荷物にならない携行品だ。

たとえば作曲家の武満徹。

『吃音宣言』(三七ページ)という見事な文章がある。その第一行目がこうだった。

**どもりはあともどりではない。**前進だ。

いきなりこう来る。ピシッと来る。

ちなみに私も子どものとき激しい吃音だった。そのどもる行為そのものが、前進を現しているると武満は宣言する。口だけでなく人は体全体で発音すると言う。負の要素を逆転させる。そしてラストの圧倒的な迫力は痛快でさえある。

どもりの偉大さは、反復にある。

それは、地球の回転、四季のくりかえし、人間の一生。宇宙のかたちづくる大きな生命のあらわれなのである。

もういちどベートーヴェンを‼

ダ・ダ・ダ・ダーン。

　ダ・ダ・ダ・ダーン。

これぞ、吃音の武満徹にしか書けないことを、だれが読んでもわかるように書いた、じつに刺激的な、圧倒的な例文だ。ベートーヴェンの「第五」が感動的なのは、——運命が扉をたたくあの主題が素晴らしく吃っているからなのだ。

と武満は言うのである。

漫画家のつげ義春の日記（二七二ページ）も入っている。

今から二十八年前の高校生を対象とした文章入門書に、手塚治虫でもない、白土三平とかちばてつやとかでもない、つげ義春なのである。妻のマキが癌と診断される日の、つげらしい悲しみの中にも淡々とした、冷温脱力系の良い文章が載っている。

実存主義的な埴谷雄高の文章もよく加えた。私はこれを読んですぐ、彼の名短編集『闇のなかの黒い馬』を出版社に電話を掛けて注文したものだ。もう在庫がないという返事に、「こんな素晴らしい本を切らすとは信じられない。みんな欲しがっています」とぐいぐい押すと、間もなく再版が出て吃驚（びっくり）した。

この本の中に並ぶ例文は、往年の有名な文豪の羅列とは、ひと味違う顔ぶれだ。そして初刷りのときからこの顔ぶれに異動がない。何年経っても新しい作家を加えることも、古い書き手を外すこともしない。

二十八年間そのままで、古くない。ピカピカに新しくもない。現役の文章読本として、当然のようにまっとうにあり続ける。変わらない人の足跡がそこにあるようだ。

時は経った。

この編著者たちのうち、梅田卓夫氏と松川由博氏は惜しくも故人となった。清水良典氏はこの初版が出て間もなく文芸評論家として活動を開始、現在は愛知県の大学で、服部左右一氏と共に教鞭を執り続けている。

それにしても、高校生とは何者なのか。

大学生は二十歳を過ぎるとおとなである。高校生はおとなと子どもの間の両者未分明の、単純で気難しく、朗らかでナイーヴな、微妙な「人」である。

この文章読本はまた版を替えて発信し続ける。

曰く。

自分にしか書けないことを、

だれが読んでもわかるように、書け。

二〇一四年十一月二十日

## ワ　行



## アルファベット

## マ　行



## ヤ　行



## ラ　行

## タ 行



## ナ 行



## ハ 行

## カ 行



## サ 行

## マ　行



## ヤ　行



## ラ　行



## ワ　行



## 【作品名】

## ア　行

## サ　行



## タ　行



## ナ　行



## ハ　行

# 人名・作品名索引

＊太字の数字は，作品の引用されているものを示す。

## 【人　名】

### ア　行



### カ　行

## マ　行



## ヤ　行



## ラ　行



## ワ　行

## ナ行



## ハ行

## タ 行

## サ　行

# 事項索引

＊太字の数字は索引の語句が詳述されていることを示す。
＊⇨印は同意語の，▷印は反意語の参照を示す。

## ア　行



## カ　行

本書は一九八六年三月、筑摩書房から刊行された。

ちくま学芸文庫

高校生のための文章読本

二〇一五年一月十日　第一刷発行
二〇二五年六月五日　第九刷発行

編　者　梅田卓夫（うめだ・たくお）
清水良典（しみず・よしのり）
服部左右一（はっとり・さういち）
松川由博（まつかわ・よしひろ）

発行者　増田健史
発行所　株式会社　筑摩書房
東京都台東区蔵前二―五―三　〒一一一―八七五五
電話番号　〇三―五六八七―二六〇一（代表）
装幀者　安野光雅
印刷所　中央精版印刷株式会社
製本所　中央精版印刷株式会社


ISBN978-4-480-09642-5 C0193